한국
현대문학전집 3

해방
전후

이태준 작품선

해방 전후

이태준 작품선 · 김경수 엮음

현대문학

학교 교육에서 문학 교육이 차지하는 비중은 대단히 크다. 초등학교, 중학교, 고등학교 국어 과목 안에 '문학'이 한 영역을 차지하고 있으며, 고등학교에서는 심화 학습으로 문학 과목을 배운다. 문학 교육의 비중은 갈수록 커져 가고 있어 '2009년 개정 교육과정'에서는 문학 1과 문학 2로 과목이 확대되었다.

게다가 인문학 교육의 중요성이 강조됨에 따라 대학 교육에서 문학 교육의 위상이 갈수록 높아지고 있음은 모두가 아는 사실이다. 인간과 세계의 진실을 정신과 감각의 차원에서 통합적으로 파악하고자 하는 문학에 대한 넓고 깊은 이해가 중요함은 새삼 말할 필요도 없다. 모든 학문의 바탕이며 동시에 종합인 문학에 대한 올바른 인식이 확산되면서 그동안 실용 학문에 밀려 주변부를 맴돌았던 문학 교육이 다시금 제자리를 찾아 교육의 중심으로 돌아오고 있다. 따라서 지금이야말로 문학 교육에 더 많은 관심을 기울여야 할 때이다.

새로운 현실은 새로운 문학 전집을 요청한다. 문학 교육의 중요성이 갈수록 더 강조되고 문학 교육의 위상이 갈수록 높아지는 새로운 현실의 요청에 응하여 여기 〈한국현대문학전집〉을 펴내고자 한다.

우리는 몇 가지 원칙에 따라 이 전집을 엮고자 하였다. 〈한국현대문학전집〉의 편집 원칙은 다음과 같다.

첫째, 국문학계에서의 연구 성과에 근거하여 한국현대소설사를 일구어온 대표 작가의 대표작들을 엄선하여 수록함으로써, 이들 대표 작가 개개인의 문학 세계와 한국현대소설사의 구체적 전체상을 담아낸다.

둘째, 문학 교육의 비중이 갈수록 높아지는 현실에 따라 문학 교육 과정에서 중시되고 있는 작품들을 수록한다. 문학 교육 과정에서 중시되는 작품들은 곧 한국현대소설사에 솟아 있는 우수한 작품들이니 이는 첫 번째 원칙과 통한다.

셋째, 작가의 최종 수정판을 수록하는 것을 원칙으로 하되, 명백히 잘못된 부분은 다른 판본과의 대조를 통해 수정함으로써 비평적 정본을 제시한다.

넷째, 전문 연구자의 해설을 붙여 독자가 해당 작가의 문학 세계를 깊이 이해할 수 있도록 한다. 해설은 작가의 삶과 문학 세계에 대한 비평적 개괄과 수록 작품들에 대한 정밀한 분석 두 부분으로 구성한다.

다섯째, 작품들 뒤에 그 작가의 문학 세계를 이해하는 데 도움이 될, 그 작가와 관련된 수필 또는 비평문을 두세 편 수록한다.

〈한국현대문학전집〉이 학교의 문학 교육 현장을 비롯한 문학 생활의 공간 곳곳에서, 학생들에게 그리고 문학을 사랑하는 모든 사람들에게 널리 읽히기를 바란다.

2010년 가을
〈한국현대문학전집〉 편집위원회

차례

해설 | 이태준의 삶과 문학 · 김경수　　　　　9

꽃나무는 심어놓고　　　　　17
달밤　　　　　29
가마귀　　　　　42
복덕방　　　　　60
불우 선생　　　　　78
패강랭　　　　　89
영월 영감　　　　　104
농군　　　　　122
석양　　　　　143
돌다리　　　　　171
해방 전후　　　　　182
농토　　　　　225

단편작가로서의 이태준 · **최재서**　　　　　378
이상을 어語하는 이태준 씨 · **일기자**　　　　　384
작가 연보　　　　　393

일러두기

1. 이 책은 작가 생존 시 마지막 간행된 것을 정본으로 삼았다. 단, 최초 발표본이 의미 있다고 판단되는 경우 이를 정본으로 하였으며, 그 출처는 각 작품 끝부분에 밝혀두었다.
2. 이 책은 현행 한글 맞춤법에 따르는 것을 원칙으로 하되 의미 전달에 크게 문제가 되지 않는 한 정본의 표기를 따랐다. 또한 작품의 분위기에 영향을 미친다고 판단되는 경우 방언이나 고어, 구어체 표현, 의성어, 의태어 등을 그대로 두었으며, 특히 대화문에서는 옛 표기를 최대한 살렸다.
3. 외래어는 현행 외래어 표기법에 따라 바꾸되 작품의 분위기에 영향을 미치는 어휘는 그대로 두었다.
4. 대화나 인용은 " ", 생각이나 강조는 ' '로 표시하였다. 또한 책 제목은 『   』, 단편 소설이나 시 등은 「   」, 잡지나 신문 등은 《   》, 영화나 연극, 노래 등은 〈   〉로 통일하였다.
5. 독자들의 이해를 돕기 위해 필요한 경우 해당 페이지 아래에 뜻풀이를 달았다.

이태준의 삶과 문학

김경수

1

상허尙虛 이태준李泰俊은 우리 근대 단편 소설의 완성자로 평가받고 있는 작가이지만, 월북 작가였던 탓에 한동안 우리 소설사에서 지워져 왔던 작가다. 그런 까닭에 일반인들에게는 여전히 낯선 작가로 남아 있지만, 실은 1930년대 소설계의 거봉으로 주옥같은 단편들을 쓴 작가다.

1904년 강원도 철원에서 태어난 이태준은 비교적 어린 시절에 부모를 모두 잃고 고아가 되어 친척집을 전전하면서 자랐다. 그리하여 가난 때문에 원산 등지에서 2년간 객줏집 사환 노릇을 한 적도 있고, 서울에 와서는 상점 점원을 하면서 지냈던 적도 있다. 그는 1921년 휘문고보에 입학하게 되는데, 이때 휘문고보에는 정지용, 김영랑, 박종화 등이 상급반에, 그리고 후에 월북한 소설가 박노갑이 하급반에 있었고, 가람 이병기가 교사로 있었다. 1924년 그가 《휘문》 제2호에 동화를 발표한 것을 보면, 아마 이 시기부터 소박하게나마 문학에 관심을 가졌던 것으로 보인다.

이태준이 작가로서 활동하게 된 것은 1925년 《조선문단》에 단편 「오몽녀」를 발표하면서부터인데, 이 시기는 그가 일본에 유학하던 시기였다. 그의 자전적 소설인 『사상의 월야』에는 일본으로 유학 온 송빈이라는 인물이 신문과 우유 배달을 하면서도 틈틈이 구리야가와 하쿠손〔廚川白村〕의 문학개론서를 보았다는 내용이 나와 있는데, 이로 미루어보면 이태준은 일본 유학 시기에 비로소 근대 문학 장르로서의 소설 세계에 눈을 떴던 것으로 보인다. 그리고 1927년 국내로 돌아와 개벽사와 《중외일보》 기자를 역임하면서 왕성한 작품 활동을 하는데, 현재 우리가 그의 절편으로 꼽는 작품들은 대개가 이 시기에 쓴 작품들이다. 그리고 비록 적잖은 양의 장편 소설들을 남기고 있기는 하지만, 이태준 문학은 단편에서 가장 빛을 발했다.

1930년대 문학계에서 이태준의 활동은 가히 정력적이었다고 할 수 있다. 작품 활동 외에 이태준은 이상, 박태원, 이효석 등과 함께 '구인회'를 조직하여 활동했는데, 이 '구인회'가 한국 모더니즘 문학의 전개에 핵심적인 역할을 했다는 것은 이미 문학사적으로 인정되고 있는 바다. 또한 1939년에는 당대의 대표적인 문학잡지 《문장》지의 편집자 겸 고선考選위원으로 활동하면서, 이미 어느 정도 기반이 확립된 우리 소설계의 신세대 작가들을 발굴하는 일에도 매진했다.

이처럼 왕성한 문학 활동을 하던 이태준은 일제 말기 이른바 암흑기에는 향리인 강원도 철원으로 낙향하여 칩거 생활을 한다. 그러면서 단편집 『돌다리』와 장편 소설 『왕자호동』 등을 출간한다. 하지만 일제 말기 본의 아니게 황군위문작가단과 친일 단체인 '조선문인협회'의 회원으로 활동하기도 하였는데, 이와 관련하여 최근 그의 단편 소설 「농군」에 이미 친일적 성향이 보인다는 논의가 제출되기도 하였다. 이때 이태준이 겪었던 내적 고민과 정신적 부하의 흔적은 해방 이후에 발표한 자전 소설 「해방 전후」에 상세히 그려져 있는데, 제1회 해방문학상을 수상하기도 한 이 소설은 특히 채만식의 「민족의 죄인」과 더불어 해방 공간에 발표된 문학적

반성물의 하나로서 예외적인 의미를 지니고 있다.

1945년 일본의 패망으로 조국이 해방되자, 이태준은 좌익 작가들이 주축이 되어 만든 '조선문학가협회'에 가입하여 주도적으로 활동한다. 그러다가 이듬해 월북하여 방소放蘇문화사절단의 일원으로 소련을 여행하고, 돌아와서는 소련의 체제와 실상을 기록한 『소련기행』을 출간하고, 북한에서의 토지개혁의 정당성을 역설한 장편 소설 『농토』를 집필하는 등 정력적인 활동을 한다. 1948년 북조선최고인민회의 표창장을 받고, 북조선문학예술총동맹 부위원장과 국가학위수여위원회 문학 분과 심사위원을 맡기도 했으며, 한국전쟁 중에는 「백배 천배로」와 「누가 굴복하는가 보자」 등과 같이 미국에 대한 증오를 노골적으로 드러낸 작품들을 집필하기도 한다.

이태준은 1955년 소련파의 몰락과 더불어 과거 구인회 활동의 반동성 등을 이유로 숙청되었으며, 이후에는 함흥 노동신문사 교정원과 콘크리트 블록 공장 노동자로 일하다가 1964년 중앙당 문화부 창작 제1실의 전속 작가로 복귀했다는 정도가 알려져 있다. 월북 작가 대부분이 그렇듯이, 이태준 또한 출생 연월은 분명하되 삶의 마지막 흔적을 알 수 없게 된 불행한 작가로서의 삶을 살았던 것이다.

1988년 해금된 후, 현재 총 18권에 이르는 『이태준 문학전집』이 간행되었으며, 그의 문학을 집중적으로 연구하는 '상허학회'가 발족할 만큼 그의 문학에 대한 관심은 지속적으로 이어지고 있다.

2

이 책에 수록된 「복덕방」「가마귀」「불우 선생」「달밤」「꽃나무는 심어놓고」 등 12편의 장·단편 작품들은 우리 단편 소설의 모범을 완성했다고 평가받는 이태준의 대표작들이다. 장편 소설인 『농토』는 예외이지만, 이태준의 작품들은 아무런 사심 없이 주어진 시대를 살고자 했으나 여러 가지 이유 때문에 삶에 좌절하고 마는 많은 인물들을 그려내고 있다. 가령 「불우 선생」이나 「복덕방」 같은 작품에서는 옛적의 기개를 간직한 노인의 삶의 조락凋落과 자식들에게 얹혀사는 노인들의 애환이 그려져 있는가 하면, 「달밤」이나 「산월이」, 그리고 「꽃나무는 심어놓고」 같은 작품들에서는 가난 때문에 기생이 된 가련한 여인들의 삶의 애환이 나타나 있고, 더 나아가서는 낯선 서울에 와서 아내도 잃고 아이도 잃은 채 세상을, 고향을 그리워하며 살아가는 노인의 처지를 그려내기도 한다.

삶의 최전선으로 몰렸다가 비참한 말로를 맞는 기생들의 이야기 외에, 이태준은 「복덕방」이라든가 「불우 선생」 같은 소설들에서는 늙어서 삶의 뒷전으로 물러나 앉아야 하는 노인들의 애처로운 삶을 그린다. 그의 시선이 노인들에게 집중되어 있는 것은 우리의 특별한 관심을 요한다. 그것은 오늘날 우리 소설에서 비로소 문제가 되기 시작한 노인 문제를, 이태준이 '노년 인물의 발견'을 통해 일정 부분 선취하고 있기 때문이다. 또한 이태준은 「달밤」과 같은 작품에서 순박하지만 못난 탓에 도회적 삶에 잘 적응하지 못하고 도태하는 바보스러운 인물을 그려낸다. 이런 인물들 또한 이태준의 소설에서는 급변하는 사회에 적응하지 못해 사회의 변두리로 밀려나는 가련한 노인 이야기의 연장선상에 있는 것인데, 이런 이야기들은 그것 자체로 우리의 삶을 되돌아보거나 미래의 삶을 예견할 수 있는 은유적 힘을 지니고 있다.

이태준 소설의 이런 특징적인 면모는 일찍이 최재서에 의해, "인생의 그늘 속에서 움직이는 희미한 존재들이 이태준의 예술 세계 안에서 선명한 인간상으로 나타나 있다"라고 평가된 바 있는데, 이는 아주 타당한

말이다. 이태준 자신도 자신의 수필에서 "소설은 인물의 발견이다"라고
쓰고 있다. 이때 이태준이 말한 인물의 발견은, 그것이 사회의 변두리로
밀려난 사람들에 대한 따뜻한 애정을 전제로 하고 있다는 점에서 인간
적인 진술이 되어버린다. 많은 소설에서 이태준의 서술자는, 작가의 분
신이랄 수 있는 관찰자적 인물을 등장시켜 그들의 시선으로 불우한 처
지에 놓인 인물들의 삶을 연민의 감정과 더불어 소박하게 복원하고 있
기 때문이다.

무력인 노인들이나 가련한 처지의 여인네들 이야기가 압도적인 만큼,
이태준의 소설은 어떤 삶의 활극이나 역동적인 드라마를 담고 있지 않다.
그런데 인물 설정과 이야기 전개 면에서 두드러진 이태준의 소설은, 서양
소설과 구별되는 우리 소설의 어떤 특성에 대해서도 일정 부분 시사해주
는 바가 있다. 이태준의 소설에서는 어떤 역동적인 인물을 찾아보기가 어
렵다. 이것은 그가 초점화하는 대상 인물들이 이미 활동성을 상실한 노년
인물이어서이기도 하지만, 더 근본적으로는 이 땅에서 영위되는 삶의 전
형에 대한 그만의 독특한 인식과도 긴밀하게 연관되어 있다. 그것은 또한
그가 친숙해 있었던 동양적인 정신에 대한 경도와도 무관하지 않은데,
「명제·기타」라는 수필에 나오는 다음과 같은 진술이 이를 이해하는 하나
의 단서 역할을 한다. 그는 소설의 구상에 대하여 다음과 같이 말한다.

동양 소설에서는 삼국지류의 무용전武勇傳이기 전에는 서양에서처럼 고층
건축과 같은 입체적 설계는 어렵다. 생활 형식이 저들은 동적인데 우리는 정
적이요 저들은 입체적인데 우리는 평면적이다. 점잖은 인물이면 저들과 같이
결투를 청하거나 경마나 골프를 하지 않고 정자에 누워 반성하고 낚시질이나
바둑을 둔다. 이렇게 조용한 인물과 생활을 가지고 변화를 부린댔자 작자의

뒤스럭만 보이기가 십상팔구다.

위의 진술을 보면 우리는 이태준의 소설이 기법 면에서 그다지 치밀하지 않고, 더러는 마치 작가가 자기 생활 주변에서 목격하는 삽화들을 일종의 에세이처럼 가볍게 소묘하듯 묘사하고 있는 이유를 이해할 수 있게 된다. 이태준의 작품은 그 에세이다운 면모로 인해 읽는 이들로 하여금 인생의 우수憂愁를 느끼게 하고, 또 그로부터 자기 주변의 생활인들의 모습을 되돌아보게 하는 힘을 가지고 있는 것이다. 그의 수필에서도 드러나는 것이지만, 동양의 전통적인 문방사우라든가 민예품 등에 대한 그의 진지한 애호도 결국은 위와 같은 동양적 미의식에 대한 그의 일정한 믿음에서 비롯된 것이다.

이런 단편의 세계와 대척되는 곳에 「패강랭」과 「해방 전후」가 놓여 있다. 주인공이 모두 작가로 설정된 현이라는 인물인 점에서 이 소설들은 「장마」와 「토끼 이야기」와 마찬가지로, 작가인 스스로를 주인공으로 하는 자성自省적 소설이라고 할 만하다. 「패강랭」에서 우리는 일제 말기에 믿었던 친구마저도 부회의원으로 있으면서 자신에게 전향을 권유하는 시대에 대한 작가의 민감한 시대 의식을 엿본다. 현이 떠올리는 '이상견빙지履霜堅氷至', 즉 서리를 밟거든 그 뒤에 얼음이 올 것을 각오하라는 시대에 대한 위기의식이 그것이다. 이런 위기의식이 작가적 신념을 견지하면서 살 수 없었던 일제 말기의 정황임은 새삼 말할 필요도 없는데, 그것을 증거하는 작품이 해방 직후에 발표한 중편 소설 「해방 전후」다.

이 작품은 해방 직후에 문인들이 일제 말기의 자신의 친일 행적을 솔직히 고백하고 용서를 구했던 몇 편 안 되는 반성적 작품이다. 채만식의 단편 소설 「민족의 죄인」 정도가 이외에 거론될 수 있을 정도다. 이 작품의 주인공은 「패강랭」에 등장했던 현이라는 인물로 읽어도 무방한데, 이 작품에서 그는 일제 말기 자신의 의지대로 행동하지 못하고 일제의 회유에 나설 수밖에 없었던 삶을 있는 그대로 고백하고, 조국이 해방되자 그 과오를 반성하듯 열정적으로 사회 활동에 헌신한다. 이런 주인공 현의 행동은 해방된 조국을 어떻게 맞아야 하는가 하는 기본적 물음을 제기하는 것이기도 하다. 즉 해방된 조국에서 당당하게 살기 위해 과거를 반성하고, 그럼으로써 식민지의 노예적 정신 상태를 극복하고자 했던 당시 문인의 자의식을 생생하게 보여주고 있는 것이다.

그런가 하면 정치적으로 혼미했던 해방 공간에서 발표된 몇 편 안 되는 장편 소설에 속하는 그의 『농토』 또한 우리의 관심의 대상이 되기에 족하다. 『농토』는 개성의 가재울이라는 농촌 마을을 배경으로 하여, 식민지 치하에서 가난한 농민들이 어떻게 핍박받으면서 살아왔는지를 증거하고 있다는 점에서, 그리고 해방 이후 북한에서 이루어진 토지개혁을 통해 그런 식민지적 모순이 어떻게 극복될 수 있는지를 그린 작품이라는 점에서 주목을 요한다. 북한에서의 토지개혁에 대한 일방적인 찬동이라는 주제가 일정한 한계를 갖고 있는 것은 사실이지만, 그럼에도 불구하고 이 소설은 식민지 치하 농민들이 처했던 이중삼중의 굴레와 억압의 실상을 그리고 있다는 점에서, 그리고 억쇠라고 하는 인물의 의식 각성 과정을 핍진성 있게 그려내고 있다는 점에서 일정한 의미를 갖는다.

일제 말기 작가의 경주 체험을 소재로 한 단편 소설 「석양」에서 작가인 주인공은 경주 골동품점 여주인공의 입을 빌려 "오래 두고 보아도 애착이 변하지 않을 평범"이란 말로 자신 완상玩賞의 기준을 설명하고 있다. 이태준 문학의 본령이라 할 수 있는 단편 소설들이 오늘날에도 많은 독자들에게 읽히고 있는 이유 또한 이와 무관하지 않을 것이다. 독자에게 어떤 태

도를 강권하기보다는 인물의 솔직한 내면을 제시함으로써 독자들의 연민
을 이끌어내는 이태준 소설의 향취는 바로 이런 세계관과 일정 부분 연관
되어 있는 것이다.

꽃나무는 심어놓고

"자꾸 돌아봔 뭘 해, 어서 바람을 졌을 때 힝하니 걸어야지……."
하면서 아내를 돌아보는 그도 말소리는 천연스러우나 눈에는 눈물이 다
시 핑그르 돌았다. 이 고갯마루만 넘어서면 저 동리는 다시 보려야 안 보
이려니 생각할 때 발도 천근이나 무거워지는 것 같았다.

이 고개, 집에서 오 리밖에 안 되는 고개, 나무를 해 지고 이 고개턱을
넘어설 때마다 제일 먼저 눈에 띄곤 하던 저 우리 집, 집에서 연기가 떠오
르는 것을 볼 때마다 허리띠를 조르고 다시 나뭇짐을 지고 일어서곤 하던
이 고개, 이 고개에선 넘어가는 햇볕에 우리 집 울타리에 빨아 넌 아내의
치마까지 빤히 보이곤 했다. 이젠 이 고개에서 저 집, 저 노랗게 갓 깐 병
아리처럼 새로 영을 인 저 집을 바라보는 것도 마지막이로구나!

그는 고개 마루턱에 올라서더니 질빵*을 치키며, 다시 한 번 돌아서서
동네를 바라보았다.

아무 델 가도 저런 동네는 없을 것이다. 읍엘 갔다 와도 성황당 턱만 내
려서면 바람 한 점 없이 아늑하고, 빨래하기 좋고 먹어도 좋은 앞 개울물

---

* 멜빵.

이며, 날이 추우면 뒷산에 올라 솔잎만 긁어도 며칠씩은 염려 없이 때더니…… 이젠 모두 남의 동네 이야기로구나!

"어서 갑시다."

하면서 이번에는 뒤에 떨어졌던 아내가 눈물 콧물을 풀어 던지며 앞을 섰다.

그들은 고개를 넘어서선 보잘것없이 달아났다. 사내는 이불보, 옷꾸러미, 솥부둥갱이, 바가지쪽 해서 한 짐 꾸역꾸역 걸머지고, 여편네는 어린애를 머리도 안 보이게 이불에 꿍쳐서 업은 데다 무슨 기름병 같은 것을 들고 앞서거니 뒤서거니 하여 도랑이면 건너뛰고 굽은 길이면 논틀* 밭틀로 질러가면서 귀에서 바람이 씽씽 나게 달아났다.

장날이 아니라 길에는 만나는 사람도 별로 없었다. 이따금 발밑에서 모초리가** 포드득 하고 날고 밭고랑에서 꿩이 놀라서 꺽꺽거리며 산으로 달아나는 것밖에 아무것도 없었다.

"길이나 잘못 들면 어째……."

"밤낮 나무 다니던 데를 모를까……."

조그만 갈래길을 지날 때 이런 말을 주고받은 것뿐. 다시는 입이 붙은 듯 묵묵히 걸어 그들은 점심때가 훨씬 지나서야 서울 가는 큰길에 들어섰다.

큰길에는 바람이 제법 세차게 불었다. 전봇줄이 앵앵 울었다. 동지가 내일인가 모렌가 하는 때라 얼음같이 날카로운 바람결에 그들의 옷깃은 다시금 떨리었다.

---

* 논틀길. 논두렁 위로 난 꼬불꼬불하고 좁은 길.
** '메추라기'의 방언.

바람이 차서도 떨리었거니와 그보다도 길고 어마어마하게 넓은 길, 그리고 눈이 모자라게 아득하니 깔려 있는 긴 길, 그 길은 그들에게 눈에도 설거니와 발에도, 마음에도 선 길이었다. 논틀과 밭둑으로 올 때에는 그래도 그런 줄은 몰랐는데 척 신작로에 올라서니 그젠 정말 낯선 데로 가는 것 같고 허턱* 살길을 찾아 떠나는 불안스러운 걱정이 와짝 치밀었던 것이다. 그래서 앵앵 하는 전봇줄 소리도 멧새나 꿩의 소리보다는 엄청나게 무서웠다. 서로 말은 하지 않았어도 사내나 아내나 다 같이 그랬다.

그들은 그 길을 그저 십 리, 이십 리 걸어나가는 수밖에 없었다. 자동차가 지날 때는 물론, 자전차만 때르릉 하고 와도 허둥거리고 한데 모여 길 아래로 내려서면서 서울을 향하고 타박타박 걸을 뿐이었다.

그들은 세 식구였다. 저희 내외, 방 서방과 김씨와 김씨의 등에 업혀 가는 두 돌 되는 딸애 정순이었다. 며칠 전까지는 방 서방의 아버지 한 분까지 네 식구로서 그가 나서 서른두 해 동안 살아온, 이번에 떠나는 그 동리에서 그리운 게 없이 살았었다. 남의 땅이나마 몇 대째 눌러 부쳐오던 김 진사네 땅은 내 땅이나 다름없이 알고 마음놓고 부쳐먹었다. 김 진사 당대에는 온 동리가 텃세 한푼도 물지 않고 지냈으며 김 진사가 돌아간 후에도 다른 지방에 대면 그리 심한 지주는 아니었다. 김 진사의 아들 김 의관도 돌아간 아버지의 덕성을 본받아 작인네가 혼상 간에 큰일을 치르는 해면 으레 타작에서 두 섬 석 섬씩은 깎아주었다. 이렇게 착한 김 의관이 무엇에 써버리느라고 그 좋은 땅들을 잡혀버렸는지, 작인들의 무딘 눈치로는 내용을 알 수가 없었다. 더러 읍엣사람들이 지껄이는 소리에 무슨

---

* 이렇다 할 이유나 근거가 없이 함부로.

일본 사람과 금광을 했느니 회사를 했느니 하는 것을 들은 사람은 있고, 또 아닌 게 아니라 한동안 일본 사람과 양복쟁이 몇이 김 의관네 집을 드나들어 김 의관네 큰 개 두 마리가 늘 컹컹거리고 짖던 것은 지금도 어저께 같은 일이었다.

아무튼 김 의관네가 안성인가 어디로 떠나가고, 지주가 일본 사람의 회사로 갈린 다음부터는 제 땅마지기나 따로 가진 사람 전에는 배겨나기가 어려웠다. 텃세가 몇 갑절이나 올라가고 논에는 금비를 써라 하고, 그것을 대어주고는 가을에 비싼 이자를 쳐서 벼는 헐값으로 따져 가고 무슨 세납 무슨 요금 하고 이름도 모르던 것을 다 물리어 나중에 따지고 보면 농사진 품값은커녕 도리어 빚을 지게 되었다. 그들이 지는 빚은 달리 도리가 없었다. 소가 있으면 소를 팔고 집이 있으면 집을 팔아 갚는 것밖에. 그래서 한 집 떠나고 두 집 떠나고 하는 것이 삼 년 안에 오륙 호가 떠난 것이었다.

군청에서는 이것을 매우 걱정하였다. 전에는 모범촌으로 치던 동리가 폐동이 될 징조를 보이는 것은 군으로서 마땅히 대책을 세워야 될 일이었다. 그래서 지난봄에는 군으로부터 이 동리에 사쿠라 나무 이백여 주가 나왔다. 집집마다 두 나무씩 나눠 주고 길에도 심고 언덕에도 심어주었다. 그래서 그 사쿠라 나무들이 꽃이 구름처럼 피면 무지한 이 동리 사람들이라도 자기 동리를 사랑하는 마음이 깊어져서 함부로 타관으로 떠나가지 않으리라 생각했던 것이다.

사쿠라 나무들은 몇 나무 죽지 않고 모두 잘 살아났다. 방 서방네가 심은 것도 앞마당에 것 뒷동산에 것 모두 싱싱하게 잘 자랐다. 군에서 나와 보고 내년이면 모두 꽃이 피리라 했다.

그러나 떠날 사람은 자꾸 떠나고야 말았다.

방 서방네도 허턱 타관으로 떠나기는 처음부터 싫었다. 동리를 사랑하는 마음, 자연을 사랑하는 것이나 이웃을 사랑하는 것이나 모두 사쿠라를 심어주는 그네들보다는 몇 배 더 간절한 뼛속에서 우러나는 것이었다. 사쿠라 나무를 심었을 때도 혹시 죽는 나무나 있을까 하여 조석으로 들여다보면서 애를 쓴 사람들이요, 그것들이 가지에 윤이 나고 싹이 트는 것을 볼 때는 자연 속에 묻혀 사는 그들로서도 그때처럼 자연의 신비, 봄의 희열을 느껴본 적은 일찍 없었던 것이다.

"내년이면 꽃이 핀다지?"

"글쎄, 꽃이 어떤지 몰라?"

"아무튼 이눔의 꽃이 볼 만은 하다는데."

"글쎄 그렇대……."

그러나 떠날 사람은 자꾸 떠나고야 말았다. 올겨울에 들어서도 방 서방네가 두 집째다.

그들은 사흘 만에야 부르튼 다리를 절룩거리며 희끗희끗 나부끼는 눈발 속으로 저녁 연기에 싸인 서울을 바라보았다. 그들은 날이 아주 어두워서야 서울 문안에 들어섰다.

서울에는 그들을 반가이 맞아주는 사람이 없지도 않았다.

"어디서 오십니까? 어디로 가시는 길입니까? 우리 여관으로 가십시다."

그러나,

"돈이 있나요, 어디……."

하면 그 친절하던 사람들은 벌에 쏘인 것처럼 달아나곤 했다.

돈이 아주 없지는 않았다. 집을 팔아 빚을 갚고 남은 것이 몇 원은 되었다. 그러나 그 돈이 편안히 여관에 들어 밥을 사 먹을 돈은 아니었다.

고달픈 다리를 끌고 교통순사들에게 핀잔을 맞으며 정처 없이 거리에서 거리로 헤매던 그들은 밤이 훨씬 늦어서야 한곳에 짐을 벗어놓았다. 아무리 찾아다니어도 그들을 위해서 눈발을 가려주는 데는 무슨 다리인지 이름은 몰라도 이 다리 밑밖에는 없었다.

"그년을 젖을 좀 물리구려."

"그까짓 빈 젖을 물려선 뭘 하오."

아이가 하 우니까 지나던 사람들이 다리 아래를 기웃거려 보기 때문이었다.

그들은 어두움 속에서 짐을 끄르고 굳은 범벅과 삶은 달걀을 물도 없이 먹었다. 그리고 그 저리고 쑤시는 다리 오금을 한번 펴볼 데도 없이 앉아서, 정 못 견디겠으면 일어서서 어정거리며 긴 밤을 밝히었다.

이튿날은 그래도 거기를 한데보다는 낫답시고, 거적을 사다 두르고 냄비를 걸고 쌀을 사들이고 물을 길어들이고 나무도 사들였다. 그리고 세 식구가 우선 하루를 푹 쉬었다.

눈발은 이날도 멎지 않았다. 밤이 되어서는 함박송이로 쏟아지기 시작했다. 방 서방은 쏟아지는 눈을 바라보고 이 눈이 그치고는 무서운 추위가 오려니 생각했다. 그리고 또 싸리비를 한 자루 가져왔더면 하고도 생각했다.

그는 새벽같이 일어났다. 발등이 묻히는 눈 위로 한참 찾아다녀서 다람쥐 꽁지만 한 싸리비 하나를, 그것도 오 전이나 주고 사기는 했다. 그리고 큰 밑천이나 잡은 듯이 집집마다 다니며 아직 열지도 않은 대문을 두드렸다.

"댁에 눈 쳐드릴까요?"

"우리 칠 사람 있소."

"댁에 눈 안 치시렵니까?"

"어련히 칠까 봐 걱정이오."

방 서방은 어이가 없어,

"허! 마당도 없는 녀석이 괜히 비만 샀군!"

하고 다리 밑으로 돌아오고 말았다.

그는 직업소개소도 가보았다. 행랑도 구해보았다. 지게를 지고 삯짐도 져보려고 싸다녀 보았으나 지게를 부르는 사람은 없었다. 한 학생이 고리 짝을 지고 정거장까지 가자고 했지만, 막상 닥뜨리고 보니 나중에 저 혼 자 다리 밑으로 찾아올 수가 있을까가 걱정되었다. 그래서,

"거기 갔다가 제가 여기까지 혼자 찾어올까요!"

하고 어름거렸더니 그 학생은 무어라고 일본말로 핀잔을 주며 가버린 것 이었다.

하루는 다리 밑으로 순사가 찾아왔다. 거기로 호구조사를 온 것은 아니 었다.

"다리 밑에서 불을 때면 어떻게 할 테야, 응. 날마다 이 밑에서 연기가 났어…… 다시 불을 때다가는 이 밑에서 자지도 못하게 할 터이니 그리 알어……."

정말 그날 저녁부터는 연기가 나지 않았다. 끓일 것만 있으면 다리 밖 에 나가서라도 못 끓일 바 아니었지만 그날은 아침부터 양식이 떨어진 것 이다.

"어떡하우?"

아내는 맥이 풀려 울 기운도 없었다. 어린것만이 빈 젖을 물고 두어 번 빨아보다가 울곤 울곤 하였다. 방 서방은 아무런 대답도 없이 앉았다가 이따금,

"정칠 놈의 세상!"

하고 입맛을 다실 뿐이었다.

이튿날 이른 아침, 어린것은 아범의 품에서 잘 때다. 초저녁엔 어멈이 품속에 넣고 자다가 오줌을 싸면 그다음엔 아범이 새 품을 헤치고 안고 자는 것이었다. 밤새도록 궁리에 묻혀 잠을 이루지 못하던 아범이 새벽녘에야 잠이 들어 어린것과 함께 쿨쿨 잘 때였다.

김씨는 남편이 한없이 불쌍해 보였다. 술 한잔 허투루 먹는 법 없고 담배도 일하는 날이나 일꾼들을 주려고만 살 줄 알던 남편이, 어쩌다 저 지경이 되었나 생각할 때 세상이 원망스러울 뿐이었다. 그리고 굶고 앉았더라도 그 집만 팔지 말고 그냥 두었던들 하고, 고향에만 돌아가고 싶은 생각뿐이었다.

김씨는 생각다 못해 바가지를 집어 들은 것이다. 고향을 떠날 때 이웃집에서,

"서울 가면 이런 것도 산다는데."

하고 짐에 달아주던, 잘 굳고 커다란 새 바가지였다.

그는 서울 와서 다리 밑을 처음 나선 것이다. 그리고 바가지를 들고 나서기는 생전 처음이었다. 다리가 후들후들하였다. 꼭 일주야를 굶었고 어린것에게 시달린 그의 눈엔 다 밝은 하늘에서 뻔쩍뻔쩍하는 별이 보였다. 그러나 눈을 가다듬으면서 그는 부잣집을 찾았다. 보매 모두 부잣집 같았으나 모두 대문이 굳게 닫혀 있었다. 대문을 연 집, 그는 이것을 찾고 헤매기에 그만 뒤를 돌아다보지 못하고 이 골목 저 골목으로 앞으로만 나간 것이었다. 다행히 문을 연 집이 있었고, 그런 집 중에도 다 주는 것이 아니었지만 열 집에 한 집으로 식은 밥, 더운밥 해서 한 바가지를 얻었을 때

는 돌아올 길을 잃어버리고 만 것이다. 이 길로 나가보아도 딴 거리, 저 길로 나가보아도 딴 세상, 어디로 가야 그 개천 그 다리가 나올는지 알 재주가 없었다. 기가 막히었다. 물어볼 행인은 많았으나, 개천 이름이나 다리 이름을 모르고는 헛일이었다. 해가 높아갈수록 길에는 사람이 들끓었고 그럴수록 김씨는 마음과 다리가 더욱 갈팡질팡하고 있을 때 한 노파가 친절한 손길로 김씨의 등을 두드렸다.

"어딜 찾소?"

김씨는 울음부터 왈칵 나왔다.

"염려할 것 없소. 내 서울 장안엔 모르는 데가 없소, 내 찾아주지……."

그 친절한 노파는 김씨를 데리고 곧 그 앞에 있는 제 집으로 들어가 뜨끈한 숭늉에 조반까지 먹으라 했다.

"염려 말고 좀 자시우. 그새 내 부엌을 좀 치고 같이 나갑시다."

김씨는 서울도 사람 사는 데라 인정이 있구나 하고, 그 노파만 하늘같이 믿고 감격한 눈물을 밥상에 떨구며 사양하지 않고 밥술을 들었다. 그러나 굶은 남편과 어린것을 두고 제 목에만 밥이 넘어가지 않았다. 숭늉만 두어 모금 마시고 이내 술을 놓고 노파를 따라나섰다.

그러나 친절한 노파는 김씨를 당치 않은 곳으로만 끌고 다녔다. 진고개로 백화점으로 개천이라도 당치 않은 개천으로만 한나절을 끌고 다니고는,

"오늘은 다리가 아프니 내일 찾읍시다."

하였다. 김씨는 가슴이 찢어지는 것 같았으나, 그 친절한 노파의 힘을 버리고 혼자 나설 자신은 없었다. 밤을 꼬박 앉아 새우고 은근히 재촉을 하여 이튿날 아침에도 또 일찌거니 나섰으나 노파는 그저 당치 않은 데로만 끌고 다녔다.

노파는 애초부터 계획이 있었던 것이다. 김씨의 멀끔한 얼굴과 살의 젊

음을 그는 삶이 살진 암탉을 본 격으로 보았던 것이다.

'어떻게 돈냥이나 만들어 써볼 거리가 되면…….'

이것이 그 노파가 김씨를 발견하자 세운 뜻이었다.

김씨는 다시 다리 밑으로 돌아올 리가 없었다. 방 서방은 눈에서 불이 났다.

"쥑일 년이다! 이 어린것을 생각해선들 달아나다니! 고약한 년! 찢어 쥑일 년."

하고 이를 갈았다.

방 서방은 이틀이나 굶은 아이를 보다 못해 안고 나서서, 매운 것 짠 것 할 것 없이 얻는 대로 주워 먹였다. 날은 갑자기 추워졌다. 어린애는 감기가 들고 설사까지 났다.

밤새도록 어두움 속에서 오줌똥을 받은 이불과 아범의 저고리 섶, 바짓자락은 얼어서 왈가닥거리고, 그 속에서도 어린애 몸은 들여다보는 눈이 뜨겁게 펄펄 달았다.

"어찌하나! 하느님, 이렇게 무심합니까?"

하고 중얼거려도 보았으나 새벽 찬 바람만 윙 하고 뺨을 갈길 뿐이었다.

날이 밝기를 기다려 아이를 꾸려 안고 병원을 물어서 찾아갔다.

"이애 좀 살려주십시오."

"선생님이 아직 안 나오셨소. 그런데 왜 이렇게 되도록 두었소. 진작 데리고 오지?"

"돈이 있어야죠니까……."

"지금은 있소?"

"없습니다. 그저 살려만 주시면 그거야 제 벌어서 갚지요. 그걸 안 갚겠습니까!"

"다른 큰 병원에 가보시우……."

방 서방은 이렇게 병원집 문간으로만 한나절을 돌아다니다가 그냥 다리 밑으로 돌아오고 말았다.

방 서방은 또 배가 고팠다. 그러나 앓는 것을 혼자 두고 단 한 걸음이 나가지지 않았다. 그래도 저녁때가 되어서는 그냥 밤을 새울 수는 없어 보지 않으리라는 듯이, 눈을 딱 감고 일어서 나왔던 것이다.

방 서방이 얼마 만에 찬밥 몇 술을 얻어먹고 부랴부랴 돌아왔을 때는 날이 아주 어두웠다. 다리 밑은 캄캄한데 한참 들여다보니 아이는 자리에서 나와 언 맨땅에 목을 늘어뜨리고 흐득흐득 느끼었다. 끌어안고 다리 밖으로 나가보니 경련이 일어나 눈을 뒤집어쓰고 있는 것이었다.

"죽을 테면 진작 죽어라! 고약한 년! 네년이 이걸 버리고 가 얼마나 잘 되겠니……."

방 서방은 몇 번이나,

"어서 죽어라!"

하고 아이를 밀어 던지었다가도 얼른 다시 끌어당겨 들여다보곤 했다. 그럴 때마다 아이의 숨소리는 자꾸 가빠만 갔다.

그러나 야속한 것은 잠, 어느 때쯤 되었을까 깜박 잠이 들었다가 놀라 깨었을 제는 그동안이 잠시 같았으나 주위에는 큰 변화가 생기었다. 날이 환하게 새고 아이에게서는 그 가쁘게 일어나던 숨소리가 뚝 그쳐 있었다. 겨우 겨드랑 밑에만 미온이 남았을 뿐, 그 불덩어리 같던 얼굴과 손발은 어느 틈에 언 생선처럼 싸늘하였다.

봄이 왔다. 그렇게 방 서방을 춥게 굴던 겨울은 다 지나가고 그 대신 방 서방을 슬프게는 더 구는 봄이 왔다. 진달래와 개나리 꽃가지들은 전차마다 자동차마다 젊은 새악시들처럼 오락가락하고, 남산과 창경원엔 사쿠라꽃이 구름처럼 핀 때였다. 무딘 힘줄로만 얼기설기한 방 서방의 가슴에도 그 고향, 그 딸, 그 아내를 생각하기에는 너무나 슬픈 시인이 되게 하는 때였다.

하루 아침, 그날따라 재수는 있어 식전바람에 일본 사람의 짐을 지고 남산정 막바지까지 가서 어렵지 않게 오십 전 한 닢이 들어왔다. 부리나케 술집을 찾아 내려오느라니 일본 집 뜰 안마다 가지가 휘어지게 열린 사쿠라 꽃송이, 그는 그림을 구경하듯 멍하니 서서 바라보았다. 불현듯 고향 생각이 난 것이었다.

'우리가 심은 사쿠라 나무도 저렇게 피었으려니…… 동네가 온통 꽃투성이려니……'

그때 마침 일본 여자 하나가 꽃그늘에서 거닐다가 방 서방과 눈이 마주쳤다. 방 서방은 무슨 죄나 지은 듯이 움찔하고 돌아섰다. 꽃결같이 빛나는 그 젊은 여자의 얼굴! 방 서방은 찌르르하고 가슴을 진동시키는 무엇을 느끼며 내려왔다.

우선 단골집으로 가서 얼근한 술국에 곱빼기로 두어 잔 들이켰다. 그리고 늙수그레한 주모와 몇 마디 농담까지 주거니 받거니 하다 나서니, 세상은 슬프다면 온통 슬픈 것도 같고 즐겁다면 온통 즐거운 것 같기도 했다.

그러나 술만 깨면 역시 세상은 견딜 수 없이 슬픈 세상이었다.

"정칠 놈의 세상 같으니!"

하고 아무 데나 주저앉아 다리를 뻗고 울고 싶었다.

—『달밤』, 한성도서, 1935.

달밤

성북동城北洞으로 이사 나와서 한 대엿새 되었을까, 그날 밤 나는 보던 신문을 머리맡에 밀어 던지고 누워 새삼스럽게,

"여기도 정말 시골이로군!"

하였다.

무어 바깥이 컴컴한 걸 처음 보고 시냇물 소리와 쏴— 하는 솔바람 소리를 처음 들어서가 아니라 황수건이라는 사람을 이날 저녁에 처음 보았기 때문이다.

그는 말 몇 마디 사귀지 않아서 곧 못난이란 것이 드러났다. 이 못난이는 성북동의 산들보다 물들보다, 조그만 지름길들보다 더 나에게 성북동이 시골이란 느낌을 풍겨주었다.

서울이라고 못난이가 없을 리야 없겠지만 대처에서는 못난이들이 거리에 나와 행세를 하지 못하고, 시골에선 아무리 못난이라도 마음 놓고 나와 다니는 때문인지, 못난이는 시골에만 있는 것처럼 흔히 시골에서 잘 눈에 뜨인다. 그리고 또 흔히 그는 태고 때 사람처럼 그 우둔하면서도 천진스런 눈을 가지고, 자기 동리에 처음 들어서는 손에게 가장 순박한 시골의 정취를 돋워주는 것이다.

그런데 그날 밤 황수건이는 열 시나 되어서 우리 집을 찾아왔다.

그는 어두운 마당에서 꽥 지르는 소리로,

"아, 이 댁이 문안서……."

하면서 들어섰다. 잡담 제하고 큰일이나 난 사람처럼 건넌방 문 앞으로 달려들더니,

"저, 저 문안 서대문 거리라나요, 어디선가 나오신 댁입쇼?"

한다.

보니 합비*는 안 입었으되 신문을 들고 온 것이 신문 배달부다.

"그렇소, 신문이오?"

"아, 그런 걸 사흘이나 저, 저 건너쪽에만 가 찾았습죠. 제기……."

하더니 신문을 방에 들이뜨리며,

"그런뎁쇼, 왜 이렇게 죄꼬만 집을 사구 와 곕쇼. 아, 내가 알었더면 이 아래 큰 개와집도 많은걸입쇼……."

한다. 하 말이 황당스러워 유심히 그의 생김을 내다보니 눈에 얼른 두드러지는 것이 빡빡 깎은 머리로되 보통 크다는 정도 이상으로 골이 크다. 그런 데다 옆으로 보니 짱구 대가리다.

"그렇소? 아무튼 집 찾느라고 수고했소."

하니 그는 큰 눈과 큰 입이 일시에 히죽거리며,

"뭘입쇼, 이게 제 업인뎁쇼."

하고 날래 물러서지 않고 목을 길게 빼어 방 안을 살핀다. 그러더니 묻지도 않는데,

"저는입쇼, 이 동네 사는 황수건이라 합니다……."

---

* 일제 강점기 때 입던 등에 상호 따위를 박은 겉옷. 주로 신문 배달부 등이 입었다.

하고 인사를 붙인다. 나도 깍듯이 내 성명을 대었다. 그는 또 싱글벙글하면서,

"댁엔 개가 없구먼입쇼."

한다.

"아직 없소."

하니,

"개 그까짓 거 두지 마십쇼."

한다.

"왜 그렇소?"

물으니, 그는 얼른 대답하는 말이,

"신문 보는 집엔입쇼, 개를 두지 말아야 합니다."

한다. 이것 재미있는 말이다 하고 나는,

"왜 그렇소?"

하고 또 물었다.

"아, 이 뒷동네 은행소에 댕기는 집엔입쇼, 망아지만 한 개가 있는뎁쇼, 아, 신문을 배달할 수가 있어얍죠."

"왜?"

"막 깨물랴고 덤비는걸입쇼."

한다. 말 같지 않아서 나는 웃기만 하니 그는 더욱 신을 낸다.

"그눔의 개 그저, 한번, 양떡을 멕여대야 할 텐데……."

하면서 주먹을 부르대는데 보니, 손과 팔목은 머리에 비기어 반비례로 작고 가느다랗다.

"어서 곤할 텐데 가 자시오."

하니 그는 마지못해 물러서며,

"선생님, 참 이 선생님 편안히 주웁쇼. 저이 집은 여기서 얼마 안 되는 걸입쇼."

하더니 돌아갔다.

그는 이튿날 저녁, 집을 알고 오는데도 아홉 시가 지나서야,

"신문 배달해 왔습니다."

하고 소리를 치며 들어섰다.

"오늘은 왜 늦었소?"

물으니,

"자연 그럽죠."

하고 다른 이야기를 꺼냈다.

자기는 워낙 이 아래 있는 삼산학교에서 일을 보다 어떤 선생하고 뜻이 덜 맞아 나왔다는 것, 지금은 신문 배달을 하나 원배달이 아니라 보조배달이라는 것, 저희 집엔 양친과 형님 내외와 조카 하나와 저희 내외까지 식구가 일곱이라는 것, 저희 아버지와 저희 형님의 이름은 무엇무엇이며, 자기 이름은 황가인 데다가 목숨 수壽 자하고 세울 건建 자로 황수건이기 때문에, 아이들이 노랑수건이라고 놀리어서 성북동에서는 가가호호에서 노랑수건 하면, 다 자긴 줄 알리라고 자랑스럽게 이야기하다가 이날도,

"어서 그만 다른 집에도 신문을 갖다 줘야 하지 않소?"

하니까 그때서야 마지못해 나갔다.

우리 집에서는 그까짓 반편과 무얼 대꾸를 해가지고 그러느냐 하되, 나는 그와 지껄이기가 좋았다.

그는 아무것도 아닌 것을 가지고 열심스럽게 이야기하는 것이 좋았고, 그와는 아무리 오래 지껄이어도 힘이 들지 않고, 또 아무리 오래 지껄이고 나도 웃음밖에는 남는 것이 없어 기분이 거뜬해지는 것도 좋았다. 그

래서 나는 무슨 일을 하는 중만 아니면 한참씩 그의 말을 받아주었다.

어떤 날은 서로 말이 막히기도 했다. 대답이 막히는 것이 아니라 무슨 말을 해야 할까 하고 막히었다. 그러나 그는 늘 나보다 빠르게 이야깃거리를 잘 찾아냈다. 오뉴월인데도 '꿩고기를 잘 먹느냐?'고도 묻고, '양복은 저고리를 먼저 입느냐 바지를 먼저 입느냐?'고도 묻고 '소와 말과 싸움을 붙이면 어느 것이 이기겠느냐?'는 둥, 아무튼 그가 얘깃거리를 취재하는 방면은 기상천외로 여간 범위가 넓지 않은 데는 도저히 당할 수가 없었다. 하루는 나는 '평생 소원이 무엇이냐?'고 그에게 물어보았다. 그는 '그까짓 것쯤 얼른 대답하기는 누워서 떡 먹기'라고 하면서 평생 소원은 자기도 원배달이 한번 되었으면 좋겠다는 것이었다.

남이 혼자 배달하기 힘들어서 한 이십 부 떼어 주는 것을 배달하고, 월급이라고 원배달에게서 한 삼 원 받는 터이라 월급을 이십여 원을 받고, 신문사 옷을 입고, 방울을 차고 다니는 원배달이 제일 부럽노라 하였다. 그리고 방울만 차면 자기도 뛰어다니며 빨리 돌 뿐 아니라 그 은행소에 다니는 집 개도 조금도 무서울 것이 없겠노라 하였다.

그래서 나는 '그럴 것 없이 아주 신문사 사장쯤 되었으면 원배달도 바랄 것 없고 그 은행소에 다니는 집 개도 상관할 바 없지 않겠느냐?' 한즉 그는 뚱그레지는 눈알을 한참 굴리며 생각하더니 '딴은 그렇겠다'고 하면서, 자기는 경난*이 없어 거기까지는 바랄 생각도 못 하였다고 무릎을 치듯 가슴을 쳤다.

그러나 신문 사장은 이내 잊어버리고 원배달만 마음에 박혔던 듯, 하루는 바깥마당에서부터 무어라고 떠들어대며 들어왔다.

------

* 어려운 일을 겪는 것.

"이 선생님? 이 선생님 곕쇼? 아, 저도 내일부턴 원배달이올시다. 오늘 밤만 자면입쇼……."

한다. 자세히 물어보니 성북동이 따로 한 구역이 되었는데, 자기가 맡게 되었으니까 내일은 배달복을 입고 방울을 막 떨렁거리면서 올 테니 보라고 한다. 그리고 '사람이란 게 그러게 무어든지 끝을 바라고 붙들어야 한다'고 나에게 일러주면서 신이 나서 돌아갔다. 우리도 그가 원배달이 된 것이 좋은 친구가 큰 출세나 하는 것처럼 마음속으로 진실로 즐거웠다. 어서 내일 저녁에 그가 배달복을 입고 방울을 차고 와서 쭐럭거리는 것을 보리라 하였다.

그러나 이튿날 그는 오지 않았다. 밤이 늦도록 신문도 그도 오지 않았다. 그다음 날도 신문도 그도 오지 않다가 사흘째 되는 날에야, 이날은 해도 지기 전인데 방울 소리가 요란스럽게 우리 집으로 뛰어들었다.

'어디 보자!'

하고 나는 방에서 뛰어나갔다.

그러나 웬일일까, 정말 배달복에 방울을 차고 신문을 들고 들어서는 사람은 황수건이가 아니라 처음 보는 사람이다.

"왜 전엣사람은 어디 가고 당신이오?"

물으니 그는,

"제가 성북동을 맡았습니다."

한다.

"그럼, 전엣사람은 어디를 맡았소?"

하니 그는 픽 웃으며,

"그까짓 반편을 어딜 맡깁니까? 배달부로 쓸랴다가 똑똑지가 못하니까 안 쓰고 말았나 봅니다."

한다.

"그럼 보조배달도 떨어졌소?"

하니,

"그럼요, 여기가 따루 한 구역이 된걸이오."

하면서 방울을 울리며 나갔다.

이렇게 되었으니 황수건이가 우리 집에 올 길은 없어지고 말았다. 나도 가끔 문안엔 다니지만 그의 집은 내가 다니는 길 옆은 아닌 듯 길가에서도 잘 보이지 않았다.

나는 가까운 친구를 먼 곳에 보낸 것처럼, 아니 친구가 큰 사업에나 실패하는 것을 보는 것처럼, 못 만나는 섭섭뿐이 아니라 마음이 아프기도 하였다. 그 당자와 함께 세상의 야박함이 원망스럽기도 하였다.

한데 황수건은 그의 말대로 노랑수건이라면 온 동네에서 유명은 하였다. 노랑수건 하면 누구나 성북동에서 오래 산 사람이면 먼저 웃고 대답하는 것을 나는 차츰 알았다.

내가 잠깐씩 며칠 보기에도 그랬거니와 그에겐 우스운 일화도 한두 가지가 아니었다.

삼산학교에 급사로 있을 시대에 삼산학교에다 남겨놓고 나온 일화도 여러 가지라는데, 그중에 두어 가지를 동네 사람들의 말대로 옮겨보면, 역시 그때부터도 이야기하기를 대단 즐기어 선생들이 교실에 들어간 새 손님이 오면 으레 손님을 앉히고는 자기도 걸상을 갖다 떡 마주 놓고 앉는 것은 물론, 마주 앉아서는 곧 자기류의 만담 삼매로 빠지는 것인데, 한 번은 도 학무국에서 시학관이 나온 것을 이 따위로 대접하였다. 일본말을 못하니까 만담은 할 수 없고 마주 앉아서 자꾸 일본말을 연습하였다.

"센세이 히, 오하요 고자이마스카?…… 히히 아메가 후리마스. 유키가 후리마스카? 히히……."*

시학관도 인정이라 처음엔 웃었다. 그러나 열 번 스무 번을 되풀이하는 데는 성이 나고 말았다. 선생들은 아무리 기다려도 종소리가 나지 않으니까, 한 선생이 나와보니 종 칠 것도 잊어버리고 손님과 마주 앉아서 '오하요 유키가 후리마스카……' 하는 판이다.

그날 수건이는 선생들에게 단단히 몰리고 다시는 안 그러겠노라고 했으나, 그 버릇을 고치지 못해서 그예 쫓겨 나오고 말은 것이다.

그는,

"너의 색씨 달아난다."

하는 말을 제일 무서워했다 한다. 한번은 어느 선생이 장난엣말로,

"요즘 같은 따뜻한 봄날엔 옛날부터 색씨들이 달아나기를 좋아하는데 어제도 저 아랫말에서 둘이나 달아났다니까 오늘은 이 동리에서 꼭 달아나는 색씨가 있을걸……."

했더니 수건이는 점심을 먹다 말고 눈이 휘둥그레졌다 한다. 그리고 그날 오후에는 어서 바삐 하학을 시키고 집으로 갈 양으로 오십 분 만에 치는 종을 이십 분 만에, 삼십 분 만에 함부로 다가서 쳤다는 이야기도 있다.

하루는 나는 거의 그를 잊어버리고 있을 때,

"이 선생님 곕쇼?"

하고 수건이가 찾아왔다. 반가웠다.

---

* 선생님 히, 안녕하세요?…… 히히, 비가 옵니다. 눈이 옵니까? 히히…….

　"선생님, 요즘 신문이 걸르지 않고 잘 옵쇼?"

하고 그는 배달 감독이나 되어 온 듯이 묻는다.

　"잘 오, 왜 그류?"

한즉 또,

　"늦지도 않굽쇼, 일즉이 제때마다 꼭꼭 옵쇼?"

한다.

　"당신이 돌을 때보다 세 시간은 일즉이 오고 날마다 꼭꼭 잘 오."

하니 그는 머리를 벅적벅적 긁으면서,

　"하루라도 걸르기만 해라. 신문사에 가서 대뜸 일러바치지……."

하고 그 빈약한 주먹을 부르댄다.

　"그런뎁쇼, 선생님?"

　"왜 그류?"

　"삼산학교에 말씀예요, 그 제 대신 들어온 급사가 저보다 근력이 세게

생겼습죠?"

　"나는 그 사람을 보지 못해서 모르겠소."

하니 그는 은근한 말소리로 히죽거리며,

　"제가 거길 또 들어가 볼랴굽쇼, 운동을 합죠."

한다.

　"어떻게 운동을 하오?"

　"그까짓 거 날마당 사무실로 갑죠. 다시 써달라고 졸라댑죠. 아, 그랬

더니 새 급사란 녀석이 저보다 크기도 무척 큰뎁쇼, 이 녀석이 막 불근댑

니다그려. 그래 한번 쌈을 해야 할 턴뎁쇼, 그 녀석이 근력이 얼마나 센지

알아야 뎀벼들 턴뎁쇼…… 허."

　"그렇지, 멋모르고 대들었다 매만 맞지."

하니 그는 한 걸음 다가서며 또 은근한 말을 한다.

"그래섭쇼, 엊저녁엔 큰 돌멩이 하나를 굴려다 삼산학교 대문에다 놨습죠. 그리구 오늘 아침에 가보니깐 없어졌는뎁쇼. 이 녀석이 나처럼 억지루 굴려다 버렸는지, 뻔쩍 들어다 버렸는지 그만 못 봤거든입쇼, 제— 길……"

하고 머리를 긁는다. 그러더니 갑자기 무얼 생각한 듯 손뼉을 탁 치더니,

"그런뎁쇼, 제가 온 건입쇼, 댁에선 우두를 넣지 마시라구 왔습죠."

한다.

"우두를 왜 넣지 말란 말이오?"

한즉,

"요즘 마마가 다닌다구 모두 우두들을 넣는뎁쇼, 우두를 넣으면 사람이 근력이 없어지는 법인뎁쇼."

하고 자기 팔을 걷어 올려 우두 자리를 보이면서,

"이걸 봅쇼. 저두 우두를 이렇게 넣기 때문에 근력이 줄었습죠."

한다.

"우두를 넣으면 근력이 준다고 누가 그립디까?"

물으니 그는 싱글거리며,

"아, 제가 생각해냈습죠."

한다.

"왜 그렇소?"

하고 캐니,

"뭘…… 저 아래 윤금보라고 있는데 기운이 장산뎁쇼. 아 삼산학교 그 녀석두 우두만 넣었다면 그까짓 것 무서울 것 없는뎁쇼, 그걸 모르겠거든입쇼……"

한다. 나는,

"그렇게 용한 생각을 하고 일러주러 왔으니 아주 고맙소."

하였다. 그는 좋아서 벙긋거리며 머리를 긁었다.

"그래 삼산학교에 다시 들기만 기다리고 있소?"

물으니 그는,

"돈만 있으면 그까짓 거 누가 고스카이* 노릇을 합쇼. 밑천만 있으면 삼산학교 앞에 가서 뻐젓이 장사를 할 턴뎁쇼."

한다.

"무슨 장사?"

"아, 방학 될 때까지 차미 장사도 하굽쇼, 가을부턴 군밤 장사, 왜떡 장사, 습자지, 도화지 장사 막 합죠. 삼산학교 학생들이 저를 어떻게 좋아하겝쇼. 저를 선생들보다 낫게 치는뎁쇼."

한다.

나는 그날 그에게 돈 삼 원을 주었다. 그의 말대로 삼산학교 앞에 가서 뻐젓이 참외 장사라도 해보라고. 그리고 돈은 남지 못하면 돌려오지 않아도 좋다 하였다.

그는 삼 원 돈에 덩실덩실 춤을 추다시피 뛰어나갔다. 그리고 그 이튿날,

"선생님 잡수시라굽쇼."

하고 나 없는 때 참외 세 개를 갖다 두고 갔다.

그리고는 온 여름 동안 그는 우리 집에 얼른하지 않았다.

들으니 참외 장사를 해보긴 했는데 이내 장마가 들어 밑천만 까먹었고, 또 그까짓 것보다 한 가지 놀라운 소식은 그의 아내가 달아났단 것이다.

---

* '급사給仕'를 뜻하는 일본어.

저희끼리 금실은 괜찮았건만 동서가 못 견디게 굴어 달아난 것이라 한다. 남편만 남 같으면 따로 살림 나는 날이나 기다리고 살 것이나 평생 동서 밑에 살아야 할 신세를 생각하고 달아난 것이라 한다.

그런데 요 며칠 전이었다. 밤인데 달포 만에 수건이가 우리 집을 찾아왔다. 웬 포도를 큰 것으로 대여섯 송이를 종이에 싸지도 않고 맨손에 들고 들어왔다. 그는 벙긋거리며,

"선생님 잡수라고 사 왔습죠."

하는 때였다. 웬 사람 하나가 날쌔게 그의 뒤를 따라 들어오더니 다짜고짜로 수건이의 멱살을 움켜쥐고 끌고 나갔다. 수건이는 그 우둔한 얼굴이 새하얗게 질리며 꼼짝 못하고 끌려 나갔다.

나는 수건이가 포도원에서 포도를 훔쳐 온 것을 직각하였다. 쫓아 나가 매를 말리고 포돗값을 물어주었다. 포돗값을 물어주고 보니 수건이는 어느 틈에 사라지고 보이지 않았다.

나는 그 다섯 송이의 포도를 탁자 위에 얹어놓고 오래 바라보며 아껴 먹었다. 그의 은근한 순정의 열매를 먹듯 한 알을 가지고도 오래 입안에 굴려보며 먹었다.

어제다. 문안에 들어갔다 늦어서 나오는데 불빛 없는 성북동 길 위에는 밝은 달빛이 깁을 깐 듯하였다.

그런데 포도원께를 올라오노라니까 누가 맑지도 못한 목청으로,

"사…… 케…… 와 나…… 미다카 다메이…… 키…… 카……."*

를 부르며 큰길이 좁다는 듯이 휘적거리며 내려왔다. 보니까 수건이 같았

---

* "술은 눈물인가 한숨인가."

다. 나는,

"수건인가?"

하고 아는 체하려다 그가 나를 보면 무안해할 일이 있는 것을 생각하고 휙 길 아래로 내려서 나무 그늘에 몸을 감추었다.

그는 길은 보지도 않고 달만 쳐다보며, 노래는 그 이상은 외우지도 못하는 듯 첫 줄 한 줄만 되풀이하면서 전에는 본 적이 없었는데 담배를 다 퍽퍽 빨면서 지나갔다.

달밤은 그에게도 유감한 듯하였다.

―『달밤』, 한성도서, 1935.

가마귀

“호—”

새로 사 온 것이라 등피에서는 아직 석유내도 나지 않는다. 닦을 것도 별로 없지만 전에 하던 버릇으로 그렇게 입김부터 불어가지고 어스레해진 하늘에 비춰보았다. 등피는 과민하게도 대뜸 뽀—얗게 흐려지고 만다.

“날이 꽤 차졌군…….”

그는 등피를 닦으면서 아직 눈에 익지 않은 정원을 둘러보았다. 이끼 앉은 돌층계 밑에는 발이 묻히게 낙엽이 쌓여 있고 상나무, 전나무 같은 상록수를 빼어놓고는 단풍나무까지 이미 반나마 이울어 어떤 나무는 잎이라고 하나도 없이 설—멍하게 서 있다. ‘무장해제를 당한 포로들처럼’ 하는 생각을 하면서 그런 쓸쓸한 나무들이 이 구석 저 구석에 묵묵히 섰는 것을 그는 등피를 다 닦고도 다시 한참이나 바라보다가야 자기 방으로 정한 바깥채 작은사랑으로 올라갔다.

여기는 그의 어느 친구네 별장이다. 늘 괴벽한 문체를 고집하여 독자를 널리 갖지 못하는 그는 한 달에 이십 원 남짓하면 독방을 차지할 수 있는 학생층의 하숙 생활조차 뜻대로 되지 않았다. 궁여의 일책으로 이렇게 임시로나마 겨우내 그냥 비워두는 친구네 별장 방 하나를 빌린 것이다. 내년 칠월까지는 어느 방이든지 마음대로 쓰라고 해서 정자지기가 방마다 문을 열어 보이는 대로 구경하였으나 모두 여름에나 좋은 북향들이라 너무 음습하고 너무 넓고 문들이 많아서 결국은 바깥채로 나와, 상노들이나 자는 방이라는 작은사랑을 치우게 한 것이다.

상노들이나 자는 방이라 하나 별장 전체를 그리 손색 있게 하는 방은 아니었다. 동향이어서 여름에는 늦잠을 자지 못할 것이 흠일까, 겨울에는 어느 방보다 밝고 따뜻할 수 있고 미닫이와 들창도 다 갑창까지* 들인 데다 벽장문과 두껍닫이**에는 유명한 화가인지 아닌지는 몰라도 낙관이 있는 사군자며 기명절지器皿折枝가 붙어 있다. 밖으로도 문 위에는 추성각秋聲閣이라 추사체의 현판이 걸려 있고 양쪽 처마 끝에는 파—랗게 녹슨 풍경이 창연히 달려 있다. 또 미닫이를 열면 눈 아래 깔리는 경치도 큰사랑만 못한 것 같지 않으니, 산기슭에 나붓이 섰는 수각水閣과 그 밑으로 마른 연잎과 단풍이 잠긴 연당이며 그리고 그 연당 언덕으로 올라오면서 무룡석으로 석가산을 모으고 잔디밭 새에 길을 돌린 것은 이 방에서 내려다보기가 기중일 듯싶었다. 그런 데다 눈을 번뜻 들면 동편 하늘이 바다처럼 트이고 그 한편으로 훤칠한 늙은 전나무 한 채가 절벽같이 가려 섰는 것이다. 사슴의 뿔처럼 삭정이가 된 상가지에는 희끗희끗 새똥까지 묻어서 고요히 바라보면 한눈에 태고太古가 깃들이는 듯한 그윽한 경치이다.

오래간만에 켜보는 남폿불이다. 펄럭— 하고 성냥불이 심지에 옮기더니 좁은 등피 속은 자옥하게 연기와 김이 서리었다가 차츰차츰 밝아지는 것이었다. 그렇게 차츰차츰 밝아지는 남폿불에 삥— 둘러앉았던 옛날

---

* 추위나 밝은 빛을 막으려고 안팎으로 두껍게 종이를 발라 미닫이 안쪽에 덧끼우는 미닫이.
** 미닫이를 열 때 문짝이 옆벽에 들어가 보이지 않도록 만든 것.

집안 사람들의 얼굴이 생각나게, 그렇게 남폿불은 추억 많은 불이다.

그는 누워 너무나 고요함에 귀를 빼앗기면서 옛사람들의 얼굴을 그려 보다가 너무나 가까운 데서 까악— 까악— 하는 가마귀 소리에 얼른 일어나 문을 열었다. 바깥은 아직 아주 어둡지 않았다. 또 까악— 까악— 하는 소리에 쳐다보니 지나가면서 우는소리가 아니라 바로 그 전나무 삭정가지에 시커먼 세 마리가 웅크리고 앉아 그러는 것이었다.

"가마귀!"

까치나 비둘기를 본 것만은 못하였다. 그러나 자연이 준 그의 검음과 그의 탁한 음성을 까닭 없이 저주할 필요는 느끼지 않았다. 마침 정자지기가 올라와서,

"아, 진지는 어떡하십니까?"

하는 말에, 우유하고 빵이나 먹고 밥 생각이 나면 문안 들어가 사 먹는다고, 그래도 자기는 괜찮다고 어름어름하고 말막음으로,

"웬 가마귀들이……?"

하고 물었다.

"네, 이 동네 많습니다. 저 나무엔 늘 와 사는걸입쇼."

"그래요? 그럼 내 친구가 되겠군……."

하고 그는 웃었다.

"요 아래 돼지 길르는 데가 있습죠니까. 거기 밥찍게기 같은 게 흔하니까 그래 가마귀가 떠나질 않습니다."

하면서 정자지기는 한 걸음 나서 팔매 치는 형용을 하니 가마귀들은 주춤하고 날 듯한 자세를 가지다가 아래를 보더니 도로 앉아서 이번에는 '까르르……' 하고 GA 아래 R이 한없이 붙은 발음을 하는 것이다.

정자지기가 내려간 후, 그는 다시 호젓하니 문을 닫고 아까와 같이 아

무렁게나 다리를 뻗고 누워버렸다.

배가 고팠다. 그는 또 그 어느 학자의 수면 습관설睡眠習慣設이 생각났다. 사람이 밤새도록 그 여러 시간을 자는 것은 불을 발명하기 전에 할 일이 없어 자기만 한 것이 습관으로 전해진 것뿐이요, 꼭 그렇게 여러 시간을 자야만 될 리는 없다는 것이다. 그는 이 수면 습관설에 관련하여 식욕이란 것도 그런 것으로 믿어보고 싶었다. 사람은 하루 꼭꼭 세 번씩 으레 먹어야 될 것처럼 충실히 먹는 것이나 이것도 그렇게 많이 먹어야만 되게 되어서가 아니라, 애초에는 수효 적은 사람들이 넓은 자연 속에서 먹을 것이 쉽사리 손에 들어오니까 먹기만 하던 것이 습관으로 전해진 것뿐이요, 꼭 그렇게 세 끼씩이나 계획적으로 먹어야만 될 리는 없을 것 같았다. 그런데, 사람이 잠을 자기 위해서는 그처럼 큰 부담이 있는 것은 아니나 먹기 위해서는, 하루 세 번씩 먹는 그 습관을 지키기 위해서는 얼마나 큰, 얼마나 무거운 부담이 있는 것인가. 그러기에 살려고 먹는 것이 아니라 먹으려고 산다는 말까지 생긴 것이 아닌가 생각되었다.

'먹으려구 산다! 평생을 먹으려구만 눈이 뻘게 허둥거리다 죽어? 그건 실로 인간의 모욕이다.'

그는 쓴웃음을 지으며 지금 자기의 속이 쓰려 올라오는 것과 입속이 빡빡해지며 눈에는 자꾸 기름진 식탁이 나타나는 것을 한낱 무가치한 습관의 발작으로만 돌려버리려 노력해보는 것이다.

'어디선가 루날*은 예술가는 빵 한 근보다 꽃 한 송이를 꺾는다고, 그러나 배가 고프면? 하고 제가 묻고는 그러면 그는 괴로워하고 훔치고 혹

---

* 르나르Jules Renard(1864~1910). 19세기 후반 프랑스의 소설가. 극작가. 대표작으로 『홍당무』, 『포도밭의 포도재배자』, 『박물지』 등이 있다.

은 사람을 죽일지도 모른다. 그렇더라도 글쓰기를 버리지는 않을 게라고 했다. 난 배가 고파할 줄 아는 얄미운 습관부터 아예 망각시켜보리라. 잉크는 새것이 한 병 새벽 우물처럼 충충히 담겨 있것다, 원고지도 두툼한 게 여남은 축 쌓여 있것다!'

그는 우선 그 문 앞으로 살랑살랑 지나다니면서 '쌀값은 오르기만 허구…… 석탄두 들여야겠는데……'를 입버릇처럼 하던 주인마누라의 목소리를 십 리나 떨어져서 은은한 풍경 소리와 짙은 어둠에 함빡 싸인, 이 산장 호젓한 방에서 옛 애인을 만난 듯한 다정스러운 남폿불을 돋우고 글만을 생각하는 데 취할 수 있는 것이 갑자기 몸이 비단에 싸이는 듯, 살이 찔 듯한 행복이었다.

*

저녁마다 그는 남포에 새 석유를 붓고 등피를 닦고 그리고 가마귀 소리를 들으면서 어둠을 기다리었다. 방 구석구석에서 밤의 신비가 소곤거려 나올 때 살며시 무릎을 꿇고 귀한 손님의 의관처럼 공손히 남포 갓을 들어 올리고 불을 켜는 것이며 펄럭거리던 불방울이 가만히 자리 잡는 것을 보고야 아랫목으로 물러나 그제는 눕든지 앉든지 마음대로 하며 혼자 밤이 깊도록 무얼 읽고 무얼 생각하고 무얼 쓰고 하는 것이다. 그래서 아침이면 늘 늦도록 자곤 하였다. 어떤 날은 큰사랑 뒤에 있는 우물에 올라가 세수를 하고 나면 산 너머로 오정 소리가 울려 오기도 했다. 그러다가 이 날은 무슨 무서운 꿈을 꾸고 그 서슬에 소스라쳐 깨어보니 밤은 벌써 아니었다. 미닫이에는 전나무 가지가 꿩의 장북*처럼 비끼었고 쨍쨍한 햇볕은 쏴— 소리가 날 듯 쪼여 있었다. 어수선한 꿈자리를 떨쳐버리는 홀가

---

* 장목. 꿩지깃을 모아 묶어서 깃대 따위의 끝에 꽂는 장식.

분한 기분과 여기 나와서는 처음 일찍 깨어보는 호기심에서 그는 머리를 흔들고 미닫이부터 쫙 밀어놓았다. 문턱을 넘어 드는 바깥 공기는 체온에 부딪히는 것이 찬물 같았다. 여윈 손으로 눈을 비비며 얼마나 아름다운 아침일까를 내어다보았다. 해는 역광선이어서 부신 눈으로 수각을 더듬고 연당을 더듬고 잔디밭길을 더듬다가 그 실뱀 같은 잔디밭길에서다. 그는 문득 어떤 여자의 그림자 하나를 발견한 것이다.

여태 꿈인가 해서 다시금 눈부터 비비었다. 확실히 여자요, 또 확실히 고요히 섰으되 산 사람이었다. 그는 너무 넓게 열렸던 문을 당황히 닫아 버리고 다시 조그만 틈으로 내어다보았다.

여자는 잊어버린 듯 오래도록 햇볕만 쏘이고 서 있다가 어디선지 산새 한 마리가 날아와 가까운 나뭇가지에 앉는 것을 보더니 그제야 사뿐 발을 떼어놓았다. 머리는 틀어 올리었고 저고리는 노르스름한 명줏빛인데 고동색 스웨터를, 아이 업듯, 두 소매는 앞으로 늘어뜨리고 등에만 걸치었을 뿐, 꽤 날씬한 허리 아래엔 옥색 치맛자락이 부드러운 물결처럼 가벼운 주름살을 일으켰다. 빨간 단풍잎 하나를 들었을 뿐, 고요한 아침 산보인 듯하다.

'누굴까?'

그는 장정裝幀 고운 신간서新刊書에처럼 호기심이 일어났다. 가까이 축대 아래로 지나가는 것을 보니 새 양봉투 같은 깨끗한 이마에 눈결은 뉘어 쓴 영어 글씨같이 차근하다. 꼭 다문 입술, 그리고 뾰로통한 콧봉오리에는 여간치 않은 프라이드가 느껴지는 얼굴이었다.

'웬 여잔데?'

이튿날 아침에도 비교적 이르게 잠이 깨었다. 살며시 연당 쪽을 내어다보니 연당 앞에도 잔디밭길에도 아무도 사람이라고는 보이지 않았다. 왜 그런지 붙들었던 새를 날려 보낸 듯 그는 서운하였다.

이날 오후이다. 그는 낙엽을 긁어다가 불을 때고 있었다. 누군지 축대 아래에서 인기척이 났다. 머리를 쓸어 넘기며 내려다보니 어제 아침의 그 여자다. 어제 그 옷, 그 모양, 그 고요함으로 약간 발그레해진 얼굴을 쳐들고 사뭇 아는 사람을 보듯 얼굴을 돌리려 하지 않고 걸음을 멈추고 섰는 것이다. 이쪽은 당황하여 다시 머리를 쓸어 넘기며 일어섰다.

"× 선생님 아니세요?"

여자가 거의 자신을 가지고 먼저 묻는다.

"네, ×××입니다."

"……."

여자는 먼저 물어놓고 더 말이 없이 귀밑까지 발그레해지는 얼굴을 폭 수그렸다. 한참이나 아궁에서 낙엽 타는 소리뿐이었다.

"절 아십니까?"

"……."

여자는 다시 얼굴을 들 뿐 말은 없다가 수줍은 웃음을 머금고 옆에 있는 돌층계를 히뜩히뜩 올라왔다. 이쪽에서는 낙엽 한 무더기를 또 아궁에 쓸어 넣고 손을 털었다.

"문간에 명함 붙이신 걸루 알았에요."

"네……."

"저두 선생님 독자예요. 꽤 충실한……."

"그러십니까? 부끄럽습니다."

그는 손을 비비며 여자의 눈을 보았다. 잦아든 가을 호수와 같이 약간 꺼진 듯한 피곤한 눈이면서도 겨울 별 같은 찬 광채가 일어났다.

"손수 불을 때시나요?"

"네."

"전 이 집 정원을 저이 집처럼 날마다 산보 와요, 아침이문…….."

"네! 퍽 넓구 좋은 정원입니다."

"참 좋아요……. 어서 때세요."

"네, 이 동네 계십니까?"

"요 개울 건너예요."

이날은 더 이야기가 나올 새 없이 부끄러움도 미처 걷지 못하고 여자는 돌아가고 말았다.

그는 한참 뒤에 바깥 한길로 나와 개울 건너를 살펴보았다. 거기는 기와집, 초가집 여러 집이 언덕에 층층으로 놓여 있었다. 어느 것이 그 여자가 들어간 집인지 짐작조차 할 수 없었다.

이날 저녁에 정자지기를 만나 물었더니,

"그 여자 병인이올시다."

하였다. 보기에 그리 병색은 아니더라 하니,

"뭐 폐병이라나요. 약 먹느라구 여기 나왔는데 숨이 차 산엔 못 댕기구 우리 정자루만 밤낮 오죠."

하였다.

폐병! 그는 온전한 남의 일 같지 않게 마음이 쓰였다. 그렇게 예모* 있고 상냥스러운 대화를 지껄일 수 있는 아름다운 입술이 악마 같은 병균을 발산하리라는 사실은 상상만 하기에도 우울하였다.

그러나 그다음 날부터는 정원에서 그 여자를 만나 인사할 수 있는 것이 즐거웠고, 될 수만 있으면 그를 위로해주고 그와 더불어 자기의 빈한한

---

* 예절에 맞는 몸가짐.

예술을 이야기하고 싶었다. 그래서 그 여자가 자기의 방문 앞으로 왔을 때는 몇 번이나,

"바람이 찹니다."

하여보았다. 그러나 번번이,

"여기가 좋아요."

하고 여자는 툇마루에 걸터앉았고 손수건으로 자주 입과 코를 막기를 잊지 않았다. 하루는,

"글쎄 괜찮으니 좀 들어오십시오."

하고 괜찮다는 말에 힘을 주었더니 여자는 약간 상기가 되면서 그래도 이쪽에 밝히 따지려는 듯이,

"전 전염병 환자예요."

하고 쓸쓸한 웃음을 지었다.

"글쎄 그런 줄 압니다. 괜찮으니 들어오십시오."

하니 그제야 가벼운 감격이 마음속에 파동치는 듯, 잠깐 멀―리 하늘가에 눈을 던지었다가 살며시 들어왔다. 황혼이었다. 동향 방의 황혼이라 말할 때의 그 여자의 맑은 눈 속과 흰 잇속만이 별로 또렷또렷 빛이 났다.

"저처럼 주검에 대면해 있는 처녀를 작품 속에서 생각해보신 적 계세요, 선생님?"

"없습니다! 그리구 그만 정도에 왜 주검을 생각허십니까?"

"그래두 자꾸 생각하게 되어요."

하고 여자는 보일 듯 말 듯한 웃음으로 천장을 쳐다보았다. 한참 침묵 뒤에,

"전 병을 퍽 행복스럽다 했어요. 처음엔……"

하고 또 가벼이 웃었다.

"……."

"모두 날 위해주구 친구들이 꽃을 가지구 찾어와 주구, 그리구 건강했을 때보다 여간 희망이 많지 않어요. 인제 병이 나으면 누구헌테 제일 먼저 편지를 쓰겠다, 누구헌테 전에 잘못한 걸 사과하리라 참 벨벨 희망이 다 끓어올랐어요……. 병든 걸 참 감사했어요. 그땐……."

"지금은요?"

"무서워졌어요. 주검두 첨에는 퍽 아름다운 걸루 알었드랬어요. 언제든지 살다 귀찮으면 꽃밭에 뛰어들듯 언제나 아름다운 주검에 뛰어들 수 있는 걸 기뻐했어요. 그런데 이렇게 닥들이고 보니 겁이 자꾸 나요. 꿈을 꿔두……."

하는데 까악— 까악— 하는 소리가 바로 그 전나무 삭정 가지에서인 듯, 언제나 똑같은 거리에서 울려 왔다.

"여기 나와선 가마귀가 내 친굽니다."

하고 그는 억지로 그 불길스러운 소리를 웃음으로 덮어버리려 하였다.

"선생님은 친구라구꺼정! 전 이 동네가 모두 좋은데 저게 싫어요. 주검을 잊어버리면 안 된다구 자꾸 깨쳐주는 것 같어요."

"건 괜한 관념인 줄 압니다. 흰 새가 있듯 검은 새도 있는 거요. 소리 맑은 새가 있듯 소리 탁한 새도 있는 거죠. 취미에 따라 가마귀도 사랑할 수 있는 샌 줄 압니다."

"건 주검을 아직 남의 걸로만 아는 건강한 사람들의 두개골을 사랑하는 것 같은 악취미겠지요. 지금 저헌텐 무서운 짐생이에요. 무슨 음모를 가지구 복면허구 내 뒤를 쫓아다니는 무슨 음흉한 사내같이 소름이 끼쳐요. 아마 내가 죽으면 저 새가 덥석 날러와 앞을 설 것만 같이……."

"……."

"주검이 아름답게 생각될 때 죽는 것처럼 행복은 없을 것 같아요."
하고 여자는 너무 길게 지껄였다는 듯이 수건으로 입을 코까지 싸서 막고
멀―거니 어두워 들어오는 미닫이를 바라보았다.

*

이 병든 처녀가 처음으로 방에 들어와 얼마 안 되는 이야기를 그의 체
온과 그의 병균과 함께 남기고 간 날 밤, 그는 몹시 우울하였다.

'무슨 말을 하여야 그 여자를 위로할 수 있을까?'

'과연 그 여자의 병은 구할 수 없는 것일까?'

'어떻게 하면 그 여자에게 죽음이 다시 한 번 꽃밭으로 보일 수 있을까?'

그는 비스듬히 벽에 기대어 이것을 생각하다가 머릿속에서 무엇이 버
스럭거리는 소리를 들었다. 가만히 이마에 손을 대니 그것은 벽장 속에서
나는 소리였다. 그는 벽장을 열고 두어 마리의 쥐를 쫓고 나무때기처럼
굳은 빵 한 쪽을 꺼내었다. 그리고 한 손으로는 뒷산에서 주워온 그 환약
과 같이 동그라면서도 가랑잎처럼 무게가 없는 토끼의 배설물을 집어 보
면서 요즘은 자기의 것도 그렇게 담박한 것이 틀리지 않을 것을 미소하였
다. '사람에게서도 풀내가 나야 한다.' 한 철인 소로의 말이 생각났으며,
사람도 사는 날까지 극히 겸손한 곤충처럼 맑은 이슬과 향기로운 풀잎으
로만 만족하지 못하는 것을, 그 운명이 슬픈 생각도 났다.

'무슨 말을 하여주면 그 여자에게 새 희망이 생길까?'

그는 다시 이런 궁리에 잠기었고 그랬다가 문득,

'내가 사랑하리라!'
하는 정열에 부딪히었다.

'확실히 그 여자는 애인을 갖지 못했을 거다. 누가 그 벌레 먹는 가슴
에 사랑을 묻었을 거냐.'

그는 그 여자의 앉았던 자리에 두 손길을 깔아보았다. 싸—늘한 장판의 감촉일 뿐 체온은 날아간 지 오래였다.

'슬픈 아가씨여, 죽더라도 나를 사랑하면서 죽어다오! 애인이 없이 죽는 것은 애인을 남기고 죽기보다 더욱 슬플 것이다……. 오래전부터 병균과 싸워온 그대에겐 확실히 애인이 있을 수 없을 게다.'

그는 문풍지 떠는 소리에 덧문을 닫고 남포의 불을 낮추고 포—의 슬픈 시 「레이번」*을 생각하면서,

"레노어? 레노어?"

하고, 포가 그의 애인의 망령을 불렀듯이 슬픈 음성을 소리쳐 보기도 하였다. 그 덮을 것도 없이 애인의 헌 외툿자락에 싸여서, 그러나 행복스럽게 임종하였을 레노어의 가엾고 또 아름다운 시체는, 생각하여보면 포의 정열 이상으로 포근히 끌어안아 보고 싶은 충동도 일어났다. 포가 외로운 서재에 앉아 밤 깊도록 옛 책을 상고할 때 폭풍은 와 문을 열어 젖뜨렸고 검은 숲속에서는 보이지도 않는 가마귀가 울면서 머리 풀어 헤친 아름다운 레노어의 망령이 스르르 방 안 한구석에 들어서곤 하였다.

'오오! 나의 레노어! 너는 아직 확실히 애인을 갖지 못했을 거다. 내가 너를 사랑해주며 내가 너의 주검을 지키는 슬픈 애인이 되어주마.'

그는 밤이 너무나 긴 것을 탄식하며 어서 날이 밝기를 기다리었다.

그러나 밝는 날 아침의 하늘은 너무나 두껍게 흐려 있었고 거친 바람은 구석구석에서 몰려 나오며 눈발조차 희끗희끗 날리었다. 온실 속에서나 갸웃이 내어다보는 한 송이 온대지방 꽃처럼, 그렇게 가냘픈 그 처녀의 얼굴이 도저히 나타나기를 바랄 수 없는 날씨였다.

---

* 레이븐The Raven. 잃어버린 연인에 대한 사랑과 추억을 노래한 에드거 알랜 포의 시.

'오, 가엾은 아가씨! 너는 이렇게 흐린 날, 어두운 방 속에 누워 애인이 없이 죽을 것을 슬퍼하리라! 나의 가엾은 레노어!'

사흘이나 눈이 오고 또 사흘이나 눈보라가 치고 다시 며칠 흐리었다가 눈이 오고 그리고 날이 들고 따뜻해졌다. 처마 끝에서 눈 녹은 물이 비 오듯 하는 날 오후인데 가엾은 아가씨가 나타났다. 더 창백해진 얼굴에는 상장喪章 같은 마스크를 입에 대었고 방에 들어와서는 눈꺼풀이 무거운 듯 자주 눈을 감았다 뜨면서,

"그간 두어 번이나 몹시 각혈을 했어요."

하였다.

"그러나……."

"의사는 기관에서 터진 피래지만, 전 가슴에서 나온 줄 모르지 않어요."

"그래두 의사가 더 잘 알지 않겠어요?"

"의사가 절 속여요. 의사만 아니라 사람들이 다 날 속이려구만 들어요. 돌아서선 뻔—히 내가 죽을 걸 이야기허다가두 나보군 아닌 체들 해요. 그래서 벌써부터 난 딴 세상 사람처럼 따돌리는 게 저는 슬퍼요. 주검이 그렇게 외로운 거란 걸 날 죽기 전부터 맛보게들 해요."

아가씨의 말소리는 떨리었다.

"그래두…… 만일 지금이라두, 만일…… 진정으루 사랑하는 사람이 있다면 그 사람의 말만은 곧이 들으시겠습니까?"

"……."

눈을 고요히 감고 뜨지 않았다.

"앓으시는 병을 조곰도 싫어하지 않고 정말 운명을 같이 따라 하려는 사람만 있다면?"

"그럼 그건 아마 사람이 아니겠지요. 저헌테 사랑하는 사람이 있긴 있

어요……. 절 열렬히 사랑해주어요. 요즘두 자주 저헌테 와요."

"……."

"그는 정말 날 사랑하는 표루 내가 이런, 모두 싫어허는 병이 걸린 걸 자기만은 싫어허지 않는단 표루 하로는 내 가슴에서 나온 피를 반 컵이나 되는 걸 먹기까지 한 사람이야요. 그렇지만 그게 내게 위로가 되는 줄 아세요?"

"……."

그는 우울할 뿐이었다.

"내 피까지 먹구 나허구 그렇게 가깝게 해두 그는 저대로 건강하구 저대루 살아가야 할 준비를 하니까요. 머리가 조흐면* 이발소에 가고, 신이 해지면 새 구둘 맞추구, 날마다 대학 도서관에 다니면서 학위 받을 연구만 하구 있어요. 그러니 얼마나 저허군 길이 달러요? 전 머릿속에 상여, 무덤 그런 생각뿐인데……."

"왜 그런 생각만 자꾸 하십니까?"

"사람끼린 동정하구퍼두 동정이 안 되는 거 같어요."

"왜요?"

"병자에겐 같은 병자가 되는 것 아니곤 동정이 못 될 겁니다. 그런데 어떻게 맘대루 같은 병자가 되며 같은 정도로 앓다, 같은 시각에 죽습니까? 뻔―히 죽을 사람을 말로만 괜찮다, 괜찮다 하구 속이는 건 이쪽을 더 빨리 외롭게만 만드는 거예요."

"어떤 상여를 생각하십니까?"

그는 대담하게 이런 것을 물어주었다. 그렇게 하는 것이 그 아가씨의

---

* 길면.

세계에 접근하는 것이 될까 하였다.

"조선 상여는 참 타기 싫어요. 요즘 금칠 막 한 자동차두 보기두 싫어요. 하—얀 말 여럿이 끌구 가는 하—얀 마차가 있다면…… 하구 공상 해봤어요. 그리구 무덤두 조선 무덤들은 참 암만해두 정이 가질 않어요. 서양엔 묘지가 공원처럼 아름답다는데 조선 산수들이야 어디 누구의 영—원한 주택이란 그런 감정이 나요? 곁에 둘 수 없으니 흙으루 덮구 그냥 두면 비에 패니까 잔디를 심는 것뿐이지 꽃 한 송이 심을 데나 꽂을 데가 있어요? 조선 사람처럼 죽는 사람의 감정을 안 생각해주는 사람들은 없는 것 같아요. 괜—히 그 듣기 싫은 목소리루 울기만 허고 가마귀나 들게 떡 쪼가리나 갖다 어질러놓구……."

"……."

"선생님은 왜 이렇게 외롭게 사세요?"

그는 아무 대답도 하지 않았다. 그 여자에게 애인이 없으리라 단정한 자기의 어리석음을 마음 아프게 비웃었고 저렇게 절망에 극하여 세상 욕심이라고는 털끝만치도 없는 거룩한 여자를 애인으로 가진 그 젊은 학도가 몹시 부러운 생각뿐이었다.

날은 이미 황혼에 가까웠다. 연당 아래 전나무 꼭대기에서는 아직, 그 탁한 소리로 울지는 않으나 그 우악스런 주둥이로 그 검은 새들이 삭정이를 쪼는 소리가 딱— 딱— 울려 왔다.

"가마귀가 온 게지요?"

"그렇게 그게 싫으십니까?"

"싫어요. 그것 배 속엔 아마 별별 구신 딱지가 다 든 것처럼 무서워요. 한번은 꿈을 꾸었는데 가마귀 배 속에 무슨 부적이 들구 칼이 들구 시퍼런 불이 들구 한 걸 봤어요. 웃지 마세요. 상식은 절 떠난 지 벌써 오래요……."

"허허……."

그러나 그는 웃고, 속으로 이제 가마귀를 한 마리 잡으리라 하였다. 그 배를 갈라서 그 속에는 다른 새나 조금도 다를 것이 없는 내장뿐인 것을 보여주리라. 그래서 그 상식을 잃은 여자의 가마귀에 대한 공포심을 근절시키고, 그래서 죽음에 대한 공포심까지도 좀 덜게 해주리라 마음먹었다.

*

그는 이 아가씨가 간 뒤에 그 길로 뒷산에 올라 물푸레나무를 베다가 큰 활을 하나 메었다. 꼿꼿한 싸리로 살을 만들고 끝에다는 큰 못을 갈아 촉을 박고 여러 번 겨냥을 연습하여보고 가마귀를 창문 가까이 유혹하였다. 눈 위에 여기저기 콩을 뿌리었더니 그들은 마침내 좌우를 의뭉스런 눈으로 두리번거리면서도 내려와 그것을 쪼았다. 먼 데 것이 없어지는 대로 그들은 곧 날 듯 날 듯이 어깨를 곧추세우면서도 차츰차츰 방문 가까이 놓인 것을 쪼며 들어왔다. 방 안에서는 숨을 죽이고 조그만 문구멍에 살촉을 얹고 가장 가까이 들어온 놈의 옆구리를 겨냥하여 기운껏 활을 당겨가지고 쏘아버렸다.

푸드득 하더니 날기는 다 날았으나 한 놈이 죽지에 살이 박힌 채 이내 그 자리에 떨어졌고 다른 놈들은 까악까악거리면서 전나무 꼭대기로 올라갔다. 그는 황망히 신을 끌며 떨어진 놈을 쫓아 들어가 발로 덮치려 하였다. 그러나 가마귀는 어느 틈에 그의 발밑에 들지 않고 훌쩍 몸을 솟구어 그 찬란한 핏방울을 눈 위에 흩뿌리며 두 다리와 한 날개로 반은 날고 반은 뛰면서 잔디밭 쪽으로 덥풀덥풀 달아났다. 이쪽에서도 숨차게 뛰어 다우쳤다. 보기에 악한과 같은 짐승이었지만 그도 한낱 새였다. 공중을 잃어버린 그에겐 이내 막다른 골목이 나왔다. 화살이 그냥 박힌 채 연당으로 내려가는 도랑창에 거꾸로 박히더니 쌕— 쌕— 하면서 불덩어리인지 핏방울인지 모를 두 눈을 뒤집어쓰고 집게 같은 입을 딱딱 벌리며 대가리를 곧추들었다. 그리고 머리 위에서는 다른 놈들이 전나무에서 내려와 까악거리며 저희 가족을 기어이 구하려는 듯이 낮게 떠돌며 덤비었다.

그는 슬그머니 겁이 나기도 했으나 뭉어리 돌을 집어 공중엣놈들을 위협하며 도랑에서 다시 덥풀 올려 솟는 놈을 쫓아 들어가 곧은 발길로 멱투시를 차 내던지었다. 화살은 빠져 떨어지고 가마귀만 대여섯 칸 밖에 나가떨어지며 킥— 하고 뻐들적거렸다. 다시 쫓아가 발길을 들었으나 그때는 벌써 가마귀는 적을 볼 줄도 모르고 덮어 누르는 죽음과 싸울 뿐이었다. 그는 두근거리는 가슴으로 이 검은 새의 죽음의 고민을 내려다보며 그 병든 처녀의 임종을 상상해보았다. 슬픈 일이었다. 그는 이내 자기 방으로 돌아왔고 나중에 정자지기를 시켜 그 죽은 가마귀를 목을 매어 어느 나뭇가지에 걸게 하였다. 그리고 어서 그 아가씨가 나타나면 곧 훌륭한 외과의나처럼 그 검은 시체를 해부하여 가마귀의 배 속에도 다른 날짐승과 똑같이 단순한 조류의 내장이 있을 뿐, 결코 그런 무슨 부적이거나 칼이거나 푸른 불이 들어 있지 않다는 것을 증명하리라 하였다.

그러나 날씨는 추워가기만 하고 열흘에 한 번도 따뜻한 해가 비치지 않았다. 달포가 지나도록 그 아가씨는 나타나지 않았다. 날씨는 다시 풀어져 연당에 눈이 녹고 단풍나무 가지에 걸린 가마귀의 시체도 해부하기 알맞게 녹았지만 그 아가씨는 나타나지 않았다.

*

하루는 다시 추워져 싸락눈이 사륵사륵 길에 떨어져 구르는 날 오후이다. 그는 어느 잡지사에 들어가 곤작困作* 한 편을 팔아가지고 약간의 식료를 사 들고 다 나온 길인데 개울 건너 넓은 마당에는 두어 대의 검은 자동차와 함께 금빛 영구차 한 대가 놓여 있는 것이다.

그는 가슴이 섬뜩하였다. 별장 쪽을 올려다보니 전나무 꼭대기에서는 진작부터 서너 마리의 가마귀가 이 광경을 내려다보며 쭈그리고 앉아 있었다.

'그 여자가 죽은 거나 아닌가?'

영구차 안에는 이미 검은 포장에 덮인 관이 실려 있었다. 둘러섰는 동네 사람 속에서 정자지기가 나타나더니 가까이 와 일러주었다.

"우리 정자루 늘 오던 색씨가 갔답니다."

"……."

그는 고요히 영구차를 향하여 모자를 벗었다.

"저 뒤에 자동차에 지금 오르는 사람이 그 색씨하구 정혼했던 남자랩니다."

그는 잠자코 그 대학 도서실에 다니며 학위 얼을 연구를 한다는 청년을 바라보았다. 그 청년은 자동차 안에 들어앉아, 이내 하―얀 손수건을 내어 얼굴에 대었다. 그러자 자동차들은 영구차가 앞을 서며 고요히 굴러 떠나갔다. 눈은 함박눈이 되면서 펑펑 쏟아지기 시작하였다. 그 자동차들이 굴러간 자리도 얼마 안 있어 덮어버리고 말았다.

가마귀들은 이날 저녁에도 별다른 소리는 없이 그저 까악― 까악― 거리다가 이따금씩 까르르― 하고 그 GA 아래 R이 한없이 붙은 발음을 내곤 하였다.

— 『가마귀』, 한성도서, 1937.

----

* 글을 애써가며 더디 지음.

복덕방

철석, 앞집 판장* 밑에서 물 내버리는 소리가 났다. 주먹구구에 골독했던 안 초시에게는 놀랄 만한 폭음이었던지, 다리 부러진 돋보기 너머로, 똑 모이를 쪼으려는 닭의 눈을 해가지고 수챗구멍을 내다본다. 뿌연 뜨물에 휩쓸려 나오는 것이 여러 가지다. 호박 꼭지, 계란 껍질, 거피해 버린 녹두 껍질.

"녹두 빈자떡을 부치는 게로군, 홍······."

한 오륙 년째 안 초시는 말끝마다 '젠—장······'이 아니면 '흥!' 하는 코웃음을 잘 붙이었다.

"추석이 벌써 낼 모레지! 젠—장······."

안 초시는 저도 모르게 입맛을 다시었다. 기름내가 코에 풍기는 듯 대뜸 입 안에 침이 흥건해지고 전에 괜찮게 지낼 때, 충치니 풍치니 하던 것은 거짓말이었던 것처럼 아래윗니가 송곳 끝같이 날카로워짐을 느끼었다.

안 초시는 그 날카로워진 이를 빈 입인 채 빠드득 소리가 나게 한번 물어보고 고개를 들었다.

———

* 널빤지로 친 울타리.

하늘은 천리같이 트였는데 조각구름들이 여기저기 널리었다. 어떤 구름은 깨끗이 바래 말린 옥양목처럼 흰빛이 눈이 부시다. 안 초시는 이내 자기의 때 묻은 적삼 생각이 났다. 소매를 내려다보는 그의 얼굴은 날래 들리지 않는다. 거기는 한 조박의 녹두빈자나 한잔의 약주로써 어쩌지 못할, 더 슬픔과 더 고적함이 품겨 있는 것 같았다.

혹혹 소매 끝을 불어보고 손 끝으로 튀겨보기도 하다가 목침을 세우고 눕고 말았다.

"이사는 팔하고 사오는 이십이라 천이 되지…… 가만…… 천이라? 사로 했으니 사천이라 사천 평…… 매 평에 아주 줄여 잡아 오 환씩만 하게 돼두 사 환 칠십오 전씩이 남으니, 그럼…… 사사는 십륙 일만 육천 환하구……."

안 초시가 다시 주먹구구를 거듭해서 얻어낸 총액이 일만 구천 원, 단천 원만 들여도 일만 구천 원이 되리라는 셈속이니, 만 원만 들이면 그게 얼만가? 그는 벌떡 일어났다. 이마가 화끈했다. 도사렸던 무릎을 얼른 곧 추세우고 뒤나 보려는 사람처럼 쪼그렸다. 마코 갑이 번연히 빈 것인 줄 알면서도 다시 집어다 눌러보았다. 주머니에는 단돈 십 전, 그도 안경 다리를 고친다고 벌써 세 번짼가 네 번째 딸에게서 사오십 전씩 얻어가지고는 번번이 담뱃값으로 다 내어보내고 말던 최후의 십 전, 안 초시는 주머니에 손을 넣어 그것을 집어내었다. 백통화 한 푼을 얹은 야윈 손바닥, 가만히 떨리었다. 서 참의參議의 투박한 손을 생각하면 너무나 얇고 잔망스러운 손이거니 하였다. 그러나, 이따금 술잔은 얻어먹고, 이렇게 내 방처럼 그의 복덕방에서 잠까지 빌려 자건만 한 번도, 집 거간이나 해먹는 서 참의의 생활이 부럽지는 않았다. 그래도 언제든지 한 번쯤은 무슨 수가 생기어 다시 한 번 내 집을 쓰게 되고, 내 밥을 먹게 되고, 내 힘과 내 낯으로 다시 한 번 세상에 부딪혀보려니 믿어졌다.

초시는 전에 어떤 관상쟁이의 '엄지손가락을 안으로 넣고 주먹을 쥐어야 재물이 나가지 않는다'는 말이 생각났다. 늘 그렇게 쥐노라고는 했지만 문득 생각이 나 내려다볼 때는, 으레 엄지손가락이 얄밉도록 밖으로만 쥐어져 있었다. 그래 드팀전*을 하다가도 실패를 하였고, 그래 집까지 잡혀서 장전**을 내었다가도 그만 화재를 보았거니 하는 것이다.

"이놈의 엄지손가락아, 안으로 좀 들어가아, 젠―장."

하고 연습 삼아 엄지손가락을 먼저 안으로 넣고 아프도록 두 주먹을 꽉 쥐어보았다. 그리고 당장 내어보낼 돈이면서도 그 십 전짜리를 그렇게 쥔 주먹에 단단히 넣고 담배 가게로 나갔다.

*

이 복덕방에는 흔히 세 늙은이가 모이었다.

언제, 누가 와, 집 보러 가잘지 몰라, 늘 갓을 쓰고 앉아서 행길을 잘 내다보는, 얼굴 붉고 눈방울 큰 노인은 주인 서 참의다. 참의로 다니다가 합병 후에는 다섯 해를 놀면서 시기를 엿보았으나 별수가 없을 것 같아서 이럭저럭 심심파적으로 갖게 된 것이 이 가옥 중개업이었다. 처음에는 겨우 굶지 않을 만한 수입이었으나 대정大正 팔구년 이후로는 시골 부자들이 세금에 몰려, 혹은 자녀들의 교육을 위해 서울로만 몰려들고, 그런 데다 돈은 흔해져서 관철동, 다옥정 같은 중앙 지대에는 그리 고옥만 아니면 만 원대를 예사로 훌훌 넘었다. 그 판에 봄가을로 어떤 달에는 삼사백 원 수입이 있어, 그러기를 몇 해를 지나 가회동에 수십 간 집을 세웠고 또 몇 해 지나지 않아서는 창동 근처에 땅을 장만하기 시작하였다. 지금은

* 예전에 온갖 피륙을 팔던 가게.
** 장롱 따위의 세간을 만들어 파는 가게.

중개업자도 많이 늘었고 건양사建陽社 같은 큰 건축회사가 생기어서 당자끼리 직접 팔고 사는 것이 원칙처럼 되어가기 때문에 중개료의 수입은 전보다 훨씬 준 셈이다. 그러나 이십여 간 집에 학생을 치고 싶은 대로 치기 때문에 서 참의의 수입이 없는 달이라고 쌀값이 밀리거나 나뭇값에 졸릴 형편은 아니다.

"세상은 먹구살게는 마련야……."

서 참의가 흔히 하는 말이다. 칼을 차고 훈련원에 나서 병법을 익힐 제는, 한번 호령만 하고 보면 산천이라도 물러설 것 같던, 그 기개와 오늘의 자기, 한낱 가쾌家儈*로 복덕방 영감으로 기생, 갈보 따위가 사글셋방 한 간을 얻어달래도 네— 네 하고 따라나서야 하는, 만인의 심부름꾼인 것을 생각하면 서글픈 눈물이 아니 날 수도 없는 것이다. 워낙 술을 즐기기도 하지만 어떤 때는 남몰래 이런 감회를 이기지 못해서 술집에 들어선 적도 여러 번이다.

그러나 호반(무인)들의 기개란 흔히 혈기에서 나오는 것이기 때문이지 몸에서 혈기가 줆을 따라 그런 감회를 일으킴조차 요즘은 적어지고 말았다. 하루는 집에서 점심을 먹다 듣노라니 무슨 장사치의 외는 소리인데 아무래도 귀에 익은 목청이다. 자세히 귀를 기울이니 점점 가까이 오는 소리인데 제법 무엇을 사라는 소리가 아니라 '유리병이나 간장통 팔거—쏘—' 하는 소리이다. 그런데 그 목청이 보면 꼭 알 사람 같아 일어서 마루 들창으로 내어다보니, 이번에는 '가마니나 신문 잡지나 팔거—쏘—' 하면서 가마니 두어 개를 지고 한 손에는 저울을 들고 중노인이나 된 사나이가 지나가는데 아는 사람은 확실히 아는 사람이다. 그러나 그를

---

* 집주릅. 집 흥정을 붙이는 일을 직업으로 가진 사람.

어디서 알았으며 성명이 무엇이며 애초에는 무엇을 하던 사람인지가 감 감해지고 말았다.

"오―라! 그렇군…… 분명…… 저런!"

하고 그는 한참 만에 고개를 끄덕이었다. 그 유리병과 간장통을 외는 소리가 골목 안으로 사라져갈 즈음에야 서 참의는 그가 누구인 것을 깨달아낸 것이다.

"동관同官 김 참의…… 허!"

나이는 자기보다 훨씬 연소하였으나 학식과 재기가 있는데다 호령 소리가 좋아 상관에게 늘 칭찬을 받던 청년 무관이었었다. 이십여 년 뒤에 들어도 갈데없이 그 목청이요 그 모습이었다. 전날의 그를 생각하고 오늘의 그를 보니 적이 감개에 사무치어 밥숟가락을 멈추고 냉수만 거듭 마시었다.

그러나 전에 혈기 있을 때와 달라 그런 기분이 오래가지는 않았다. 중학교 졸업반인 둘째 아들이 학교에 갔다 들어서는 것을 보고, 또 싸전에서 쌀값 받으러 와 마누라가 선선히 시퍼런 지전을 내어 헤는 것을 볼 때 서 참의는 이내 속으로,

'거저 살아야지 별수 있나. 저렇게 개가죽을 쓰고 돌아다니는 친구도 있는데…… 에헴.'

하였을 뿐 아니라 그런 절박한 친구에다 대면 자기는 얼마나 훌륭한 지체냐 하는 자존심도 없지 않았다.

'지난 일 그까짓 생각할 건 뭐 있나. 사는 날까지…… 허허.'

여생을 웃으며 살 작정이었다. 그래 그런지 워낙 좀 실없는 티가 있는데다 요즘 와서는 누구에게나 농지거리가 늘어갔다. 그래 늘 눈이 달리고 뾰로통한 입으로는 말끝마다 젠―장 소리만 나오는 안 초시와는 성미가

맞지 않았다.

"쬠보야, 술 한잔 사주랴?"

쬠보라는 말이 자기를 업수이 여기는 것 같아서 안 초시는 이내 발끈해
가지고,

"네깟 놈 술 더러 안 먹는다."

한다.

"화토패나 밤낮 떼면 너이 어멈이 살아 온다덴?"

하고 서 참의가 발끝으로 화투장들을 밀어 던지면 그만 얼굴이 새빨개져
서 쌔근쌔근하다가 부채면 부채, 담뱃갑이면 담뱃갑, 자기의 것을 냉큼
집어 들고 다시 안 올 듯이 새침해 나가버리는 것이다.

"조게 계집이문 천생 남의 첩감이야."

하고 서 참의는 껄껄 웃어버리나 안 초시는 이렇게 돼서 올라가면 한 이
틀씩 보이지 않았다.

한번은 안 초시의 딸의 무용회舞踊會 날 밤이었다. 안경화安京華라고, 한
동안 토월회土月會에도 다니다가 대판大阪에 가 있느니 동경東京에 가 있느
니 하더니 오륙 년 뒤에 무용가노라 이름을 날리며 서울에 나타났다. 바
로 제일회 공연 날 밤이었다. 서 참의가 조르기도 했지만, 안 초시도 딸의
사진과 이야기가 신문마다 나는 바람에 어깨가 으쓱해서 공표를 얻을 수
있는 대로 얻어가지고 서 참의뿐 아니라 여러 친구를 돌라줬던 것이다.

"허! 저기 한가운데서 지금 한창 다릿짓하는 게 자네 딸인가?"

남은 다 멍멍히 앉았는데 서 참의가 해괴한 것을 보는 듯 마땅치 않은
어조로 물었다.

"무용이란 건 문명국일수록 벗구 한다네그려."

약기는 한 안 초시는 미리 이런 대답으로 막았다.

"모르겠네 원…… 지금 총각 놈들은 모두 등신인가 봐……."

"왜?"

하고 이번에는 다른 친구가 탄하였다.

"우린 총각 시절에 저런 걸 보문 그냥 못 배기네."

"빌어먹을 녀석…… 나잇값을 못 하구 개야 저건 개……."

벌써 안 초시는 분통이 발끈거려서 나오는 소리였다.

한 가지가 끝나고 불이 환하게 켜졌을 때다.

"도루, 차라리 여배우 노릇을 댕기라구 그래라. 여배운 그래두 저렇게 넓적다린 내놓구 덤비지 않더라."

"그 자식 오지랖 경치게 넓네. 네가 안방 건는방 이 칸이요나 알았지 뭘 쥐뿔이나 안다구 그래? 보기 싫건 나가렴."

하고 안 초시는 화를 발끈 내었다. 그러니까 서 참의도 안방 건넌방 말에 화가 나서 꽤 높은 소리로,

"넌 또 뭘 아니? 요 쫌보야."

하고 일어서 버리었다.

이 일이 있은 후 안 초시는 거의 달포나 서 참의의 복덕방에 나오지 않았었다. 그런 걸 박희완朴喜完 영감이 가서 데리고 왔었다.

*

박희완 영감이란 세 영감 중의 하나로 안 초시처럼 이 복덕방에 와 자기까지는 안 하나 꽤 쏠쏠히 놀러 오는 늙은이다. 아니 놀러 오기만 하는 것이 아니라 와서는 공부도 한다. 재판소에 다니는 조카가 있어 대서업 운동을 한다고 『속수국어독본速修國語讀本』을 노상 끼고 와 그 『삼국지』 읽던 투로,

"긴인상 도꼬우에 유끼이마쑤까."

어쩌고를 외고 있는 것이다.

그러나 『속수국어독본』 뚜껑이 손때에 절고, 또 어떤 때는 목침 위에 받쳐 베고 낮잠도 자서 머리때까지 새까맣게 절어 조선총독부편찬朝鮮總督府編纂이란 잔글자들은 보이지 않게 되도록, 대서업 허가는 의연히 나오지 않는 모양이었다.

"너나 내나 다 산 것들이 업은 가져 뭘 허니. 무슨 세월에…… 흥!"
하고 어떤 때, 안 초시는 한나절이나 화투패를 떼다 안 떨어지면 그 화풀이로 박희완 영감이 들고 중얼거리는 『속수국어독본』을 툭 채어 행길로 팽개치며 그랬다.

"넌 또 무슨 재술 바라구 밤낮 화토패나 떨어지길 바라니?"

"난 심심풀이지."

그러나 속으로는 박희완 영감보다 더 세상에 대한 야심이 끓었다. 딸이 평양으로 대구로 다니며 지방 순회까지 하여서 제법 돈냥이나 걷힌 것 같으나 연구소를 내느라고 집을 뜯어고친다, 유성기를 사들인다, 교제를 하러 돌아다닌다 하느라고, 더구나 귀찮게만 아는 이 애비를 위해 쓸 돈은 예산에부터 들지 못하는 모양이었다.

"애? 낡은 솜이 돼 그런지, 삯바느질이 돼 그런지 바지 솜이 모두 치어서 어떤 덴 홑옷이야. 암만해두 사쓸 한 벌 사 입어야겠다."
하고 딸의 눈치만 보아오다 한번은 입을 열었더니,

"어련히 인제 사드릴라구요."
하고 딸은 대답은 선선하였으나 샤쓰는 그해 겨울이 다 지나도록 구경도 못 하였다. 샤쓰는커녕 안경다리를 고치겠다고 돈 일 원만 달래도 일 원짜리를 굳이 바꿔다가 오십 전 한 닢만 주었다. 안경은 돈을 좀 주무르던 시절에 장만한 것이라 테만 오륙 원 먹은 것이어서 오십 전만으로 그런

다리는 어림도 없었다. 오십 전짜리 다리도 있지만 살 바에는 조촐한 것을 택하던 초시의 성미라 더구나 면상에서 짝짝이로 드러나는 것을 사기가 싫었다. 차라리 종이 노끈인 채 쓰기로 하고 오십 전은 담뱃값으로 나가고 말았다.

"왜 안경다린 안 고치셨어요?"

딸이 그날 저녁으로 물었다.

"흥……."

초시는 말은 하지 않았다. 딸은 며칠 뒤에 또 오십 전을 주었다. 그러면서 어떻게 들으라고 하는 소리인지,

"아버지 보험료만 해두 한 달에 삼 원 팔십 전씩 나가요."

하였다. 보험료나 타먹게 어서 죽어달라는 소리로도 들리었다.

"그게 내게 상관 있니?"

"아버지 위해 들었지 누구 위해 들었게요 그럼?"

초시는 '정말 날 위해 하는 거문 살아서 한 푼이라두 다우. 죽은 뒤에 내가 알 게 뭐냐' 소리가 나오는 것을 억지로 참았다.

"오십 전이문 왜 안경다릴 못 고치세요?"

초시는 설명하지 않았다.

"지금 아버지가 좋고 낮은 걸 가리실 처지야요?"

그러나 오십 전은 또 마코 값으로 다 나갔다. 이러기를 아마 서너 번째다.

"자식도 소용없어. 더구나 딸자식…… 그저 내 수중에 돈이 있어야……."

초시는 돈의 긴요성을 날로날로 더욱 심각하게 느끼었다.

"돈만 가지면야 좀 좋은 세상인가!"

심심해서 운동 삼아 좀 나다녀 보면 거리마다 짓느니 고층 건축들이요 동네마다 느느니 그림 같은 문화주택들이다. 조금만 정신을 놓아도 물에서 갓 튀어나온 메기처럼 미끈미끈한 자동차가 등덜미에서 소리를 꽥 지른다. 돌아다보면 운전수는 눈을 부릅떴고 그 뒤에는 금시곗줄이 번쩍거리는, 살진 중년 신사가 빙그레 웃고 앉았는 것이었다.

"예순이 낼 모레…… 젠—장할 것."

초시는 늙어가는 것이 원통하였다. 어떻게 해서나 더 늙기 전에 적게 돈 만 원이라도 붙들어 가지고 내 손으로 다시 한 번 이 세상과 교섭해보고 싶었다. 지금 이 꼴로서야 문화주택이 암만 서기로 내게 무슨 상관이며 자동차, 비행기가 개미 떼나 파리 떼처럼 퍼지기로 나와 무슨 인연이 있는 것이냐, 세상과 자기와는 자기 손에서 돈이 떨어진, 그 즉시로 인연이 끊어진 것이라 생각되었다.

"그러면 송장이나 다름없지 뭔가?"

초시는 이런 질문을 자신에게 던지는 지가 이미 오래였다.

"무슨 수가 없을까?"

또,

"무슨 그루테기가 있어야 비비지!"

그러다도,

"그래도 돈냥이나 엎질러 본 녀석이 벌기도 하는 게지."

하고 그야말로 무슨 그루터기만 만나면 꼭 벌기는 할 자신이었다.

*

그러다가 박희완 영감에게서 들은 말이었다. 관변에 있는 모 유력자를 통해 비밀리에 나온 말인데 황해 연안에 제이의 나진羅津이 생긴다는 말이었다. 지금은 관청에서만 알 뿐이나 축항築港 용지는 비밀리에 매수되었으므로 불원하여 당국자로부터 공표가 있으리라는 것이다.

"그럼, 거기가 황무진가? 전답들인가?"

초시는 눈이 뻘게 물었다.

"밭이라데."

"밭? 그럼 매 평 얼마나 간다나?"

"좀 올랐대. 관청에서 사는 바람에 아무리 시골 사람들이기루 그만 눈치 없겠나. 그래두 무슨 일루 관청서 사는진 모르거든……"

"그래?"

"그래, 그리 오르진 않았대…… 아마 평당 이십오륙 전씩이면 살 수 있다나 보데. 그러니 화중지병이지 뭘 허나 우리가……"

"음……"

초시는 관자놀이가 욱신거리었다. 정말이기만 하면 한 시각이라도 먼저 덤비는 놈이 더 먹는 판이다. 나진도 오륙 전 하던 땅이 한번 개항된다는 소문이 나자 당년으로 오륙 전의 백 배 이상이 올랐고 삼사 년 뒤에는, 땅 나름이지만 어떤 요지는 천 배 이상이 오른 데가 많다.

'다 산 나이에 오래 끌 건 뭐 있나. 당년으로 넘겨두 최소한도 오 환씩야 무려할 테지……'

혼자 생각한 초시는,

"대관절 어디란 말야 거기가?"

하고 나앉으며 물었다.

"그걸 낸들 아나?"

"그럼?"

"그 모씨라는 이만 알지. 그리게 날더러 단 만 원이라도 자본을 운동하면 자기는 거기서도 어디어디가 요지라는 걸 설계도를 복사해낸 사람이니까 그 요지만 산단 말이지, 그리구 많이두 바라지 않어, 비용 죄다 제치구 순이익의 이 할만 달라는 거야."

"그럴 테지…… 누가 그런 자국을 일러주구 구경만 하자겠나…… 이 할이라…… 이 할……."

초시는 생각할수록 이것이 훌륭한, 그 무슨 그루터기가 될 것 같았다. 나진의 선례도 있거니와 박희완 영감 말이 만주국이 되는 바람에 중국과의 관계가 미묘해지므로 황해 연안에도 으레 나진과 같은 사명을 갖는 큰 항구가 필요할 것은 우리 상식으로도 추측할 바이라 하였다. 초시의 상식에도 그것을 믿을 수 있었다.

*

오늘은 오래간만에 피죤을 사서, 거기서 아주 한 대를 피워 물고 왔다. 어째 박희완 영감이 종일 보이지 않는다. 다른 데로 자금 운동을 다니나 보다 하였다. 서 참의는 점심 전에 나간 사람이 어디서 흥정이 한 자리 떨어지느라고인지 아직 돌아오지 않는다. 안 초시는 미닫이틀 위에서 낡은 화투를 꺼내었다.

"허, 이거 봐라!"

여간해선 잘 떨어지지 않던 거북패가 단번에 뚝 떨어진다. 누가 옆에 있어 좀 보아줬으면 싶었다.

"아무래두 이게 심상치 않어…… 이제 재수가 티나 부다!"

초시는 반도 타지 않은 담배를 행길로 내어던졌다. 출출하던 판에 담배만 몇 대를 피고 나니 목이 컬컬해진다. 앞집 수채에는 뜨물에 떠내려가다 막힌 녹두 껍질이 그저 누렇게 보인다.

"오냐, 내년 추석엔……."

초시는 이날 저녁에 박희완 영감에게서 들은 이야기를 딸에게 하였다.

실패는 했을지라도 그래도 십수 년을 상업계에서 논 안 초시라 출자를 권유하는 수작만은 딸이 듣기에도 딴 사람인 듯 놀라웠다. 딸은 즉석에서는 가부를 말하지 않았으나 그의 머릿속에서도 이내 잊혀지지는 않았던지 다음 날 아침에는, 딸 편이 먼저 이 이야기를 다시 꺼내었고, 초시가 박희완 영감에게 묻던 이상으로 시시콜콜히 캐어물었다. 그러면 초시는 또 박희완 영감 이상으로 손가락으로 가리키듯 소상히 설명하였고 일 년 안에 청장*을 하더라도 최소한도로 오십 배 이상의 순이익이 날 것이라 장담장담하였다.

딸은 솔깃했다. 사흘 안에 연구소 집을 어느 신탁회사에 넣고 삼천 원을 돌리기로 하였다. 초시는 금시 발복이나 된 듯 뛰고 싶게 기뻤다.

"서 참의 이놈, 날 은근히 멸시했것다. 내 굳이 널 시켜 네 집보다 난 집을 살 테다. 네깟 놈이 천생 가쾌지 별거냐……."

그러나 신탁회사에서 돈이 되는 날은 웬 처음 보는 청년 하나가 초시의 앞을 가리며 나타났다. 그는 딸의 청년이었다. 딸은 아버지의 손에 단 일 전도 넣지 않았고 꼭 그 청년이 나서 돈을 쓰며 처리하게 하였다. 처음에는 팩 나오는 노염을 참을 수가 없었으나 며칠 밤을 지내고 나니, 적어도 삼천 원의 순이익이 오륙만 원은 될 것이라, 만 원 하나야 어디로 가랴 하는 타협이 생기어서 안 초시는 으슬으슬 그, 이를테면 사위 녀석격인 청년의 뒤를 따라나섰다.

*

일 년이 지났다.

모두 꿈이었다. 꿈이라도 너무 악한 꿈이었다. 삼천 원어치 땅을 사놓고 날마다 신문을 훑어보며 수소문을 하여도 거기는 축항이 된단 말이 신문에도, 소문에도 나지 않았다. 용당포와 다사도에는 땅값이 삼십 배가 올랐느니 오십 배가 올랐느니 하고 졸부들이 생겼다는 소문이 있어도 여기는 감감소식일 뿐 아니라 나중에, 역시, 이것도 박희완 영감을 통해 알고 보니 그 관변 모 씨에게 박희완 영감부터 속아떨어진 것이었다. 축항 후보지로 측량까지 하기는 하였으나 무슨 결점으로인지 중지되고 마는 바람에 너무 기민하게 거기다 땅을 샀던, 그 모 씨가 그 땅 처치에 곤란하여 꾸민 연극이었다.

돈을 쓸 때는 일 원짜리 한 장 만져도 못 봤지만 벼락은 초시에게 떨어졌다. 서너 끼씩 굶어도 밥 먹을 정신이 나지도 않았거니와 밥을 먹으러 들어갈 수도 없었다.

"재물이란 친자 간의 의리도 배추밑 도리듯 하는 건가?"
탄식할 뿐이었다. 밥보다는 술과 담배가 그리웠다. 물론 안경다리는 그저 못 고치었다. 그러나 이제는 오십 전짜리는커녕 단 십 전짜리도 얻어볼 길이 없다.

추석 가까운 날씨는 해마다의 그때와 같이 맑았다. 하늘은 천리같이 트였는데 조각구름들이 여기저기 널리었다. 어떤 구름은 깨끗이 바래 말린 옥양목처럼 흰빛이 눈이 부시다. 안 초시는 이번에도 자기의 때 묻은 적삼 생각이 났다. 그러나 이번에는 소매 끝을 불거나 떨지는 않았다. 고요히 흘러내리는 눈물을 그 더러운 소매로 닦았을 뿐이다.

*

여름이 극성스럽게 덥더니, 추위도 그럴 징조인지 예년보다 무서리가 일찍 내리었다. 서 참의가 늘 지나다니는 식은殖銀** 관사에도 울타리가

---

* 빚 따위를 깨끗이 갚음.
** '식산 은행' 의 준말. 일제 강점기, 일본이 조선에서 신용 기구를 통한 착취를 강화하기 위하여 만든 은행.

넘게 피었던 코스모스들이 끓는 물에 데쳐낸 것처럼 시커멓게 무르녹고 말았다.

참의는 머리가 띵—하였다. 요즘 와서 울기 잘하는 안 초시를 한번 위로해주려, 엊저녁에는 데리고 나와 청요릿집으로, 추탕집으로 새로 두 점을 치도록 돌아다닌 때문 같았다. 조반이라고 몇 술 뜨기는 했으나 혀도 그냥 뻑뻑하다. 안 초시도 그럴 것이니까 해는 벌써 오정 때지만 끌고 나와 해장술이나 먹으리라 하고 부지런히 내려와 보니, 웬일인지 복덕방이라고 쓴 베 발이 아직 내어걸리지 않았다.

"이 사람 봐아…… 어느 땐 줄 알구 코만 고우……."

그러나 코 고는 소리는 들리지 않았다. 미닫이를 밀어젖힌 서 참의는 정신이 번쩍 났다. 안 초시의 입에는 피, 얼굴은 잿빛이다. 방 안은 움 속처럼 음습한 바람이 횡— 끼친다.

"아니……?"

참의는 우선 미닫이를 닫고 눈을 비비고 초시를 들여다보았다. 안 초시는 벌써 아니요, 안 초시의 시체일 뿐, 둘러보니 무슨 약병인 듯한 것 하나가 굴러져 있다.

참의는 한참 만에야 이 일이 슬픈 일인 것을 깨달았다.

"허!"

파출소로 갈까 하다 그래도 자식한테 먼저 알려야겠다 하고 말만 듣던 그 안경화 무용연구소를 찾아가서 안경화를 데리고 왔다. 딸이 한참 울고 난 뒤다.

"관청에 어서 알려야지?"

"아니야요. 아스세요."

딸은 펄쩍 뛰었다.

"아스라니?"

"저……."

"저라니?"

"제 명예도 좀……."

하고 그는 애원하였다.

"명예? 안될 말이지, 명옐 생각하는 사람이 애빌 저 모양으루 세상 떠나게 해?"

"……."

안경화는 엎드려 다시 울었다. 그러다가 나가려는 서 참의의 다리를 끌어안고 놓지 않았다. 그리고,

"절 살려주세요."

소리를 몇 번이나 거듭하였다.

"그럼, 비밀은 내가 지킬 테니 나 하자는 대루 할까?"

"네."

서 참의는 다시 앉았다.

"부친 위해 보험 든 거 있지?"

"네 간이보험이야요."

"무슨 보험이든…… 얼마나 타게 되누?"

"사백팔십 원요."

"부친 위해 들었으니 부친 위해 다 써야지?"

"그럼요."

"에헴, 그럼…… 돌아간 이가 늘 속사쓸 입구퍼 했어. 상등 털사쓰를 사다 입히구, 그 우에 진견으로 수의 일습 구색 맞춰 짓게 허구…… 선산이 있나, 묻힐 데가?"

“웬걸요, 없어요.”

“그럼 공동묘지라도 특등지루 널찍하게 사구…… 장례식을 장—하게
해야 말이지 초라하게 해버리면 내가 그저 안 있을 게야. 알아들어?”

“네에.”

하고 안경화는 그제야 핸드백을 열고 눈물 젖은 얼굴을 닦았다.

*

안 초시의 소위 영결식이 그 딸의 연구소 마당에서 열리었다.

서 참의와 박희완 영감은 술이 거나하게 취해갔다. 박희완 영감이 무얼
잡혀서 가져왔다는 부의 이 원을 서 참의가,

“장례비가 넉넉하니 자네 돈 그 계집애 줄 거 없네.”

하고 우선 술집에 들러 거나하게 곱빼기들을 한 것이다.

영결식장에는 제법 반반한 조객들이 모여들었다. 예복을 차리고 온 사
람도 두엇 있었다. 모두 고인을 알아 온 것이 아니요, 무용가 안경화를
보아 온 사람들 같았다. 그중에는, 고인의 슬픔을 알아 우는 사람인지,
덩달아 기분으로 우는 사람인지 울음을 삼키느라고 끽끽 하는 사람도 있
었다. 안경화도 제법 눈이 젖어가지고 신식 상복이라나 공단 같은 새까
만 양복으로 관 앞에 나와 향불을 놓고 절하였다. 그 뒤를 따라 한 이십
명 관 앞에 와 꾸벅거리었다. 그리고 무어라고 지껄이고 나가는 사람도
있었다.

그들의 분향이 거의 끝난 듯하였을 때,

“에헴!”

하고 얼굴이 시뻘건 서 참의도 한마디 없을 수 없다는 듯이 나섰다. 향을
한 움큼이나 집어놓아 연기가 시커멓게 올려 솟더니 불이 일어났다.
후— 후— 불어 불을 끄고, 수염을 한번 쓰다듬고 절을 했다. 그리고

다시,

"헴……."

하더니 조사弔辭를 하였다.

"나 서 참일세, 알겠나? 흥…… 자네 참 호살세 호사야…… 잘 죽었느
니. 자네 살았으문 이만 호살 해보겠나? 인전 안경다리 고칠 걱정두 없
구…… 아무튼지……."

하는데 박희완 영감이 들어서더니,

"이 사람 취했네그려."

하며 서 참의를 밀어냈다.

박희완 영감도 가슴이 답답하였다. 분향을 하고 무슨 소리를 한마디 했
으면 속이 후련히 트일 것 같아서 잠깐 멈칫하고 서 있어보았으나,

"으흐……."

하고 울음이 먼저 터져 그만 나오고 말았다.

서 참의와 박희완 영감도 묘지까지 나갈 작정이었으나 거기 모인 사람
들이 하나도 마음에 들지 않아 도로 술집으로 내려오고 말았다.

— 『가마귀』, 한성도서, 1937.

불우 선생

H군과 나는 그를 '불우不遇 선생'이라 부른다.

불우 선생을 우리가 처음 알기는 작년 여름 돈의동 의신여관에 있을 때다. 하루는 다 저녁때 늙은 손님 하나가 주인을 찾았다.

"이리 오너라."

부르는 소리만은 아마 그 집 대문간에서 나던 소리 중에는 제일 점잖고 위풍이 있었으리라 생각한다.

눈딱부리 주인마님은 안마루에 앉아 저고리 가슴을 풀어 헤치고 콩나물을 다듬고 있다가 너무나 놀라워서 허겁질을 해 일어섰던 것이다.

객실이 너절한 만치 우리 같은 무직자들이나, 유직자들이라 해도 무슨 보험회사 외교원 같은 입심으로 사는 친구들만 모여들어, 그악*은 혼자 부리면서도 늘 밥값은 받는 것보다 떼이는 것이 더 많은 마나님이라 찾아온 손님이 그 목소리만 점잖은 듯하여도 게서 더한 반가움은 없는 듯하였다.

주인마님은 저고리를 여미고 가래 끓는 목청을 다듬으며,

"네에."

---

* 모질고 사나움.

소리를 거듭하며 달려 나왔다.

그때 문간방에 있던 H군과 나는 '저 마누라의 능청떠는 걸 좀 보리라' 하고 잠잠히 문간 쪽을 엿듣고 있었다. 그랬더니 우리의 상상과는 딴판으로 주인마님의 목소리는 고분고분하지가 않았다.

고분고분은 그만두고 무뚝뚝한 것도 지나쳐 반역정을 내는 데는 너무나 의외였다.

"당신이 찾소? 누구를 보료?"

"아니 누구를 보러 온 게 아니오, 여관 영업 패가 붙었으니 묵으러 온 것이지……."

"무슨 손님이 보따리 하나 없단 말요?"

"허! 이게 여관업자로 무슨 무례한 말씀이오. 보따리가 밥값 내오?"

주인마누라는 겉보기와 속마음은 딴사람이었다. 아니 겉과 속이 다르다기보다 H군의 말마따나 금붕어에다 비긴다면 그 마나님은 겉과 속이 꼭 같은 사람이었다.

눈알이 불거진 것도 금붕어요 얼굴이 붉고 궁둥이가 뒤룩뒤룩하는 것도 금붕어요 또 마음이 유순한 것도 금붕어 같은 마님이었다. 팔자타령과 함께 역정이 날 때는 집을 불이라도 지르고 끝장을 낼 것 같다가도 그는 오래 성내고는 자기 속이 견디지 못하는 성미였다.

밥값들을 안 낸다고 방마다 문을 열어젖히고 야단을 친 그날일수록 오히려 옷가지를 잡혀다가라도 반찬을 특별나게 차려 내놓는, 인정 많은 마나님이었다.

그래서 그날도 처음 나가 말 나오듯 해서야 그 손님이 어딜 문안에 들어서다니, 단박 쫓겨 나가고 말 것 같았으나 결국은 우리 있는 옆방으로 방을 정해 들여앉힌 것이다.

과연 그 손님은 목소리만은 점잖스러웠다. 의복이 초췌해 그렇지 신수도 좀스럽거나 막된 사람은 아니었다. 그는 후줄근한 모시 주의*에 맥고모자**는 삼년상을 그 모자로만 치르는지 먼지가 더께로 앉고 베 헝겊조차 땀에 얼룩이 져 있었다. 툇돌 위에 벗어놓았다가 다시 집어 툇마루 위에 올려놓는 신발도 그리 대단스럽지는 못한 누르퉁퉁한 고무신이었다.

이 새로 든 손님은 우리 방에서 같이 저녁상을 받게 되었다. 그가 든 방은 겨우 드나드는 문 하나밖에 없어 낮에도 어둡고 바람이 통치 않아 웃돈을 받고 있으래도 못 견딜 방이다.

그래서 주인마님도 여름만 되면 아예 휴등을 해두고 말기 때문에 늦은 저녁을 불 있는 우리 방에서 같이 먹게 된 것이다.

우리는 밥상을 받기 전에 이웃방 손님과 통성을 하였다. 그는 우리에게 존장뻘이 훨씬 넘는 중노인으로 이름은 송 아무개라 하였다. 그는 별로 말이 없어 한 손으로 부채질만 하면서 밥만 급한 듯 퍼먹었다. 우리는 반그릇도 못 먹었을 새에 그의 밥사발은 밑바닥이 긁히는 소리가 났다. 그리고 그는 밥숟갈을 놓자마자 자기 손으로 밥상을 든 채,

"실례했소이다."

하면서 우리 방에서 나갔다.

그날 밤이다. 우리는 저녁 후에 가까이 있는 파고다 공원에 가서 두어 시간을 보내고 오니까, 우리 옆방, 그 굴속 같은 어두운 방 속에선 왕— 왕— 글 읽는 소리가 났다. 물론 새로 든 그 방 주인의 소리겠지만 그렇게 청승스럽게 잘 읽는 소리는 처음 들었기 때문에 우리는 귀를 빼앗기고

---

* 두루마기.

** 밀짚모자. 개화기에 젊은 남자들이 주로 썼다.

듣고 있었다. 그때는 무슨 글인지는 몰랐으나 '굴원이 기방旣放에'니 '행음택반行吟澤畔할 새 안색이 초췌'니 하던 마디를 생각해보면 굴원屈原의 「어부사漁父辭」를 읽었던 모양이다.

우리는 무조건하고 글소리만에 그에게 경의를 느꼈다. 그리고

"송 선생님?"

하고 그를 찾아 그 방은 더우니 우리 방에 와 자자고 청하였다. 그는 조금도 사양 없이 우리 방으로 왔다. 그리고 우리가 한 가지를 물으면 두 가지 세 가지씩 자기의 신변담을 비롯하여 밤이 깊도록 떠벌렸다. 그때 그의 말 중에 제일 선명하게 기억되는 것은, 자기는 십여 년 전만 하여도 천여 석 추수를 받아먹고 살던 귀인이었다는 것과 그 재산이 한말 풍운 속에서 하룻밤 꿈처럼 얻은 것이라 불순한 재물인 것을 깨닫던 날부터는 물 퍼내버리듯 하였다는 것과 한동안은 《시대일보時代日報》에도 중요 간부였었고 최근에 《중외일보中外日報》에도 자기가 산파역을 한 사람 중의 하나였다는 것과, 오늘의 자기는 이렇게 행색이 초췌해서 서울을 객지처럼 여관으로 돌아다니지만 여섯 식구나 되는 자기 집안이 모두 서울 안에 있다는 것과 이렇게 여관으로 다니는 것은 집에선 끼니가 간데없고 친구들의 신세도 씩씩할 뿐만 아니라 친구들이라야 모두 문사 간부급의 인물들이라 그들의 체면도 생각해야겠고, 또 그네들이 요즘 와선 무슨 은행이나 기업회사의 중역처럼 아니꼬움 부리는 것이 메스꺼워 찾아가지 않는다는 것과, 또 이렇게 여관으로 다니면 동지라 할까 나 같은 사람도 알아주는 사람을 만날까 함이라는 것, 이런 것들이다.

"그러면 송 선생은 송 선생을 알아주는 사람을 만나면 무슨 일을 하시겠소?"

우리가 물었더니 그는,

“알아만 주는 것으로 일이 되오, 돈이 나올 사람이라야지.”
하였다.

“돈도 많이 낼 사람이라면 말입니다.”

“나 그럼 신문사 하겠소. 요즘도 셋이나 있긴 하지만 그것들이 신문사요? 조선선 그런 신문사 백이 있어도 있으나마나요…….”
하였다.

“선생님 댁은 서울이라면서 이렇게 다니시면 댁 일은 누가 봅니까? 자제분이 봅니까?”

“나 철난 자식 없소. 어머니가 아직 생존해 계시고 여편네하고 과수 된 제수 하나하고 딸년 두울하고 아들이라곤 이제 열둬 살 나는 것 하나하고 모두 여섯 식구가 집에 있지만 난 집안일 불고하지요. 불고 안 한댔자 별 도리가 무에요만!”

“그럼 댁에서들은 달리 수입이 계십니까?”

“수입이 무에요. 굶는 데 졸업들이 돼서 잘들 견디지요. 몇 달에 한 번 혹 그 앞을 지날 길에 들여다보아야 그렇게 굶고들도 한 명 축가는 법도 없지요. 정히 굶다 못 견디면 도적질이라도 하겠지요.”

“그러면 도적질이라도 하게 두신단 말씀입니까?”

그때 H군이 물어본 말이었다. 그는 늙었으나 정력이 가득 차 보이는 눈이 더한층 빛나며 태연히 이렇게 대답하였다.

“내가 내 식구들만 먹이기 위해서 도적질을 한다면야 그건 죄가 되지요. 그러나 제각기 제 배가 고파서 훔치는 건 벌 받을 만한 죄악은 아니겠지요. 나는 그렇게 생각하고 아모런 책임감도 없이 다니오.”

그날 저녁 그는 우리 방 윗목에서 잤다. 드러누워서 어찌 방귀를 뀌는지 H군이 견디다 못해 ‘무슨 방귀를 그렇게 뀌느냐’ 하니 그는 ‘호랑이 방귀'라 하였다. '그게 무슨 말이냐' 하니까 '끼니를 규칙적으로 못 먹고 몇 끼씩 굶었다가 생기면 다부지게 먹으니까 창자 속에 이상이 일어난 표라' 하였다.

그 이튿날 아침도 주인마나님은 이 허줄한 손님에게 조반을 주었다. 그리고 조반상이 끝나자 나와서,

"어서 두어 끼 자셨으니 다른 여관으로 가시우."

하였다. 그러나 손님도 손님이라 노염도 타지 않고,

"여관에서 객을 마대다니 참!"

하였다.

"왜 객을 마다오, 누가? 그럼 선금을 내시구려."

"돈 잡히고 밥 사 먹는 녀석이 어디 있소?"

"그럼 어서 나가시오. 나 두 끼 밥값도 안 받을 테니 어서 가슈. 별꼴 참 다 보겠군…… 댁이 내게 무슨 친정붙이나 되시오? 무슨 턱에 내 집에 와 성화요? 암만 있어야 밥 나올 줄 아오?"

"안 내보내면 굶구 견데보리다……."

그날 저녁은 정말 우리 밥상만 나왔다. 그러니 덥다는 핑계로(사실 그의 방엔 들어앉아 있을 수도 없었지만) 우리 방에 와 있으니 사람을 옆에 두고, 더구나 우리는 점심이나 먹었지만 그는 긴긴 여름날 하루를 그냥 앉아 배긴 사람을 모르는 체하고 우리만 먹을 수가 없었다.

"같이 좀 뜨십시다."

"아니오, 나는 노형네와 달러 잘 굶소. 아무렇지도 않소. 노형네가 미안할 것이니 저녁상이 끝나도록 나는 내 방에 가 있으리다."

하고 일어섰다. 그러나 우리는 일어서는 그를 잡아 앉히었다. 그리고 수저를 내오라고 어멈을 부르려니까 그는 여기 있노라 하며, 조끼에서 커다

란 칼을 집어내었다.

그 칼은 이상한 칼이었다. 철물전에 가면 혹 그 비슷한 것은 있어도 그와 똑같은 것은 나는 아직 보지 못하였다. 어찌 생긴 칼인고 하니 칼은 칼 모양으로 되었는데 칼만 달린 것이 아니라 병마개 뽑는 것, 국물 떠먹기 좋은 움푹한 숟가락, 서양 사람들이 젓가락 대신으로 쓰는 사시창*까지 달린 칼이었다.

그는 숟가락을 잡아 뽑고 사시창을 잡아 뽑고 하더니 한끝으론 밥과 국을 떠먹고 한끝으론 김치쪽을 찔러 먹는데, 젓가락을 들었다 놓았다 하는 우리보다 더 빨리 더 편리하게 먹었다. 그리고 오이지가 긴 것이 있으니까 칼날까지 열어 젖히더니 숭덩숭덩 썰어가면서 먹었다. 그 칼은 그에게 없지 못할 무기 같았다.

그는 그 이튿날 아침에도 우리 조반상에서 그 완비한 무기를 사용하였다. 그리고 우리가 밖에 나갔다 저녁에 들어오니 그는 자기 방에도 우리 방에도 있지 않았다. 주인마님에게 물어본즉 '내어쫓았다' 했다.

H군과 나는 그가 없어진 것을 적이 섭섭하게 느끼었다. 그래서 며칠 동안은 그의 인상을 이야기하며 그를 '불우 선생'이라 부르기 시작한 것이다.

우리가 이 불우 선생을 다시 만나보기는 그 후 한 달쯤 지나 삼청동에서다. 그는 석양이 가까운 그늘진 삼청동 골짜기에서 그 곡선미도 없는 비쩍 마른 몸뚱이를 벌거벗고 서서 돌 위에서 무엇을 털럭털럭 밟고 있었다.

가만히 보니 두루마기는 빨아서 풀밭에 널어놓고 적삼과 중의를 말리

---

* 포크.

다 말고 구김살을 펴느라고 밟고 섰는 꼴이었다.

"저런 궁상 좀 보게."

하고 우리는 웃었으나 그가 불우 선생인 것을 알고는 반가워 그냥 지나쳐지지가 않았다.

"허허, 이게 웬일들이시오?"

하고 말은 그가 먼저 내었다.

"네, 송 선생을 여기서 뵙겠습니다그려."

하고 우리가 바투 가지 못하고 머뭇거리니까,

"허허, 이거 실례요."

하고 껄껄 웃었다. 그러면서도 여전히 털럭털럭 빨래를 밟는다.

"왜, 댁에 들어가 빨아 입지 않으시고 손수 이렇게 하십니까?"

"빨래 좀 해 입으려고 두어 달 만에 들어갔더니 집이 없어졌구려!"

"없어지다니요?"

"잡혀먹고 삼사 년이 되도록 이자나 어디 물어왔소."

우리는 벌거벗은 그와 마주 섰기 민망하여 길게 섰지는 못하고 이내 헤어졌다. 우리는 그의 곁을 지날 때 땅바닥에 펼쳐놓은 조그만 손수건 위에서 그의 전 소유물을 일별할 수 있었다.

전 소유물이래야 노랗게 절은 참대 물부리* 하나, 유지 부채 하나, 반나마 닳은 빨랫비누 하나 그리고는 예의 그 칼인데 역시 그 칼이 제일 값나가는 재산 같았다.

*

그 후 우리는 불우 선생을 거의 잊고 있었다. 그러다가 내가 어제 우연

---

* 담배를 끼워서 파는 물건.

히 행길에서 그를 만난 것이다.

"허! 이거 이 공이 아니시오? 참 반갑소이다."

그가 먼저 나를 알아보고 손을 내어밀었다. 나도 반가웠다. 그러나 그를 초췌한 행색 그대로 다시 만나는 것은 조금 섭섭하였다.

"그간 어떻게 지내셨습니까, 무슨 사업이나 잡으셨습니까?"

"사업이라니요…… 그저 그렇지요…… 그런데 이 공? 내가 시방 시장하오. 어디 좀 들어가 앉읍시다. 그리고 내 이야기도 좀 들어주시오."

나는 그와 어느 청요릿집으로 들어갔다.

"이 공! 허!"

그렇게 낙관이던 그의 눈에는 눈물이 핑그르 어리었다.

"네?"

"사람 목숨처럼 궁상스럽고 질긴 게 없구려……."

"왜 그렇게 언짢은 말씀을 하십니까? 더운 걸 좀 자시겠습니까?"

"아무게나 값싼 것으로 시키슈…… 내가 죽을 껄 살지 않았소!"

"글쎄, 신상이 매우 상하셨습니다."

"상하다 뿐이겠소. 월여 전에 전찻길을 건느다가 그만 전차에 뒤통실 받혔지요. 그걸 그 당장에 전차쟁이들이 하자는 대로 못난 체하고 쫓아가 병원에 입원을 하고 고쳤드면 그다지 생고생은 안 했을 것인데 그 녀석들 욕을 몇 마디 하느라고 고집이 나서 따라가질 않고 그저 바람을 쐬고 다녔구려……. 아! 그랬드니 골 속이 붓지 않나요. 이런 제기, 그러니 벌써 며칠 뒤라 전기회사로 찾아갈 수도 없고 병원으로 가자니 돈이 있길 하오, 그냥 그러고 쏘다니다가 어떤 친구의 집엘 갔더니 그 친구의 아들이 의학교에 다닌다게 좀 봐달라고 하지 않었겠소. 그랬드니 골이 썩기를 시작하니 다른 데와 달러 일주일 안에 일을 당하리라는구료. 허! 일이 별일이오. 죽는 것 아니겠소? 슬그머니 겁이 듭디다그려. 그래 그 길로 몇몇 친구를 찾아다녔으나 한 사람도 만나주지를 않아 그냥 돌아서니 그젠 눈물밖엔 나는 게 없습디다. 골은 자꾸 뜨겁고 쑤시긴 하고…… 그제는 그 끔찍할 것도 없는 집안사람들 생각이 간절해집디다그려. 그래서 뉘 집 뜰 아랫방이란 말만 듣고 가본 적은 없는 데를 두루 수소문을 해서 찾아가지를 않았겠소. 그러나 출출히 굶주리는 판에 돈 한 닢 들고 들어가지는 못하나마 병신이 돼서 죽으러 들어가구 보니 누가 반가워하겠소?"

"참, 댁에서도 경황없으셨겠습니다."

"경황이 무어요, 그래도 남 아닌 건 어머니밖엔 없습디다! 눈 어두신 어머님이 자꾸 붙들고 밤새 울으셨지요. 참 내가 불초자요……."
하고 그의 눈엔 눈물이 다시 핑그르 돌았다.

"그래 어떻게 일어나셨습니까?"

"그저 죽을 날만 기다리고 있는데 하루는 어느 친구가 어디서 들었는지 알고 인력거를 보냈습디다그려. 그땐 그만 자격지심에 그까짓 그냥 죽어버리고 말려고 하는데 집안사람들이 그여이 끌어내서 병원으로 가지 않았겠소. 그러나 병원에선 보더니 한다는 소리가 때가 늦었으니 가만히 나가 있다가 죽는 것이 고생은 덜 한다고 그리는구려. 그러니 꼴만 점점 더 사납게 되지 않았소? 그래 죽더래도 칭원을 안 할 테니 수술을 하라고 했지요. 뭐 내가 살구파서 수술을 하라고 한 건 아니오. 경칠 놈의 세상 사람을 너무 조롱을 하는 것 같더라니 악이 나서 대들은 셈이지요, 허! 그래서 이렇게 다시 살아났구려. 그때 죽었으면 편했을 걸 다시 이렇게 욕인 줄 모르고 살아 다니는구려!"

"참, 머리에 험집이 크게 나셨군요."

"고생한 데다 대면 험집이야 아주 없는 셈이죠."

"아무튼 불행 중 다행이십니다."

"욕이죠. 이렇게 살아나서 이선생을 또 만나는 건 반가워도 이렇게 신세지는 게 다 욕이 아뇨?"

"원, 별말씀을……."

음식이 올라왔다. 나는 배갈병을 들어 그의 잔에 가득히 부었다.

"드십시오."

"네…… 그런데 요즘 일중 문제가 꽤 주의를 끌지요?"

한다.

"글쎄요, 저는 그런 방면엔 문외한이올시다."

하니,

"그럴 리가 있소. 저렇게 발발한 청년 시기에…… 요즘 극동 풍운이 맹랑해지거든……."

하는 데는, 불우 선생은 돌연히 지난여름 의신여관에서 보던 때와 같은 형형한 정열의 안광이 빛나기 시작하였다. 그리고 그는 나의 음식을 먹으면서도 나를 자기가 먹이는 듯 무엇인지 나를 압박하는 것이 있었다.

청요릿집을 나와서,

"송 선생, 어디로 가시렵니까?"

하니,

"허! 아무 데루나 가지요. 어서 먼저 가슈."

하고는 물끄러미 서서 때 묻은 두루마기 자락을 바람에 날리며 내가 전찻길로 나오는 것을 바라보았다.

—『이태준 단편집』, 학예사, 1941.

패강랭[*]浿江冷

다락에는 제일강산第一江山이라, 부벽루浮碧樓라, 빛 낡은 편액들이 걸려 있을 뿐, 새 한 마리 앉아 있지 않았다. 고요한 그 속을 들어서기가 그림이나 찢는 것 같아 현玄은 축대 아래로만 어정거리며 다락을 우러러본다.

질퍽하게 굵은 기둥들, 힘 내닫는 대로 밀어 던진 첨차^{**}와 촛가지^{***}의 깎음새들, 이조李朝의 문물다운 우직한 순정이 군데군데서 구수하게 풍겨 나온다.

다락에 비겨 대동강은 너무나 차다. 물이 아니라 유리 같은 것이 부벽루에서도 한 뼘처럼 들여다보인다. 푸르기는 하면서도 마름(수초)의 포기포기 흐늘거리는 것, 조약돌 사이사이가 미꾸리라도 한 마리 엎디었기만 하면 숨쉬는 것까지 보일 듯싶다. 물은 흐르나 소리도 없다. 수도국 다리를 빠져, 청류벽淸流壁을 돌아서는 비단 필이 훨적 펼쳐진 듯 질펀하게 깔려나갔는데 하늘과 물은 함께 저녁놀에 물들어 아득한 장미 꽃밭으로 사라져버렸다. 연광정練光亭 앞으로부터 까뭇까뭇 널려 있는 마상이와 수상

선들, 하나도 움직여 보이지 않는다. 끝없는 대동벌에 점점이 놓인 구릉들과 함께 자못 유구한 맛이 난다.

현은 피우던 담배를 내어던지고 저고리 단추를 여미었다. 단풍은 이제부터 익기 시작하나 날씨는 어느덧 손이 시리다.

'조선 자연은 왜 이다지 슬퍼 보일까?'

현은 부여에 가서 낙화암이며 백마강의 호젓함을 바라보던 생각이 난다.

*

현은 평양이 십여 년 만이다. 소설에서 평양 장면을 쓰게 될 때마다, 이번에는 좀 새로 가보고 써야, 스케치를 해 와야, 하고 벼르기만 했지, 한 번도 그래서 와보지는 못하였다. 소설을 위해서뿐 아니라 친구들도 가끔 놀러 오라는 편지가 있었다. 학창 때 사귄 벗들로, 이곳 부회 의원이요 실업가인 김金도 있고, 어느 고등보통학교에서 조선어와 한문을 가르치는 박朴도 있건만, 그들의 편지에 한 번도 용기를 내어본 적은 없었다. 이번에 받은 박의 편지는 놀러 오라는 말이 있던 편지보다 오히려 현의 마음을 끌었다.

— '내 시간이 반이 없어진 것은 자네도 짐작할 걸세. 편안하긴 허이. 그러나 전임으론 나가주고 시간으로나 다녀주기를 바라는 눈칠세. 나머지 시간이래야 그리 오래 지탱돼나갈 학과 같지는 않네. 그것마저 없어지는 날 나도 그때 아주 손을 씻어버리려 아직은 지싯지싯 붙어 있네.'
하는 사연을 읽고는 갑자기 박을 가 만나주고 싶었다. 만나야만 할 말이 있는 것은 아니지만 손이라도 한번 잡아주고 싶어 전보만 한 장 치고 훌쩍 떠나 내려온 것이다.

정거장에 나온 박은 수염도 깎은 지 오래어 터부룩한 데다 버릇처럼 자

주 찡그려지는 비웃는 웃음은 전에 못 보던 표정이었다. 그 다니는 학교
에서만 지싯지싯 붙어 있는 것이 아니라 이 시대 전체에서 긴치 않게 여
기는, 지싯지싯 붙어 있는 존재 같았다. 현은 박의 그런 지싯지싯함에서
선뜻 자기를 느끼고 또 자기의 작품들을 느끼고 그만 더 울고 싶게 괴로
워졌다.

한참이나 붙들고 섰던 손목을 놓고, 그들은 우선 대합실로 들어왔다.
할 말은 많은 듯하면서도 지껄여보고 싶은 말은 골라내일 수가 없었다.
이내 다시 일어나 현은,

"나 좀 혼자 걸어보구 싶네."

하였다. 그래서 박은 저녁에 김을 만나가지고 대동강가에 있는 동일관東一
館이란 요정으로 나오기로 하고 현만이 모란봉으로 온 것이다.

오면서 자동차에서 시가도 가끔 내다보았다. 전에 본 기억이 없는 새
빌딩들이 꽤 많이 늘어섰다. 그중에 한 가지 인상이 깊은 것은 어느 큰 거
리 한 뿌다귀*에 벽돌 공장도 아닐 테요 감옥도 아닐 터인데 시뻘건 벽돌
만으로, 무슨 큰 분묘와 같이 된 건축이 웅크리고 있는 것이다. 현은 운전
사에게 물어보니, 경찰서라고 했다.

또 한 가지 이상하다 생각한 것은, 그림자도 찾을 수 없는 여자들의 머
릿수건이다. 운전사에게 물으니 그는 없어진 이유는 말하지 않고,

"거, 잘 없어졌죠. 인전 평양두 서울과 별루 지지 않습니다."

하는 매우 자긍하는 말투였다.

현은 평양 여자들의 머릿수건이 보기 좋았었다. 단순하면서도 흰 호접
과 같이 살아 보였고, 장미처럼 자연스런 무게로 한 송이 얹힌 댕기는, 그

---

* 뿌다구니. 쑥 내밀어 구부러지거나 꺾어져 돌아간 자리.

들의 악센트 명랑한 사투리와 함께 '피양 내인'들만이 가질 수 있는 독특한 아름다움이었다. 그런 아름다움을 그 고장에 와서도 구경하지 못하는 것은, 평양은 또 한 가지 의미에서 폐허라는 서글픔을 주는 것이었다.

*

현은 을밀대로 올라갈까 하다 비행장을 경계함인 듯, 총에 창을 꽂아든 병정이 섰는 것을 발견하고는 그냥 강가로 내려오고 말았다. 마침 놀잇배 하나가 빈 채로 내려오는 것을 불렀다. 주암산까지 올라갔다가 내려오자니까 거기는 비행장이 가까워 못 올라가게 한다고 한다. 그럼 노를 젓지는 말고 흐르는 대로 동일관까지 가기로 하고 배를 탔다.

나뭇잎처럼 물 가는 대로만 떠가는 배는 낙조가 다 꺼져버리고 강물이 어두워서야 동일관에 닿았다.

이 요릿집은 강물에 내민 바위를 의지하고 지어졌다. 뒷문에 배를 대고 풍악 소리 높은 밤 정자에 오르는 맛은, 비록 마음 어두운 현으로도 적이 흥취 도연해짐을 아니 느낄 수 없다.

'먹을 줄 모르는 술이나 이번엔 사양치 말고 받아먹자! 박을 위로해 주자!'

생각했다.

박은 김을 데리고 와 벌써 두 기생으로 더불어 자리를 잡고 있었다. 김의 면도 자리 푸른 살진 볼과 기생들의 가벼운 옷자락을 보니 현은 기분이 다시 한 번 갠다.

"이 사람, 자네두 김 군처럼 면도나 좀 허구 올 게지?"

"허, 저런 색시들 반허게!"

하고 박은 씩— 웃는다.

"그래 요즘 어떤가? 우리 김 부회 의원 나리?"

"이 사람, 오래간만에 만나 히야까시부턴가?"

"자넨 참 늙지 않네그려! 우리 서울서 재작년에 만났던가?"

"그렇지 아마…… 내 그때 도시 시찰로 내지 다녀오던 길이니까……."

"참 자넨 서평양인지 동평양인지서 땅 노름에 돈 좀 잡았다대그려?"

"흥, 이 사람! 선비가 돈 말이 하관고?"

"별수 있나? 먹어야 배부르데."

"먹게, 오늘 저녁엔 자네가 못 먹나 내가 못 먹이나 한번 해보세."

"난 옆에서 경평대항전 구경이나 헐까?"

"저이들은 응원하구요."

기생들도 박과 함께 말참례*를 시작한다.

"시굴 기생들 우섭지?"

"우섭다니? 기생엔 여기가 서울 아닌가. 금수강산 정기들이 다르네!"

기생들은 하나는 방긋 웃고, 하나는 새침한다. 방긋 웃는 기생을 보니, 현은 문득 생각나는 기생이 하나 있다.

"여보게들?"

"그래."

"벌써 열둬— 해 됐네그려? 그때 나 왔을 때 저 능라도에 가 어죽 쒀 먹던 생각 안 나나?"

"벌써 그렇게 됐나 참."

"그때 그 기생이 이름이 뭐드라? 자네들 생각 안 나나?"

"오— 그렇지!"

비스듬히 벽에 기대었던 김이 놀라 일어나더니,

---

* 말참견.

"이거 정작 부를 기생은 안 불렀네그려!"

하고 손뼉을 친다.

"아니, 그 기생이 여태 있나?"

"살았지 그럼."

"기생 노릇을 여태 해?"

"암—."

"오—라!"

하고 박도 그제야 생각나는 듯이 무릎을 친다.

그때도 현이 서울서 내려와서 이 세 사람이 능라도에 어죽 놀이를 차렸다. 두 기생이 있었는데 그중에 한 기생이 특히 현을 따라, 그때만 해도 문학청년 기분이던 현은 영월의 손수건에 시를 써주고 둘이만 부벽루를 배경으로 하고 사진을 다 찍고 하였었다.

"아니, 지금 나이 몇 살일 텐데 아직 기생 노릇을 해? 난 생각은 나두 이름두 잊었네."

"그리게 이번엔 자네가 제발 좀 데리구 올라가게."

"누군데요?"

하고 기생들이 묻는다.

"참, 이름이 뭐드라?"

박도,

"이름은 나두 생각 안 나는걸……."

하는데 보이가 온다.

"기생, 제일 오랜 기생, 제일 나이 많은 기생이 누구냐?"

보이는 멀뚱히 생각하더니 댄다.

"관옥인가요? 영월인가요?"

"오! 영월이다 영월이. 곳 불러라."

현은 적이 으쓱해진다. 상이 들어왔다. 술잔이 돌아간다.

"그간 술 좀 뱄니?"

박이 현에게 잔을 보내며 묻는다.

"웬걸…… 술이야 고학할 수 있던가, 어디……."

"망할 자식 가긍허구나! 허긴 너이 따위들이 밤낮 글 써야 무슨 덕분에 술 차례가 가겠니! 오늘 내 신세지……."

"아닌 게 아니라……."

하고 김이 또 현에게 잔을 내어밀더니,

"현 군도 인젠 방향 전환을 허게."

한다.

"방향 전환이라니?"

"거 누구? 뭐래던가 동경 가 글 쓰는 사람 있지?"

"있지."

"그 사람 선견이 있는 사람야!"

하고 김은 감탄한다.

"이 자식아, 잔이나 받아라. 듣기 싫다."

하고 현은 김의 잔을 부리나케 마시고 돌려보낸다.

박이 다 눈두덩을 내려 쓸도록 모두 얼근해진 뒤에야 영월이가 들어섰다. 흰 저고리 옥색 치마, 머리도 가림자만 약간 옆으로 탔을 뿐, 시체 애들처럼 물들이거나 지지거나 하지 않았다. 미닫이 밑에 사뿐 앉더니 좌석을 휙 둘러본다. 김과 박은 어쩌나 보느라고 아무 말도 않고 영월과 현의 태도만 번갈아 살핀다. 영월의 눈은 현에게서 무심히 스쳐 지나 박을 넘어뛰어 김에게 머무르더니,

"영감, 오래간만이외다그려."

하고 쌩끗 웃는다.

"허! 자네 눈두 인젠 무덧네그려! 자넬 반가워할 사람은 내가 아니야."

"기생이 정말 속으로 반가운 손님헌텐 인살 안 한답니다."

하고 슬쩍 다시 박을 거쳐 현에게 눈을 옮긴다.

"과연 명기로군! 척척 받음수가……."

하고 김이 먼저 잔을 드니 영월은 선뜻 상머리에 나앉으며 술병을 든다.

웃은 지 오래나 눈 속은 그저 웃는 것이 옛 모습일 뿐, 눈시울에 거무스름하게 그림자가 깃들인 것이나 볼이 홀쭉 꺼진 것이나 입술이 까시시 메마른 것은 너무나 세월이 자국을 깊이 남기고 지나갔다.

"자네, 나 모르겠나?"

현이 담배를 끄며 묻는다.

"어서 잔이나 드시라우요."

잔을 드는 현과 눈이 마주치자 영월은 술이 넘는 것도 모르고 얼굴을 붉힌다.

"자네도 세상살이가 고단한 걸세그려?"

"피차일반인가 봅니다. 언제 오셨나요?"

하고 현이 마시고 주는 잔에 가득히 붓는 대로 영월도 사양하지 않고 받아 마신다.

"전엔 하―얀 나비 같은 수건을 썼더니……."

"참, 수건이 도루 쓰고퍼요."

"또 평양말을 더 또렷또렷하게 잘했었는데……."

"손님들이 요샌 서울말을 해야 좋아한답니다."

"그깟 놈들…… 그런데 박 군? 어째 평양 와 수건 쓴 걸 볼 수 없나?"

"건 이 김 부회 의원 영감께 여쭤볼 문젤세. 이런 경세가經世家들이 금령을 내렸다네."

"그렇다드군 참!"

"누가 아나 비러먹을 자식들……."

"이 자식들아, 너이야말루 비러먹을 자식들인 게…… 그까짓 수건 쓴 게 보기 좋을 건 뭐며 이 평양 부내만 해두 일 년에 그 수건값허구 당기값이 얼만지 알기나 허나?"

하고 김이 당당히 허리를 펴고 나앉는다.

"백만 원이면? 문화 가치를 모르는 자식들……."

"그러니까 너이 글 쓰는 녀석들은 세상을 모르구 산단 말이다."

"주제넘은 자식…… 조선 여자들이 뭘 남용을 해? 예펜네들 모양 좀 내기루? 예펜넨 좀 고와야지."

"돈이 드는걸……."

"홍! 그래 집안에서 죽두룩 일해, 새끼 나 길러, 사내 뒤치개질해…… 그리구 일 년에 당기 한 감 사 매는 게 과하다? 아서라, 사내들 술값, 담뱃값은 얼만지 아나? 생활 개선, 그래 예펜네들 수건값이나 당기값이나 졸여먹구? 요 푼푼치 못한 경세가들아? 저인 남용할 것 다 허구……."

"망할 자식, 말버릇 좀 고쳐라…… 이 자식아, 술이란 실사회선 얼마나 필요한 건지 아니?"

"안다. 술만 필요허냐? 고유한 문환 필요치 않구? 돼지 같은 자식들…… 너이가 진줄 알 수 있니…… 허……."

"히도오 바가니 스르나 고노야로……."*

---

* "사람 우숩게 보지 마라 이 자식."

"너이 따윈 좀 바까니시데모 이이……."*

"나니?"**

"나닌 다 뭐 말라빠진 거냐? 네 술 좀 먹기루 이 자식, 내 헐 말 못 헐 놈 아니다."

하고 현은 트림을 한다.

"이 사람들 고걸 먹구 벌써 취했네그려."

박이 이쑤시개를 놓고 다시 잔을 현에게 내민다. 김은 잠자코 안주를 집는 체한다.

오래 해먹어서 손님들 기분에 눈치 빠른 영월은 보이를 부르더니 장구를 가져오게 하였다. 척 장구채를 뽑아 잡고 저쪽 손으로 먼저 장구 전두리를 뚱땅 울려보더니,

"어—따 조오쿠나 이십—오—현 탄—야월……."

하고 불러내기 시작한다. 현은 물끄러미 영월의 핏줄 일어선 목을 건너다보며 조끼 단추를 끌렀다. 부들부들 떨리는 손으로 상머리를 뚜드려본다. 그러나 자기에겐 가락이 생기지 않는다.

"에—헹—에— 헤이야—하 어—라 우겨—라 방아로구나……."

하고 받는 사람은 김뿐이다. 현은 더욱 가슴속에서만 끓는다. 이런 땐 소리라도 한마디 불러내었으면 얼마나 속이 시원하랴 싶어진다. 기생들도 다른 기생들은 잠잠히 앉아 영월의 입만 쳐다본다. 소리가 끝나자 박은,

"수고했네."

하고 영월에게 술 한잔을 권하더니 가사를 하나 부르라 청한다. 영월은

사양치 않고 밀어놓았던 장구를 다시 당기어 안더니,

"일조—오— 나앙군……."

불러낸다. 박은 입을 씻고 씻고 하더니 곡조는 서투르나 그래도 꽤 어울리게 이런 시 한 구를 읊어서 소리를 받는다.

"각하—안— 산—진 수궁처…… 임흠정— 가고옥— 역난위를……."

박은 눈물이 글썽해 후— 한숨으로 끝을 맺는다.

자리는 다시 찬비가 지나간 듯 호젓해진다. 김은 보이를 부르더니 유성기를 가져오라 했다. 재즈를 틀어놓더니 그제야 다른 두 기생은 저희 세상인 듯 번차 김과 마주 잡고 댄스를 추는 것이다.

"영월아!"

영월은 잠자코 현의 곁으로 온다.

"난 자넬 또 만날 줄은 몰랐네, 반갑네."

"저 같은 걸 누가 데려가야죠?"

"눈이 너머 높은 게지?"

"네?"

유성기 소리에 잘 들리지 않는다.

"눈이 너머 높은 게야?"

"천만에…… 그간 많이 상허셨에요."

"응?"

"많이 상허셨에요."

"나?"

"네."

"자네가 그리워서……."

“말씀만이라두 고맙습니다.”

“허!”

댄스가 한 곡조 끝났다. 김은 자리에 앉으며 현더러,

“기미모 오도레.”*

한다.

“난 출 줄도 모르네. 기생을 불러놓고 딴스나 하는 친구들은 내 일찍부터 모욕하는 밸세.”

“자네처럼 마게오시미 쓰요이**한 사람두 없을 걸세. 못 추면 그냥 못 춘대지…….”

“흥! 지기 싫어서가 아니라 기생이란 조선에 국보적 존잴세. 끄러안구 궁댕이짓이나 허구, 유행가 나부랭이나 비명을 허구, 그게 기생들이며 그게 놀 줄 아는 사람들인가? 아마 우리 영월인 딴쓸 못할걸세. 못하는 게 아니라 안 할걸?”

“아이! 영월 언니가 딴쓸 어떻게 잘하게요.”

하고 다른 기생이 핼깃 쳐다보며 가로챘다.

“자네두 그래 딴쓸 허나?”

“잘 못한답니다.”

“글쎄, 잘허구 못허구 간에?”

“어쩝니까? 이런 손님 저런 손님 다 비윌 마추자니까요.”

“건 왜?”

“돈을 벌어야죠.”

---

* “너도 춤춰라.”
** “고집이 센.”

"건 그리 벌기만 해 뭘 허누?"

"기생일수록 제 돈이 있어야겠습니다."

"어째?"

"생각해보시구려."

"모르겠는데? 돈 많은 사내헌테 가면 되지 않나?"

"돈 많은 사내가 변심 않구 나 하나만 다리고 사나요?"

"그럴까?"

"본처나 되면 아무리 남편이 오입을 해두 늙으면 돌아오겠지 허구 자식 낙이나 보면서 살지 않어요? 기생야 그 사람 하나만 바라고 갔는데 남자가 안 들어와 봐요? 처다볼 건 바름팍*만 아니야요? 뭘 바라고 삽니까? 그리게 살림 드러갔다 오래 사는 기생이 몇 됩니까? 우리 기생은 제가 돈을 뫄서 돈 없는 사낼 얻는 게 제일이랍니다."

"야! 언즉시야**라 거 반가운 소리구나!"

하고 박이 나앉는다. 그리고,

"난 한 푼 없는 놈이다. 직업두 인전 벤벤치 못하다. 내 예펜네라야 늙어서 박아지두 긁지 않을 거구, 자네 돈 뫘으면 나하구 살세?"

하고 영월의 손을 끌어당긴다.

"이 사람, 영월인 현 군 걸세."

"참, 돈 가진 기생이나 얻는 수밖에 없네 인전……."

하고 현도 웃었다.

"아닌 게 아니라 자네들 이제부턴 실속 채려야 하네."

* 바람벽. 방이나 칸살의 옆을 둘러막은 둘레의 벽.
** 말인즉 옳음.

하고 김은 힐긋 현의 눈치를 본다.

"어떻게 채려야 실속인가?"

"팔릴 글을 쓰란 말일세. 자네들 쓰는 걸 인제부터 누가 알아야 읽지 않나? 나두 가끔 자네 이름이니 좀 읽어볼까 해두 요미니꾸꿋데…… 도—모이깡……."

"아니꺼운 자식…… 너이따윈 안 읽어두 좋다그래. 방향 전환을…… 뭐…… 어디 가 글 쓰는 놈이 선견이구 어쩌구 하는구나? 똥내 나는 자식……."

"나니?"

김이 빨근해진다. 김이 빨근해지는 바람에 현도 다시 농담기가 걷히고 눈이 뻔쩍 빛난다.

"더러운 자식— 나닌 무슨 말라빠진……."

하더니 현은 술을 깨이려고 마시던 사이다 컵을 김에게 사이다째 던져버린다. 깨여지고 뛰고 하는 것은 유리병만이 아니다. 기생들이 그리로 쏠린다. 보이들도 들어온다.

"이 자식? 되나 안 되나 우린 이래 봬두 예술가다! 예술가 이상이다. 이자식……."

하고 현의 두리두리해진 눈엔 눈물이 핑— 어리고 만다.

"이런 데서 뭘…… 이 사람 취했네그려, 나가 바람 좀 쐬세."

하고 박이 부산한 자리에서 현을 이끌어 내민다. 현은 담배를 하나 집으며 복도로 나왔다.

"이 사람아? 김 군 말쯤을 고지식하게 탄할 게 뭔가?"

"후……."

"그까짓 무슨 소용이야……."

"내가 취했나 보이…… 자넨 들어가 보게……."

현은 한참 난간에 의지해 섰다가 슬리퍼를 신은 채 강가로 내려왔다. 강에는 배 하나 지나가지 않는다. 바람은 없으나 등골이 오싹해진다. 강가에 흩어진 나뭇잎들은 서릿발이 끼쳐 은종이처럼 번뜩인다. 번뜩이는 것을 찾아 하나씩 밟아본다.

『주역周易』에 있는 말이 생각난다. 서리를 밟거든 그 뒤에 얼음이 올 것을 각오하란 말이다. 현은 술이 홱 깨여진다. 저고리를 여미나 찬 기운은 품속에 사무친다. 담배를 피려 하다 성냥이 없다.

"이상견빙지…… 이상견빙지……."

밤 강물은 시체와 같이 차고 고요하다.

— 『이태준 단편집』, 학예사, 1941.

영월 영감

작년 가을, 어느 비 오는 날이었다. 성익은 집에 들어서자 사랑 마루에 웬 누르퉁퉁한 지우산과 검은 지까다비* 한 켤레가 놓인 것에부터 눈이 미치었다. 한 손에 찬거리를 사 들은 길이라 안에부터 들어가 아내에게 들은즉, 자기는 처음 보는 어른인데 아이들더러, 나두 너희 할아범이야 하는 것을 보아, 아마 당신 아저씨뻘 되는 양반인 게라고 하였다. 옆에서 어린것 하나는, 아주 무섭게 생긴 할아버지야 하였다. 나와 뵈이니, 정말 성익도 어렸을 때는 무서워하던 영월 아저씨였다.

성익은 참 뜻밖이요 오래간만에 뵙는 아저씨였다. 혼인한 지 십 년이 넘는 성익의 아내는 이번이 처음이도록 여러 해 동안을 뵐 수 없던, 생사조차 모르던 영월 아저씨였다.

젊어 영월寧越 군수를 지내어 영월댁이라, 영월 영감이라, 영월 아저씨, 영월 할아버지로 불리어지는 인데, 키가 훤칠하고, 이글이글 타는 눈방울이 늘 술 취한 사람처럼 화기 띤 얼굴에서 번뜩일 뿐 아니라 음성이 행길에서 듣더라도 찌렁찌렁 울리는 데가 있는 어른이어서, 영월 할아버지

---

* 일본 버선 모양의 노동자용 작업화.

오신다 하면 아이들은 울음을 그치었다. 위엄은 아이들이나 하인배에뿐 아니라 그분과 동년배요 항렬로는 도리어 위 되는 이라도 영월 영감이 오는 눈치면 으레 물었던 담뱃대를 뽑아 들고 길을 비키었다. 세도가 정상 시가 아닌 때에 득세를 하는 것은 소인 잡배의 무리라 하고, 읍에 한 번 가는 일이 없이 온전히 출입을 끊었다가 기미년 일에 사오 년 동안 옥사 생활을 거친 후로는, 심경에 큰 변화를 일으킨 듯, 논을 팔고 밭을 팔고 가대와 종중의 위토까지를 잡혀 쓰면서 한동안 경향 각지로 출입이 잦았었다.

그러나 무슨 이권이나 세도를 얻으려 다니는 것 같지는 않다가 한번은 그런 예사로운 출입으로 나간 것이 소식이 끊이기를 십오륙 년, 대소가가 모두 궁금하게 여기던 것조차 이제는 지쳐버리게 되었는데, 이렇게 서울서 문득 찢어진 지우산과 지까다비로 조카 성익의 집에 나타난 것이었다.

"그간 어디 가 계셨습니까?"

"일소부주一所不住지, 안 당긴 데 있나……."

음성이 높은 것, 우묵하게 꺼지기는 하였으나 그 푸른 안정이 쏘아 나오는 눈, 그리고 저녁상에서 성익은 갈비를 다시 구워 올 것도 없게 실패쪽처럼 벗겨 자시는 것을 보면 그 식사나 기력의 정정함도 옛 풍모 그대로였다. 그러나 이마와 눈시울에 잘고 굵은 주름들은 너무나 탄력을 잃었다. 더구나 머리와 수염이 반이 넘어 흰 것을 뵙고는, 성익은, 이분도 시대의 운명을 어쩌기는커녕 자기 자신이 그 운명 속에 휩쓸리고 마는 것이 아닌가 하는 서글픔이 가슴이 뿌지지했다.

"아저씨두 이전 반백이나 되셨군요?"

"반백은 넘었지. 허!"

하고 그 수염을 한번 쓸어보면서,

"빈발여하백鬢髮如何白고 다인적학로多因積學勞*라더니 내 백발은 적학로도 아니고…… 허허!"

하고 크게 웃었다. 그리고 조카가 이것저것 물었으나 별로 대답이 없이 손자 되는 어린것의 머리만 쓰다듬다가,

"세월밖에 헤일 게 없구나! 대답할 게 없으니 아무것두 묻지 마라…… 내가 다녀갔단 말 시굴집에들 알릴 것두 없구…… 네게 온 건 돈 얼마 변통해 쓸까 하까 왔는데……."

하였다. 성익은 그래도 그동안 대소가 소식들부터 알려드리고 나서,

"얼마나 쓰실 일입니까?"

물었다.

"한 천 원 가까이 됐으면 좋겠다."

성익은 얼른 마루 아래 놓인 아저씨의 지까다비 생각이 났다. 이분이 금광을 하시는 것이나 아닌가? 하였으나 아무것도 묻지 말라는 말을 먼저 받았다. 아무튼 비록 행색은 초췌할망정 생사조차 알리지 않다가 십여 년 만에 찾는 조카에게 자기 개인 밥값 같은 것이나 궁해서 돈 말을 할 영월 아저씨로는 믿어지지 않았다. 성익은 할 수 없이 무리를 해서 모아온 골동품에 손을 대었다. 고려자기 찻종 하나와 단계석端溪石 벼루 하나를 이튿날 식전에 들고 나가 천 원은 못다 되고 칠백 원을 만들어다 드리었다. 돈이 칠백 원이란 말만 들었을 뿐, 영월 영감은 헤어보지도 않고 빛 낡은 양복 조끼 안주머니에 넣더니 저녁때가 가까웠는데도 떠나야 한다고 나섰다. 비는 그저 지적지적 내리었다.

"애장품을 없애줘 미안타. 그러나 그런 건 누가 보관턴 보관돼갈 거

* '귀밑머리가 어찌하여 셌는고? 많이 공부를 쌓은 노고 때문이지'라는 뜻.

구……."

하면서 마당에 내려 화단에서 비에 젖는 고석을 잠깐 눈주어 보더니,

"어디서 구했니?"

하였다.

"해석입니다. 충남 어느 섬에서 온 거라는데 파는 걸 사 왔습니다."

"넌 너의 아버닐 너무 닮는구나! 전에 너의 아버니께서 고석을 좋와하셔서 늘 안협安峽으로 사람을 보내 구해 오셨지…… 그런데 난 이런 처사處士 취민 대애반대다."

"왜 그러십니까?"

"더구나 젊은이들이…… 우리 동양 사람은, 그중에두 우리 조선 사람이지, 자연에들 너무 돌아와 걱정이야."

"글쎄올시다."

"자연으루 돌아와야 할 건 서양 사람들이지. 우린 반대야. 문명으루, 도회지루, 역사가 만들어지는 데루 자꾸 나가야 돼……."

이렇게 영월 영감은 목소리가 더 우렁차지며 얼굴이 더 붉어지며 가을 비에 이끼 끼는 성익의 집 마당을 부산하게 나섰다.

*

돈을 언제 갚는단 말도, 어디 와 있다는 말도, 성익도 기다리지도 않았지만 전혀 소식이 없다가 꼭 돌이 되어, 요 전달 하순이었다.

하루는 세브란스 병원에서 성익에게 메신저 보이가 왔다. 박대하란 환자를 대신해 쓴다 하고 곧 좀 외과 진찰실로 와달라는 것이었다. 박대하란 영월 영감이다. 성익은 곧 달려갔다. 간호부가 가리키긴 하나 누군지 알아볼 수 없게 얼굴 온통이 붕대 뭉치가 되어 진찰대에 누워 있었다. 멀겋게 부풀은 입술이 번질번질한 약을 바르고 콧구멍과 함께 숨을 쉴 정도

로 내어놓아졌을 뿐, 눈까지 약칠한 가제에 덮여 있는 것이다. 송장이 아닌가 싶었다.

"이분이?"

"네, 박대하 씨라구요. 광산에서 다치셨대요. 입원을 허실 턴데 시내에 보증인이 있어야니까요."

하고 간호부는 환자의 귀 가까이로 가더니,

"불러달라시던 분 오셨에요."

하였다. 환자의 육중한 입술이 부르르 떨리었다. 성익은 덥썩 환자의 손을 끌어 쥐었다. 뜨거웠다.

"성익이냐?"

분명히 영월 아저씨였다.

"네, 이게 웬일입니까?"

"뭐, 허, 답답해라…… 대단친 않구…… 자꾸 보증인인갈 세래 널 알렸다."

"다치신 덴 얼굴뿐입니까?"

"그럼."

"어디서 다치셨는데, 누구 같이 온 사람두 없습니까?"

간호부가 복도로 나와 같이 온 사람을 가리켜주었다. 우중충한 복도에 섰는 흙물이 시뻘건 바지저고릿바람의 장정이었다.

"당신이오?"

"네."

남포를 놓는데, 세 방을 한꺼번에 놓는데, 심지 하나가 중간에서 불이 꺼지는 것을 보고 그것마저 들어가 대려놓는데 먼저 타들어간 것이 의외에 빨리 터졌다는 것이다.

“광산은 어디요?”

“거기가 양평 따입지요. 그런데 과히 오래가든 않는답니까?”

“글쎄, 아직 모르겠소.”

하고 성익은 그제야 의사에게로 왔다. 머리를 돌에 맞아 뇌진탕을 일으켰으나 반 시간도 못 돼서 정신을 차렸다는 정도니까 꿰맨 자리만 아물면 뇌엔 별일이 없을 것이요, 얼굴은 전면적으로 매연과 모래에 타박상을 받았으나 큰 상처는 없고, 안과에서 보았는데 눈도 동공은 상하지 않았으니까 중증의 결막염 정도니까 며칠 치료하면 뜰 수 있으리란 것이다.

성익은 다행으로 알고 아저씨를 병실로 옮기고 곧 입원 수속을 끝내었다. 그리고 아저씨께 돌아오니 그의 앞에는 광부가 꾸부리고 무슨 부탁을 듣고 서 있었다.

“아마 한 길은 더 울렸으리……”

“그렇습죠.”

“허니 천변*두 울리지 않았나 조심해서들 보구, 내 나가길 기대릴 게 아니라 따내게들……”

“그립죠.”

“서덕대보구 따 들어가다 재바닥**만 비치거든 감석***을 골라 내게 좀 보내달라구 그러게.”

“네.”

“어서 떠나게. 중상은 아니라구 염려들 말라구 그리게.”

"네, 그럼……."

광부가 나간 뒤에 성익은 잠깐 멍청히 서서 병실 안을 둘러보았다. 다른 침대 하나에는 아직 환자가 없다. 두 쪽 유리창에도 도시의 하늘답지 않게 전선줄 한 오리 걸리지 않고 유리 그대로 멀뚱하다. 누워 있는 영월 아저씨는 번질번질한 부푼 두 입술이 있을 뿐, 모두 흰 붕대와 흰 약과 흰 홑이불에 덮여 있다. 비었다기보다 시체실에 혼자 섰는 것처럼 서뭇해진다. 저분이 금광을? 그럼, 저분이 여태껏 찾아다닌 것도 금이던가? 금? 그럼, 내 돈 칠백 원도 금광에 투자한 셈이던가? 성익은 씁쓰레한 군침을 입안에 다시며 침상 앞으로 나섰다.

"아저씨?"

"성익이냐? 이거 답답해 어디 견디겠나!"

영월 영감은 시울이 팅팅히 부어 떠지지 않는 눈을 눈썹만 슴벅거려본다.

"그런데 어쩌실려구 뻐언히 위험한 델 들어가셨습니까?"

"인정처럼 고약한 게 없거던…… 첨에는 심질 십여 척씩 늘이구두 뒤돌아볼 새 없이 뛔나오더랬는데 것두 몇 해 다뤄보니 심상해져 겁이 어디나? 사람이 비켜야만 터질 것처럼 믿어진단 말이야."

"그런데 아저씨께서 금광을 허시리라군 의욉니다."

"어째?"

"막연히 그런 생각이 듭니다."

"막연이겠지…… 힘없이 무슨 일을 허나? 홍경래두 돈을 만들어 뿌리지 않았어? 금 같은 힘이 어딨나? 금 캐기야 조선같이 좋은 데가 어딨나? 누구나 발견할 권리가 있어, 누구나 출원하면 캐게 해, 국고 보조까지 있어, 남 다 허는 걸 왜 구경만 허구 앉었어?"

"이제 와 아저씬 금력을 믿으십니까?"

"이제 와서가 아니라 벌써 여러 해 전부터다. 금력은 어디 물력뿐이냐? 정신력도 금력이 필요한 거다."

"그래 광을 허십니까?"

"그럼."

"허면 꼭 금을 캘 걸 믿으십니까?"

"암, 못 캐란 법은 어딨나? 왜 못 될 걸 믿어?"

"그러나 사실에 성공하는 사람이 천에 하나나 만에 하나 아닙니까?"

"억만에서 하나기루 그 하나이 자기가 되길 계획해 못쓸까? 사람이란 그다지 계획력이 미약한 걸까?"

"글쎄올시다."

"글쎄올시다가 아니야. 그렇게 막연히 살아 무슨 전도가 있나? 천에 하나 만에 하나가 저절루 자기가 되길 바라선, 요행히 되길 바라선 건 허영이지, 건 투기지. 그런 요행이야 천에 하나 만에 하나밖에 없을 게 당연지사겠지. 그러나 끝까지만 나가문야 천이면 천, 만이면 만 다 성공할 게 원측이지."

"그래두 일생을 광산으로 다녀두 보따리를 벤 채 죽는 사람이 얼마든지 있지 않습니까?"

"……."

영월 영감은 부푼 입술이 거북한 듯 말 대신 고개를 젓는다.

"참, 말씀 그만두시죠. 입술두 퍽 부셨는데."

"말꺼정 못 하군 정말 죽은 거 같게…… 그런 것들은 다 투기자들이지. 물욕부터 앞서 제가 실패한 원인을 반성할 여유가 없이 나가구, 또 뻔— 히 경험으로 봐 안 될 것두 요행만 바라구 나가거던…… 그런 사람들 실패하는 거야 원형이정*이지…… 나두 벌써 십여 차 실패다. 그러나 똑같은 실팬 한 번도 안 했다. 똑같은 실팰 다시 허기 시작허문야 건 무한한 거다. 그러나 금을 캐는 데 있을 실패가 그렇게 무한한 수로 있을 건 아니지. 실패를 잘만 해서 실패된 원인만 밝혀나간다면야 실패가 많아질수록 성공에 가까워가는 게 아니냐? 난 그걸 믿는다."

"……."

"조선 땅엔 금은 아직 무진장이다. 어느 시대구 어느 나라서구 불변 가치를 갖는 게 금밖에 또 있니? 금만 한 힘이 있니?"

"……."

"금을 금답게 쓰지 못하는 자들이 얼마나 많이들 금을 캐내니? 땅이 울게다! 땅이……."

하고 영월 영감은 홑이불을 밀어 던지고 석수처럼 돌때에 뿌우연 손을 올려 가슴 위에 깍지를 꼈다.

*

이튿날부터 영월 영감은 광산에서 기별이 오기를 기다렸다.

"몇 자 안 내려가 재바닥이 비칠 건데…… 맥형 생긴 게 틀림은 없는데……."

그리고 사흘부터는 의사를 조르기 시작하였다.

"허! 이거 일월을 못 보니 꼭 죽었소그려. 언제나 눈을 뚜? 머린 이내 아물겠소?"

"맘이 급허시면 더 더딥니다. 눈은 차츰 부기가 낫기 시작합니다만 머리야 젊은 사람과 달라 어디 그렇게 빨리 아뭅니까?"

---

* 하늘이 갖추고 있는 네 가지 덕. 세상의 모든 것이 생겨나서 자라고 이루어지고 거두어짐을 뜻한다.

"내가 늙어 그럴까?"

"조그만 헌디 하나라두 연령 관계가 큽니다. 신진대사 차이가 크니까요."

의사가 나간 뒤 한 시간이나 지나서다. 속으로는 그저 그 생각이었던 듯,

"내가 지금 사십만 같애두! 사십만……."

하고 한숨을 쉬는 것이었다.

"이론이 그렇지, 그것 아무는 데 며칠 상관이 될라구요."

"어디 이것뿐이냐? 매사에 일모도원*이다! 넌 올에 몇이지?"

"서른둘입니다."

"서른둘! 호랑이 같은 때로구나! 왜들 가만히들 있니?"

"……."

한참 침묵이 지나서다.

"너 낼 산에 좀 갔다 와다우."

"산에요?"

"광산에 가, 그새 작업을 어떻게 했는지두 좀 알구, 나온 걸 어떤 돌이구 간에 한 가지씩 가져오너라. 엊저녁 꿈엔 돼지를 다 봤는데……."

"돼지요?"

"미신이나 금광 허는 사람들이 돼지 보길 바라지들…… 돼질 보면 금이 난다구들, 허허……."

영월 영감은 차츰 제빛이 돌아오는 입술에 빙그레 웃음을 띠었다.

*

성익은 아저씨가 일러준 대로 이튿날 자동차로 양평을 지나 풍수원豊水院이란 데로 왔다. 여기서는 사람을 하나 사가지고 동북간으로 고개라기

---

* 날은 저물고 갈 길은 멀다는 뜻으로, 늙고 쇠약한데 앞으로 해야 할 일은 많음을 이르는 말.

는 좀 큰 산을 넘어 아저씨의 광산을 찾았다. 다복솔이 깔린 펑퍼짐한 산 허리에 서너 군데나 생흙이 밀려 나와 사태 난 자리처럼 쌓였다. 가까이 가보니 흙이 아니라 모두 돌이었다. 굿막*과 화약고도 이내 나타났으나 사람이라고는 질통꾼** 서너 명만 보였다. 질통꾼들에게 서덕대를 물으니 굿 속에서 작업 중이라 한다. 굿 속으로 따라 들어가려 하였으나 바닥이 질고 천반에선 여기저기 기름과 철분에 시뻘건 샘물이 낙숫물 떨어지듯 하여 달리 차리지 않고는 들어설 수가 없다. 우선 서덕대를 좀 나오라고 이르고 땀이나 들이려 냉장고같이 시원한 굿 초입에 서 있었다. 굿 속은 키 큰 사람은 모자가 닿으리만치 낮다. 통나무로 좌우 벽선과 천반을 버 티어 들어갔다. 간드레*** 불을 든 질통꾼들이 한 삼십 간 들어가서는 꼬 부라져 사라지고 만다. 거기까지는 수평이다. 그 뒤는 캄캄하여 도무지 짐작을 할 수가 없다. 물방울 떨어지는 소리뿐 가만히 귀를 기울여야 쿠 웅쿠웅 바위 울리는 소리가 은은히 돌아나온다. 그쪽은 저승과 같이 아득 하고 신비스럽다.

'저기서 금이 난다!'

성익은 담배를 피워 물고 생각하였다.

그 몇만 분지, 몇십만 분지의 일인 금을 얻으며 산을 헐고 바위를 뚫 고…… 그 적은 비례의 하나를 찾기 위해 몇만 배, 몇십만 배의 흙을 파내 고 돌을 쪼아내고…… 성익은 고개를 기다랗게 내밀어 광산 전체를 쳐다 보았다. 까맣게 올려다보이는 석벽도 이 산의 봉우리는 아직 아니었다.

---

* 광산에서 광부들이 쉬거나 연장을 두기 위하여 구덩이 밖에 지어놓은 집.
** 질통은 광석, 버력, 흙 따위를 지고 나를 때 쓰는 통을 뜻한다. 질통꾼은 예전에, 질통을 지고 물건을 져 나르는 사람을 이르던 말.
*** 광산의 갱 안에서 불을 켜 들고 다니는 카바이드등.

‘하나를 위해 구만구천구백구십구의 헛일을 해야 하는……’

성익는 한숨이 나왔다. 어렸을 때 풀기 어려운 산술 숙제를 받던 생각이 난다. 그러나 이내 또, 아저씨의 ‘사람이란 그다지 계획력에 미약한 거냐’ 하던 말도 생각난다.

‘계획? 내 자신에겐 지금 무슨 계획이 진행되며 있는가?’

성익은, 굿막 퇴장에 걸터앉아 아무 의식 없이 머르레한 눈으로 건넌산을 바라보는, 그 풍수원서 데리고 온 사람의 꼴에서 자기를 발견하는 것 같은 허무함을 느끼었다.

다시 붙인 담배를 반이나 태웠을까, 그때 굿 속에서 사람들이 나타났다.

“내가 서이관이오.”

하고 나서는 서덕대는 늙은 푼수로는 야무진 목소리다.

“우리 광주 영감 좀 어떠신가요?”

“차츰 나가십니다. 도무지 감석인갈 보내지 않으니까 궁금허시다구 좀 가보래 왔습니다.”

“허!”

서덕대는 굿막 퇴장으로 와 담배부터 피워 문다. 전체가 까맣고 딴딴하게 몽친 것이 엿누룽갱이 같은 늙은이다. 침을 찍 뱉아버리더니,

“영감 운이 아직 틔질 않어…… 영감 운이 틔셔야 우리네두 고생한 끝이 나겠는데……”

하는 꼴이 좋은 바닥이 아직 비치지를 않는 모양이다.

“그럼, 아직 광석이랄 게 나오지 않습니까?”

“나오기야 나오죠. 허잘것없는 게 나오니 그런 거야 자동차비가 아까워 어떻게 보내드리나요.”

“더 따들어가면 좋은 게 나올 것 같습니까?”

"허! 그걸 장담헐 수 있나요. 장담두 많이 해봤죠만 이전 내 입으룬 장
담 않죠."

"그럼 이 광산이 영감 보시겐 신통치 않은가 봅니다그려?"

"것두 장담 아뇨? 내 눈두 과히 어둡진 않죠. 금점* 밥을 먹는 지두 서
른대여섯 해 되죠. 당구** 십 년 격으루 산을 보면 대강 짐작은 납니다만
난 이전 산 보구 쫓아다니진 않죠."

"그럼, 뭘 보십니까?"

"산에 한두 번 속았겠어요? 난 이전 광주 보구 쫓아다니지요. 이 영감
님 모시구 다니는 지두 벌써 칠 년째죠만 인덕이 그만허시구야 금줄*** 못
잡을 리 있나요."

성익은 겉옷을 바꿔 입고 서덕대를 따라 굿 속 작업 현장을 구경하고,
물이 충충히 고여 개구리들만 끓는 쩹이라는, 수직으로 내려 뚫은 광구도
몇 군데 구경하고는 그래도 질이 좀 나은 것이라는 회색 차돌 몇 덩이를
싸 들고 풍수원으로 넘어와 밤을 자고 이튿날 오후 한 시나 돼서 병원으
로 돌아왔다.

*

병원에서는 영월 영감보다 의사가 더 성익을 기다리고 있었다. 간호부
가 성익을 보자,

"잠깐만 거기 계셔요."

하고 병실에 들어가기 전에 무슨 일이 있다는 듯이 의사 있는 데로 달려
가는 것이다. 성익은 가슴이 섬뜩하여 주춤하고 섰었으나 두어 방만 지나

---

* 금광.
** 서당에서 기르는 개.
*** 금이 나는 광맥.

가면 아저씨의 병실이라 우선 병실로 가 문을 열었다. 아저씨는 여전히 침대에 누웠다. 그러나 문소리 나는 쪽을 향해 '성익이냐?' 불러봄 직한 그가 문소리 난 것도 모르는 듯할 뿐 아니라 두 손을 쳐들어 합장도 아니요 박수도 아닌 손짓을 하고 있는 것이다. 머리맡에는 보지 않던 얼음주머니도 달려 있다.

"아저씨?"

"……."

"아저씨?"

"누구야…… 응?"

성익은 가슴이 철렁 내려앉는다.

"저야요, 성익이야요."

"오오."

그제야 영월 영감은 벌떡 일어나 앉는다.

"누세요."

"이리 내……."

그러나 눈은 아직 열리지 않는다. 한 손으로 한쪽 눈을 억지로 벌리려 한다. 성익은 얼른 붕산수에 적신 약솜을 뜯어 눈곱을 닦아드리었다. 그리고,

"어디 어디……."

하고 내미는 아저씨의 손바닥을 보고는 광석을 놓기 전에 다시 한 번 놀라지 않을 수 없다.

"아저씨 손바닥이……."

"어서 이리 내."

성익은 아저씨의 다른 편 손바닥도 펼쳐보았다. 양편이 똑같다. 검붉은

포돗빛의 혈반이 은단알만큼, 녹두알만큼 꽃 피듯 번져 있는 것이다. 그리고 뜨거운 것이다. 그러나 당자는 아직 자기 피부에 그런 이상이 나타난 것도 모르는 것 같다. 광석 하나를 받아 들더니 광선이 제일 환한 쪽으로 상체를 돌린다.

"가져온 것 다 인내라."

신문지에 싼 채 다 그의 앞으로 가 펼쳐 들었다. 더듬더듬 하나씩 하나씩 모조리 만져보고, 들어보고, 그 다시 푸르스름해진 입술에 갖다 혀끝까지 대어보곤 하더니 그중에서 역시 서덕대가,

"모두 요눔만 같애두."

하던 것을 용하게 골라내어 한 손으로 눈곱 닦은 눈을 벌리었다. 그 눈에 유리창은 너무 밝았다. 광선이 아니라 독한 연기를 쏘인 듯 눈물이 핑 쏟아져 다시는 벌리지도 못하고 만다.

"누세요. 제가 말씀드릴게요."

"서덕대가 뭐래?"

"퍽 좋은 바닥이 나왔답니다."

"어떤?"

"차돌인데 맥이 넓구 여간 질이 좋지 않다구 안심허시랍디다."

"노다지가 나오다니?"

"네?"

성익은 아저씨의 정신 상태가 아무래도 의심스러웠다.

"아저씨?"

아저씨는 두 손에 한 움큼씩 광석을 움켜쥔 채 얼음주머니를 뒤통수로 때리며 벌떡 뒤로 드러누워 버린다.

간호부가 그제야 나타난다. 이쪽에서 뭐랄 새도 없이,

"선생님이 좀 오시래요."

하고 앞선다.

의사는 다른 환자의 처방을 끝내어 간호부에게 주어버리더니 이렇게 말한다.

"지금 들어가 보셨지요?"

"네, 손바닥에 그런데……."

"네, 네……."

의사는 영월 영감의 진찰부를 꺼내놓더니 보지는 않고,

"손바닥과 발바닥에 모두 피하 출혈이 현저하게 드러났습니다."

"어떤 딴 증세가 난 겁니까?"

"패혈증입니다. 더 의심할 수 없는……."

"패혈증이라뇨?"

"피가 썩는 겁니다. 어떤 상처로 미균이 들어가 가지군…… 아마 그 머리 다치신 상처겠죠…… 광산 같은 데서 애초에 소독이 완전히 됐을 리 있습니까?"

"걸 어째 진작 모르셨나요?"

"건 모릅니다. 발증이 되기까진 모르는 겁니다. 또 미리 안댔자 지금 의학으론 테라폴 따위 살균제나 놓는데 그런 걸룬 절망입니다."

"절망이야요?"

"벌써 피 대부분이 상했습니다. 가족에 곧 알리시구 유언이라두 들어 두시죠."

성익은 복도로 나와 한 십 분 동안 제정신을 차리기에 애를 썼다. 정신을 차려가지고는 우선 우편국으로 가 이분의 두 아들에게 다 전보를 쳐주었다. 그리고 성익은 또 한 가지 생각이 났다. 얼른 자동차로 종로로 와서 광석 표본을 진열창에 많이 늘어놓은 무슨 광산 사무손가를 찾았다. 팔지 않는다는 것을, 성냥갑만 한 유리갑에 넣은 노다지 한 덩어리를 억지로 샀다. 영월 영감은 의사의 예언대로 최후의 맑은 정신이 돌아왔다. 방 안은 으스름한 황혼이다. 성익은 간호부에게 불을 켜라 일렀다. 그리고 약솜으로 아저씨의 두 눈을 닦고 최대한도로 띄어드리었다. 지네미* 상한 고기 눈처럼 머르레한 눈동자는 이내 눈물에 잠기고 만다.

"아저씨, 이걸 자세 보세요."

"이게…… 에! 노다지로구나!"

"많이 나왔습니다."

"오! 오……."

영월 영감은 말이 놀라는 것처럼 우쩍 상반신을 일으켰다. 두 주먹을 뛰려는 말발굽처럼 움켜 들었다. 주먹은 손가락 가락가락 부르르 떨리면서 펼쳐진다. 그러나 눈은 자기 힘으로 떠지지 않는다. 부들부들 팔째 떨리던 주먹은 탁 자기 얼굴을 휩싸 때리더니 '아휴!' 하고 성익의 팔에 쓰러지고 말았다.

성익은 차마 유언을 묻지 못하였다.

두 아들이 나타났을 때는, 영월 영감은 이미 시체실로 옮겨진 뒤였다.

*

성익은 아저씨의 화장장에서 돌아오는 길 버스 안에서 맏상제 봉익에게 물었다.

"자넨 몇이지 올에?"

"형님보다 내가 두 살 아래 아뉴?"

---

* '지느러미'의 방언.

성익은 눈을 감고 잠깐 멍청히 흔들리다가 중얼거리었다.

"서른! 서른둘! 호랭이 같은……."

—『돌다리』, 박문서관, 1943.

농군

(이 소설의 배경 만주는 그전 장작림 정권 시대임을 말해둔다.)

1

봉천행 보통 급행 삼등실, 내리는 사람보다 타는 사람이 더 많다. 세면소에는 물도 떨어졌거니와 거기도 기대고, 쭈그리고, 모두 자기 체중에 피로한 사람들로 빼곡하다. 쳐다보면 시렁도 그뜩, 가죽 가방, 헝겊 보따리, 신문지에 꾸린 것, 새끼에 얽힌 소반, 바가지쪽, 어떤 것은 중심이 시렁 끝에 겨우 걸치어 급한 커브나 돌아간다면 밑엣사람 정수리를 내려치기 알맞다.

차는 사리원을 지나 시뻘건 진흙 평야를 달린다. 한쪽 창에는 해가 뜨겁다. 북으로 달릴수록 벌써 초겨울의 풍경이긴 하나 훅훅 찌는 사람내 속에 종일 앉았는 얼굴엔 햇볕까지 받기에 진땀이 난다.

개다리소반에 바가지쪽들이 차가 쿵쿵거리는 대로 들썩거리는 시렁 밑이다.

"뜨겁죠, 할아버지? 이걸 내립시다."

스물두셋 된 청년, 움푹한 눈시울엔 땀이 홍건하다.

"그냥 둬…… 뜨건 게 낫지. 밖을 볼 수 있어야지."

할아버지는 찌적찌적한 눈을 습벅거리면서 담뱃대를 내어 희연을 담는다. 두어 모금 빨더니 자기 담배 연기에 기침이 시작된다. 멎을 듯 멎을 듯, 이 노인의 등이 굽은 것은 이 기침병 때문인 듯하다. 땀을 쭉 빼더니 겨우 진정하고 이내 담배를 털어 고무신으로 밟아버린다.

"그리게 아버닌 담밸 끊으셔야 한대두."

맞은편에 끼여 앉아 걱정하는 아낙네도 머리가 반백은 되었다.

"거 윤풍언이 차에서 피라구 한 봉지 사주게…… 망할 늄의 기침, 물이나 갈아 먹음 원, 어떨지……."

똑 수염이 염소 같은 턱은 그저 후들후들 떨면서 햇볕 뜨거운 창밖을 머르레 내다본다.

"흙두 되운 뻘겋다. 저기서 곡식이 돼?"

"뻘겋기만 허지 돌이야 어딨에요? 한새울겉이 돌 많은 늄으 데가 어딨에요. 우리 동네니깐 떠나기 안됐지, 농토야 한 자리 탐날 게 있나요?"

하며 청년도 눈을 찌푸리며 창밖을 내다본다.

"우리 가는 덴 흙이 댓진* 같대지?"

"한 댓—핸 거름 않구두 조 이삭 하내 개 꼬리만큼씩 수그러진대니까요."

"채심이가 거짓말야 했겠니……."

영감은 창에서 물러나더니 군입을 쩍—쩍 다신다.

"거 웃골 서깟**은 괜히 팔았느니라."

"또 아버닌!"

하고, 청년에겐 어머니요 노인에겐 며느리인 듯한 아낙네가 노인의 말문

---

* 담뱃대 속에 낀 진.
** '멧갓'의 방언. 나무를 함부로 베지 못하게 가꾸는 산.

을 막는다.

"글쎄 할아버지두 되풀일 허심 뭘 허세요? 묘 자리가 백이문 뭘 해요. 여간 사람 아니군 허갈 맡아야 쓰잖어요?"

"몰래두 잘들만 쓰더라 원."

하고 노인은 수그리더니 침을 퉤 뱉는다. 그리고 들릴락 말락 하게 혼자 말처럼 지껄였다.

"그저 난 병만 들건 차에 얹어라…… 칠십 년이나 살던 델 두구 어디가 묻히란 말이냐! 한새울 사람들이 아무 밭머리에구 나 하나 감장* 안 해주겠니……."

"아버닌 자게 생각만 허시는군! 재 아버진 뭐 묻구퍼 공동메다 묻었나……."

하더니 아낙네는 여태 무릎 위에 얹었던 신문 뭉치를 펼친다. 팥알들이 꼬실꼬실 마른 시루떡 부스러기다. 파리가 와 붙은 대로 아들한테 내민다.

"싫수."

"입두 짧기두 허지…… 너두 참, 배고프겠다."

하고 이번엔 영감 옆에 앉은 처녀인지 색시인지 분간 못 할 젊은 여자에게 내어민다. 살결이 맑지는 않은데 햇볕을 못 본 얼굴인 듯, 너리**도 없는 이빨이 누렇게 보이도록 창백하다. 트레머리인지 쪽인지 손질은 많이 했으나 뒤룩거린다. 갓 스물은 되었을까, 눈이 가늘고 이마가 도드라진 것이 약삭빠르게는 보인다. 시루떡을 집으러 오는 손이 새마다 짓물렀던 자리가 있다.

---

* 장사 지내는 일을 돌봄.
** '이틀 고름 샛길'을 한방에서 이르는 말. 잇몸에서 고름, 피가 나오거나 이가 흔들리는 병을 통틀어 이른다.

어떤 손가락 사이엔 아직도 붕산말 같은 가루약이 묻어 있다. 햇볕에 구릿빛으로 끄을은 노인, 아낙네, 청년, 이들과는 동떨어져 보인다. 그러나 한 일행이다.

무어라는 소리인지 차 안은 한쪽 끝에서부터 수선스러진다. 차장이 들어섰다. 차장이니 남의 어깨라도 넘어 헤치고 들어오며 차표 조사다. 이 청년은 이내 조끼에서 차표 넉 장을 내어 든다.

차장 뒤에는 그냥 양복쟁이 하나가 뒷짐을 지고 넘싯넘싯 차장이 찍는 차표와 그 차표를 내인 승객을 둘러보며 따라온다. 차장은 청년의 손에서 넉 장 차표를 받아 말없이 찍기만 하고 돌려준다. 그런데 양복쟁이가 청년에게 손을 쑥 내미는 것이다. 청년은 조끼에 집어넣으려던 차표를 다시 내어주었다. 양복쟁이는 차표에서 장춘長春까지 가는 것을 알았을 터인데도,

"어디꺼정 가?"

묻는다.

"장춘꺼지요."

"차는 장춘꺼지지만 거기선?"

"네……"

청년은 손이 조끼로 간다. 만주 어느 지명 적은 것을 꺼내려는 눈치다.

"이리 좀 나와."

청년은 조끼에 손을 찌른 채 가족들을 둘러보며 일어선다. 가족들은 눈과 입이 다 뚱그레진다. 청년은 속으로 경관이거니는 하면서도,

"왜요, 어디루요?"

맞서본다.

"오래니깐……"

청년은 양복쟁이의 흘긴 눈을 따라가는 수밖에 없다. 찻간 끝에 변소만한 방, 차장의 붉은 기와 푸른 기가 놓인 책상, 그리고 양쪽에 걸상이 있었다.

"앉어…… 어…… 이름이 뭐?"

"윤창권입니다."

"쓸 줄 아나?"

"네."

창권은 손가락으로 책상 위에 '尹昌權'이라 써 보인다.

"원적은?"

"강원도 ××군……."

형사가 적는 대로 글자까지 불러준다.

"누구누군가? 젊은 여잔 아낸가?"

"네."

"어째 얼굴이 혼자 그렇게 하얀가?"

"공장에 가 있었습니다."

"무슨?"

"읍에 고치실 켜는 공장입니다."

"응, 방적회사 말이로군?"

"네."

"늙은인?"

"조부님입니다."

"아버진?"

"안 계십니다."

"부인넨 어머닌가?"

“네.”

“만주엔 누가 가 있나?”

“저이 동네서 한 삼 년 전에 간 황채심이란 이가 있습니다. 그이가 늘 들어만 옴 농산 맘대루 질 수 있대서요. 그런데 조선 사람들만 한 삼십 가구 한데 뫼서 땅을 여러 백 섬지기 사기루 했다구요. 한 삼사백 원어치만 맡아두 대여섯 식군 걱정 없을 만치 논을 풀 수 있대나요.”

“황채심이…… 그자는 믿을 만헌가? 사람이?”

“네, 전에 동장두 지내구 저 댕긴 사립학교 선생님이더랬습니다.”

“돈 얼마나 가지구 가나?”

“한 오백 원 됩니다.”

“오백 원, 웬 건가?”

“밭허구 산허구 집서껀 판 겁니다.”

“집두 있구 밭두 있으면 왜 고향서 안 살구 가는 거야?”

“밭이라구 모두 삼백이십 원 받은걸요. 조선서 삼백이십 원짜리 밭이나 가지군 살 수 있어야죠. 남의 소작도 해봤는데 땅 나쁜 건 품값두…….”

“듣기 싫여…… 아내가 벌었다며?”

“네, 돈 쓸 일은 걸루 다 메꿔나갔습죠. 그렇지만 밤낮 공장에만 갖다 둘 수 있습니까?”

마침 차가 꽤 큰 정거장에 머문다. 형사는 수첩을 집어넣더니, 쓰다 달단 말도 없이 차를 내린다.

“얘, 무슨 일이냐?”

어머니가 따라와 진작부터 서 있었던 것이다.

“괜찮어요. 으레 조사허는 건데요.”

"글쎄, 그래두……."
어머니와 아들은 뒤를 돌아보며 서로 이끌며 저희 자리로 돌아왔다.

2

이튿날 새벽, 차 속은 몹시 추웠다. 어제 조선에서처럼 자리가 붐비지는 않아 한 자리에 둘씩은 제대로 앉을 수가 있으나 다리를 뻗어볼 도리는 없었다. 할아버지와 어머니가 한 자리에서 서로 마주 보듯 양편으로 기대어 입을 떡 벌리고 잠이 들었고, 맞은편 자리에서 창권이 양주*는 진작부터 잠이 깨어 있었다.
"여기가 어딜까?"
"……."
남의 집에 가서 자고 깬 것처럼 차 안이 횡—한 게 서툴러 보인다. 자는 얼굴이기도 하지만 할아버지, 어머니, 다 남처럼 서먹해 보인다. 창권은 이웃집에 주고 온 강아지 생각이 문득 난다.
"몇 점이나 됐을까?"
"글쎄."
창권은 뒤틀어 기지개를 켜고 창장**을 치밀고 밖을 내다본다. 동이 훤히 트기 시작한다.
"벌써 밝는데."
아내도 목을 길게 빼 내다본다.
"아무것두 뵈지 않네."

---

* 바깥주인과 안주인이라는 뜻으로, 부부를 이르는 말.
** 창에 둘러치는 휘장.

"인제 조꼼만 더 감 땅이 뵈겠지."

"밤새도록 왔으니 얼마나 멀어졌을까!"

둘이는 다시 눈을 감아본다. 몇 달을 간대도 다시 돌아갈 수 없을 만치 조선이 멀어진 것 같다.

"왜 벌써 깼어?"

하고 창권은 아내의 몸으로 바투 가 기대본다. 아내의 몸은 자기보다 한결 따스하게 느껴진다.

"공장에선 늘 이맘때 깨던걸 뭐."

아내가 공장에서 나와버렸을 때는 집을 팔아버리고 동넷집 단간방 하나를 빌려 임시로 들어 있을 때였다. 아내와 몸 운기라도 같이 통해보는 것은 달포 만이다. 만주로 간대야 쉽사리 저희 내외만의 방을 가져볼 것 같지 않다.

"가문 집은 어떡허우?"

"봐야지…… 아무케나 서너 간 세야겠지."

"겨울 안으루 질 수 있을까?"

"그럼."

"말르나 벽이?"

"그래두 살게 마련이겠지."

창권은 아내의 손을 꽉 잡아보고 놓는다. 아내는 눈물이 글썽해진다.

창권은 다시 창밖을 주의해 내다본다. 시커멓던 유리창에 희끄무레하게 떠오르는 안개, 그 안개 속에서 다시 떠오르는 땅, 창권이네게는 새 세상의 출현이다. 어룽어룽 누비 바탕 같은 것이 지나간다. 그 어룽이는 차츰차츰 밭이랑으로 변한다. 밭이랑은 까마득하게 끝이 없다.

"밭들 봐! 야……"

아내도 또 다가와 내다본다.

"아이, 벌판이 그냥 밭이죠!"

어쩌다 버드나무가 대여섯씩 모여 서고 거기엔 무덤인지 두엄가리인지 한둘씩 있을 뿐, 그냥 내처 밭이다.

"저렇게 넓구야 거름을 낼래 낼 수 있어!"

"저걸 어떻게 다 갈까!"

"젠—장 저기 뿌리는 씨알만 해두!"

"그리게 말유!"

지붕 낯선 이곳 사람들의 부락이 지나간다. 길에는 푸른 옷 입은 사람들이 나타나기 시작한다. 멀—거니 서서 지나가는 차를 구경하는 것이겠지만 창권이 내외에겐 이상히 무서워 보인다. '밭이 암만 많음 어쨌단 말야? 다 우리 임자 있어. 뭐러 오는 거야?' 하고 흘겨보는 것만 같다.

창권은 허리띠 밑으로 손을 넣어 전대를 더듬어본다.

3

장쟈워푸〔姜家窩柵〕*, 눈이 모자라게 찾아보아야 한두 집, 두세 집, 서로 눈이 모자랄 거리로 드러난다. 이런, 어느 두세 집이 중심이 되어 장쟈워푸란 동네 이름이 생겼는지 알 수 없다. 산은커녕 소 등허리만 한 언덕도 없다. 여기 와 개간권 운동을 해가지고 황무지를 사기 시작하는 조선 사람들도 처음에는 어디를 중심으로 하고 집을 지어야 할지 몰랐으나 차차 자기네의 소유지가 생기자 그 땅 한쪽에 흙을 좀 돋우고 돌 하나 없는 바

* 중국 길림성 만보산 근처의 지명.

닥에다 돌 주초 하나 없이 청인에게서 백양목 따위 생나무를 사다가 네 귀 기둥만 세우면 흙으로 쌓아 올리는 것이, 근 삼십 호 늘어앉게 된 것이다. 그래서 이제는 장쟈워푸라면 이 조선 사람들 동네가 중심이 되었다.

창권이네가 온 데도 여기다. 창권이네도 중국옷을 입은 황채심이가 시키는 대로 황무지를 십오 상十五晌(약 삼만 평)을 삼백 원을 내고 샀다. 그리고 이십 리나 가서 밭머리에 선 백양목을 사서 찍어다 부엌을 중심으로 하고 양쪽에다 캉(걸어앉을 정도로 높은 온돌)을 만들었다. 그리고, 채심이가 시키는 대로 좁쌀을 열 포대, 옥수수 가루를 다섯 포대 사고, 소금을 몇 말 사고, 겨우내 땔 조, 기장, 수수 따위의 곡초를 산더미처럼 두어 낟가리 사서 쌓고, 공동으로 사 온 볍씨 값을 내고, 봇도랑*을 이퉁허〔伊通河〕란 내에서 삼십 리나 끌어오는 데 쿨리苦力(그곳 노동자) 삯전으로 삼십 원을 부담하고 그리고는 빈손으로 날마다 봇도랑 째는 것이 일이 되었다.

깊은 겨울엔 땅속이 한 길씩 언다. 얼기 전에 삼십 리 대간선大幹線은 째어놓아야 내년 봄엔 물이 온다. 이것을 실패하면 황무지엔 잡곡이나 뿌릴 수밖에 없고, 그 면적에 잡곡이나 뿌려가지고는 그다음 해 먹을 수가 없다.

창권이넨 새로 와서 지리도 어둡고, 가역**도 끝나기 전이라 동네에서 제일 가까운 구역을 맡았다. 한 삼 마장*** 길이 되는 대간선의 끝 구역이었다. 그것을 쿨리 다섯 명을 데리고, 넓이 열두 자, 깊이 다섯 자로 얼기 전에 뚫어놔야 한다. 여간 대규모의 수리水利 공사가 아니다. 창권은 가역 때문에 처음 얼마는 쿨리들만 시키었으나, 날이 자꾸 추워지는 것이 겁나

---

* 봇물을 대거나 빼게 만든 도랑.
** 집을 짓거나 고치는 일.
*** 5리나 10리가 못 되는 거리를 이른다.

집일 웬만한 것은 어머니와 아내에게 맡기고 봇도랑 내는 데만 전력하였
다.

쿨리들은 눈만 피하면 꾀를 피웠다. 우묵한 양지쪽에 앉아 이를 잡지
않으면 졸고 있었다. 빨리 하라고 소리를 치면 그들도 알아들을 수 없는
말로 마주 투덜대었다. 다행히 돌은 없으나 흙일은 변화가 없어 타박타박
해 힘들고 지리했다.

이런 일이 반이나 진행되었을까 한 때다. 땅도 자꾸 얼어들어 일도 힘
들어졌거니와 더 큰 문제가 일어났다. 이날도 역시 모두 제 구역에서 제
가 맡은 쿨리들을 데리고 일을 하는데 쿨리들이 먼저 보고 둔덕으로 뛰어
올라가며 뭐라고 떠들어댔다. 창권이도 둔덕으로 올라서 보았다. 한 편쪽
에서 갈가마귀 떼처럼 이곳 토민들이 수십 명씩 무더기가 져서 새까맣게
몰려오는 것이다.

"마적 떼 아닌가!"

그러나 말을 탄 사람은 하나도 없다. 그들은 더러는 이쪽으로 몰려오고
더러는 동네로 들어간다. 창권은 집안 식구들이 걱정된다. 삽을 든 채 집
으로 뛰어 들어가다가 그들 한 패와 부딪쳤다. 앞을 턱 막아서더니 쭉 에
워싼다. 까울리*, 까울리방즈**, 어쩌구 한다. 조선 사람이냐고 묻는 눈치
다. 그렇다고 고개를 끄덕이니까 한 자가 버럭 나서며 창권이가 잡은 삽
을 낚아챈다. 창권은 기운이 부쳐서가 아니라 얼떨결에 삽자루를 놓쳤다.
삽을 빼앗은 자는 삽을 번쩍 쳐들고 창권을 내려치려 한다. 창권은 얼굴
이 퍼렇게 질려 뒤로 물러났다. 창권에게 발등을 밟힌 자가 창권의 등덜

---

* '고려高麗'라는 뜻의 중국어. 한국인을 낮추어 부를 때 쓰는 말.
** '고려방자高麗房子'라는 뜻의 중국어. 한국인을 낮추어 부를 때 쓰는 말.

미를 갈긴다. 그러고는 일제 깔깔 웃어댄다. 삽을 들었던 자도 삽을 휘휘 두르더니 밭 가운데로 팽개쳐 버린다. 그러고는 창권의 멱살을 잡고 봇도랑 내는 데로 끄는 것이다.

창권은 꼼짝 못하고 끌렸다. 뭐라고 각기 제대로 떠들고 삿대질이더니 창권을 봇도랑 바닥에 고꾸라뜨린다. 창권이뿐 아니라 봇도랑 일을 하던 쿨리들도 붙들어 가지고 힐난이다. 봇도랑을 못 내게 하는 모양이다. 그러자 윗구역에서, 또 그 윗구역에서 여깃말 할 줄 아는 조선 사람들이 내려왔다. 동리에서도 조선 사람들이 소리를 지르며 나타났다. 창권은 눈이 째지게 놀랐다. 윗구역에서 내려오는 조선 사람 하나가 괭이를 둘러메고 여기 토민들 몰켜선 데로 뭐라고 여깃말로 호통을 치면서 그냥 닥치는 대로 찍으려 덤벼드는 것이다. 몰켜 섰던 토민들은 와— 흩어져 버린다. 창권을 둘러쌌던 패들도 슬금슬금 물러선다. 동리에서는 조선 부인네들 몇은 식칼을 들고 낫을 들고 달려들 나오는 것이다. 낫과 식칼을 보더니 토민들은 제각기 사방으로 흩어져 달아난다. 창권은 사지가 부르르 떨렸다.

'여기선 저럭해야 사나 부다! 아니, 이 봇도랑은 우리 목줄이 아니고 뭐냐!'

아까 등덜미를 맞고 멱살을 잡히고 한 분통이 와락 터진다. 다리 오금이 날갯죽지처럼 뻗는다.

"덤벼라! 우린 여기서 못 살면 죽긴 마찬가지다!"

달아나는 녀석 하나를 다우쳤다. 뒷덜미를 낚아챘다. 공중걸이로 나가떨어진다. 또 하나 쫓아가는데 뒤에서 어머니의 목소리가 난다. 어머니가 달려오며 붙든다.

이 장쟈워푸를 수십 리 둘러 사는 토민들이 한 덩어리가 되어 조선 사람들이 봇동 내는 것을 반대하는 것이었다.

반대하는 이유는 극히 단순한 것이었다. 봇동을 내어 논을 풀면 그 논에서들 나오는 물이 어디로 가느냐였다. 방바닥 같은 들이라 자기네 밭에 모두 침수가 될 것이니 자기네는 조선 사람들 때문에 농사도 못 짓고 떠나야 옳으냐는 것이다. 너희들도 그 물을 끌어다 벼농사를 지으면 도리어 이익이 아니냐 해도 막무가내였다. 자기넨 벼농사를 지을 줄도 모르거니와 이밥을 못 먹는다는 것이다. 고소하지도 않을 뿐 아니라 배가 아파진다는 것이다. 그럼 먹지는 못하더라도 벼를 장춘으로 가지고 가 팔면 잡곡을 몇 배 살 돈이 나오지 않느냐? 또 벼농사를 지을 줄 모르면 우리가 가르쳐줄 터이니 그대로 해보라고 하여도 완강히 반대로만 나가는 것이었다. 그리고 조선 사람이 칼이나 낫으로 덤비면 저희에게도 도끼도 몽둥이도 있다는 투로 맞서는 것이다.

조선 사람들은 일을 계속하기가 틀렸다. 쿨리들이 다 달아났다. 땅이 자꾸 얼었다. 삼동 동안은 그냥 해토되기만 기다리는 수밖에 없고, 해토가 된다 하여도 조선 사람들의 힘만으로는, 못자리는 우물물로 만든다 치더라도, 모낼 때까지 봇물을 끌어오게 될지 의문이다.

그러나 이 봇동 이외에 달리 살길은 없다. 겨울 동안에 황채심과 몇몇 이곳 말 잘하는 사람들은 나서 이웃 동네들을 가가호호 방문하였다. 봇동을 낸다고 물을 무제한으로 끌어오는 것이 아니요, 완전한 장치로 조절한다는 것과 조선서는 봇물이 오면 수세를 내면서까지 밭을 논으로 만든다는 것과 여기서도 한 해만 지어보면 나도 나도 하고 물이 세가 나게 될 것과 우리가 벼농사 짓는 법도 가르쳐주고, 벼만 지어놓으면 팔기는 우리가 나서 주선해줄 것이니 그것은 서로 계약을 해도 좋다고까지 역설하였으나 하나같이 쇠귀에 경 읽기였다. 뿐만 아니라 어떤 동네에선 사나운 개를 내세워 가까이 오지도 못하게 하였다.

조선 사람들은 지칠 대로 지치고 악만 남았다.

추위는 하루같이 극성스럽다. 더구나 늦게 지은 창권이네 집은 벽이 모두 얼음장이 되었다. 그냥 견딜 수가 없어 방 안에다 조짚을 엮어 둘러쳤다. 석유도 귀하거니와 불이 날까 보아 등잔도 별로 켜지 못했다. 불 안 켜는 밤이면 바람 소리는 더 크게 일어났다.

창권이 할아버지는 물을 갈아 먹어 낫기는커녕 추위 때문에 기침이 더해졌다. 장근 두 달을 밤을 새더니 그만 자리보전을 하고 눕고 말았다. 하 추우니까 인젠 조선 나가는 차에까지 내다 실어달라는 성화도 못 하고 그저 불만 자꾸 더 때달라다가, 또 머루를 달여 먹으면 기침이 좀 멎는 법인데, 머루만 좀 구해 오라고 아이처럼 조르다가, 섣달 그믐을 못 채우고 눈보라 제일 심한 날 밤, 함경도 사투리 하는 노인, 경상도 사투리 하는 노인, 평안도 사투리 하는 이웃 노인들에게 싸여, 오래간만에 돋워놓은 석유 등잔 밑에서 별로 유언도 없이 운명하고 말았다.

4

봄이 되었다. 삼십 리 봇도랑은 조선 사람들의 다시 참호가 되었다. 땅이 한 치가 녹으면 한 치를 걷어내고 반 자가 녹으면 반 자를 파낸다. 이 눈치를 채인 토민들은 다시 불온해졌다. 그러나 조선 사람들은 봇도랑에 나갈 때 괭이나 삽만 가지고 나가지 않았다. 있는 물자는 이 황무지와 이 봇도랑을 위해 남김없이 바쳐버렸다. 이것을 버리고 돌아설 데는 없다. 죽어도 여기밖에 없다. 집도 여기요 무덤도 여기다. 언제 토민들이 몰려오든지, 오는 날은 사생결단이다. 낫이 있는 사람은 낫을 차고 식칼밖에 없는 사람은 식칼을 들고 봇도랑으로 나왔다.

토민들은 조선 사람들이 사생결단을 하고 달려드는 것을 알았다. 그들은 할 수 없이 저희 관청에 진정을 하였다.

쉰징(순경)들이 한둘씩 여러 번 말을 타고 나타났다.

나타날 때마다 조선 사람들은 현정부縣政府로부터 현지사縣知事의 인이 찍힌 거주권과 개간권의 허가장을 내어보였다. 그러나 그네들은 그런 관청과는 아무런 관련이 없는 사람들처럼, 저희 관청 문서를 무시하고 덤비었다.

그러나 삼십 리 긴 봇동에 흩어진 사람들을 일일이 어쩔 수는 없어 그냥 동네 가까운 데로만 다니며 울근거리다가 저희 갈 길이 늦을 듯하면 그냥 어디로인지 사라져버리군 하였다.

조선 사람들은 밤낮없이, 남녀노소 없이 봇도랑을 팠다. 물길이 될지, 무덤이 될지 아무튼 파는 길밖에 없었다.

토민들은 자기네 관헌이 무력한 것을 보고 돈을 걷어서 군부의 유력한 사람을 먹였다는 소문이 돌았다. 아닌 게 아니라 순경 대신 총을 멘 군인들이 나타나기 시작하는 것이다. 처음엔 다섯 명이 와서 잠자코 봇도랑을 한 십 리 올라가며 보기만 하고 갔다. 다음 날엔 한 이십 명이 역시 총을 메고 말을 타고 나왔다. 황채심 이하 사오 인이 그들의 두목 앞으로 나가 자초지종을 이야기하고, 역시 현정부에서 얻은 개간 허가장을 보이고 또 여기 삼십 호 조선 농민은 가지고 온 물자는 이 황무지와 봇동에 남김없이 바쳤기 때문에 이 황무지에 물을 대고 모를 꽂지 못하는 날은 죽는 날일 수밖에 없다는 것을 간곡히 사정하였다. 그러나 그 군인들은 한다는 소리가,

"타우첸바."*

"늬문 구냥 화칸."**

이따위요, 이쪽 사정은 한 사람도 귀담아듣지 않았다.

이날 밤 조선 사람들은 동회를 열었다. 여기서도 군대의 우두머리를 먹이자는 공론도 없지 않았지만 애초에 개간권 허가 운동을 할 때에도 공안국장에게 돈 오백 원, 현지사 부인에게 삼백 원을 들여 순금 손목고리를 해다 바쳤던 것이다. 이제는 삼십 호 집집마다 털어 모은대도 단돈 오십 원이 못 될 것이다. 그것으로는 구석구석에서 벌리는 입을 하나도 제대로 씻기지 못할 것이다. 생각다 못해 여기서도 현정부에 진정을 해보는 수밖에 없다는 공론이 돌았다. 진정서를 꾸며가지고 이튿날 황채심이가 장춘으로 갔다.

그런데 사흘이 되어도 황채심이가 돌아오지 않는다.

다른 한 사람이 갔다.

또 돌아오지 않는다.

이번엔 두 사람이 갔다.

역시 돌아오지 않는다.

가는 족족 잡아두고 보내지 않는 것이 틀림없었다. 무장한 군인들은 수십 명이 봇도랑에 나와 이리 몰리고 저리 몰리고 하면서 봇도랑을 파지 못하게 으르대고 욕하고 때리고 하였다.

그러나 매 맞는 것은 죽는 것보다 나은 것이 너무나 엄연하다. 병정들이 저쪽으로 가면 이쪽에선 그냥 팠다. 이쪽으로 오면 저쪽에서 그냥 팠다.

얼마 안 파면 물곬은 서게 되었다.

병정들은 나중엔 총을 났다. 총소리는 이들에게 물길이 아니면 무덤이

---

* "돈 내라."
** "너희 딸 이쁘다."

란 각오를 더욱 굳게 하였다. 총소리를 들으면서도 멀리서는 자꾸 팠다.

총알이 날아와 흙 둔덕을 푹 파헤쳐 놓는다. 어떤 사람은 도리어 악이 받쳐 웃통을 벗어 던지고, 보아라 하는 듯이 흙삽을 더 높이 더 높이 떠올려 던졌다.

창권이네 식구도 모두 봇도랑에 나와 있었다. 창권이는 안사람들만 집에 두기 안되었고, 어머니나 아내는 또 창권이만 봇동에 두면 무슨 일이 나는 것도 모르고 있을까 보아 따라 나왔다.

봇도랑 속은 거의 한 길이나 우묵해지고 양지가 되어 집에 있기보다 따스하고 그 구수하고 푹신한 흙은 냄새도 좋고 만지기에도 좋았다. 물만어서 떨떨 굴러와 논자리들이 늠실늠실 넘치도록 들어가만 준다면 논은 해먹지 않고 그것만을 보고 죽더라도 한이 풀릴 것 같았다. 까마득한 삼십 리 밖, 이 푹신푹신한 생흙바닥으로 물이 고이며 흘러오리라고는, 무슨 꿈을 꾸고 나서 그것을 생시에 바라는 것같이 허황스럽기도 했다. 더구나 여기 토민들 가운데는, 이퉁허보다 여기 지면이 높기 때문에 조선 사람들이 암만 봇도랑을 내어도 물이 올 리가 없다고 장담을 하는 패도 있다는 것이다. 그러나 황채심이란 전에 조선서 세부 측량 때 측량 기수도 따라다녀 본 사람이다. 그가 지면고저地面高低에 어두울 리 없다.

창권이네가 맡은 구역은 제일 끝 구역이다. 여기만 물이 지나간다면 흙이 태곳적부터 썩어 댓진 같은 황무지는 문전옥답으로 변하는 날이다. 삼만 평이면 일백오십 마지기(두락)는 된다. 양석* 씩만 나준다면 삼백 석 추수다. 대뜸 허리띠 끈을 끌러놓게 되는 날이다. 무연한 벌판에 탐스런 모춤이 끝없이 꽂혀나갈 광경을 그려보면 팔죽지가 근지러워진다. 창권

---

* 쌀 네 가마. 생산 한도를 말할 때 한 마지기 논에서 나는 벼 두 섬을 이르는 말.

은 후닥닥 뛰어 일어나 날 깊은 괭이를 내려찍는다. 잔돌 하나 없는 살흙은 허벅지에 퍽 박힌다.

5

아흐레 만에 황채심만이 순경들에게 끌리어 돌아왔다. 현정부에서는 거주권도 개간권도 다 승인한다는 것이다. 다만 논으로 풀지 말고 밭으로만 일구라는 것이다. 그것을 들을 수 없다고 주장하였더니 가는 족족 잡아 가두었고 나중에는 황채심을 시켜 조선 이민들에게 밭으로만 개간하도록 설복을 시키려 끌고 나온 것이다.

이날 밤이다. 황채심은 순경들이 못 알아듣는 조선말로 도리어 이민들을 격려하였다.

"여러분, 여러분네 알다시피 저까짓 땅에 서속*이나 심자구 우리가 한 상에 이십 원씩 낸 건 아뇨. 잡곡이나 거둬가지군 그식이 장식요. 우리가 만리타관 갖구 온 거라군 봇도랑에 죄다 집어넣소. 것두 우리만 살구 남을 해치는 일이면 우리가 천벌을 받어 마땅하오. 그렇지만 물만 들어와 보, 여기 토민들도 다 몽리**가 되는 게 아뇨? 우린 별수 없소. 작정한 대루 나갈 수밖엔…… 낮에 일할 수 없음 밤에들 나와 팝시다. 넬이구 모레구 웬만만 험 물부터 끌어 넣고 봅시다……."

어세와 팔짓을 보아 순경들도 눈치를 챘다. 대뜸 황채심의 면상을 포승줄로 후려갈긴다. 코피가 쭈르르 쏟아진다. 와— 이민들은 몰리고 흩어

---

* 기장과 조를 아울러 이르는 말.
** 이익을 얻음. 또는 덕을 봄. 저수지, 보 따위의 수리 시설로 물을 받음.

지고 어쩔 줄을 몰랐다.

황채심은 그 길로 다시 끌려갔다.

이민들은 최후로 결심들을 했다. 되나 안 되나 이 밤으로 가서 물부터 끌어 넣기로 했다. 십여 명의 장정이 이틍허로 밤길을 올려 달았다. 그리고 제각기 제 구역에서 남녀노소가 밤이슬을 맞으며 악에 받쳐 도랑 바닥을 쳐내인다.

새벽녘이다. 동리에서 한 오 리쯤 윗구역에서다. 무어라는 것인지 지르는 소리가 났다. 중간에서 같이 질러 받는다. 창권이는 둑으로 뛰어 올라갔다. 또 무어라고 소리가 질러온다. 그쪽을 향해 창권이도 허턱 소리를 질러 보냈다. 그러자 큰길 쪽에서 불이 반짝하더니 탕 소리가 난다. 그러자 쉴새없이 탕탕탕 몰방*을 친다. 창권은 두 발자국이나 뛰었을까 무에 아랫도리를 후려갈겨 고꾸라졌다.

"익……."

얼른 다시 일어서려니까 남의 다리다. 띠구르르 굴러 도랑 바닥으로 떨어졌다.

어머니와 아내가 달려왔다. 총소리는 위쪽에서도 난다. 뭐라고 하는 것인지 또 악쓰는 소리가 온다. 또 총소리가 난다. 조용하다.

창권의 넓적다리에선 선뜩선뜩 피가 터지었다. 총알이 살만 뚫고 나갔다. 아내의 치마폭을 찢어 한참 동이는 때다. 무에 시커먼 것이 대가리를 휘저으며 도랑 바닥을 설설 기어 오는 것이다. 아내와 어머니는 으악 소리를 지르고 물러났다. 아! 그것은 배암이 아니었다. 물이었다. 윗녘에서 또 소리를 질렀다. 물 내려간다는 소리였다. 아, 물이 오는 것이었다.

---

* 총포나 기타 폭발물 따위를 한곳을 향하여 한꺼번에 쏘거나 터뜨림.

창권이네 세 식구는 그제야 와락 눈물이 쏟아졌다.

물줄기는 대뜸 서까래처럼 굵어졌다.

모두 물줄기로 뛰어들었다. 두 손으로들 움켜본다. 물은 생선처럼 찬 것이 펄펄 살았다. 물이다. 만주 와서 처음 들어보는 물 흐르는 소리다. 입술이 조여든 창권은 다시 움켜 흙물인 채 뻘걱뻘걱 들이켰다.

물은 기둥처럼 굵어졌다.

어디서 또 총소리가 몰방을 친다.

물은 철룩철룩 소리를 쳐 둔덕진 데를 때리며 휩쓸며 내려 쏠린다. 종아리께가 대뜸 지나친다. 삽과 괭이를 둔덕으로 끌어 올렸다.

동이 튼다.

두 간통 대간선이 허―옇게 물빛이 부풀어 오른다. 물은 사뭇 홍수로 내려 쏠린다. 괭잇자루가 떠내려온다. 삽자루가 껍신껍신 떠내려온다.

"저런!"

사람이다! 희끗희끗, 붉은 거품 속에 잠겼다 떴다 하며 내려오는 것이 사람이다. 창권은 쩔룩거리며 뛰어들었다. 노인이다. 총에 옆구리를 맞은 듯 한편 바짓가랑이가 피투성이다. 바로 창권이 할아버지 운명할 때 눈을 쓸어 감겨주던 경상도 사투리 하던 노인이다. 창권은 가슴에서 뚝 하고 무슨 탕개* 끊어지는 소리가 났다. 차라리 제 가슴 복판에 총알이 와 콱 박혔으면 시원할 것 같았다.

피와 물에 흥건한 노인의 시체를 두 팔로 쳐들고 둔덕으로 뛰어올랐다.

'아!'

창권은 다시 한 번 놀랐다.

---

* 물건의 동인 줄을 죄는 물건. 동인 줄의 중간에 비녀장을 질러서 틀어 넘기면 줄이 졸아들게 된다.

몇 달째 꿈속에나 보던 광경이다. 일망무제, 논자리마다 얼음장처럼 새벽 하늘이 으리으리 번뜩인다. 창권은 더 다리에 힘을 줄 수 없어 노인의 시체를 안은 채 쾅 주저앉았다. 그러나 이내 재쳐 일어났다. 어머니와 아내에게 부축이 되며 두 주먹을 허공에 내저었다. 뭐라고인지 자기도 모를 소리를 악을 써 질렀다. 위쪽에서 위쪽에서 악쓰는 소리들이 달려 내려온다.

물은 대간선 언저리를 철버덩철버덩 떨궈 휩쓸면서 두 간통 봇동이 뿌듯하게 내려 쏠린다.

논자리마다 넘실넘실 넘친다.

아침 햇살과 함께 물은 끝없는 벌판을 번져나간다.

―『돌다리』, 박문서관, 1943.

석양

　매헌梅軒은 벼르던 경주 구경을 하필 삼복지경에 나서게 되었다. 가을에 동행하자는 친구도 더러 있었으나 가을은 좋으나 친구까지는 그다지 기다리고 싶지 않았다.

　성미가 워낙 아무나 더불어 쉽게 투합되지 않았다. 아무리 허물없는 친구라도 그는 혼자만치 편치 못했다. 여럿이 왁자하며 천 리를 가기보다 홀로 백 리를 가는 것이 더 멀리 가는 맛이기도 했다. 그래 그는 틈이 난 김에 복더위를 그다지 꺼리지 않고 나서버리었다.

　부여가 백제의 고도古都이듯, 경주는 신라의 고도라는 것밖에는, 그는 경주에 대한 별로 지식을 준비하지 못하였다. 뷰로—에 가 차표를 사면서도 경주 안내 같은 것 한 장 청하지 않았다. 신을 가벼운 것으로 바꾸어 신고 하이킹 단장을 짚었을 뿐, 가방 하나도 들지 않았다. 어디 못 가본 데를 새로 구경 간다는 것보다는 한때나마 번루煩累를 떠나본다는, 최소한도의 단순을 생활해본다는, 또는 고독에 환원해본다는 그런 정취에 더 쏠리는 편이라, 살림을 그냥 가방에 꾸역꾸역 넣어 들고 나설 필요가 무엇인가 싶었다. 그리고 경주를 다녀왔다면 으레 몇 군데서 기행문을 조를 것이나, 원고지도 한 장 넣지 않았다. 그는 정신을 차리고 보기보다 정신을 늦추고 쉬고 싶었다. 그는 그만치 벌써 갖가지로 피로했는지도 모른다. 그저 주머니에 돈 한 가지만 과히 부족되지 않게 넣은 것으로 든든하였다.

남북이 그냥 여름의 한중간이라 차는 달리어도 봄새*나 가을처럼 철다툼 한 군데 보이지 않는다. 게다가 여러 번 지나본 경부선이라 차창은 별로 매력이 없이 저물어버렸다. 대구서 갈아탈 때는 아직도 어두웠고 두어 역 지나서부터야 창밖은 낯선 풍경을 드러내주었다. 같은 푸른 벌판이나 이슬 빛이 찬란해 아침다웠다. 반야월半夜月이란, 시흥을 돋우는 역명驛名도 지나갔고 김이 피어오르는 강가엔 농부보다도 부지런한 어부의 낚대 드리운 모양도 시골맛이었다. 볕이 차츰 따가워 창장을 내려버릴까 할 즈음에 경주에 닿은 것이다.

조선집의 윤곽인 정거장을 나서니 바른편에 석탑이 한자리 섰다. 벌써 뜨겁기 시작한 해는 결코 동쪽 같지 않은 데서 쏘아온다. 이모저모 부서지고 갈라지고 한 탑은 돌이 아니라 몇 만 년 전 지층에서 나온 무슨 동물의 사등이뼈**같이 누르퉁퉁하다. 산이 뻥뻥 돌리었는데 자차분하게 깔리다 만 시가는 경주가 아니라 경주의 부스러기란 느낌이었다.

매헌은 지팡이를 얼마 끌지 않아 납다데한 여관으로 들어섰다. 방은 차지할 것도 없이 툇마루에 앉아 조반을 치르고 담배를 한 대 피우고는 박물관으로 찾아왔다.

조금만 더 넓었으면 거닐기 좋은, 운치 있는 정원이다. 대개 파편들이나 석물石物들이 정을 끈다. 정거장 앞에서 본 탑과는 빛이 주는 인상이

---

* 봄철이 지나는 동안.
** 척추뼈.

전혀 달라, 도자기 중에도 이조李朝 것처럼 생활이 그냥 풍겨 나왔다. 잎이 무성한 모과나무 밑에 서서 석등石燈이 결코 지난 시대의 유물 같지 않았고, 그 뒤뚝거리는 신라의 토기土器들과는 달라, 중후한 곡선으로 조각된 우물 돌들은, 이날 아침에도 붉은 손들이 그 옆에서 쌀을 씻고 나물을 헹군 듯 손때조차 알른거리는 것이다.

진열실에 들어가서는, 왕관이라야 기이할 뿐이고, 그가 감격한 것은 봉덕사奉德寺 종에서다. 물러설수록 웅대하였고 가까이 볼수록 수없이 엉킨 섬세였다. 웅대와 섬세가 완전히 합일된 것으로, 그는 문학상의 최대작 『전쟁과 평화』를 읽고 났을 때의 감격을 이 종 앞에서 다시 한 번 맛보는 것 같았다. 그러나 이 종에서는, 공이를 끌러 한 번 때려본다면 웅장한 소리보다는 슬픈 음향이, 그 자신이 지닌 전설보다도 오히려 슬픈 음향이 우러날 것 같았다.

거리로 나선 그는 목이 말랐다. 그러나 빙숫집보다는 고완품점古翫品店이 먼저 눈에 띄었다. 신라 토기에는 그다지 애착이 없으면서도 그의 호고벽好古癖은 이런 집 앞을 그냥 지나지 못했다. 와전瓦塼이 쌓이고 와당瓦當이 쌓이고 토기가 늘어 놓이고, 그리고 여기 고적을 틀에 넣은 사진, 그림엽서들이었다. 와전이나 와당은 볼 만한 것이 없었다. 토기에는 서울서는 보기 드문, 단순한 음각陰刻으로도 꽤 변화를 일으킨 것이 몇 가지 눈에 뜨인다. 이것도 사들고 다니고 싶지 않으나 공연히 버릇처럼 골라보는데 가게 안이 숨이 가쁘게 무덥다. 지지미 샤쓰 바람으로 옆에 와 섰는 소년에게 물을 한 그릇 청했다. 소년은 이내 안으로 들어갔다. 그러나 물그릇을 쟁반에 받쳐 들고 나타나는 것은 소년이 아니라 웬 소녀다. 미목이 청수한 데 매헌은 놀랐다. 맑으면서도 가느스름한 눈매와 두볼진 볼록한 턱이 고요하고 듬직한 인상을 준다.

"물이 꽤 차군!"

"우물에서 새로 떴어요."

의젓한 말소리를 듣고 보니 가슴서껀 키서껀 소녀는 아니다. 흰 바탕에 초록 나뭇잎이 듬성듬성 찍힌 수수한 원피스로 위아래가 설명하니 드러났다. 볕에 약간 그을기는 했으나 알마치 부른 팔과 다리엔 잠깐 본 동작이나 꽤 세련된 '도회'가 풍기는 처녀다. 매헌은 반가웠다. 딸의 동무래도 좋을 나이지만 도회 사람에겐 도회적인 것만으로도 고향 사람처럼 반가운 듯했다. 아마 어느 전문학교에 가 공부하다 방학에 와 있나보다 했다.

매헌은 거의 다 마신 물대접을 놓고 다시 주무르던, 주전자도 아니요 항아리도 아닌 토기를 들고 먼지를 불었다.

"더 좀 이상허게 된 건 없나 원!"

"이상헌 거요?"

"좀 재밌게 되구……."

"이상허구 재밌게 되구…… 평범허더라두 오래 둬두 애착이 변허지 않을 걸 고르시는 게 좋지 않어요?"

매헌은 입이 얼어 처녀의 얼굴부터 다시 쳐다보았다. 너무나 그의 말은 훌륭한 함축이 있다. 오래 두고 보아도 애착이 변하지 않을 평범이란 그 처녀 자신의 얼굴을 가리키기도 함인 듯, 그냥 담담할 뿐인 표정인데 무한한 애착이 간다.

"어떤 게 그런 걸까? 하나 골라주시오."

처녀는 사양치 않고 두어 군데 손을 망설이다가 이조기라면 제기祭器라고 할, 높은 굽 위에 연잎처럼 널따랗게 펼쳐진 하나를 집어내었다.

"딴은 실과라도 담어 놓으면 훌륭헌 정물 그릇이 되겠군!"

"뷘 대루 놓구 봄 더 정물이죠."

처녀는 역시 간단히 해버리는 말인데 깊이가 있다. 고완품을 다루는 집 딸이기로 다 이럴 수야 있으랴 하고 처녀의 교양에 감탄하면서 매헌은 얼른 돈을 치르기가 아까워졌다. 좀더 그의 교양과 지껄여보고 싶었다. 그러나 앉을 자리도 없고 무엇보다 무더워서, 여기 어느 여관이 나으냐고 묻고는 나와버리었다.

그 처녀에게 들은 여관을 찾아 점심을 먹고, 다시 나서 첨성대와 석빙고를 보고, 반월성 등성이를 걸어 계림을 지나 문천蚊川을 끼고 오릉五陵으로 향하였다.

꽤 늘어지게 걷는 길이었다. 언양가도彦陽街道에 나서서야 다리 건너로 옛 능원다운 울창한 송림이 바라보인다.

표식이 선 좁은 길은 어둡도록 소나무에 덮여 있었다. 천천히 걸어 땀이 들 만해서다. 소나무들이 좌우로 물러서며 아늑한 공지가 트이는데 봉분이라기보다 기름기름한 잔디의 산이 부드러운 모필로 그은 듯한 곡선으로 허공을 향해 붕긋붕긋 올려 솟는 것이다. 신라의 시조 박혁거세朴赫居世를 비롯해 다섯 능이 한자리에 모여 있음이었다. 바라볼수록 그야말로 초현실적인 기이한 풍경이다. 가까이 이를수록 담이 가리워 발돋움을 하나 시원히 바라보이지 않는다. 긴 담을 끼고 나가 보았다. 문이 잠겨 있었다. 할 수 없이 정문을 지나 겨우 봉분의 상반 윤곽만이 엿보이는 대로 계속해 담을 끼고 돌았다. 대소가 다르고 고저가 다른 다섯 봉분의 곡선은 보는 각도마다에서 얼마씩 다른 리듬과 하모니를 일으켰다. 거의 한 바퀴가 끝날 즈음에서다. 지형이 약간 도독해 있어 발돋움을 하기에는 가장 편리한 곳이었다. 매헌은 단장에 힘을 주고 발뒤축을 최고한도로 솟구어 능 안을 엿보았다. 그러나 시원치 않고 오래 견딜 수도 없다. 그만 수건을 내어 땀을 씻는데 문득 공중에서,

“이리 올라와 보세요.”

하는 소리가 난다. 놀라 돌려 쳐다보니, 꽤 높은 소나무 중턱에서다. 매헌
은 머리가 쭈뼛하였다.

“올라오세요. 여기서가 제일 좋게 봬요.”

매헌은 말소리를 인식하자 순간 반갑기도 했다. 그러나 주위가 너무 호
젓한 데라 무슨 착각이나 아닌가 싶어 얼른 움직이지 못했다. 땅도 아니
요 몇 길이나 될 높은 나무 위에서 내려다보는 처녀는, 분명 처음부터 이
상한 매력을 풍기던 그 고완품점의 처녀였다.

“웬일이오?”

“전 늘 와요.”

“그 높은 델 어떻게 올라갔소?”

“올라오세요. 전 윗가지로 더 올라갈 수 있어요.”

나무 밑에는 그의 푸른 파라솔과 흰 헝겊 구두가 두 짝 다 쓰러진 채 놓
여 있었다. 매헌은 나무 밑으로 왔다. 쓰러진 처녀의 구두를 집어 바로 세
워 놓아주었다. 신 바닥에는 엷게나마 땀자리가 또렷이 배어 있었다. 그
는 한결 마음에서 괴이감을 떨어버리며 벗어 들었던 웃저고리는 낮은 가
지에 걸드리고 구두를 벗고 처녀가 시키는 대로 엉금엉금 나무를 탔다.
처녀는 앉았던 가지에서 일어나 더 윗가지로 올라갔다.

“떨어지리다! 난 이만치서두 좋으니 그냥 앉아 있어요.”

“괜찮어요. 더 올라오셔요. 더 올라오세야 더 좋은 걸 보세요.”

결국 처녀가 앉았던 자리까지 올라왔다.

“아! 여기선 봉분들의 조화가 더……”

“더 뭐야요? 형용해보세요.”

쳐다보니 처녀의 다리가, 발로는 거의 자기 머리를 밟을 만치 가까이

드리워 있었다.

"형용이요?"

"퍽 니힐허지 않어요?"

"니힐!"

오릉의 아름다움은 이 처녀가 발견한 이 소나무의 중턱에서가 가장 효과적인 포즈일 것 같았다. 볼수록 그윽함에 사무치게 한다. 능이라기엔 너무나 소박한 그냥 흙의 모음이다. 무덤이라기엔 선에 너무나 애착이 간다. 무지개가 솟듯 땅에서 일어 땅으로 가 잠긴 선들이면서 무궁한 공간으로 흘러간 맛이다. 매암이 소리가 오되 고요하다. 고요히 바라보면 울어야 할지 탄식해야 할지 그냥 나중엔 멍—해지고 만다. 처녀의 말대로 니힐을 형용사로 쓰는 수밖에 없을 것이다.

"여기 능들이 모다 이렇소?"

"괘릉掛陵 무열왕릉武烈王陵 다 가봐두 이런 맛은 여기뿐인가 봐요."

"그래 여기 가끔 오시오?"

"네, 전 경주서 여기가 젤 좋아요. 어제도 왔더랬어요."

"혼자 무섭지 않소?"

"무서운 맛이 아주 없음 무슨 맛이게요."

쳐다보려야 처녀의 얼굴은 보이지 않는다. 숙성하다고 할까, 교양이 치우쳤다고 할까 그의 정신은 그의 몸에 지나친 데가 있는 것 같았다.

"경주가 고향이오?"

"경주 온 지 몇 해 안 돼요."

"경성이더랬소?"

"……."

매헌은 굳이 캐어 묻기도 안 되어 화제를 돌리었다.

"그렇지만 당신 같은 젊은 여성이 뭣 허러 이런 옛 능에나 자주 와 니힐을 즐기시오?"

처녀에게서는 이번에도 대답이 내려오지 않는다.

"혼자 조용히 쉬는 델 내가 와 떠들어 미안허우."

"저 아깐 책 보드랬어요."

"책이오?"

"네."

매헌은 담배를 피워 물었다. 얼마 뒤부터 위에서는 책장 넘기는 소리가 났다. 매헌은 경주에 잘 왔다 싶었다. 오릉의 신비한 곡선들은 사람에게 신비한 안식을 준다.

해는 첫 봉분 위에 그늘이 들기 시작했다. 매암이 소리도 이런 데서 듣는 것은 더욱 유장하다.

어느덧 담배를 세 대나 피우고 나니 능 안은 그늘에 덮여 버린다.

"많이 쉬셨어요?"

위에서 처녀가 정적을 깨뜨렸다.

"잘 쉤소! 여기서 당신을 못 만나드면 오릉을 헷 보고 갈 뻔했구려!"

"전 인전 오금이 아퍼졌어요."

매헌도 일어나 나무를 내려왔다. 내려와서 다시 놀란 것은 그 처녀가 들고 내려오는 책에였다. 바로 지난봄에 낸 자기의 수필집이다. 반가운 한편 무안스러웠다. 이런 니힐을 말하는 교양으로 본다면 비웃음을 면치 못할 초기의 감상문들이 꽤 여러 편 실렸기 때문이다.

"요 앞에 냇물이 퍽 맑답니다."

"같이 걸어도 괜찮소?"

"오세요. 인전 포석정鮑石亭엔 아마 못 가실 거야요."

책을 낀 처녀의 걸음은 더욱 도시적인 보법이었다. 상체가 짧고 하체가 길어 양장에 어울리는 체격이다. 얼마 걷다가 매헌은 물었다.

"그 책 재미있습디까?"

"더런 좋은 글이 있어요."

"그 사람 것 다른 것두 읽었소?"

"이인 소설을 아마 더 쓰죠? 소설은 난 별루 안 읽어요."

"왜요?"

"글쎄요…… 소설엔요 많인 못 봤어두요 너무 교훈이 많이 나오는 거 같어요."

"그 책엔 그런 게 없습디까?"

"더러 있어요. 그래두 꽤 친힐 수 있는 이 같어요. 좀 고독헌 인가 봐요."

"고독 예찬이 많지 아마?"

"읽어보셨나요, 이 책?"

하며 처녀는 책을 쳐들어 보인다. 매헌은 그저 자기를 감춘 채,

"읽었지요."

해버린다.

"고독을 예찬허누랍시구 쓴 건 되려 고독을 수다로 만들어놓았죠?"

매헌은 얼굴이 화끈했다. 처녀는 말을 계속했다.

"제의題意가 고독이 아닌 글에서 차라리 이이가 지닌 고독미가 은연히 잘 드러난 거 같어요."

"상당히 예리허군요! 저자가 아마 당신 같은 독잘 가진 줄 알면 퍽 다행으로 생각할 거요."

"선생님은 뭘 허시는 분이세요?"

"나요?"

갑자기 눈부신 햇빛이 닥쳤다. 솔밭이 끝나자 강변이다. 처녀는 아직껏 둘이의 대화는 무시해버리듯 돌아다보지도 않고 이글이글 단 모새* 위로 파라솔도 접어든 채 뛰어나가는 것이다. 매헌은 어쩔 줄 몰라 다시 소나무 그늘로 들어섰다. 그리고 또 차츰, 이게 정말 현실인가? 자기 눈씨**의 의 혹이 생기었다. 그, 소녀는 결코 아닌, 더구나 교양으로는 어느 어른의 경지보다도 높은 그 처녀가 그리 멀리도 가지 않아 있는 웅덩이 앞에서 기탄 없이 옷을 활활 떨어버리는 것이다. 반짝이는 모새 위에 푸른 먼산을 배경으로 한순간 상큼 서보는 나체, 그 신비한 곡선들의 오릉 속에서 뛰어나온 요정이 아니고 무엇이랴! 탐방탐방…… 물은 비낀 햇빛에 금쪽으로 뛰었다. 처녀는 그 속에 흐뭇이 잠긴다. 이윽고 상반신을 드러내더니,

"덥지 않으세요?"

소리를 지르는 것이다. 분명히 인간의 소리다. 매헌은 천재天才와 천치天痴는 일치된다는 말을 생각했으나 이 처녀를 천치로 업수여길 수는 없었다. 어슬렁어슬렁 그 다음 웅덩이로 내려가 땀을 씻고 다시 올라왔을 때는, 처녀는 옷을 입고 파라솔을 받고 발만 맨발로 무슨 곡조인지 나직한 노래를 부르며 어정어정 걷고 있었다.

매헌은 되도록 이 처녀의 기분에 간섭하지 않으려 하였다. 그의 천진天眞을 상해하고 싶지도 않았고, 옆에 사람이 있되 혼자이고 싶은 때는 곧, 기탄없이 혼자가 될 수 있는 그의 자연 그대로의 태도를 그는 본받고도 싶어졌다. 큰길 다리 밑에까지 서로 혼자처럼 걸었다.

"이 다리 아래가 퍽 시원허답니다."

---

* 가늘고 고운 모래.
** 쏘아보는 시선의 힘.

"참 서늘하군!"

"조곰 더 있어야 큰길은 식을 거야요."

하며 처녀는 발은 물에 담근 채 잔디에 자리를 잡고 앉는다. 매헌도 같은 모양으로 옆에 앉았다. 다리 위로는 자전차도 버스도 사람들도 지나간다.

"실례지만 무슨 학교에 다녔소?"

"저요?"

처녀는 드물게 미소를 띤다.

"내가 나이 자랑이야 헐 게 되오만 나도 딸이 중학에 다니는 것두 있다우. 반말을 쓴다구 어찌 알지 말우."

"전요, 그런 덴 태평이랍니다. 해라라두 허세요."

"아깐 내가 속일래 속인 게 아니라 겸연쩍어 내란 말을 안 했소만 사실은 그 책이 부끄럽지만 내가 쓴 거라오."

"네? 매헌 선생님이세요?"

"내 호號라우."

"어쩌면요!"

"그렇게 정독을 해주니 고맙소."

"그런 줄두 모르구 전 아까 마구 말씀드렸죠!"

"어디 막이오? 여간 절실허지 않었소."

"어쩌면요!"

처녀는 암만해도 '우연'이 믿어지지 않는 듯했다. 담담하던 두 눈동자가 날카로운 초점을 일으킨다. 매헌은 먼저 뜨거워지는 눈을 돌이켰다.

"선생님의 글을 읽구 상상했던 선생님관 아주 딴이세요."

"어떻게 다루?"

"다니지 마세요. 글만 못허세요."

"글만……."

"퍽 실제적인 인물이실 것 같네요."

매헌은 껄껄 웃고,

"실제적인…… 글장사니까! 그러나 글 역 내 것이니까 난 역시 기뿌."
하였지만 속으로는 자기 글에 약간 질투가 가는 심사다.

얼마 전 일이다. 어느 책갈피에서 자기의 동경 유학시절 사진이 나왔었다. 자기인 줄 얼른 몰랐다. 내가 이렇게 젊었었나! 내가 이렇게 남에게 정열적 인상을 줄 수 있었나! 감탄하였고, 지금의 얼굴을 거울 속에 비춰 보고는 그만 사진을 찢고 싶던 충동이었던 것이 매헌은 문득 여기서 생각이 났다.

물은 미뭉—히 소리 없이 흘러 오릉 앞을 감돌아 내려간다. 바닥에서는 모래들도 흘러 발을 간지른다. 매헌은 서글펐다. 자기의 얼굴에서, 글에서보다 몇 배 더 발랄하였을 낭만의 피를 뽑아 간 것은, 이 물처럼 흘러가고 거슬러 올 줄 모르는 세월이었다.

"전 동지사* 다니다 고만뒀어요."

"왜요? 영문과더랬소?"

"네. 어머니두 돌아가시구, 경주가 경도보다 더 있구 싶어서요."

"어머님께서 언제 돌아가셨소?"

"지난봄에 대상 치렀어요."

"아버지께선 상점에 계슈?"

"반야월에 가 계세요. 과수원이 있는데 올부터 열기 시작했다나요. 그래 여긴 제가 지키구 있는 셈이죠."

---

* 도시샤 대학. 일본의 그리스도교계 사립대학.

“그런데 이렇게 나다뉴?”

“일갓집 아일 하나 둔걸요. 난 뭐든지 내 맘대루 하게 내버려두라구 어머니가 유언해주셨어요. 난 세상에 젤 귀헌 유산을 받은 셈이야요. 어머니께선 내 성질을 어려서부터 잘 이해해주셨에요.”

“훌륭헌 어머님을 여옛구랴!”

“전 그래두 고독해허지 않을려구 해요. 생각험 고독허지 않은 사람이 있겠어요?”

“실례요만 이름이 뭐요?”

“옳지, 저 봐!”

“왜 그러오?”

“실례란 말 잘 쓰시는 것, 이름부터 알려시는 것, 그런 게 선생님의 실제성이세요. 제가 바로 알아맞혔죠?”

매헌은 적이 무안스러웠다. 그리고 그 무안이 걷히면서부터는 자기에게도 먼 옛날에 잃어버리었던 ‘천진’이 전신에 소생하는 것 같았다.

처녀는 뒤로 들어앉으며 발을 물에서 들어 내었다. 새파란 잔디 위에서 물을 떨치기나 하는 것처럼 꼼지락거리는 열 발고락, 매헌은 와락 고와졌다. 그의 정신보다는 모든 게 앳되어 보이는 이 처녀의 형체에서도 그의 발고락은 더욱 앳되어 보였다. 매헌은 두 손에 어린아이의 볼기에와 같은 단순한 감촉욕이 후끈 달았다. 얼른 처녀의 두 발을 붙들었다. 어느 틈에 한 손은 손수건을 꺼내었다. 물을 발가락 새마다 닦고 모래를 턴 구두 속에 제 짝씩 발을 넣어주고 단추를 똑 똑 잠가주었다. 어떻게 손이 자연스러웠는지 나중에 오히려 놀라웠다. 처녀는 역시 아무렇지도 않은 태도였다.

큰길에 올라서서는 매헌은 담배를 피워 물고, 처녀는 어릴 때 부르던 노래 같은 사사조의 무슨 곡조를 또 콧노래하며 걸었다. 다시 서로 혼자처럼 얼마를 제 생각들로 걸었다.

"선생님, 낼 불국사 안 가시겠어요?"

"좀 안내해주겠소?"

"덥지만 선생님 가신다면!"

"갑시다 그럼."

매헌의 여관 앞에 이르러서는, 내일 차 시간을 의논하고 헤어졌다.

다시 온욕溫浴을 하고 저녁상을 물리고 나니 단열밤*이라 어느덧 초경은 지났고 몸도 굳은 자리에 뻗어보고 싶게 곤했다. 그래 누웠으나 잠은 오지 않는다.

어쩌면 그 처녀가 저녁 뒤에 놀러라도 와줄 것 같다. 가까인 모기 소리와 멀리론 개고리 소리가 무인지경처럼 호젓하다. 어쩌면 그 처녀가 이쪽에서 산보 삼아 저희 상점으로 와주지 않을까 하고 기다릴 것도 같다. 그렇다고, 해태 한 갑을 거의 다 뽑으면서도 매헌은 얼른 자리를 일지는 못했다. 나다닐 때에는 별로 다른 줄 모르겠어도 이렇게 한번 자리에 털썩 누웠다가는 좀처럼 일어나지지 않는다. 이런 때 집에서는, 아내가, 왜 점점 게을러가슈? 하였으나 매헌 자신은 게으름이 아닌 것을 벌써 수삼 년 전부터 은근히 깨달아 오는 것이다.

'모든 게 혈긴가 보다!'

매헌은 메마른 두 손을 배 위에 맞잡고 무엇인지 자기의 마디마디 뼈를 해마다 무게를 가해 누르는 그 무형한 힘에게 편안히 인종하려 하였다.

*

이튿날, 처녀는 첫차 시간에 먼저 나와 있었다. 그 원피스, 그 맨발에

---

* 짧은 밤.

그 흰 구두, 그 파라솔이었다. 매헌은 저만치 처녀를 발견하자 그의 앞으로 뛰어갔다. 퍽 반가웠다. 아침은 자기 인정에도 다시 오는 것 같은 신선이었다.

'청춘! 청춘은 청춘 그것만으로도 얼마나 미덕이냐!'

한 정거장 다음이지만 매헌은 이등표를 샀다. 타보는 것은 다음이요 우선 사는 기분이었다.

시골 아침차 이등실은 비어 있었다. 처녀는 아무 자리에나 창 가까이가 앉아버린다. 넓은 찻간에 하필 그 처녀와 무릎을 맞대이려 들어갈 용기가 나지 않아, 매헌은 마주는 바라뵈는 딴 자리에 앉았다.

"저게 안압지야요."

"이것두 무슨 능이래요."

매헌은, 안압지보다, 능보다, 아침 식탁이 기름졌던 듯, 가을 실과처럼 윤택해진 처녀의 입과 잇속과 오락 오라기 살아나는 것 같은 살랑대는 처녀의 이마 머리칼에 더 황홀한 정신을 두었다. 그러나 차는 햇볕과 바람이 그대로 비치고 풍기게만 달리지 않았다. 휘우뚱 돌아 처녀의 얼굴을 그늘지게도 달리었다. 처녀의 얼굴이 밝았다 어두웠다 서너 번에 불국사 역이었다.

좁은 하이어* 한 대는 손님을 터지게 실었다. 좁은 데서니 처녀는 매헌보다도 넓은 자리가 필요했다.

"괜찮대두요. 편히 푹 앉으세요."

그러나 매헌은, 더욱 차가 뛸 때마다 말을 타듯 옹송그리며 십 리 언덕을 올랐다.

---

* 전세 승용차.

"어때요? 사진보다 실지가 좋지요, 여긴?"

차에서 내려 몇 걸음 옮기지 못하고 둘이는 우뚝 서버린 것이다. 절이라기엔 너무나 목가적牧歌的인 서정抒情이 무르녹았다. 청운교青雲橋, 백운교白雲橋 흐르는 듯한 돌층계에는 곧 무희舞姬라도 나타나 춤추며 내려올 듯하다.

"전 여기 옴 저 돌층계를 오르락내리락허는 게 젤 좋아요! 신라 여자들은 어떤 신발이었을까?"

매헌은 처녀를 따라 백운교를 올라 청운교를 올라 자하문 안을 들어섰다. 한 길이나 돌을 세워 싸돌린 신라 독특한 양식이라는 대웅전의 단아한 기단基壇, 동편엔 다보탑, 서편에는 석가탑, 매헌은 종교적 의의는 떠나, 탑이란, 사람이 쳐다볼 수 있는 미술품으로는 최고의 형식일 거라 했다. 공간과 입체의 조화, 어느 희랍의 인체가 이처럼 자연스럽고 장엄하랴.

"여기서껀 저기서껀 빈 주초*가 많지 않아요? 이 절 경내에 건물이 이천여 간이나 있었대요!"

"얼마나 즐비했을까!"

"그게 일조에 불이 붙었으니 여기가 황황 붙는 불바다였을 것 아니에요? 그 불바다 속에 이 두 탑만이 떡 버티구 섰었을 걸 상상해 보세요. 얼마나 영웅적이구 비극이었을까요!"

그 말을 듣고 보니 탑들은 더한층 엄연해 보인다. 돌을 쪼은 것이 아니라 녹여 부은(주조) 듯한 부드러운 곡선들의 다보탑은 여성적인 미의 극치요, 간소하나 머리털 하나의 틈이 없이 짜인 석가탑은 금강역사金剛力士

---

* 주추. 기둥 밑에 괴는 돌 따위의 물건.

백을 뭉쳐 세운 듯한 강력한 인상이다. 다보탑과 잘 대조가 되는 남성적 미의 극치다.

매헌은 처녀와 가지런히 범영루泛影樓에 걸터앉아 탑 머리에 지나는 구름을 기다리며 보내며 한나절을 저희들도 구름인 듯 유유히 지내었다.

호텔에 와 점심을 같이 하였다. 복도라기보다 전망대로서 서늘한 등의자가 군데군데 놓여 있었다. 처녀는 영지影地를 향해 가장 전망이 좋은 자리로 매헌을 이끌었다. 매헌은 담배를 들고, 처녀는 태극선을 들고 깊숙이 의자에 의지해 먼 시선을 들었다. 몇십 리 기장이나 될까, 뽀—얀 공간을 건너 검푸른 산마루를 첩첩이 둘리었는데 그 밑에 한 골짜기가 번쩍 거울처럼 빛난다.

"저게 영지로군!"

"네, 아사녀阿斯女가 빠져 죽었다는…… 전 여기서 내다보는 이 공간이 말헐 수 없이 좋아요!"

딴은 오릉과 일맥상통하는 유구한, 니힐이 떠돈다. 가만히 살펴보면 작은 구릉들이 있고, 숲들이 있고, 꼬불꼬불 길이 달아나고, 꼬불꼬불 냇물이 흘러가고, 산모퉁이마다 작은 마을들이 있고, 논과 밭들이 있고, 그리고 그 위에 구름이 뜨고, 다시 그 구름의 그림자가 마을 위에 혹은 냇물 위에 던져져 있고…… 무심히 보면 그냥 푸르스름한 땅과 뿌연 대기大氣 뿐, 아무것도 없노라 하여도 고만일 것이었다.

매헌은 피우던 담배를 버리고 긴—하품을 쉬었다. 얼마 아니 하여 둘이는 쿨—쿨 잠이 들어 버렸다.

얼마를 잤는지 아랫도리에 해가 뜨거워 매헌이 먼저 깨었다. 땀이 전신에 홍건해 있었다. 처녀도 이마에 땀이 방울방울 돋았다. 매헌은 손수건을 내어 가장 정한 데로 처녀의 이마에부터, 땀을 씻는다기보다 날쌔게 묻혀내주었다. 모르고 콜―콜 잔다. 양편으로 봉긋한 가슴이 숨소리와 함께 솟았다 낮았다 한다. 부채를 들어 고요히 그에게 바람을 일으켜 보내며 매헌은 처녀의 숨소리를 따라하여보았다. 자기보다 훨씬 빠름에 놀란다. 자기가 다섯 번을 쉴 새 그는 여섯 번은 쉬어야 된다. 매헌은 길동무에게서 떨어져버리는 고독을 맛보며 다시금 올려 솟는 처녀의 이마에 땀을 씻어준다. 햇볕은 점점 그의 얼굴을 범했다. 처녀는 입을 옴짓해 침을 삼키며 눈을 떴다.

"아, 아―무 꿈두 없이 잤네요!"

"잘했소."

"죽엄이 그런 걸까요?"

"글쎄!"

둘이는 도랑으로 내려와 목마를 했다. 해는 빛이 붉어지며 산머리에 뉘엿거리었다. 처녀는 호텔 앞 매점에서 불국사 사진이 찍힌 부채를 한 자루 샀다. 그리고 저녁차에 내려가는 자동차표를 미리 한 장 샀다.

"왜 석굴암엔 안 갔다 가려구?"

"전 저녁차에 집에 가요."

더 문답하지 않았다. 자동차 시간은 아직도 한 시간이나 남았다. 둘이는 다시 백운교, 청운교를 올라 다보탑 뒤로 해서 절 뒷산을 올랐다. 장마에 군데군데 패였으면서도 잔딧길이 거닐기 좋게 솔밭 사이로, 비스듬한 언덕으로 깔려 있었다. 언덕에 이르렀을 때 해를 가린 구름은 장밋빛으로 탔다. 둘이는 석양을 향해 풀 위에 앉았다. 영지는 순간순간 연짓빛을 띠었다. 산 마루 마루들에 서기瑞氣가 돌고 어디선지 바람결이 선들선들 날아온다. 처녀는 부채를 폈다. 부채에도 처녀의 얼굴에도 석양은 황홀히 물들었다.

"선생님?"

"응?"

"저 여기다 뭐 하나 써주세요."

매헌은 선선히 그의 부채를 받았다. 만년필을 뽑아 잠깐 석양을 향해 생각하였다. 그리고 이의산李義山*이란, 옛 시인의 석양시 한 편을 써주었다.

석양무한호夕陽無限好

지시근황혼只是近黃昏

석양은 무한 좋으나 다만 황혼이 가까워온다는 한탄이었다. 매헌은 자기 자신의 석양을 느끼고 이 글이 생각난 것이다. 영리한 처녀는 이 부채를 받고 그 위에 이윽도록 고요히 눈을 감았다.

"제가 인제 편지해 드릴게요."

석양은 긴 것이 아니었다. 둘이는 이내 일어섰으니 내려오는 길은 이미 황혼이었다. 매헌은 정거장까지 따라 나가 귀여운 한때 길동무를 어두운 밤차에 보내주었다.

매헌은 불국사에서 사흘을 묵었다. 그러면서도 석굴암石窟庵에도 올라가지 않았다. 날마다 호텔 복도에 앉아 영지 쪽을 향해 무료히 바라보다 석양을 맞이하곤 하였다.

*

집에 돌아와 며칠 안 기다려 처녀에게서 편지가 왔다. 경주는 가을이

---

* 중국 만당晚唐의 시인. 잔고典故를 자주 인용, 풍려豊麗한 자구를 구사하여 당대 수사주의문학의 극치를 보였다. 주요 저서에는 『이의산 시집李義山時集』, 『번남문집樊南文集』 등이 있다.

좋다 하였고, 그중에도 오릉이나, 불국사 호텔에서 영지에의 전망이 더욱 그렇다고 하였다. 가을에 오신다면 그때는 자기도 불국사에 가서 며칠 묵으며 동무해드릴 수가 있으리라 하였다. 그리고 그의 이름은 타옥陀玉이라 씌어 있었다.

'타옥!'

매헌은 곧 답장을 썼다. 자기도 가을에 다시 한 번 가기로 마음먹고 왔노라는 것과 더구나 타옥과 함께 가보려 석굴암은 아껴둔 채 왔노라 하였다. 그리고 자기 수필집을 한정판으로 한 권을 구하여 함께 부쳐 주었다.

타옥에게서는 또 편지가 왔다. 책 보내 준 것과 석굴암 아껴둔 것을 감사하였고 어서 경주에 가을이 오기를 고대한다 하였다.

가을은 왔다. 당해놓고 보니 매헌한테는 너무 속히 왔다. 또 멈칫멈칫하는 동안에 가을은 가버리는 것도 너무 속하였다. 일정한 어디 출근시간이 있어야만 행동이 구속되는 것은 아니었다. '청복淸福도 복이라 내게는 무신無信한가보오!' 하는 탄식하는 편지를 보내고 이듬해 가을을 기약하는 수밖에 없었다.

매헌은 가끔 타옥을 그리었다. 경주가 아니라 타옥이었다. 타옥일진댄 하필 가을이랴 싶어지기도 했다.

매헌은 몇 번이나 아침에만은, "나 오늘 어쩜 시굴 좀 갈 듯허우." 하고 집을 나왔다. 나와 생각하면 타옥을 만나기 위해 간다는 것이 어쩐지 스스로 민망해지곤 하였다.

'내가 타옥을 사랑하는 거나 아닐까?'

매헌은, 아마 지금의 자기의 호흡은 타옥과 육 대 사쯤이나 될 것이라고 스스로 비웃고 어슬렁어슬렁 집으로 돌아와 탁자 위에 놓인, 그 타옥이가 "뷘 대로 놓구 봄 더 정물이죠." 하던 신라 토기를 장시간을 정좌하여 바라보곤 하였다.

그러나 인생의 위기는 노소를 한가지로 어느 철보다도 봄인 것인가!

매헌은 봄을 지그시 못 보내어 진달래가 져버리기 전에 경주에 내려오고야 말았다. 타옥은 반가이 맞아주었다. 그러나 매헌은 경이라 할까 환멸이라 할까, 타옥을 만나는 순간 일변해버리는 자기의 심경을 어떻게 수습해야 좋을지 몰랐다. 딴, 전혀 다른 타옥이었다. 경주에 있는 타옥은 역시 유유히 가을을 기다려 만나도 좋을 타옥이었다. 자기를 하루가 급하게 속을 조여온 것은 매헌 자신 속에 생겨난 한 요녀였던 듯, 진정한 타옥의 앞에 서자 매헌의 한가닥 사념邪念은 뿌리째 뽑혀 사라지고 마는 것이었다.

"선생님은 그래두 낭만이 계신가봐!"

타옥은 이런 말조차 예사롭게, 아니 물처럼 담담한 얼굴로 지껄였다. 매헌의 흐렸던 안정은 그 담담한 물에 단박 씻기었다. 매헌은 악몽에서 깬 듯, 다시금 속으로,

'차라리 다행한 일이다!'

하였다.

둘이는 먼저 오릉으로 왔다. 그 소나무에 타옥이 먼저 오르고 매헌이 따라 올랐다. 오릉의 니힐한 맛은 봄이나 여름이나 다를 것 없었다.

이들은 이날로 불국사로 왔다. 청운교·백운교의 긴 층계는, 한결같이, 곧 무희라도 나타나 춤추며 내려올 것만 같은 서정이었다. 솔잎일망정 딴 기운을 띠어 푸르건만, 다보탑과 석가탑은 그저 한빛깔 한자세였다.

'오, 두 스핑크스여! 언제까지나 저렇게 서 있을 건가!'

매헌은 적이 처량해졌다.

호텔에 왔을 때는 이미 영지가 짙은 황혼에 묻혀버린 뒤다. 남폿불 밑

에서 저녁을 먹고 남폿불 밑에서 옛 전설을 음미하고 문학을 이야기하고, 미술을 이야기하고, 나라 나라들의 흥망을 이야기하고 때로는 깊어가는 밤 자취에 귀를 기울여 이 밤의 달은 지금 지구의 어드메쯤을 희멀건히 비치고 있을까를 의논하고, 아무래도 매헌 편이 곤하여 먼저 드렁드렁 코를 골았다.

이튿날은 석굴암으로 올라왔다. 석굴은 자연과는 사귀지 않은 오로지 인조미人造美의 전당이었다. 예술의 황홀경이었다. 타옥의 말대로 돌에서 근육과 능라의 미를 느낀다는 것은 감탄할 따름이었다. 타옥은 불타의 무릎 위에 떨어진 바른편 손의 새끼손가락만은 떼어 가지고 싶다 하였다. 처음엔 매헌은 그냥 보여지는 대로의 개념이나 얻으면 그만이라 하였다. 그러나 너무나 정력적인 미의 압도에는 정신을 차리지 않고는 견딜 수가 없었다. 먼저 석굴을 구조에부터 눈을 더듬기 시작했다. 매헌은 이내 피로를 느끼었다.

밖으로 나와 한참 쉬어가지고 불상들을 살펴보기 시작했다. 정면의 불타상은 무슨 찬사를 드리는 것이 오히려 경망스럽기만 할 것 같았다. 불타상 바로 뒤에 섰는 십일면관음十一面觀音, 아무리 고운 여자라도 정말 숭고한 미란, 종교를, 또는 철학을 체득하지 않고는 발휘하지 못하는구나! 깨달았다. 매헌은 타옥을 불렀다. 십일면관음 앞에 가지런히 세웠다. 십일면관음의 도독한 손등을 쓰다듬고 그 손으로 역시 도독한 타옥의 손을 쓰다듬었다. 지천명知天命이 내일 모레인 자기의 그 집요한 사된 정욕을 만나는 일순에 돈망경頓忘境*에 빠뜨려 놓는 타옥도 역시 자기에겐 숭고한 영원의 여성이었다.

---

* 까맣게 잊어버리는 경지.

'타옥!'

굴 안은 한결 엄숙한 정경이었다.

*

매헌은 타옥과 함께 불국사에서 사흘을 지내었다.

매헌은 사흘 동안, 타옥은 이조백자와 같은 여자라 생각하였다. 화려한 그릇들은 앉을 자리를 다투는 것이요, 주인이 눈을 다른 데로 줄까 시새우는 것이요 보면 볼수록 소란스럽고 피로해지는 것이나 이조백자는 모두가 그와 딴쪽이다. 바쁜 때는 없는 듯 보이지 않으나 고요한 때는 바로 옆에서 기다리고 있었다. 고요히 위로와 안식을 주며 싫어지는 날이 없는 영원의 그릇이다.

매헌은 서울에 돌아오는 길로 자기가 문갑 위에 두고 일야 애무하던 이조백자의 필가筆架 하나를 타옥에게 보내주었다. 정말 가을이 오고 또 봄이 오고 다시 가을이 오고, 그동안 타옥과의 순결한 한묵翰墨*은 끊어지지 않았다.

매헌은 어느 책사와 전작全作 한 편을 약속하였다. 가을 안으로 출간해야 한다는 것을 초겨울이 되도록 탈고脫稿가 되지 않았다. 달포를 책상에 꼬부리고 앉았더니 옆구리와 어깨가 결리는 것은 물론, 전과 달리 현기까지 난다. 날이 차츰 차지어 방을 덥히니 기름기 없는 피부가 조이는 것은 마음까지 윤습을 잃어버리게 하였다. 매헌은 기어이 집에서 탈고를 못 하고 해운대 온천으로 가지고 왔다.

경주와 가까운 데라 오는 길로 타옥에게 알리었다. 그러나 원고를 끝내는 날 다시 알릴 터이니 그때 오라 하였는데 타옥은 다음 기별을 기다리

---

* 문한文翰과 필묵筆墨이라는 뜻으로, 글을 짓거나 쓰는 것을 이르는 말.

지 않고 먼저 나타난 것이다.

타옥은 만발滿發이었다. 그의 무늬 돋친 연두 저고리는 그의 얼굴을 연당에 솟은 한 송이 연꽃으로 보여주었다. 매헌에겐 늙음이 오는 새 타옥에겐 청춘이 절정으로 올라 닿은 듯하였다. 으레 그랬을 것이었다. 만나서 이야기는 편지에서 사연보다 오히려 담박한 그였으나 그의 만발한 청춘의 광채만으로도 매헌에겐 간곡함이 폐부에 스며들었다.

"타옥이가 저렇듯 고왔던가?"

"저를 얼마나 밉게 보셨더랬길래!"

"난 많이 늙었지!"

"늙는단 것도 정신 문제가 아니겠어요?"

"그럴까!"

타옥은 탕을 다녀 나와 모락모락 이는 손으로 매헌의 만년필을 가만히 빼앗았다. 매헌은 어찔해지는 눈을 한참이나 감았다가야 일어서 타옥과 함께 해변으로 나왔다.

바닷가는 바람이 제법 쌀쌀하였다. 파도도 제법 일었다. 매헌은 외투깃을 일으키고 목을 움츠렸으나 타옥은 고름을 허술이 묶은 동저고릿바람으로 앞을 서 뛰어나갔다.

"어서 오세요."

매헌은 이 해변에 여러 번째지만 처음으로 뛰어보았다.

"선생님?"

"응?"

타옥은 불러 놓고 멍—하니 바다만 내다보았다.

"선생님?"

"왜?"

"파도 소리 좋아허세요?"

"그럼!"

"파도 소릴 들음 타고르의 명상이 일어나군 허죠?"

"타고르를 연상허기엔 난 너머 추운걸!"

"파도두 날씨는 물론이구요, 거기 해변 생긴 것 따라, 모새 따라, 물 자체의 맑구 흐린 것 따라 소리가 얼마씩 다를 거야요. 세상의 육지 변두리를 죄다 다녀봤으면! 어디 파도 소리가 기중 좋을까?"

"대단헌 명상이시군!"

"파도 소린 참 유구허죠!"

"저 종아리가 좀 시릴까?"

펄럭거리는 검은 서지 치마 아래로 밋밋한 두 다리, 그 다리가 엷은 비단 양말을 팽팽히 잡아당겨 신은 것도 매헌에겐 새로 느끼는 타옥의 감촉이었다.

이날 저녁이다. 해변에서 옹송그리고 들어온 매헌은 훈훈한 저녁 식탁에서 반주까지 서너 홉 하고 나니 전신이 혼곤해졌다. 식탁에서 물러나 타옥과 몇 마디 지껄이지 않아 깜박 잠이 들곤 했다. 놀라 눈을 떠보면 그동안이 얼마나 짧은 것이었던지, 얼마나 긴 것이었던지, 타옥은 쓸쓸히 혼자 천장을 바라보고 있었다. 당황하여 아닌 것처럼 뻑뻑한 눈알을 굴려보는 매헌 역시 무한히 속으로 쓸쓸하였다. 자기 잠든 새 타옥의 영혼은 넌지시 다른 사람과 대화를 하고 있은 것같이 질투다운, 쓰릿―한 고독이 메마른 가슴을 콱 찌르는 것이었다.

"내가 졸았지 그만?"

"여러 날 너머 무릴 허셨나봐요. 과로허심 안 되세요."

"그리 과로랄 것두 없는데…… 그래 경주 근방에서두 고려자기가 더러

난다구?"

"경주랬어요 누가? 김해서요. 저어 계룡산 계통 같으나 계룡보단 훨씬 유헌 게 가끔 출토된다는군요."

"무안務安 것 비슷헌 게 있지⋯⋯ 그게⋯⋯."

매헌은 또 깜박해버렸다.

"선생님?"

"⋯⋯."

"선생님?"

"그게⋯⋯ 그게 그렇지만 고련 아니구⋯⋯."

"일찍 주무세요."

타옥은 후스마(맹장지)를 열고 옆방으로 가버렸다. 매헌은 또 의자에 앉은 채 졸았다. 얼마쯤 뒤에 눈을 떠보니 술이 홱 깨며 오싹 추워진다. 탕으로 갔다. 한 시간이나 후끈히 몸을 데워가지고 나오니 자리에 들어가기가 아깝도록 정신이 맑아진다. 또 최근의 경험으로 보아 초저녁에 잠깐이라도 졸고 나면 일찍 눕는대야 여간해 잠이 오지 않는 법이다. 담배를 피워 물고 붓을 들기 시작했다.

붓을 든 동안처럼 시간이 빠른 때는 없다. 어느 틈에 손이 시리도록 몸이 식었을 때, 바스스 후스마가 열리었다. 헝큰 머리를 한 손으로 매만지며 한 손으로 자리옷을 여미며 타옥이가 나타났다.

"몇 신 줄 아세요?"

그제야 매헌은 시계를 들여다보았다. 새로 두 시가 가까웠다.

"무리허지 마시래두요 네?"

매헌은 붓을 던지고 기지개를 켜고 일어났다. 잠에 취했던 타옥은 붕긋한 턱 아래까지 복사꽃으로 붉으면서도 새뽀얘 있었다.

"그만 주무세요."

"자께."

타옥은 다시 제 방으로 가더니 제 베개를 들고 왔다. 그리고 매헌의 베개를 집어다 제 자리에 놓았다.

"선생님이 저 방에 가 주무세요."

"왜?"

"글쎄요."

"왜?"

"글쎄요."

하며 타옥은 매헌의 자리에 누워버리는 것이었다.

매헌은 더 묻지 않았다. 따스하게 녹은 자리를 주는 타옥의 마음에 그윽히 입 맞추고 그 온천보다는 향기롭기까지 한 타옥의 체온 속에 푸근히 묻혀버리었다.

*

얼마를 잤을까, 해운대에 와 처음 늦잠이었다. 눈을 떠보니 창장 사이로 햇볕이 눈부시다. 시계를 집으려 머리맡을 더듬으니 웬 종이 한 장이 집힌다. 집어다 보니 타옥의 글씨다.

"선생님 전 갑니다. 최근에 약혼을 했습니다. 어젯저녁에 이야기 끝에는 이런 말씀도 드리려고 했으나 그만 기회가 없었습니다. 오늘 아침 배에 그이가 동경으로부터 와요. 부산으로 마중을 가려니까 선생님 깨시기 전에 그만 가버리게 되는 거야요. 용서하세요 네? 너머 무리허시지 마시고 편안히 쉬시며 좋은 작품을 잘 완성시켜가지고 올라가시기 바랍니다.

선생님! 저이들 장래를 축복해 주세요 네?"

매헌은 벌떡 일어났다. 머리맡에는 이 편지뿐이 아니었다. 원고 쓰던 책상에 두었던 담배와 성냥과 깨끗이 부신 재떨이까지 갖다 가지런히 놓아 주고 간 것이었다.

매헌은 한참이나 턱을 괴고 눈을 감았다가 타옥의 편지를 다시 읽어보았다. 후스마를 홱 열어 보았다. 텅 비어 있었다. 비었던 방에는 찬기운이 음습해왔다. 매헌은 담배를 집었다. 반갑이 넘어 남은 것을 차례차례 다 태우고야 겨우 일어났다.

'가버리었구나!'

종일 마음이 자리잡히지 않았다. 술도 마셔보았다. 담배를 계속해 피워도 보았다. 저녁녘이 되자 바람은 어제보다 더 날카로운 것 같으나 매헌은 해변으로 나와보았다.

파도 소리는 어제와 다름없었다. 타옥의 말대로 파도 소리는 유구스러웠다.

석양은 해변에서도 아름다웠다. 그러나 각각으로 변하였다. 너무나 속히 황혼이 되어버리는 것이었다.

―『돌다리』, 박문서관, 1943.

돌다리

정거장에서 샘말 십 리 길을 내려오노라면 반이 될락 말락 한 데서부터 샘말 동네보다는 그 건너편 산기슭에 놓인 공동묘지가 먼저 눈에 뜨인다.

창섭은 잠깐 걸음을 멈추고까지 바라보았다.

봄에 올 때 보면, 진달래가 불붙듯 피어 올라가는 야산이다. 지금은 단풍철도 지나고 누르테테한 가닥나무들만 묘지를 둘러, 듣지 않아도 적막한 버스럭 소리만 울릴 것 같았다. 어느 것이라고 집어낼 수는 없어도, 창옥의 무덤이 어디쯤이라고는 짐작이 된다. 창섭은 마음으로 '창옥아' 불러보며 묵례를 보냈다.

다만 오뉘뿐으로 나이가 훨씬 떨어진 누이였었다. 지금도 눈에 선―하다. 자기가 마침 방학으로 와 있던 여름이었다. 창옥은 저녁 먹다 말고 갑자기 복통으로 뒹굴었다. 읍으로 뛰어들어가 의사를 청해왔다. 의사는 주사를 놓고 들어갔다. 그러나 밤새도록 열은 내리지 않았고 새벽녘엔 아파하는 것도 더해갔다. 다시 의사를 데리러 갔으나 의사는 바쁘다고 환자를 데려오라 하였다. 하라는 대로 환자를 데리고 들어갔으나 역시 오진誤診을 했었다. 다시 하루를 지나 고름이 터지고 복막이 절망적으로 상해버린 뒤에야 겨우 맹장염인 것을 알아낸 눈치였다.

그때 창섭은, 자기도 어른이기만 했으면 필시 의사의 멱살을 들었을 것이었다. 이런, 누이의 허무한 주검에서 창섭은 뜻을 세워, 아버지가 권하는 고농高農을 마다하고 의전醫專으로 들어갔고, 오늘에 이르러는, 맹장 수술로는 서울서도 정평이 있는 한 권위가 된 것이다.

'창옥아, 기뻐해다구. 이번에 내 병원이 좋은 건물을 만나 커지는 거다. 개인병원으론 제일 완비한 수술실이 실현될 거다! 입원실 부족도 해결될 거다. 네 사진을 크게 확대해 내 새 진찰실에 걸어 노마……'

창섭은 바람도 쌀쌀할 뿐 아니라 오후 차로 돌아가야 할 길이라 걸음을 재우쳤다.

길은 그전보다 넓어도 졌고 바닥도 평탄하였다. 비나 오면 진흙에 헤어날 수 없었는데 복판으로는 자갈이 깔리고 어떤 목은 좁아서 소바리*가 논으로 미끄러져 들어가기 십상이었는데 바위를 갈라내어서까지 일매지게** 넓은 길로 닦아졌다. 창섭은, '이럴 줄 알았더면 정거장에서 자전거라도 빌려 타고 올걸.' 하였다.

눈에 익은 징자나무 선 논이며 돌각담을 두른 밭들도 나타났다. 자기 집 논과 밭들이었다. 논둑에 선 정자나무는 그전부터 있은 것이나 밭에 돌각담들은 아버지께서 손수 쌓으신 것이다.

창섭의 아버지는 근검勤儉으로 근방에 소문난 영감이다. 그러나 자기 대에 와서는 밭 하루갈이도 늘쿠지는 못한 것으로도 소문난 영감이다. 곡식값보다는 다른 물가들이 높아졌을 뿐 아니라 전대前代에는 모르던 아들의 유학이란 것이 큰 부담인 데다가,

---

* 등에 짐을 실은 소. 또는 그 짐.
** 모두 다 고르고 가지런하게.

"할아버니와 아버니께서 나를 부자 소린 못 들어도 굶는단 소린 안 들고 살도록 물려주시구 가셨다. 드럭드럭 탐내 모아선 뭘 허니, 할아버니께서 쇠똥을 맨손으로 움켜다 넣시던 논, 아버니께서 멍덜*을 손수 이룩 허신 밭을 더 건** 논으로 더 기름진 밭이 되도록, 닦달만 해가기에도 내겐 벅찬 일일 게다."

하고 절용해 쓰고 남는 돈이 있으면 그 돈으로는 품을 몇씩 들여서까지 비뚠 논배미를 바로잡기, 밭에 돌을 추려 바람막이로 담을 두르기, 개울엔 둑막이하기, 그리다가 아들이 의사가 된 후로는, 아들 학비로 쓰던 몫까지 들여서 동네 길들은 물론, 읍길과 정거장 길까지 닦아놓았다. 남을 주면 땅을 버린다고 여간 근실한 자국이 아니면 소작을 주지 않았고, 소를 두 필이나 메고 일꾼을 세 명씩이나 두고 적지 않은 전답을 전부 자농自農으로 버티어 왔다. 실속이 타작打作만 못하다는 둥, 일꾼 셋이 저희 농사 해 가지고 나간다는 둥 이해만을 따져 비평하는 소리가 많았으나 창섭의 아버지는 땅을 위해서는 자기의 이해만으로 타산하려 하지 않았다. 이와 같은 임자를 가진 땅들이라 곡식은 거둔 뒤 그루만 남은 논과 밭이되, 그 바닥들의 고름, 그 언저리들의 바름, 흙의 부드러움이 마치 시루떡 모판이나 대하는 것처럼 누구의 눈에나 탐스럽게 흐뭇해 보였다.

이런 땅을 팔기에는, 아무리 수입은 몇 배 더 나은 병원을 늘쿠기 위해서나 아버지께 미안하지 않을 수 없었다. 그러나 잡히기나 해가지고는 삼만 원 돈을 만들 수가 없었고, 서울서 큰 양관洋館을 손에 넣기란 돈만 있다고도 아무 때나 될 일이 아니었다.

---

* 너설. 험한 바위나 돌 따위가 뾰죽뾰죽 나온 곳.
** 흙이나 거름 따위가 기름지고 양분이 많은.

'아버지께선 내년이 환갑이시다! 어머니께선 겨울이면 해마다 기침이 도지신다. 진작부터 내가 모셔야 했을 거다. 그런데 내가 시굴로 올 순 없고, 천생 부모님이 서울로 가시어야 한다. 한 동네서도 땅을 당신만치 못 거둘 사람에겐 소작을 주지 않으셨다. 땅 전부를 소작을 내어맡기고는 서울 가 편안히 계실 날이 하루도 없으실 게다. 아버님의 말년을 편안히 해 드리기 위해서도 땅은 전부 없애버릴 필요가 있는 거다!'

창섭은 샘말에 들어서자 동구에서 이내 아버지를 뵐 수가 있었다. 아버지는, 가에는 살얼음이 잡힌 찬물에 무릎까지 걷고 들어서서 동네 사람들을 축추겨 돌다리를 고치고 계시었다.

"어떻게 갑재기 오느냐?"

"네 좀 급히 여쭤봐야 할 일이 생겼습니다."

"그래? 먼저 들어가 있거라."

동네 사람 수십 명이 쇠 고삐 두 기장은 흘러내려간 다릿돌을 동아줄에 얽어 끌어올리고 있었다. 개울은 동네 복판을 흐르고 있어 아래위로 징검다리는 서너 군데나 놓였으나 하룻밤 비에도 일쑤 넘치어 모두 이 큰 돌다리로 통행하던 것이었다. 창섭은 어려서 아버지께 이 큰 돌다리의 내력을 들은 것이 아직도 기억에 남아 있다.

"너이 증조부님 돌아가시어서다. 산소에 상돌*을 해오시는데 징검다리로야 건네올 수가 있니? 그래 너이 조부님께서 다리부터 이렇게 넓구 튼튼한 돌루 노신 거란다."

그 후 오륙십 년 동안 한 번도 무너진 적이 없었는데 몇 해 전 어느 장마엔 어찌 된 셈인지 가운데 제일 큰 장이 내려앉아 떠내려갔던 것이다.

---

* 무덤 앞에 제물을 차려놓기 위하여 넓적한 돌로 만들어놓은 상.

두께가 한 자는 실하고 폭이 여섯 자, 길이는 열 자가 넘는 자연석 그대로라 여간 몇 사람의 힘으로는 손을 댈 엄두부터 나지 못하였다. 더구나 불과 수십 보 이내에 면面의 보조를 얻어 난간까지 달린 한다한* 나무다리가 놓인 뒤에 일이라 이 돌다리는 동네 사람들에게 완전히 잊혀진 채 던져져 있던 것이었다.

집에 들어가니, 어머니는 다리 고치는 사람들 점심을 짓느라고, 역시 여러 명의 동네 여편네들과 허둥거리고 계시었다.

"웬일인데 어째 혼자만 오느냐?"

어머니는 손자아이들부터 보이지 않음을 물으신다.

"오늘루 가야겠어서 아무두 안 데리구 왔습니다."

"오늘루 갈 걸 뭘러 오누?"

"인전 어머니서껀 서울로 모셔갈 채빌 허러 왔다우."

"서울루! 제발 아이들허구 한데서 살아봤음 원이 없겠다."

하고 어머니는 땅보다, 조상님들 산소나 사당보다 손자아이들에게 더 마음이 끌리시는 눈치였다. 그러나 아버지만은 그처럼 단순히 들떠질 마음이 아니었다.

아버지는 아들의 뒤를 쫓아 이내 개울에서 들어왔다. 아들은, 의사인 아들은, 마치 환자에게 치료방법을 이르듯이, 냉정히 차근차근히 이야기를 시작하였다. 외아들인 자기가 부모님을 진작 모시지 못한 것이 잘못인 것, 한집에 모이려면 자기가 병원을 버리기보다는 부모님이 농토를 버리시고 서울로 오시는 것이 순리인 것, 병원은 나날이 환자가 늘어가나 입원실이 부족되어 오는 환자의 삼분지 일밖에 수용 못 하는 것, 지금 시국

* 한다고 하는. 보통 수준보다 썩 뛰어난.

에 큰 건물을 새로 짓기란 거의 불가능의 일인 것, 마침 교통 편한 자리에 삼층 양옥이 하나 난 것, 인쇄소였던 집인데 전체가 콘크리트여서 방화 방공으로 가치가 충분한 것, 삼층은 살림집과 직공들의 합숙실로 꾸미었던 것이라 입원실로 변장하기에 용이한 것, 각층에 수도·가스가 다 들어온 것, 그러면서도 가격은 염한 것, 염하기는 하나 삼만 이천 원이라, 지금의 병원을 팔면 일만 오천 원쯤은 받겠지만 그것은 새 집을 고치는 데와, 수술실의 기계를 완비하는 데 다 들어갈 것이니 집값 삼만 이천 원은 따로 있어야 할 것, 시골에 땅을 둔대야 일년에 고작 삼천 원의 실리가 떨어질지 말지 하지만 땅을 팔아다 병원만 확장해놓으면, 적어도 일 년에 만 원 하나씩은 이익을 뽑을 자신이 있는 것, 돈만 있으면 땅은 이담에라도, 서울 가까이라도 얼마든지 좋은 것으로 살 수 있는 것…… 아버지는 아들의 의견을 끝까지 잠잠히 들었다. 그리고,

"점심이나 먹어라. 나두 좀 생각해봐야 대답허겠다."
하고는 다시 개울로 나갔고, 떨어졌던 다릿돌을 올려놓고야 들어와 그도 점심상을 받았다.

점심을 자시면서였다.

"원, 요즘 사람들은 힘두 줄었나봐! 그 다리 첨 놀 제 내가 어려서 봤는데 불과 여남은 이서 거들던 돌인데 장정 수십 명이 한나잘을 씨름을 허다니!"

"나무다리가 있는데 건 왜 고치시나요?"

"너두 그런 소릴 허는구나. 나무가 돌만 허다든? 넌 그 다리서 고기 잡던 생각두 안 나니? 서울루 공부 갈 때 그 다리 건너서 떠나던 생각 안 나니? 시쳇사람들은 모두 인정이란 게 사람헌테만 쓰는 건 줄 알드라! 내 할아버니 산소에 상돌을 그 다리로 건네다 모셨구, 내가 천잘 끼구 그 다

리루 글 읽으러 댕겼다. 네 어미두 그 다리루 가말 타구 내 집에 왔어. 나 죽건 그 다리루 건네다 묻어라…… 난 서울 갈 생각 없다."

"네?"

"천금이 쏟아진대두 난 땅은 못 팔겠다. 내 아버님께서 손수 이룩허시는 걸 내 눈으루 본 밭이구, 내 할아버님께서 손수 피땀을 흘려 모신 돈으루 장만허신 논들이야. 돈 있다고 어디가 느르지논 같은 게 있구, 독시장* 밭 같은 걸 사? 느르지 논둑에 선 느티나문 할아버님께서 심으신 거구, 저 사랑마당엣 은행나무는 아버님께서 심으신 거다. 그 나무 밑에를 설 때마다 난 그 어룬들 동상銅像이나 다름없이 경건한 마음이 솟아 우러러보군 헌다. 땅이란 걸 어떻게 일시 이해를 따져 사구 팔구 허느냐? 땅 없어 봐라, 집이 어딨으며 나라가 어딨는 줄 아니? 땅이란 천지만물의 근거야. 돈 있다구 땅이 뭔지두 모르구 욕심만 내 문서쪽으로 사 모기만 하는 사람들, 돈놀이처럼 변리만 생각허구 제 조상들과 그 땅과 어떤 인연이란 건 도시 생각지 않구 헌신짝 버리듯 하는 사람들, 다 내 눈엔 괴이한 사람들루밖엔 뵈지 않드라."

"……."

"네가 뉘 덕으루 오늘 의사가 됐니? 내 덕인 줄만 아느냐? 내가 땅 없이 뭘루? 밭에 가 절하구 논에 가 절해야 쓴다. 자고로 하눌 하눌 허나 하눌의 덕이 땅을 통허지 않군 사람헌테 미치는 줄 아니? 땅을 파는 건 그게 하눌을 파나 다름없는 거다."

"……."

"땅을 밟구 다니니까 땅을 우섭게들 여기지? 땅처럼 응과應果가 분명헌

게 무어냐? 하눌은 차라리 못 믿을 때두 많다. 그러나 힘들이는 사람에겐 힘들이는 만큼 땅은 반드시 후헌 보답을 주시는 거다. 세상에 흔해빠진 지주들, 땅은 작인들헌테나 맡겨버리구, 떡 도회지에 가 앉어 소출은 팔어다 모다 도회지에 낭비해버리구, 땅 가꾸는 덴 단돈 일 원을 벌벌 떨구, 땅으루 살며 땅에 야박한 놈은 자식으로 치면 후레자식 셈이야. 땅이 말을 할 줄 알어봐라? 배가 고프단 땅이 얼마나 많을 테냐? 해마다 걷어만 가구, 땅은 자갈밭이 되니 아나? 둑이 떠나가니 아나? 거름 한 번을 제대로 넣나? 정 급허게 돼 작인이 우는 소리나 해야 요즘 너이 신의들 주사 침 놓듯, 애꾸진 금비〔약품비료藥品肥料〕만 갖다 털어넣지. 그렇게 땅을 홀 댈 허군 인제 죽어서 땅이 무서서 어디루들 갈 텐구!"

창섭은 입이 얼어버리었다. 손만 부비었다. 자기의 생각은 너무나 자기 본위였던 것을 대뜸 깨달았다. 땅에는 이해를 초월한 일종 종교적 신념을 가진 아버지에게 아들의 이단적異端的인 계획이 용납될 리 만무였다. 아버지는 상을 물리고도 말을 계속하였다.

"너루선 어떤 수단을 쓰든지 병원부터 확장허려는 게 과히 엉뚱헌 욕심은 아닐 줄두 안다. 그러나 욕심을 부련 못 쓰는 거다. 의술은 예로부터 인술仁術이라지 않니? 매살 순탄허게 진실허게 해라."

"……."

"네가 가업을 이어나가지 않는다군 탄허지 않겠다. 넌 너루서 발전헐 길을 열었구, 그게 또 모리지배謀利之輩의 악업이 아니라 활인活人허는 인술이구나! 내가 어떻게 불평을 말허니? 다만 삼사 대 집안에서 공들여 이룩해 논 전장을 남의 손에 내맡기게 되는 게 저윽 애석헌 심사가 없달 순 없구……."

"팔지 않으면 그만 아닙니까?"

"나 죽은 뒤에 누가 거두니? 너두 이제두 말했지만 너두 문서쪽만 쥐구 서울 앉어 지주 노릇만 허게? 그따위 지주허구 작인 틈에서 땅들만 얼말 곯는지 아니? 안 된다. 팔 테다. 나 죽을 임시엔 다 팔 테다. 돈에 팔 줄 아니? 사람헌테 팔 테다. 건너 용문이는 우리 느르지논 같은 건 한 해만 부쳐보구 죽어두 농군으로 태났던 걸 한허지 않겠다구 했다. 독시장밭을 내논다구 해봐라, 문보나 덕길이 같은 사람은 길바닥에 나앉드라두 집을 팔아 살려구 덤빌 게다. 그런 사람들이 땅 임자 안 되구 누가 돼야 옳으냐? 그러니 아주 말이 난 김에 내 유언遺言이다. 그런 사람들 무슨 돈으로 땅값을 한몫 내겠니? 몇몇 해구 그 땅 소출을 팔아 연년이 갚어나가게 헐 테니 너두 땅값을랑 그렇게 받어갈 줄 미리 알구 있거라. 그리구 네 모가 먼저 가면 내가 묻을 거구, 내가 먼저 가게 되면 네 모만은 네가 서울루 그때 데려가렴. 난 샘말서 이렇게 야인野人으로나 죄 없는 밥을 먹다 야인 인 채 묻힐 걸 흡족히 여긴다."

"……."

"자식의 젊은 욕망을 들어 못 주는 게 애비 된 맘으루두 섭섭허다. 그러나 이 늙은이헌테두 그만 신념쯤 지켜오는 게 있다는 걸 무시하지 말어 다구."

아버지는 다시 일어나 담배를 피우며 다리 고치는 데로 나갔다. 옆에 앉았던 어머니는 두 눈에 눈물을 쭈루루 흘리었다.

"너이 아버지가 여간 고집이시냐?"

"아뇨, 아버지가 어떤 어룬이신 건 오늘 제가 더 잘 알었습니다. 우리 아버진 훌륭헌 인물이십니다."

그러나 창섭도 코허리가 찌르르하였다. 자기가 계획하고 온 일이 실패 한 것쯤은 차라리 당연하게 생각되었고, 아버지와 자기와의 세계가 격리

되는 일종의 결별의 심사를 체험하는 때문이었다.

*

아들은 아버지가 고쳐놓은 돌다리를 건너 저녁차를 타러 가버리었다. 동구 밖으로 사라지는 아들의 뒷모양을 지키고 섰을 때, 아버지의 마음도, 정말 임종에서 유언이나 하고 난 것처럼 외롭고 한편 불안스러운 심사조차 설레었다.

아버지는 종일 개울에서 허덕였으나 저녁에 잠도 달게 오지 않았다. 젊어서 서당에서 읽던 백낙천白樂天의 시가 다 생각이 났다. 늙은 제비 한 쌍을 두고 지은 노래였다. 제 뱃속이 고픈 것은 참아가며 입에 얻어 문 것은 새끼들부터 먹여 길렀으나, 새끼들은 자라서 나래에 힘을 얻자 어디로인지 저희 좋을 대로 다 날아가버리어, 야위고 늙은 어버이 제비 한 쌍만 가을 바람 소슬한 추녀끝에 쭈그리고 앉았는 광경을 묘사하였고, 나중에는, 그 늙은 어버이 제비들을 가리켜, 새끼들만 원망하지 말고, 너희들이 새끼 적에 역시 그러했음도 깨달으라는 풍자諷刺의 시였다.

'흥!'

노인은 어두운 천장을 향해 쓴웃음을 짓고 날이 밝기를 기다려 누구보다도 먼저 어제 고쳐놓은 돌다리를 보러 나왔다.

흙탕이라고는 어느 돌틈에도 남아 있지 않았다. 첫곬으로도, 가운뎃곬으로도 끝엣곬으로도 맑기만 한 소담한 물살이 우쭐우쭐 춤추며 빠져 내려갔다. 가운뎃장으로 가 쾅 굴러 보았다. 발바닥만 아플 뿐 끄떡이 있을 리 없다. 노인은 쭈루루 집으로 들어와 소금 접시와 낯수건을 가지고 나왔다. 제일 낮은 받침돌에 내려앉아 양치를 하고 세수를 하였다. 나중에는 다시 이가 저린 물을 한입 물어 마시며 일어섰다. 속에 모든 게 씻기는 듯 시원하였다. 그리고 수염에 물을 닦으며 이렇게 생각하였다.

'비가 아무리 쏟아져도 어떤 한정을 넘는 법은 없다. 물이 분수없이 늘어 떠내려갔던 게 아니라 자갈이 밀려 내려와 물구멍이 좁아졌든지, 그렇지 않으면, 어느 받침돌의 밑이 물살에 궁굴러 쓰러졌던 그런 까닭일 게다. 미리 바닥을 치고 미리 받침돌만 제대로 보살펴준다면 만년을 간들 무너질 리 없을 게다. 그저 늘 보살펴야 허는 거다. 사람이란 하눌 밑에 사는 날까진 하루라도 천리天理에 방심을 해선 안 되는 거다……'

—『돌다리』, 박문서관, 1943.

해방 전후 _한 작가의 수기

호출장呼出狀이란 것이 너무 자극적이어서 시달서示達書라 이름을 바꾸었다고는 하나, 무슨 이름의 쪽지이든, 그 긴치 않은 심부름이란 듯이 파출소 순사가 거만하게 던지고 간, 본서本署에의 출두 명령은 한결같이 불쾌한 것이었다. 현玄 자신보다도 먼저 얼굴빛이 달라지는 아내에게는 으레 건으로 심상한 체하면서도 속으로는 정도 이상 불안스러워 오라는 것이 내일 아침이지만 이 길로 가 진작 때우고 싶은 것이, 그래서 이날은 아무 일도 손에 잡히지 않고, 밥맛이 없고, 설치는 밤잠에 꿈자리조차 뒤숭숭한 것이 소심한 편인 현으로는 '호출장' 때나 '시달서' 때나 마찬가지곤 했다.

현은 무슨 사상가도, 주의자도, 무슨 전과자前科者도 아니었다. 시골 청년들이 어떤 사건으로 잡히어서 가택 수색을 당할 때, 그의 저서著書가 한두 가지 나온다든지, 편지 왕래한 것이 한두 장 불거진다든지, 서울 가서 누구를 만나 보았느냐는 심문에 현의 이름이 끌려든다든지 해서, 청년들에게 제법 무슨 사상 지도나 하고 있지 않나 하는 혐의로 가끔 오너라 가너라 하기 시작한 것이 인젠 저들의 수첩에 준요시찰인準要視察人 정도로는 오른 모양인데, 구금拘禁을 할 정도라면 당장 데려갈 것이지 호출장이니 시달서니가 아닐 것은 짐작하면서도 번번이 불안스러웠고 더욱 이번에는 은근히 마음 쓰이는 것이 없지도 않았다. 일반지원병제도一般志願兵制度와 학생 특별지원병제도 때문에 뜻 아닌 죽음이기보다, 뜻 아닌 살인, 살인 이라도 내 민족에게 유일한 희망을 주고 있는 중국이나 영미나 소련의 우 군友軍을 죽여야 하는 그리고 내 몸이 죽되 원수 일본을 위하는 죽음이 되 어야 하는, 이 모순된 번민으로 행여나 무슨 해결을 얻을까 해서 더듬고 더듬다가는 한낱 소설가인 현을 찾아와준 청년도 한둘이 아니었다. 현은 하루 이틀 동안에 극도의 신경쇠약이 된 청년도 보았고 다녀간 지 한 주 일 뒤에 자살하는 유서를 보내 온 청년도 있었다. 이런 심각한 민족의 번 민을 현은 제 몸만이 학병 자신이 아니라 해서 혼자 뒷날을 사려해가며 같은 불행한 형제로서의 울분을 절제할 수는 없었다. 때로는 전혀 초면들 이라 저 사람이 내 속을 떠보려는 밀정이나 아닌가 의심하면서도, 그런 의심부터가 용서될 수 없다는 자책으로 현은 아무리 낯선 청년에게라도 일러주고 싶은 말은 한마디도 굽히거나 남긴 적이 없는 흥분이곤 했다. 그들을 보내고 고요한 서재에서 아직도 상기된 현의 얼굴은 그예 무슨 일 을 저지르고 만 불안이었고 이왕 불안일 바엔, 이왕 저지르는 바엔 이 한 걸음 한 걸음 절박해오는 민족의 최후에 있어 좀더 보람 있는 저지름을 하고 싶은 충동도 없지 않았으나 그 자신 아무런 준비도 없었고 너무나 오랜 동안 굳어버린 성격의 껍데기는 여간 힘으로는 제 자신이 깨트리고 솟아날 수가 없었다. 그의 최근작인 어느 단편 끝에서,

"한 사조思潮의 밑에 잠겨 사는 것도 한 물 밑에 사는 넋일 것이다. 상 전벽해桑田碧海라 일러는 오나 모든 게 따로 대세의 운행이 있을 뿐 처음부 터 자갈을 날라 메꾸듯 할 수는 없을 것이다."*

---

* 이태준의 작품 「무연」의 마지막 구절.

라고 한 구절을 되뇌면서 자기를 헐가*로 규정해 버리는 쓴웃음을 지을 뿐이었다.

"당신은 메칠 안 남었다고 하지만 특공댄特攻隊지 정신댄挺身隊지 고악지** 센 것들이 끝까지 일인일함一人一艦으로 뻗댄다면 아무리 물자 많은 미국이라도 일본 병정 수효만치야 군함을 만들 수 없을 거요. 일본이 망하기란 하늘에 별따기 같은 걸 기다리나 보오!"

현의 아내는 이날도 보송보송해 잠들지 못하는 남편더러 집을 팔고 시골로 가자 하였다. 시골 중에도 관청에서 동뜬 두메로 들어가 자농自農이라도 하면서 하루라도 마음 편하고 배불리 살다 죽자 하였다. 그런 생각은 아내가 꼬드기기 전에 현도 미리부터 궁리하던 것이나, 지금 외국으로는 나갈 수 없고 어디고 일본 하늘 밑인 바에야 그야말로 민불견리民不見吏, 야불구폐夜不狗吠***의 요순堯舜 때 농촌이 어느 구석에 남아 있을 것인가? 그런 도원경桃源境이 없다 해서 언제까지나 서울서 견딜 수 있느냐 하면 그런 것도 아니고 소위 시국물時局物이나 일문日文에의 전향이라면 차라리 붓을 꺾어버리려는 현으로는 이미 생계生計에 꿀리는 지 오래며 앞으로 쳐다볼 것은 집밖에 없는데 집을 건드릴 바에는 곶감 꼬치로 없애기보다 시골로 가 다만 몇 마지기라도 땅을 잡아야 한다는 것이 상책이긴 하다. 그러나 성격의 껍데기를 깨치기처럼 생활의 껍데기를 갈아 본다는 것도 그리 쉬운 일이 아니었다.

"좀더 정세를 봅시다."

---

* 헐값.
** 잘 안 될 일을 무리하게 해내려는 고집.
*** '백성들은 관리를 볼 수 없고, 밤에는 개가 짖지 않는다' 는 뜻으로, 관리의 수탈이 없는 태평성대를 가리키는 말.

이것이 가족들에게 무능하다는 공격을 일년이나 두고 받아오는 현의 태도였다.

*

동대문서 고등계의 현의 담임인 쓰루다 형사는 과히 인상이 험한 사나이는 아니다. 저희 주임만 없으면 먼저 조선말로 '별일은 없습니다만 또 오시래 미안합니다' 쯤 인사도 하곤 하는데 이날은 뒷박이마에 옴팡눈인 주임이 딱 뻗치고 앉아 있어 쓰루다까지도 현의 한참씩이나 수그리는 인사는 본 체 안 하고 눈짓으로 옆에 놓인 의자만 가리키었다.

현은 모자가 아직 그들과 같은 국방모國防帽 아님을 민망히 주무르면서 단정히 앉았다. 형사는 무엇 쓰던 것을 한참 만에야 끝내더니 요즘 무엇을 하느냐 물었다. 별로 하는 일이 없노라 하니 무엇을 할 작정이냐 따진다. '글쎄요' 하고 없는 정을 있는 듯이 웃어 보이니 그는 힐긋 저의 주임을 돌아보았다. 주임은 무엇인지 서류에 도장 찍기에 골독해 있다. 형사는 그제야 무슨 뚜껑 있는 서류를 끄집어내어 뚜껑으로 가리고 저만 들여다보면서 이렇게 물었다.

"시국을 위해 왜 아무것도 안 하십니까?"

"나 같은 사람이 무슨 힘이 있습니까?"

"그러지 말구 뭘 좀 허십시오. 사실인즉 도 경찰부에서 현선생 같으신 몇 분에게 시국에 협력하는 무슨 일 한 것이 있는가? 또 하면서 있는가? 장차 어떤 방면으로 시국 협력에 가능성이 있는가? 생활비가 어디서 나오는가? 이런 걸 조사해 올리란 긴급 지시가 온 겁니다."

"글쎄올시다."

하고 현은 더욱 민망해 쓰루다의 얼굴만 쳐다보는 수밖에 없었다.

"그래두 뭘 허신다구 보고가 돼야 좋을걸요? 그 허기 쉬운 창씬 왜 안

허시나요?"

수속이 힘들어 못 하는 줄로 딱해하는 쓰루다에게 현은 역시 이것에 관해서도 대답할 말이 없었다.

"우리 따위 하층 경관이야 뭘 알겠습니까만, 인전 누구 한 사람 방관적 태도는 용서되지 않을 겁니다."

"잘 보신 말씀입니다."

현은 우선 이번의 호출도 그 강압 관념에서 불안해하던 구금이 아닌 것만 다행히 알면서 우물쭈물하던 끝에,

"그렇지 않아도 쉬 뭘 한 가지 해보려던 참니다. 좋도록 보고해주십시오." 하고 물러나왔고 나오는 길로 그는 어느 출판사로 갔다. 그 출판사의 주문이기보다 그곳 주간主幹을 통해 나온 경무국警務局의 지시라는, 그뿐만 아니라 문인 시국강연회 때 혼자 조선말로 했고 그나마 마지못해 춘향전 한 구절만 읽은 것이 군軍에서 말썽이 되니 이것으로라도 얼른 한 가지 성의를 보여야 좋으리라는 대동아전기大東亞戰記의 번역을 현은 더 망설이지 못하고 맡은 것이다.

심란한 남편의 심정을 동정해 아내는 어느 날보다도 정성들여 깨끗이 치운 서재에 일본 신문의 기리누키*를 한 뭉텅이 쏟아 놓을 때, 현은 일찍 자기 서재에서 이처럼 지저분함을 느껴 본 적이 없었다.

'철 알기 시작하면서부터 굴욕만으로 살아온 인생 사십, 사랑의 열락도 청춘의 영광도 예술의 명예도 우리에겐 없었다. 일본의 패전기라면 몰라 일본에 유리한 전기戰記를 내 손으로 주무르는 건 무엇 때문인가?'

현은 정말 살고 싶었다. 살고 싶다기보다 살아 견디어내고 싶었다. 조

---

* '스크랩북'을 뜻하는 일본말.

국의 적일 뿐 아니라 인류의 적이요 문화의 적인 나치스의 타도를 오직 사회주의에 기대하던 독일의 한 시인은 모로토프가 히틀러와 악수를 하고 독소중립조약獨蘇中立條約이 성립되는 것을 보고는 그만 단순한 생각에 절망하고 자살하였다 한다.

'그 시인의 판단은 경솔하였던 것이다. 지금 독소는 싸우며 있지 않은가? 미·영·중美英中도 일본과 싸우며 있다. 연합군의 승리를 믿자! 정의와 역사의 법칙을 믿자! 정의와 역사의 법칙이 인류를 배반한다면 그때는 절망하여도 늦지 않을 것이다!'

*

현은 집을 팔지는 않았다. 구라파에서 제이전선이 아직 전개되지 않았고 태평양에서 일본군이 아직 라바울*을 지킨다고는 하나 멀어야 이삼 년이겠지 하는 심산으로 집을 최대한도로 잡혀만 가지고 서울을 떠난 것이다. 그곳 공의公醫를 아는 것이 발연**으로 강원도 어느 산읍이었다. 철도에서 팔십 리를 버스로 들어오는 곳이요, 예전엔 현감縣監이 있던 곳이나 지금은 면소와 주재소뿐의 한적한 구읍이다. 어느 시골서나 공의는 관리들과 무관하니 무엇보다 그 덕으로 징용이나 면할까 함이요, 다음으로 잡곡의 소산지니 식량 해결을 위해서요 그리고는 가까이 임진강 상류가 있어 낚시질로 세월을 기다릴 수 있음도 현의 그곳을 택한 이유의 하나였다.

그러나 와서 실정에 부딪쳐 보니 이 세 가지는 하나도 탐탁한 것은 아니었다. 면사무소엔 상장賞狀이 십여 개나 걸려 있는 모범 면장으로 나라

---

* 태평양 남서부, 파푸아뉴기니령 뉴브리튼섬의 주도主都.
** 얽히어 맺어지는 인연.

에선 상을 타나, 백성에겐 그만치 원망을 사는 이 시대의 모순을 이 면장이라고 예외일 리 없어 성미가 강직해 바른말을 잘 쏘는 공의와는 사이가 일찍부터 틀린데다가, 공의는 육 개월이나 장기간 강습으로 이내 서울 가버리고 말았으니 징용 면할 길이 보장되지 못했고 그 외에 아는 사람이라고는 공의의 소개로 처음 지면한 향교 직원鄕校直員으로 있는 분인데 일 년에 단 두 번 춘추 제향 때나 고을 사람들의 기억에서 살아나는 '김직원님'으로는 친구네 양식은커녕 자기 식구 때문에도 손이 흰, 현실적으로는 현이나 마찬가지의, 아직도 상투가 있는 구식 노인인 선비였다.

낚시터도 처음 와볼 때는 지척 같더니 자주 다니기엔 거의 십 리나 되는 고달픈 길일 뿐 아니라 하필 주재소 앞을 지나야 나가게 되었고 부장님이나 순사 나리의 눈을 피하려면 길도 없는 산등성이 하나를 넘어야 되는데 하루는 우편국 모퉁이에서 넌지시 살펴보니 가네무라라는 조선 순사가 눈에 띄었다. 현은 낚시 도구부터 질겁을 해 뒤로 감추며 한 걸음 물러서서 바라보니 촌사람들이 무슨 나무껍질 벗겨온 것을 면서기들과 함께 점검하는 모양이다. 웃통은 속옷 바람이나 다리는 각반을 치고 칼을 차고 회초리를 들고 이 사람 저 사람에게 거드름을 부리고 있었다. 날래 끝날 것 같지 않아 현은 이번도 다시 돌아서서 뒷산등을 넘기로 하였다.

길도 없는 가닥숲을 젖히며 비 뒤의 미끄러운 비탈을 한참이나 헤매어서 비로소 펑퍼짐한 중턱에 올라설 때다. 멀지 않은 시야에 곰처럼 시커먼 것이 우뚝 마주 서는 것은 순사부장이다. 현은 산짐승에게보다 더 놀라 들었던 두 손의 낚시 도구를 이번에는 펄썩 놓아버리었다.

"당신 어데 가오?"

현의 눈에 부장은 눈까지 부릅뜨는 것으로 보였다.

"네, 바람 좀 쏘이러요."

그제야 현은 대팻밥모자를 벗으며 인사를 하였으나 부장은 이미 딴 쪽을 바라보는 때였다. 부장이 바라보는 쪽에는 면장도 서 있었고 자세 보니 남향하여 큰 정구庭球 코트만치 장방형으로 새끼줄이 치어져 있는데 부장과 면장의 대화로 보아 신사神社터를 잡는 눈치였다. 현은 말뚝처럼 우뚝이 섰을 뿐 어찌해야 좋을지 몰랐다. 놓아버린 낚시 도구를 집어 올릴 용기도 없거니와 집어 올린댔자 새끼줄을 두 번이나 넘으면서 신사터를 지나갈 용기는 더욱 없었다. 게다가 부장도 면장도 무어라고 쑤군거리며 가끔 현을 돌아다본다. 꽃이라도 있으면 한 가지 꺾어 드는 체하겠는데 패랭이꽃 한 송이 눈에 띄지 않는다. 얼마 만에야 부장과 면장이 일시에 딴 쪽을 향하는 틈을 타서 수갑에 채였던 것 같던 현의 손은 날쌔게 그 시국에 태만한 증거물들을 집어 들고 허둥지둥 그만 집으로 내려오고 만 것이다.

"아버지 왜 낚시질 안 가구 도루 오슈?"

현은 아이들에게 대답할 말이 미처 생각나지도 않았거니와 그보다 먼저 현의 뒤를 따라온 듯한 이웃집 아이 한 녀석이,

"너이 아버지 부장헌테 들켜서 도루 온단다."

하는 것이었다.

*

낚시질을 못 가는 날은 현은 책을 보거나 그렇지 않으면 김직원을 찾아갔고 김직원도 현이 강에 나가지 않았음 직한 날은 으레 찾아왔다. 상종한다기보다 모시어 볼수록 깨끗한 노인이요, 이 고을에선 엄연히 존경을 받아야 옳을 유일한 인격자요 지사였다. 현은 가끔 기인여옥其人如玉이란 이런 이를 가리킴이라 느끼었다. 기미년 삼일운동 때 감옥살이로 서울에 끌려 왔었을 뿐 조선이 망한 이후 한 번도 자의로는 총독부가 생긴 서울

엔 오기를 피한 이다. 창씨를 안 하고 견디는 것은 물론, 감옥에서 나오는 날부터 다시 상투요 갓이었다. 현과는 워낙 수십 년 연장年長인데다 현이 한문이 부치어 그분이 지은 시를 알지 못하고, 그분이 신문학에 무관심하여 현대문학을 논담하지 못하는 것엔 서로 유감일 뿐, 불행한 족속으로서 억천 암흑 속에 일루의 광명을 향해 남몰래 더듬는 그 간곡한 심정의 촉수만은 말하지 않아도 서로 굳게 잡히고도 남아 한두 번 만남으로 서로 간담을 비추는 사이가 되었다.

하루 저녁은 주름 잡히었으나 정채 돋는 두 눈에 눈물이 마르지 않은 채 찾아왔다. 현은 아끼는 촛불을 켜고 맞았다.

"내 오늘 다 큰 조카자식을 행길에서 매질을 했소."

김직원은 그저 손이 부들부들 떨려 있었다. 조카 하나가 면서기로 다니는데 그의 매부, 즉 이분의 조카사위 되는 청년이 일본으로 징용당해 가던 도중에 도망해왔다. 몸을 피해 처가에 온 것을 이곳 면장이 알고 그 처남더러 잡아오라 했다. 이 기미를 안 매부 청년은 산으로 뛰어올라갔다. 처남 청년은 경방단*의 응원을 얻어 산을 에워싸고 토끼 잡듯 붙들어다 주재소로 넘기었다는 것이다.

"강박한 처남이로군!"

현도 탄식하였다.

"잡아오지 못하면 네가 대신 가야 한다고 다짐을 받았답디다만 대신 가기루서 제 집으로 피해 온 명색이 매부녀석을 경방단들을 끌구 올라가 돌풀매질을 하면서꺼정 붙들어다 함정에 넣어야 옳소? 지금 젊은 놈들은 쓸개가 없습넨다!"

---

* 일제 강점기 말기에, 치안을 강화하기 위하여 소방대와 방호단을 통합한 단체.

"그러니 지금 세상에 부모기로니 그걸 어떻게 공공연히 책망하십니까?"

"분해 견딜 수가 있소! 면소서 나오는 놈을 노상이면 어떻소. 잠자코 한참 대설대*가 끊어져 나가도록 패주었지요. 맞는 제놈도 까닭을 알 게고 보는 사람들도 아는 놈은 알았겠지만 알면 대사요."

이날은 현도 우울한 일이 있었다. 서울 문인보국회文人報國會에서 문인궐기대회가 있으니 올라오라는 전보가 온 것이다. 현에게는 엽서 한 장이 와도 먼저 알고 있는 주재소에서 장문 전보가 온 것을 모를 리 없고 일본 제국의 흥망이 절박한 이때 문인들의 궐기대회에 밤낮 낚시질만 다니는 이 자가 응하느냐 안 응하느냐는 주재소뿐 아니라 일본인이요 방공 감시 초장인 우편국장까지도 흥미를 가진 듯, 현의 딸아이가 저녁 때 편지 부치러 나갔더니, 너희 아버지 내일 서울 가느냐 묻더라는 것이다.

김직원은 처음엔 현더러 문인궐기대회에 가지 말라 하였다. 가지 말라는 말을 들으니 현은 가지 않기가 도리어 겁이 났다. 그랬는데 다음 날 두 번째 또 그다음 날 세 번째의 좌우간 답전을 하라는 독촉전보를 받았다. 이것을 안 김직원은 그날 일찍이 현을 찾아왔다.

"우리 따위 노혼**한 것들이야 새 세상을 만난들 무슨 소용이리까만 현 공 같은 젊은이는 어떡하든 부지했다가 그예 한몫 맡아주시오. 그러자면 웬만한 일이건 과히 뻗대지 맙시다. 징용만 면헐 도리를 해요."

그리고 이날은 가네무라 순사가 나타나서, 이틀밖에 안 남았는데 언제 떠나느냐, 떠나면 여행증명을 해가지고 가야 하지 않느냐, 만일 안 떠나면 참석 안 하는 이유는 무엇이냐, 나중에는, 서울 가면 자기의 회중시계

---

* '담배설대'의 방언
** 늙어서 정신이 흐림.

수선을 좀 부탁하겠다 하고 갔다. 현은 역시,

　'살고 싶다!'

또 한번 비명을 하고 하루를 앞두고 가네무라 순사의 수선할 시계를 맡아 가지고 궂은비 뿌리는 날 서울 문인보국회로 올라온 것이다.

　현에게 전보를 세 번씩이나 친 것은 까닭이 있었다. 얼마 전에 시국협력을 달갑게 여기지 않는 중견층 칠팔 인을 문인보국회 간부급 몇 사람이 정보과장과 하루 저녁의 합석을 알선한 일이 있었는데 그 날 저녁에 현만은 참석하지 못했으므로 이번 대회에 특히 순서 하나를 맡기게 되면 현을 위해서도 생색이려니와 그 간부급 몇 사람의 성의도 드러나는 것이었다. 현더러 소설부를 대표해 무슨 진언進言을 하라는 것이었다. 현은 얼마 앙탈해보았으나 나타난 이상 끝까지 뻗대지 못하고 이튿날 대회 회장으로 따라나왔다. 부민관인 회장의 광경은 어마어마하였다. 모두 국민복에 예장禮章을 찼고 총독부 무슨 각하, 조선군 무슨 각하, 예복에, 군복에 서슬이 푸르렀고 일본 작가에 누구, 만주국 작가에 누구, 조선 문단 생긴 이후 첫 어마어마한 집회였다. 현은 시골서 낚시질 다니던 진흙 묻은 웃저고리에 바지만은 플란넬을 입었으나 국방색도 아니요, 각반도 치지 않아 자기의 복장은 시국 색조에 너무나 무감각했음이 변명할 여지가 없게 되었다. 그러나 갑자기 변장할 도리도 없어 그대로 진행되는 절차를 바라보는 동안 현은 차차 이 대회에 일종 흥미도 없지 않았다. 현이 한동안 시골서 붕어나 보고 꾀꼬리나 듣던 단순해진 눈과 귀가 이 대회에서 다시 한 번 선명하게 느낀 것은 파쇼 국가의 문화행정의 야만성이었다. 어떤 각하 짜리는 심지어 히틀러의 말 그대로 문화란 일단 중지했다가도 필요한 때엔 일조일석에 부활시킬 수 있는 것이니 문학이건 예술이건 전쟁 도구가 못 되는 것은 아낌없이 박멸하여도 좋다 하였고, 문화의 생산자인 시인이며 평론가며 소설가들도 이런 무장각하武裝閣下들의 웅변에 박수갈채할 뿐 아니라 다투어 일어서, 쓰러져가는 문화의 옹호이기보다는 관리와 군인의 저속한 비위를 핥기에만 혓바닥의 침을 말리었다. 그리고 현의 마음을 측은케 한 것은 그 핏기 없고 살 여윈 만주국 작가의 서투른 일본말로의 축사였다. 그 익지 않은 외국어에 부자연하게 움직이는 얼굴은 작고 슬프게만 보였다. 조선 문인들의 일본말은 대개 유창하였다. 서투른 것을 보다 유창한 것을 보니 유쾌해야 할 터인데 도리어 얄미운 것은 무슨 까닭일까? 차라리 제 소리 이외에는 옮길 줄 모르는 개나 도야지가 얼마나 명예스러우랴 싶었다. 약소민족은 강대민족의 말을 배우기 시작하는 것부터가 비극의 감수甘受였던 것이다. 그렇다고 해서, 그러면 일본 작가들의 축사나 주장은 자연스럽게 보이고 옳게 생각되었느냐 하면 그것도 아니었다. 현의 생각엔 일본인 작가들의 행동이야말로 이해하기에 곤란하였다. 한때는 유종열柳宗悅* 같은 사람은,

"동포여 군국주의를 버리라. 약한 자를 학대하는 것은 일본의 명예가 아니다. 끝까지 이 인륜人倫을 유린할 때는 세계가 일본의 적이 될 것이니 그때는 망하는 것이 조선이 아니라 일본이 아닐 것인가?"

하고 외치었고, 한때는 히틀러가 조국이 없는 유태인들을 추방하고, 진시황秦始皇처럼 번문욕례繁文縟禮를 빙자해 철학, 문학을 불지를 때 이것에 제법 항의를 결의한 문화인들이 일본에도 있지 않았는가? 그들은 지금 무엇을 하고 찍소리도 없는 것인가? 조선인이나 만주인의 경우보다는 그래도 조국이나 저희 동족에의 진정한 사랑과 의견을 외칠 만한 자유와 의무는 남아 있지 않을 것인가? 진정한 문화인의 양심이 아직 일본에 있다면

조선인과 만주인의 불평을 해결은커녕 위로조차 아니라 불평할 줄 아는 그 본능까지 마비시키려는 사이비 종교가만이 쏟아져 나오고, 저희 민족 문화의 한 발원지라고도 할 수 있는 조선의 문화나 예술을 보호는 못할망정, 야만적 관료의 앞잡이가 되어 조선어의 말살과 긴치 않은 동조론同祖論이나 국민극國民劇의 앞잡이 따위로나 나와 돌아다니는 꼴들은 반 세기의 일본 문화란 너무나 허무한 것이 아닌가? 물론 그네들도 양심 있는 문화인은 상당한 수난일 줄은 안다. 그러나 너무나 태평무사하지 않은가? 이런 생각에서 펀뜻 박수 소리에 놀라는 현은, 차츰 자기도 등단해야 될, 그 만주국 작가보다 더 비극적으로 얼굴의 근육을 경련시키면서 내용이 더 구린 일본어를 배설해야 될 것을 깨달을 때, 또 여태껏 일본 문화인들을 비난하며 있던 제 속을 들여다볼 때 '네 자신은 무어냐? 네 자신은 무엇 허러 여기 와 앉어 있는 거냐?' 현은 무서운 꿈속이었다. 뛰어도 뛰어도 그 자리에만 있는 꿈속에서처럼 현은 기를 쓰고 뛰듯 해서 겨우 자리를 일어섰다. 일어서고 보니 걸음은 꿈과는 달라 옮겨지었다. 모자가 남아 있는 것도 의식 못 하고 현은 모든 시선이 올가미를 던지는 것 같은 회장을 슬그머니 빠져나오고 말았다.

'어찌 될 것인가? 의장 가야마 선생은 곧 내가 나설 순서를 지적할 것이다. 문인보국회 간부들은 그 어마어마한 고급관리와 고급군인들의 앞에서 창씨 안 한 내 이름을 외치면서 찾을 것이다!'

위에서 누가 내려오는 소리가 난다. 우선 현은 변소로 들어섰다. 내려오는 사람은 절거덕절거덕 칼소리가 났다. 바로 이 부민관 식당에서 언젠가 한번 우리 문인들에게, 너희가 황국 신민으로서 충성하지 않을 때는

이 칼이 너희 목을 용서하지 않을 것이다 하던, 그도 우리 동포인 무슨 중좌*인가 그자인지도 모르는데 절거덕 소리는 변소로 들어오는 눈치다. 현은 얼른 대변소 속으로 들어섰다. 한참 만에야 소변을 끝낸 칼소리의 주인공은 나가버리었다. 그러나 그 뒤를 이어 이내 다른 구두 소리가 들어선다. 누구이든 이 속을 엿볼 리는 없을 것이나, 현은, 그 시골서 낚시질을 가던 길 산등성이에서 순사부장과 닥뜨리었을 때처럼 꼼짝 못 하겠다. 변기는 씻겨 내려가는 식이나 상당한 무더위로 독하도록 불결한 내다. 현은 담배를 꺼내 피워 물었다. 아무리 유치장이나 감방 속이기로 이다지 좁고 이다지 더러운 공기는 아니리라 싶어 사람이 드나드는 곳치고 용무 이외에 머무르기 힘든 곳은 변소 속이라 느낄 때, 현은 쓴웃음도 나왔다. 먼—삼층 위에선 박수 소리가 울려 왔다. 그리고는 조용하다. 조용해진 지 얼마 만에야 현은 밖으로 나왔다. 그리고 맨머릿바람인 채, 다시 한 번 될 대로 되어라 하고 시내에서 그중 동뜬 성북동에 있는 친구에게로 달려오고 만 것이다.

*

어찌 되었든 현이 서울 다녀온 보람은 없지 않았다. 깔끔하여 인사도 제대로 받지 않으려던 가네무라 순사가 시계를 고쳐다준 이후로는 제법 상냥해졌고, 우편국장, 순사부장, 면장 들이 문인대회에서 전보를 세 번씩이나 쳐서 불러간 현을 그전보다는 약간 평가를 높이 하는 듯, 저희 편에서도 자진해 인사를 보내게쯤 되어 이제는 그들이 보는데도 낚싯대를 어엿이 들고 지나다니게쯤 되었다.

낚시질은, 현이 사용하는 도구나 방법이 동양 것이어서 그런지는 몰라

---

* 그럭저럭 마음을 붙여 세월을 보내는 방법.

도 역시 동양적인 소견법消遣法*의 하나 같았다. 곤드레가 그린 듯이 소식 없기를 오랠 때에는 그대로 강 속에 마음을 둔 채 졸고도 싶었고, 때로는 거친 목소리나마 한가락 노래도 흥얼거리고 싶은 것인데 이런 때는 신시新詩보다는 시조나 한시漢詩를 읊는 것이 제격이었다.

소현의산각 관루사종현小縣依山脚 官樓似鐘懸

관서제조리 청소낙화전觀書啼鳥裏 聽訴落花前

봉박칭빈리 신한호산선俸薄稱貧吏 身閑號散仙

신참조어사 월반재강변新參釣魚社 月半在江邊*

현이 이곳에 와서 무엇이고 군소리 내고 싶은 때 즐겨 읊조리는 한시다. 한번은 김직원과 글씨 이야기를 하다가 고비古碑 이야기가 나오고 나중에는 심심하니 동구洞口에 늘어선 현감비縣監碑들이나 구경 가자고 나섰다. 거기서 현은 가장 첫머리에 선 대산對山 강진姜瑨의 비를 그제야 처음 보았고 이조말 사가시四家詩**의 계승자라고 하는 시인 대산이 한때 이곳 현감으로 왔던 사적을 반겨 놀라지 않을 수 없었다. 그 길로 김직원 댁으로 가서 두 권으로 된 이『대산집對山集』을 빌리어다 보니 중년작은 거의가 이 산읍에 와서 지은 것이며 현이 가끔 올라가는 만경산萬景山이며 낚시질 오는 용구소龍九沼며 여조 유신麗朝遺臣 허모許某가 와 은둔해 있던 곳

---

* 조선 후기 서화가 강진(1807~1858)의 시. 해설은 다음과 같다.
　조그만 고을 산자락에 기대 있으니 관청이라고 경쇠를 매단 듯
　새 지저귀는 속에서 책을 읽고 꽃 지는 앞에서 송사를 듣는다
　봉급이 얄팍하여 빈리貧吏라 일컫겠으나 몸은 한가로우니 신선이라 하겠구려
　새로 낚시 모임에 참여하니 한 달에 반이나 강가에 나가 있다네
** 조선 영·정조 때 시문사대가詩文四大家의 한시漢詩. 박제가, 유득공, 이서구, 이덕무의 시를 이름.

이라는 두문동杜門洞이며 진작 이 시인 현감의 시제詩題에 오르지 않은 구석이 별로 없다. 그는 일찍부터 출재산수향出宰山水鄕 독서송계림讀書松桂林*의 한퇴지韓退之의 유풍을 사모하여 이런 산수향에 수령되어 왔음을 만족해한 듯하다. 새 우짖는 소리 속에 책을 읽고 꽃흩는 나무 앞에서 백성의 시비를 가리는 것이라든지, 녹은 적으나 몸 한가한 것만 신선이어서 새로 낚시꾼들에게 끼여 한 달이면 반은 강변에서 지내는 것을 스스로 호강스러워 예찬한 노래다. 벼슬살이가 이러할진댄 도연명陶淵明인들 굳이 팽택령彭澤令을 버렸을 리 없을 것이다. 몸이야 관직에 매였더라도 음풍영월吟風詠月**만 할 수 있으면 문학이었고 굳이 관대를 끄르고 전원田園에 돌아갔으되 역시 음풍영월만이 문학이긴 마찬가지였다.

'관서제조리, 청소낙화전! 이런 운치의 정치를 못 가져봄은 현대 정치인의 불행이라 할 수 있을 것이다! 그러나 다시 이런 운치 정치로 살 수 있는 세상이 올 수 있을 것인가? 음풍영월만으로 소견 못 하는 것이 현대 문인의 불행이기도 할 것이다. 그러나 마찬가지로 음풍영월이 문학일 수 있는 세상이 다시 올 수 있을 것인가? 아니 그런 세상이 올 필요나 있으며 또 그런 것이 현대 정치가나 예술가의 과연 흠모하는 생활이며 명예일 수 있을 것인가?'

현은 무시로 대산의 시를 입버릇처럼 읊조리면서도 그것은 한낱 왕조시대의 고완품을 애무하는 것 같은 취미요 그것이 곧 오늘 자기 문학생활에 관련성을 가진 것이라고는 생각되지 않았다.

'그렇다고 내 자신이 걸어온 문학의 길은 어떠하였는가? 봉건시대의

---

* '산수 좋은 고장에 고을 살이 나가니 송계의 숲에서 책을 읽으리'라는 뜻.
** 맑은 바람을 쐬며 시를 읊고, 밝은 달을 즐긴다는 뜻.

소견문학과 얼마만한 차이를 가졌는가?'

현은 이것을 붓을 멈추고 자기를 전망할 수 있는 이 피난처에 와서야, 또는 강대산 같은 전세대 시인의 작품을 읽고야 비로소 반성하는 것은 아니었다. 현의 아직까지의 작품세계는 대개 신변적인 것이 많았다. 신변적인 것에 즐기어 한계를 둔 것은 아니나 계급보다 민족의 비애에 더 솔직했던 그는 계급에 편향했던 좌익엔 차라리 반감이었고 그렇다고 일제의 조선민족정책에 정면충돌로 나서기에는 현만이 아니라 조선 문학의 진용 전체가 너무나 미약했고 너무나 국제적으로 고립해 있었다. 가끔 품속에 서린 현실자로서의 고민이 불끈거리지 않았음은 아니나, 가혹한 검열제도 밑에서는 오직 인종忍從하지 않을 수 없었고 따라 체관諦觀의 세계로밖에는 열릴 길이 없었던 것이다.

'자, 인젠 무엇을 어떻게 쓸 것인가? 일본이 망할 것은 정한 이치다. 미리 준비를 하자! 만일 일본이 망하지 않는다면? 조선은 문학이니 문화니가 문제가 아니다. 조선말은 그예 우리 민족에게서 떠나고 말 것이니 그때는 말만이 아니라 민족 자체가 성격적으로 완전히 파산되고 마는 최후인 것이다. 이런 끔찍한 일본 군국주의의 음모를 역사는 과연 일본에게 허락할 것인가?'

현은 아내에게나 김직원에게는 멀어야 이제부터 일년이란 것을 누누이 역설하면서도 정작 저 혼자 따져 생각할 때는 너무나 정보情報에 어두워 있으므로 막연하고 불안하였다. 그러나 파시즘의 국가들이 이기기나 하면 어쩌나 하는 불안은 이내 사라졌다. 무솔리니의 실각, 제이전선의 전개, 사이판의 함락, 일본 신문이 전하는 것만으로도 전쟁의 대세는 이미 결정되어 있었다.

그렇다고 현은 붓을 들 수는 없었다. 자기가 쓰기는커녕 남의 것을 읽는 것조차 마음은 여유를 주지 않았다. 강가에 앉아 '관서제조리, 청소낙화전'은 읊조릴망정, 태서 대가들의 역작·명편은 도무지 머릿속에 들어오지 않아, 다시 읽는 『전쟁과 평화』를 일 년이 걸리어도 하권은 그예 못다 읽고 말았다. 집엔 들어서기만 하면 쌀 걱정, 나무 걱정, 방바닥 뚫어진 것, 부엌 불편한 것, 신발 없는 것, 옷감 없는 것, 약 없는 것, 나중엔삼 년은 견딜 줄 예산한 집 잡힌 돈이 일 년이 못다 되어 바닥이 났다. 징용도 아직 보장이 되지 못하였는데 남자 육십 세까지의 국민의용대 법령이 나왔다. 하루는 주재소에서 불렀다. 여기는 시달서도 없이 소사가 와서 이르는 것이나 불안하고 불쾌하긴 마찬가지다. 다만 그 불안을 서울서처럼 궁금한 채 내일까지 기다리는 것이 아니라 그 길로 달려가 즉시 결과를 알 수 있는 것만 다행이었다.

　주재소에는 들어설 수 없게 문간에까지 촌사람들로 가득하였다. 현은자기를 부른 일과 무슨 관계가 있나 해서 가만히 눈치부터 살피었다. 농사 진 밀, 보리는 종자도 남기지 않고 모조리 걷어들여 오고 이름만 농가라고 배급은 주지 않으니 무얼 먹고 살라느냐, 밤낮 증산이니 무슨 공출이니 하지만 먹어야 농사도 짓고 먹어야 머루 덤불도, 관솔도, 참나무 껍질도 해다 바치지 않느냐, 면에다 양식 배급을 주도록 말해달라고 진정하러들 온 것이었다. 실실 웃기만 하고 앉았던 부장이 현을 보더니 갑자기얼굴에 위엄을 갖추며 밖으로 나왔다.

　"오늘은 낚시질 안 갔소?"

　"안 갔습니다."

　"당신을 경방단에도, 방공 감시에도 뽑지 않은 것은 나라를 위해서 글을 쓰라고 그냥 둔 것인데 자꾸 낚시질만 다니니까 소문이 나쁘게 나는것이오. 내가 어제 본서에 들어갔더니, 거긴, 어떤 한가한 사람이 있어 버스에서 보면 늘 낚시질을 하니, 그게 누구냐고 단단히 말을 합디다. 인전 우리 일본제국이 완전히 이길 때까지 낚시질은 그만둡시다."

현은,

"그렇습니까? 미안합니다."

하는 수밖에 없었다.

"그리고 당신은, 출정 군인이 있을 때마다 여기서 장행회*가 있는데 한 번도 나오지 않지 않았소?"

"미안합니다. 앞으론 나오겠습니다."

현은 몹시 우울했다.

첫 장마 지난 후, 고기들이 살도 올랐고 떼지어 활발히 이동하는 것도 이제부터다. 일 년 중 강물과 제일 즐길 수 있는 당절에 그만 금족을 당하는 것이었다. 낚시 도구는 꾸려 선반에 얹어두고, 자연 김직원과나 자주 만나는 것이 일이 되었다. 만나면 자연 시국 이야기요, 시국 이야기면 이미 독일도 결딴났고 일본도 벌써 적을 오키나와까지 맞아들인 때라 자연히 낙관적 관찰로서 조선 독립의 날을 꿈꾸는 것이었다.

"국호國號가 고려국이라고 그러셨나?"

현이 서울서 듣고 온 것을 한번 김직원에게 이야기한 적이 있다.

"고려민국이랍디다."

"어째 고려라고 했으리까?"

"외국에는 조선이나 대한보다는 고려로 더 알려졌기 때문인가 봅니다. 직원님께선 무어라 했으면 좋겠습니까?"

"그까짓 국호야 뭐래든 얼른 독립이나 됐으면 좋겠소. 그래도 이왕이

면 우리넨 대한이랬으면 좋을 것 같어."

"대한! 그것도 이조말에 와서 망할 무렵에 잠시 정했던 이름 아닙니까?"

"그렇지요. 신라나 고려나처럼 한때 그 조정이 정했던 이름이죠."

"그렇다면 지금 다시 이왕시대李王時代가 아닐 바엔 대한이란 거야 무의
미허지 않습니까? 잠시 생겼다 망했다 한 나라 이름들은 말씀대로 그때
그때 조정이나 임금 마음대로 갈었지만 애초부터 우리 민족의 이름은 조
선이 아닙니까?"

"참, 그러리다. 『사기』에도 고조선이니 위만조선衛滿朝鮮이니 허구 조선
이란 이름이야 흠뻑 올라죠. 그런데 나는 말이야."
하고 김직원은 누워서 피우던 담뱃대를 놓고 일어나며,

"난 그전대로 국호도 대한, 임금도 영친왕을 모셔내다 장가나 조선 부
인으루 다시 듭시게 해서 전주이씨 왕조를 다시 한 번 모셔보구 싶어."
하였다.

"전조前朝가 그다지 그리우십니까?"

"그립다 뿐이겠소. 우리 따위 필부가 무슨 불사이군不事二君이래서보다
도 왜놈들 보는데 대한 그대로 광복光復을 해가지고 이번엔 고놈들을 한
번 앙갚음을 해야 허지 않겠소?"

"김직원께서 이제 일본으루 총독 노릇을 한번 가보시렵니까?"
하고 둘이는 유쾌히 웃었다.

"고려민국이건 무어건 그래 군대도 있구 연합국 간엔 승인도 받었으리
까?"

"진가는 몰라도 일본에 선전포고꺼정 허구 군대가 김일성 부하, 김원
봉 부하, 이청천 부하, 모다 삼십만은 넘는다는 말이 있습니다."

"삼십만! 제법 대군이로구려! 옛날엔 십만이라두 대병인데! 거 인제

독립이 돼가지구 우리 정부가 환국할 땐 참 장관이겠소! 오래 산 보람 있으려나 보오!"

하고 김직원은 다시 담배를 피워 물었다. 그리고 그 피어오르는 연기 속에서 삼십만 대병으로 호위된 우리 정부의 복식 찬란한 헌헌장부들의 환상幻像을 그려 보는 것이었다. 나중에는 감격에 가슴이 벅찬 듯 후—한숨을 쉬는 김직원의 눈은 눈물까지 글썽해 있었다.

그 후 얼마 안 있어서다. 하루는 김직원이 주재소에 불려갔다. 별일은 아니라 읍에서 군수가 경비전화를 통해 김직원을 군청으로 들어오라는 기별이었다. 김직원은 이튿날 버스로 칠십 리나 들어가는 군청으로 갔다. 군수는 반가이 맞아 자기 관사에서 저녁을 차리고, 김직원에게 이런 말을 하였다.

"왜 지난달 춘천서 열린 도유생대회道儒生大會엔 참석허지 않았습니까?"

"그것 때문에 부르셨소?"

"아니올시다. 더 드릴 말씀이 있습니다."

"다 허시지요."

"이왕 지나간 대회 이야기보다도…… 인전 시국이 정말 국민에게 한 사람에게도 방관할 여율 안 준다는 건 나뿐 아니라 김직원께서도 잘 아실 겁니다. 노인께 이런 말씀 드리는 건 미안합니다만 너무 고루하신 것 같은데 성인도 시속을 따르랬다고 대세가 그렇지 않습니다."

"그래서요?"

"이번에 전국유도대회全國儒道大會를 앞두고 군郡에서 미리 국어와 황국정신에 대한 강습이 있습니다. 그러니 강습에 오시는 데 미안합니다만 머리를 인전 깎으시고 대회에 가실 때도 필요할 게니 국민복도 한 벌 장만하십시오."

"그 말씀뿐이오?"

"그렇습니다."

"나 유생인 건 사또께서 잘 아시리다. 신체발부身體髮膚는 수지부모受之父母란 성현의 말씀을 지키지 않구 유생은 무슨 유생이며 유도대회는 무슨 유도대회겠소. 나 향교 직원 명예로 허는 것 아니오. 제향 절차 하나 제대로 살필 위인이 없으니까 그곳 사는 후학後學으로서 성현께 대한 도리로 맡어온 것이오. 이제 머리를 깎어라, 낙치落齒가 다된 것더러 일본말을 배워라, 복색을 갈어라, 나 직원 내노란 말씀이니까 잘 알아들었소이다."

하고 나와 버린 것인데, 사흘이 못 되어 다시 주재소에서 불렀다. 또 읍에서 나온 전화 때문인데 이번에는 경찰서에서 들어오라는 것이다. 김직원은 그 길로 현을 찾아왔다.

"현공? 저놈들이 필시 나헌테 강압수단을 쓸랴나 보."

"글쎄올시다. 아무튼 메칠 안 남은 발악이니 충돌은 마시고 잘 모면만 하십시오."

"불러도 안 들어가면 어떠리까?"

"그건 안 됩니다. 지금 핑계가 없어서 구속을 못 하는데 관명 거역이라고 유치나 시켜놓고 머리를 깎이면 그건 기미년 때처럼 꼼짝 못허구 당허십니다."

"옳소, 현공 말이 옳소."

하고 김직원은 그 이튿날 또 읍으로 갔는데 사흘이 되어도 나오지 않았고 나흘째 되던 날이 바로 '팔월 십오일'인 것이었다.

그러나 현은 라디오는커녕 신문도 이삼 일이나 늦는 이곳에서라 이 역사적 '팔월 십오일'을 아무것도 모르는 채 지나버리었고, 그 이튿날 아침에야 서울 친구의 다만 '급히 상경하라'는 전보로 비로소 제 육감이 없지는 않았으나 그러나, 여행증명도 얻을 겸 눈치를 보러 주재소에 갔으되, 순사도 부장도 아무런 이상이 없었을 뿐 아니라 가네무라 순사에게 넌지시, 김직원이 어찌 되어 나오지 못하느냐 물었더니,

"그런 고집불통 영감은 한참 그런 데서 땀 좀 내야죠!"

한다.

"그럼 구금이 되셨단 말이오?"

"뭐 잘은 모릅니다. 괜히 소문내지 마슈."

하고 말을 끊는데, 모두가 변한 것이 조금도 없다.

'급히 상경하라. 무슨 때문인가?'

현은 궁금한 채 버스를 기다리는데 이날은 버스가 정각 전에 일찍 나왔다. 이 차에도 김직원이 나타나는 것을 보지 못하고 현은 떠나고 말았다.

버스 속엔 아는 사람도 하나 없다. 대부분이 국민복들인데 한 사람도 그럴듯한 기색은 보이지 않는다. 한 사십 리 나와 저쪽에서 들어오는 버스와 마주치게 되었다. 이쪽 운전사가 팔을 내밀어 저쪽 차를 같이 세운다.

"어떻게 된 거야?"

"무에 어떻게 돼?"

"철원은 신문이 왔겠지?"

"어제 방송대루지 뭐."

"잡음 때문에 자세들 못 들었어. 그런데 무조건 정전이라지?"

두 운전사의 문답이 이에 이를 때, 누구보다도 현은 좁은 틈에서 벌떡 일어섰다.

"그게 무슨 소리들이오?"

"전쟁이 끝났답니다."

"뭐요? 전쟁이?"

"인전 끝이 났어요."

"끝! 어떻게요?"

"글쎄, 그걸 잘 몰라 묻습니다."

하는데 저쪽 운전대에서,

"결국 일본이 지구 만 거죠. 철원 가면 신문을 보십니다."

하고 차를 달려버린다. 이쪽 차도 갑자기 구르는 바람에 현은 펄석 주저 앉았다.

'옳구나! 올 것이 왔구나! 그 지리하던 것이……'

현은 코허리가 찌르르해 눈을 슴벅거리며 좌우를 둘러보았다. 확실히 일본 사람은 아닌 얼굴들인데 하나같이 무심들하다.

"여러분은 인제 운전사들의 대활 못 들었습니까?"

서로 두리번거릴 뿐, 한 사람도 응하지 않는다.

"일본이 지고 말았다면 우리 조선이 어떻게 될 걸 짐작들 허시겠지 요?"

그제야 그것도 조선옷 입은 영감 한 분이,

"어떻게든 되는 거야 어디 가겠소? 어떤 세상이라고 똑똑히 모르는 걸 입을 놀리겠소?"

한다. 아까는 다소 흥미를 가지고 지껄이던 운전사까지,

"그렇지요. 정말인지 물어보기만도 무시무시헌걸요."

하고, 그 피곤한 주름살, 그 움푹 들어간 눈으로 버스를 운전하는 표정뿐 이다.

현은 고개를 푹 수그렸다. 조선이 독립된다는 감격보다도 이 불행한 동 포들의 얼빠진 꼴이 우선 울고 싶게 슬펐다.

'이게 나 혼자 꿈이나 아닌가?'

현은 철원에 와서야 꿈 아닌 《경성일보》를 보았고, 찾을 만한 사람들을 만나 굳은 악수와 소리 나는 울음을 울었다. 하늘은 맑아 박꽃 같은 구름송이, 땅에는 무럭무럭 자라는 곡식들, 우거진 녹음들, 어느 것이고 우러러 절하고 소리 지르고 날뛰고 싶었다.

*

현은 십칠일 날 새벽, 뚜껑 없는 모래차에 모래 실리듯 한 사람 틈에 끼여, 대통령에 누구, 육군 대신에 누구, 그러다가 한 정거장을 지날 때마다 목이 터지게 독립 만세를 부르며 이날 아침 열 시에 열린다는 건국대회에 미치지 못할까 보아 초조하면서 태극기가 휘날리는 열광의 정거장들을 지나 서울로 올라왔다.

청량리 정거장을 나서니, 웬일일까, 기대와는 달리 서울은 사람들도 냉정하고 태극기조차 보기 드물다. 시내에 들어서니 독 오른 일본 군인들이 일촉즉발—觸卽發의 예리한 무장으로 거리마다 목을 지키고 《경성일보》가 의연히 태연자약한 논조다.

현은 전보 쳐준 친구에게로 달려왔다. 손을 잡기가 바쁘게 건국대회가 어디서 열리느냐 하니, 모른다 한다. 정부 요인들이 비행기로 들어왔다는 데 어디들 계시냐 하니, 그것도 모른다 한다. 현은, 대체 일본 항복이 사실이긴 하냐 하니, 그것만은 사실이라 한다. 현은 전신에 피곤을 느끼며 걸상에 주저앉아 그제야 여러 시간 만에 처음 정신을 가다듬었다. 그리고 이 친구로부터 팔월 십오일 이후 이틀 동안의 서울 정황을 대강 들었다.

현은 서울 정황에 불쾌하였다. 총독부와 일본 군대가 여전히 조선민족을 명령하고 앉았는 것과, 해외에서 임시정부가 오늘 아침에 들어왔다, 혹은 오늘 저녁에 들어온다 하는 이때 그새를 못 참아 건국建國에 독단적인 계획들을 발전시키며 있는 것과, 문화면에 있어서도, 현 자신은 그저 꿈인가 생시인가도 구별되지 않는 이 현혹한 찰나에, 또 문화인들의 대부분이 아직 지방으로부터 모이기도 전에, 무슨 이권이나처럼 재빨리 간판부터 내걸고 서두르는 것들이 도시 불순하고 경망해 보였던 것이다. 현이 더욱 걱정되는 것은 벌써부터 기치를 올리고 부서를 짜고 덤비는 축들이, 전날 좌익 작가들의 대부분임을 알게 될 때, 문단 그 사회보다도, 나라 전체에 좌익이 발호할 수 있는 때요, 좌익이 제멋대로 발호하는 날은, 민족 상쟁 자멸의 파탄을 일으키지 않을까 하는, 위험성이었다. 현은 저 자신의 이런 걱정이 진정일진댄, 이러고만 앉았을 때가 아니라 생각되어 그 '조선문화건설 중앙협의회'란 데를 찾아갔다. 전날 구인회九人會 시대, 문장文章 시대에 자별하게 지내던 친구도 몇 있었으나 아닌 게 아니라 전날 좌익이었던 작가와 평론가가 중심이었다. 마침 기초된 선언문을 수정하면서들 있었다. 현은 마음속으로 든든히 그들을 경계하면서 그들이 초안한 선언문을 읽어보았다. 두 번 세 번 읽어 보았다. 그리고 그들의 표정과 행동에 혹시라도 위선적인 데나 없나 엿보기를 게을리하지 않으며 적이 속으로 이상하게 생각하지 않을 수 없었다.

'이들에게 이만침 조선 사정에 진실한 정신적 준비가 있었던가?'

현은 그들의 태도와 주장에 알고 보니 한 군데도 이의異意를 품을 데가 없었다. '장래 성립할 우리 정부의 문화·예술 정책이 서고, 그 기관이 탄생되어 이 모든 임무를 수행할 때까지, 우선, 현계단의 문화 영역의 통일적 연락과 각 부문의 질서화를 위하여'였고 '조선 문화의 해방, 조선 문화의 건설, 문화전선의 통일' 이것이 전진 구호였던 것이다. 좌우를 막론하고 민족이 나아갈 노선에서 행동 통일부터 원칙을 삼아야 할 것을 현은 무엇보다 긴급으로 생각한 것이요, 좌익작가들이 이것을 교란할까 보아 걱정한 것이며 미리부터 일종의 증오를 품었던 것인데 사실인즉 알아볼수록 그것은 현 자신의 기우杞憂였었다. 아직 이 이상 구체안이 있을 수도 없는 때이나, 이들로서 계급혁명의 선수를 걸지 않는 것만은 이들로는 주저나 자중이 아니라, 상당한 자기 비판과 국제 노선과 조선 민족의 관계를 심사숙고한 연후가 아니고는, 이처럼 일견 단순해 보이는 태도나 원칙만엔 만족할 리가 없을 것이었다. 현은 다행한 일이라 생각하고 즐겨 그 선언에 서명을 같이하였다.

그러나 도시 마음이 놓이지는 않았다. '모—든 권력은 인민에게로!' 이런 깃발과 노래는 이들의 회관에서 거리를 향해 나부끼고 울려 나왔다. 그것이 진리이긴 하나 아직 민중의 귀에만은 이른 것이었다. 바다 위로 신기루같이 황홀하게 떠들어올 나라나, 대한이나, 정부나, 영웅들을 고대하는 민중들은, 저희 차례에 갈 권리도 거부하면서까지 화려한 환상과 감격에 더 사무쳐 있는 때이기 때문이다. 현 자신까지도 '모—든 권력은 인민에게로'가 이들이 민주주의자로서가 아니라 그전 공산주의자로서의 습성에서 외침으로만 보여질 때가 한두 번 아니었고, 위고 같은 이는 이미 전세대에 있어 '국민보다 인민에게'를 부르짖은 것을 생각할 때, 오늘 우리의 이 시대, 이 처지에서 '인민에게'란 말이 그다지 새롭거나 위험스럽게 들릴 것도 아무것도 아닌 줄 알면서도, 현은 역시 조심스러웠고, 또 현을 진실로 아끼는 친구나 선배의 대부분이, 현이 이들의 진영 속에 섞인 것을 은근히 염려하는 것이었다. 그런데다 객관적 정세는 날로 복잡다단해졌다. 임시정부는 민중이 꿈꾸는 것 같은 위용偉容은커녕 개인들로라도 쉽사리 나타나주지 않았고, 북쪽에서는 소련군이 일본군을 여지없이 무찌르며 조선인의 골수에 사무친 원한을 충분히 이해해서 왜적에 대한 철저한 소탕을 개시한 듯 들리나, 미국군은 조선 민중의 기대는 모른 척

하고 일본인들에게 관대한 삐라부터를 뿌리어, 아직도 총독부와 일본 군대가 조선 민중에게 '보아라 미국은 아직 일본과 상대이지 너희 따위 민족은 문제가 아니다' 하는 자세를 부리기 좋게 하였고, 우리 민족 자체에서는 '인민공화국'이란, 장래 해외 세력과 대립의 예감을 주는 조직이 나타났고, '조선문화건설 중앙협의회'와 선명히 대립하여 '프롤레타리아예술연맹'이란, 좌익문학인들만으로 문화운동 단체가 기어이 일어나고 말았다.

이 '프로예맹'이 대두함에 있어, 현은 물론, '문협'에서들은, 겉으로는 '역사나 시대는 그네들의 존재 이유를 따로 허락지 않을 것이다' 하고 비웃어버리려 하나 속으로는 '문화전선통일'에 성실하면 성실한 만치 무엇보다 먼저 해결하지 않으면 안 될 당면과제의 하나였다. 현이 더욱 불쾌한 것은, '프로예맹'의 선언강령이 '문협' 것과 별로 다를 것이 없는 점이요, 그렇다면 과거에 좌익작가들이, 과거에 자기들과 대립 존재였던 현을 책임자로 한 '문학건설본부'에 들어 있기 싫다는 표시로도 생각할 수 있는 점이다. 하루는 우익측 몇 친구가 '프로예맹'의 출현을 기다리었다는 듯이 곧 현을 조용한 자리에 이끌었다.

"당신의 진의는 우리도 모르지 않소. 그러나 급기야 당신이 거기서 못 배겨나리다. 수포에 돌아가리다. 결국 모모某某들은 당신 편이기보단 프로예맹 편인 것이오. 나중에 당신만 지붕 쳐다보는 꼴이 될 것이니 진작 나와 우리끼리 따로 모입시다. 뭣 허러 서로 어성버성헌 속에서 챙피만 보고 계시오?"

현은 그들에게 이 기회에 신중히 생각할 여지가 있다는 것만은 수긍하고 헤어졌다. 바로 그 다음 날이다. 좌익 대중단체 주최의 데모가 종로를 지나게 되었다. 연합국기 중에도 맨 붉은 기뿐이요, 행렬에서 부르는 노래도 적기가赤旗歌다. 거리에 섰는 군중들은 모두 이 데모에 냉정하다. 그런데 '문협' 회관에서만은 열광적 박수와 환호로 이 데모에 응할 뿐 아니라, 이제 연합군 입성 환영 때 쓸 연합국기들을 다량으로 준비해두었는데, '문협'의 상당한 책임자의 하나가 묶어놓은 연합국기 중에서 소련 것만을 끄르더니 한아름 안고 가 사 층 위로부터 행렬 위에 뿌리는 것이다. 거리가 온통 시뻘게진다. 현은 대뜸 뛰어가 그것을 막았다. 다시 집으러 가는 것을 또 막았다.

"침착합시다."

"침착헐 이유가 어디 있소?"

양편이 다 같이 예리한 시선의 충돌이었다. 뿐만 아니라 옆에 섰던 젊은 작가들은 하나같이 현에게 모멸의 시선을 던지며 적기를 못 뿌리는 대신, 발까지 구르며 박수와 환호로 좌익 데모를 응원하였다. 데모가 지나간 후, 현의 주위에는 한 사람이 가까이 오지 않았다. 현은 회관을 나설 때 몹시 외로웠다. 이들과 헤어지더라도 이들 수효만 못지않은, 문학단체건, 문화단체건 만들 수 있다는 자신도 솟았다.

'그러나…… 그러나……'

현은 밤새도록 궁리했다. 그 이튿날은 회관에 나오지 않았다.

'마음에 맞는 친구끼리만? 그런 구심적求心的인 행동이 이 거대한 새 현실에서 어떤 결과를 가져올 것인가? 새 조선의 자유와 독립은 대중의 자유와 독립이라야 한다. 그들이 대중운동에 그처럼 열성인 것을 나는 몰이해하는커녕 도리어 그것을 배우고 그것을 추진시키는 데 티끌만치라도 이바지하려는 것이 내 양심이다. 다만 적기만 뿌리는 것이 이 순간 조선의 대중운동이 아니며 적기 편에 선 것만이 대중의 전부가 아니란, 그것을 나는 지적하려는 것이다. 이런 내 심정을 몰라준다면, 이걸 단순히

반동으로밖에 해석할 줄 몰라준다면 어떻게 그들과 함께 일할 수 있는 것인가?'

다음 날도 현은 회관으로 나가고 싶지 않아 방에서 혼자 어정거리고 있을 때다. 그날 창밖의 데모를 향해 적기를 뿌리던 그 친구가 찾아왔다.

"현형? 그저껜 불쾌했지요?"

"불쾌했소."

"현형? 내 솔직한 고백이오. 적색 데모란 우리가 얼마나 두고 몽매간에 그리던 환상이리까? 그걸 현실로 볼 때, 나는 이성을 잃고 광분했던 거요. 부끄럽소. 내 열 번 경솔이었소. 그날 현형이 아니었더면 우리 경솔은 훨씬 범위가 커졌을 거요. 우리에겐 열 사람의 우리와 똑같은 사람보다 한 사람의 현형이 절대로 필요한 거요."

그는 확실히 말끝을 떨었다. 둘이는 묵묵히 담배 한 대씩을 피우고 묵묵히 일어나 다시 회관으로 나왔다.

그 적색 데모가 있은 후로 민중은, 학생이거나, 시민이거나, 지식층이거나 확실히 좌우 양파로 갈리는 것 같았다. 저녁이면 현을 또 조용한 자리에 이끄는 친구들이 있었다. 현은 '문협'에서 탈퇴하기를 결단하라는 간곡한 충고를 재삼 받았으나, '문협'의 성격이 결코 그대들이 생각하는 것처럼 어느 한쪽에 편향한 것이 아니란 것을 극구 변명하였는데, 그 이튿날 회관으로 나오니, 어제 이 친구들로부터 전화가 걸려왔다.

"자네가 말한 건 자네 거짓말이거나, 그렇지 않으면 우리가 본 대로 자네는 저들에게 이용당하고 있는 걸세. 그 증거는, 그 회관에 오늘 아침 새로 내걸은 대서특서한 드림*을 보면 알 걸세."

---

* 드리개. 매달아서 길게 늘이는 물건.

하고 이쪽 말은 듣지도 않고 불쾌히 전화를 끊어버리는 것이었다. 현은 옆엣사람들에게 묻지도 않았다. 쭈루루 밑엣층으로 내려가 행길에서 사 층인 회관의 전면을 쳐다보았다. 놀라지 않을 수 없었다. 아까 현은 미처 보지 못하고 들어왔는데 옥상에서부터 이 이 층까지 드리운, 광목 전폭에 다가 '조선인민공화국 절대지지'란, 아직까지 어떤 표어나 구호보다 그야 말로 대서특서한 것이었다. 안전지대에 그득한 사람들, 화신 앞에 들끓는 군중들, 모두 목을 젖히고 쳐다보는 것이다. 모두가 의아하고 불안한 표 정들이다. 현은 회관 사 층을 십 분이나 걸려 올라왔다. 현은 다시 한 번 배신을 당하는 심각한 우울이었다. 회관에는 '문협'의 의장도 서기장도 아직 나타나지 않았다. '문학건설본부'의 서기장만이 뒤를 따라 들어서기 에 현은 그의 손을 이끌고 옥상으로 올라왔다.

"이건 누가 써 내걸었소?"

"뭔데?"

부슬비가 내리는 때라 그도 쳐다보지 않고 들어왔고, 또 그런 것을 내 어걸 계획에도 참례하지 못한 눈치였다.

"당신도 정말 몰랐소?"

"정말 몰랐는데! 이게 대체 누구 짓일까?"

"나도 몰라, 당신도 몰라, 한 회관에 있는 우리가 몰랐을 땐, 나오지 않 는 의원議員들은 더 많이 몰랐을 것이오. 이건 독재요. 이러고 문화전선의 통일 운운은 거짓말이오. 나는 그 사람들 말 더 믿구 싶지 않소. 인전 물 러가니 그리 아시오."

하고 돌아서는 현을, 서기장은 당황해 앞을 막았다.

"진상을 알구 봅시다."

"알아보나마나요."

"그건 속단이오."

"속단해버려도 좋을 사람들이오. 이들이 대중운동을 이처럼 경솔히 하는 줄은 정말 뜻밖이오."

"그래도 가만 있소. 우리가 오늘 갈리는 건 우리 문화인의 자살이오!"

"왜 자살행동을 하시오?"

하고 현은 자연 언성이 높아졌다.

"정말이오. 나도 몰랐소. 그렇지만 이런 걸 밝히고 잘못 쏠리는 걸 바로잡는 것도 우리가 헐 일 아니고 누가 헐 일이란 말이오?"

하고 서기장은 눈물이 핑 도는 것이다. 그리고 그 드림 드리운 데로 달려가 광목 한 통이 비까지 맞아 무겁게 늘어진 것을 한 걸음 끌어올리고 반걸음 끌어내려 가면서 닻줄을 감듯 전력을 들여 끌어 올리고 있는 것이었다. 현도 이내 눈물을 머금었다.

'그렇다! 나 하나 등신이라거나, 이용을 당한다거나 그런 조소를 받는 것이 문제가 아니다! 그런 것에나 신경을 쓰는 건 나 자신 불성실한 표다!'

현은 뛰어가 서기장과 힘을 합쳐 그 무거운 드림을 끌어 올리었다.

나중에 알고 보니 '문협'의 의장도, 서기장도 다 모르는 일이었다. 다만 서기국원 하나가, 조선이 어떤 이름이 되든 인민의 공화국이어야 한다는 여론이 이 회관 내에 있어옴을 알던 차, '인민공화국'이 발표되었고, 마침 미술부 선전대에서 또 무엇 그릴 것이 없느냐 주문이 있기에, 그런 드림이 으레 필요하려니 지레짐작하고 제 마음대로 원고를 써보낸 것이요, 선전대에서는 문구는 간단하나 내용이 중요한 것이라 광목 전폭에다 내려 썼고, 쓴 것이 마르면 으레 선전대에서 가지고 와 달아까지주는 것이 그들의 책임이라 식전 일찍이 와서 달아놓고 간 것이었다. 아침 여덟 시부터 열한 시까지 세 시간 동안 걸린 이 간단한 드림은 석 달 이상을 두고 변명해오는 것이며 그것 때문에 '문협' 조직체가 적지 않은 타격을 받은 것도 사실인 것이다.

그러나 이것을 계기로 전원은 아직도 여지가 있는 자기 비판과 정세 판단과 '프로예맹'과의 합동운동을 더 진실한 태도로 착수하기 시작한 것이다.

*

이미 미국 군대가 들어와 일본 군대의 총부리는 우리에게서 물러섰으나 삐라가 주던 예감과 마찬가지로 미국은 그들의 군정軍政을 포고하였다. 정당政黨은 누구든지 나타나란 바람에 하룻밤 사이에 오륙십의 정당이 꾸미어졌고, 이승만 박사가 민족의 미칠 듯한 환호 속에 나타나 무엇보다 조선 민족이기만 하면 우선 한데 뭉치고 보자는 주장에 그 속에 틈이 있음을 엿본 민족 반역자들과 모리배들이 다시 활동을 일으키어, 뭉치는 것은 박사의 진의와는 반대의 효과로 일제시대 비행기 회사 사장이 새로 된 것이라는 국립항공회사에도 부사장으로 나타나는 것 같은 일례로, 민심은 집중이 아니라 이산이요, 신념이기보다 회의懷疑의 편이 되고 말았다. 민중은 애초부터 자기 자신들의 모—든 권익을 내어던지면서까지 사모하고 환상하던 임시정부라 이제야 비록 자격은 개인으로 들어왔더라도 그 후의 기대와 신망은 그리로 쏠릴 길밖에 없었다. 그러나, 개인이나 단체나 습관이란 이처럼 숙명적인 것일까? 해외에서 다년간 민중을 가져 보지 못한 임시정부는 해내에 들어와서도, 화신 앞 같은 데서 석유 상자를 놓고 올라서 민중과 이야기할 필요는 조금도 느끼지 않고 있었다. 인공人共과 대립만이 예각화銳角化되고, 삼팔선은 날로 조선의 허리를 졸라만 가고, 느는 건 강도요, 올라가는 건 물가요, 민족의 장기간 흥분하였던 신경은 쇠약할 대로 쇠약해만 가는 차에 탁치託治 문제가 터진 것이다.

누구나 할 것 없이 그만 냉정을 잃고 말았다. 여기저기서 탁치 반대의 아우성이 일어났다. 현도 몇 친구와 함께 반탁 강연에 나갔고 그의 강연 원고는 어느 신문에 게재도 되었다.

그러나 현은, 아니 현만이 아니라 적어도 그날 현과 함께 반탁 강연에 나갔던 친구들은 하나같이 어정쩡했고, 이내 후회하지 않을 수 없었다. 탁치 문제란 그렇게 간단히 규정할 것이 아님을 차츰 깨닫게 되었는데, 이것을 제일 먼저 지적한 것이 조선공산당으로, 그들의 치밀한 관찰과 정확한 정세 판단에는 감사하나, 삼상회담 지지가 공산당에서 나왔기 때문에 일부의 오해를 더 사고 나아가선 정권싸움의 재료로까지 악용당하는 것은 불행 중 거듭 불행이었다.

"탁치 문제에 우린 너머 경솔했소!"

"적지 않은 과오야!"

"과오? 그러나 지금 조선 민족의 심리론 그닥 큰 과오라군 헐 수 없지. 또 민족적 자존심을 이만침은 표현하는 것도 좋고."

"글쎄, 내용을 알고 자존심만 표현하는 것과 내용을 모르고 허턱 날뛰는 것관 방법이 다를 거 아니냐 말이야."

"그렇지! 조선 민족에게 단기만 있고 정치적 통찰력이 부족하다는 게 드러나니 자존심인들 무슨 자존심이냐 말이지."

"과오 없이 어떻게 일하오? 레닌 같은 사람도 과오 없인 일 못 한다고 했고 과오가 전혀 없는 사람은 일 안 하는 사람이라 한 거요. 우리 자신이 깨달은 이상 이 미묘한 국제 노선을 가장 효과적이게 계몽에 힘쓸 것뿐이오."

현서껀 회관에서 이런 이야기들을 하고 앉았을 때다. 이런 데는 어울리지 않는 웬 갓 쓴 노인이 들어선 것이다.

"오!"

현은 뛰어 마중 나갔다. 해방 이후, 현의 뜻 속에 있어 무시로 생각나던 김직원의 상경이었다.

"직원님!"

"현선생!"

"근력 좋으셨습니까?"

"좋아서 이렇게 서울 구경 왔소이다."

그러나 삼팔 이북에서라 보행과 화물자동차에 시달리어 그런지 몹시 피로하고 쇠약해 보였다.

"언제 오셨습니까?"

"어제 왔지요."

"어디서 유허셨습니까?"

"참, 오는 길에 철원 들러, 댁에서들 무고허신 것 뵈왔지요. 매우 오시구 싶어들 합디다."

현의 가족들은 그간 철원으로 나왔을 뿐, 아직 서울엔 돌아오지 못하고 있는 것이었다.

"잘들 있으면 그만이죠."

"현공이 그저 객지시게 다른 데 유헐 곳부터 정하고 오늘 찾아왔지요. 그래 얼마나들 수고허시오?"

"저이야 무슨 수고랄 게 있습니까? 이번에 누구보다도 직원님께서 얼마나 기쁘실까 허구 늘 한번 뵙구 싶었습니다. 그리구 그때 읍에 가서선 과히 욕보시지나 않으셨습니까?"

"하마트면 상투가 잘릴 뻔했는데 다행히 모면했소이다."

"참 반갑습니다."

마침 점심때도 되고 조용히 서로 술회述懷도 하고 싶어, 현은 김직원을 모시고 어느 구석진 음식점으로 나왔다.

"현공, 그간 많이 변허셨다구요?"

"제가요?"

"소문이 매우 변허셨다구들."

"글쎄요……."

현은 약간 우울했다. 현은 벌써 이런 경험이 한두 번째 아니기 때문이다. 해방 이전에는 막역한 지기知己여서 일조유사한 때는 물을 것도 없이 동지일 것 같던 사람들이 해방 후, 특히 정치적 동향이 보수적인 것과 진보적인 것이 뚜렷이 갈리면서부터는, 말 한두 마디에 벌써 딴사람처럼 서로 경원敬遠이 생기고 그것이 대뜸 우정에까지 거리감을 자아내는 것을 이미 누차 맛보는 것이었다.

"현공?"

"네?"

"조선 민족이 대한 독립을 얼마나 갈망했소? 임시정부 들어서길 얼마나 연연절절히 고대했소?"

"잘 압니다."

"그런데 어쩌자구 우리 현공은 공산당으로 가셨소?"

"제가 공산당으로 갔다고들 그럽니까?"

"자자합디다. 현공이 아모래도 이용당허는 거라구."

"직원님께서도 절 그렇게 생각허십니까?"

"현공이 자진해 변했을는진 몰라, 그래두 남헌테 넘어갈 양반 아닌 건 난 알지요."

"감사헙니다. 또 변했단 것도 그렇습니다. 지금 내가 변했느니, 안 변했느니 하리만치 해방 전에 내가 제법 무슨 뚜렷한 태도를 가졌던 것도 아니구요, 원인은 해방 전엔 내 친구가 대부분이 소극적인 처세가들인 때문입니다. 나는 해방 후에도 의연히 처세만 하고 일하지 않는 덴 반댑니다."

"해방 후라고 사람의 도리야 어디 가겠소? 군자는 불처혐의간不處嫌疑間* 입넨다."

"전 그렇진 않습니다. 지금 이 시대에선 이하李下에서라고 비뚤어진 갓〔冠〕을 바로잡지 못하는 것은 현명이기보단 어리석음입니다. 처세주의는 저 하나만 생각하는 태돕니다. 혐의는커녕 위험이라도 무릅쓰고 일해야 될, 민족의 가장 긴박한 시기라고 생각합니다."

"아모튼 사람이란 명분을 지켜야 헙니다. 우리가 무슨 공뢰 있소. 해외에서 일생을 우리 민족 위해 혈투해온 그분들께 그냥 순종해 틀릴 게 조곰도 없습넨다."

"직원님 의향 잘 알겠습니다. 그리고 저도 그분들께 감사하고 감격하는 건 누구헌테 지지 않습니다. 그러나 지금 조선 형편은 대외, 대내가 다 그렇게 단순치가 않답니다. 명분을 말씀허시니 말이지, 광해조光海朝 때 일을 생각해 보십시오. 임진란壬辰亂에 명明의 구원을 받았지만, 명이 청태조淸太祖에게 시달리게 될 때, 이번엔 명이 조선에 구원군을 요구허지 않었습니까?"

"그게 바루 우리 조선서 대의명분론大義名分論이 일어난 시초요구려."

"임진란 직후라 조선은 명을 도와 참전할 실력은 전혀 없는데 신하들의 대의명분상, 조선이 명과 함께 망해버리는 한이라도 그냥 있을 순 없

---

* '의심받을 곳에는 가지 않는다'라는 뜻.

다는 것이 명분파요, 나라는 망하고 임군 노릇을 그만두드라도 여지껏 왜적에게 시달린 백성을 숨도 돌릴 새 없이 되짚어 도탄에 빠트릴 순 없다는 것이 택민파澤民派요, 택민론의 주창으로 몸소 폐위廢位까지 한 것이 광해군光海君 아닙니까? 나라들과 임군들 노름에 불쌍한 백성들만 시달려선 안 된다고 자기가 왕위를 폐리敝履*같이 버리면서까지 택민론을 주장한 광해군이, 나는, 백성들은 어찌 됐든지 지배자들의 명분만 찾던 그 신하들보다 몇 배 훌륭했고, 정말 옳은 지도자였다고 생각합니다. 그리고 또 의리와 명분이라 하드라도 꼭 해외에서 온 이들에게만 편향하는 이유는 어디 있습니까?"

"거야 멀리 해외에서 다년간 조국 광복을 위해 싸웠고 이십칠팔 년이나 지켜 온 고절孤節이 있지 않소?"

"저는 그분들의 풍상을 굳이 헐하게 알려는 것도 결코 아닙니다. 지역은 해외든, 해내든, 진심으로 우리를 위해 꾸준히 싸워온 이면 모두가 다 같이 우리 민족의 공경을 받어 옳을 것이고, 풍상이라 혈투라 하나, 제 생각엔 실상 악형에 피가 흐르고, 추위에 손발이 얼어빠지고 한 것은 오히려 해내에서 유치장으로 감방으로 끌려다니며 싸워 온 분들이 몇 배 더했으리라고 생각합니다. 육체적 고초뿐이 아니었습니다. 정신적으로 매수하는 가지가지 유인과 협박도 한두 번이 아니어서, 해내에서 열 번을 찍히어도 넘어가지 않고 싸워 낸 투사라면 나는 그런 어른이 제일 용타고 생각합니다."

"현공은 그저 공산파만 두둔하시는군!"

"해내엔 어디 공산파만 있었습니까? 그리고 이번에 공산당이 무산계급

---

*헌신.

혁명으로가 아니라 민족의 자본주의적 민주혁명으로 이내 노선을 밝혀
논 것은 무엇보다 현명했고, 그랬기 때문에 좌우익의 극단적 대립이 원칙
상 용허되지 않아서 동포의 분열과 상쟁을 최소한으로 제지할 수 있는 것
은 조선 민족을 위해 무엇보다 다행한 일이라고 저는 생각합니다.”

　“난 그게 무슨 말씀인지 잘 못 알아듣겠소만 그저 공산당 잘못입넨다.”

　“어서 약주나 드십시다.”

　“우리야 늙은 게 뭘 아오만…….”

　김직원은 술이 약한 편이었다. 이내 얼굴에 취기가 돌며,

　“어째 우리 같은 늙은 거기로 꿈이 없었겠소? 공산파만 가만 있어주면
곧 독립이 될 거구, 임시정부 요인들이 다 고생허신 보람 있게 제자리에
턱턱 앉어 좀 잘 다스려주겠소? 공연히 서로 싸우는 바람에 신탁통치 문
제가 생긴 것이오. 안 그렇고 무어요?”

하고 적이 노기를 띤다. 김직원은, 밖에서는 소련이, 안에서는 공산당이
조선 독립을 방해하는 것이라 하였다. 이렇게 역사적, 또는 국제적인 견
해가 없이 단순하게, 독립전쟁을 해 얻은 해방으로 착각하는 사람에겐 여
간 기술로는 계몽이 불가능하고, 현 자신에겐 그런 기술이 없음을 깨닫자
그저 웃는 낯으로 음식을 권했을 뿐이다.

　김직원은 그 이튿날도 현을 찾아왔고 현도 그 다음 날은 그의 숙소로
찾아갔다. 현이 찾아간 날은,

　“어째 당신넨 탁치 받기를 즐기시오?”

하였다.

　“즐기는 게 아닙니다.”

　“그러면 즐겁지 않은 것도 임정에서 반탁을 허니 임정에서 허는 건 덮
어놓고 반대하기 위해서 나중엔 탁치꺼지를 지지헌단 말이지요?”

"직원님께서도 상당히 과격허십니다그려."

"아니, 다 산 목숨이 그러면 삼국 외상헌테 매수돼서 탁치 지지에 잠자코 끌려가야 옳소?"

"건 좀 과허신 말씀이구! 저는 그럼, 장래가 많어서 무엇에 팔려서 삼상회담을 지지허는 걸로 보십니까?"

그 말에는 대답이 없으나 김직원은 현의 태도에 그저 못마땅한 눈치만은 노골화하면서 있었다. 현은 되도록 흥분을 피하며, 우리 민족의 해방은 우리 힘으로가 아니라 국제 사정의 영향으로 되는 것이니까 조선 독립은 국제성의 지배를 벗어날 수 없는 것, 삼상회담의 지지는 탁치 자청이나 만족이 아니라 하나는 자본주의 국가요 하나는 사회주의 국가인 미국과 소련이 그 세력의 선봉들을 맞댄 데가 조선이라 국제간에 공개적으로 조선의 독립과 중립성이 보장되어야지, 급히 이름만 좋은 독립을 주어놓고 소련은 소련대로, 미국은 미국대로, 중국은 중국대로 정치·경제 모두가 미약한 조선에 지하 외교를 시작하는 날은, 다시 이조말의 아관파천俄館播遷식의 골육상쟁과 멸망의 길밖에 없다는 것, 그러니까 모처럼 얻은 자유를 완전 독립에까지 국제적으로 보장되는 길을 택할 수밖에 없다는 것, 이왕조의 대한大韓이 독립전쟁을 해서 이긴 것이 아닌 이상, '대한' '대한' 하고 전제제국專制帝國시대의 회고감懷古感으로 민중을 현혹시키는 것은 조선 민족을 현실적으로 행복되게 지도하는 태도가 아니라는 것, 지금 조선을 남북으로 갈라 진주해 있는 미국과 소련은 무엇으로 보나 세계에서 가장 실제적인 국가들인만치, 조선 민족은 비실제적인 환상이나 감상感傷으로가 아니라 가장 과학적이요, 세계사적인 확실한 견해와 준비가 없이는 그들에게 적정한 응수를 할 수 없다는 것, 현은 재주껏 역설해보았으나 해방 이전에는, 현 자신이 기인여옥이라 예찬한 김직원은,

지금에 와서는, 돌과 같은 완강한 머리로 조금도 현의 말을 이해하려 하지 않고, 다만, 같은 조선 사람인데 '대한'을 비판하는 것만 탐탁지 않았고, 그것은 반드시 공산주의의 농간이라 자가류自家流의 해석을 고집할 뿐이었다.

*

그 후 한동안 김직원은 현에게 나타나지 않았다. 현도 바쁘기도 했지만 더 김직원에게 성의도 나지 않아 다시는 찾아가지도 못하였다.

탁치 문제는 조선 민족에게 정치적 시련으로 너무 심각한 것이었다. 오늘 '반탁' 시위가 있으면 내일 '삼상회담 지지' 시위가 일어났다. 그만 군중은 충돌하고, 지도자들 가운데는 이것을 미끼로 정권싸움이 악랄해갔다. 결국, 해방 전에 있어 민족 수난의 십자가를 졌던 학병學兵들이, 요행 죽지 않고 살아온 그들 속에서, 이번에도 이 불행한 민족 시련의 십자가를 지고 말았다.

이런 우울한 하루였다. 현의 회관으로 김직원이 나타났다. 오늘 시골로 떠난다는 것이었다. 점심이나 같이 자시러 나가자 하니 그는 전과 달리 굳게 사양하였고, 아래층까지 따라 내려오는 것도 굳게 막았다. 전날 정리로 보아 작별만은 하러 들렀을 뿐, 현의 대접이나 인사는 긴치 않게 여기는 듯하였다.

"언제 서울 또 오시렵니까?"

"이런 서울 오고 싶지 않소이다. 시굴 가서도 그 두문동 구석으로나 들어가겠소."

하고 뒤도 돌아다보지 않고 분연히 층계를 내려가고 마는 것이었다. 현은 잠깐 멍청히 섰다가 바람도 쏘일 겸 옥상으로 올라왔다. 미국군의 지프가 물매미 떼처럼 서물거리는 사이에 김직원의 흰 두루마기와 검은 갓은 그

영자* 너무나 표표함이 있었다. 현은 문득 청조말淸朝末의 학자 왕국유王國
維**의 생각이 났다. 그가 일본에 와서 명곡明曲에 대한 강연이 있을 때, 현
도 들으러 간 일이 있는데, 그는 청나라식으로 도야지꼬리 같은 편발을
그냥 드리우고 있었다. 일본 학생들은 킬킬 웃었으나, 그의 전조前朝에 대
한 충의를 생각하고 나라 없는 현은 눈물이 날 지경으로 왕국유의 인격을
우러러보았었다. 그 뒤에 들으니, 왕국유는 상해로 갔다가, 북경으로 갔
다가, 아무리 헤매어도 자기가 그리는 청조의 그림자는 스러만 갈 뿐이므
로, '녹수청산부증개綠水靑山不曾改, 우세창태석수간雨洗蒼苔石獸間'***을 읊조
리고는 편발 그대로 곤명호昆明湖에 빠져 죽었다는 것이었다. 이제 생각하
면, 청나라를 깨트린 것은 외적이 아니라 저희 민족, 저희 인민의 행복과
진리를 위한 혁명으로였다. 한 사람 군주에게 연연히 바치는 뜻갈도 갸륵
한 바 없지 않으나 왕국유가 그 정성, 그 목숨을 혁명을 위해 돌리었던들,
그것은 더 큰 인생의 뜻이요 더 큰 진리의 존엄한 목숨일 수 있었을 것 아
닌가? 일제시대에 그처럼 구박과 멸시를 받으면서도 끝내 부지해온 상투
그대로, '대한'을 찾아 삼팔선을 모험해 한양성漢陽城에 올라왔다가 오늘,
이 세계사의 대사조 속에 한 조각 티끌처럼 아득히 가라앉아 가는 김직원
의 표표한 뒷모양을 바라볼 때, 현은 왕국유의 애틋한 최후를 연상하지
않을 수 없었다.

　　바람이 아직 차나 어딘지 부드러운 벌써 봄바람이다. 현은 담배를 한

---

* 그림자.

** 1877~1927. 청나라 말기, 민국 초의 고증학자. 청조 고증학 전통에 따라 경학·사학·금석학을 연구했
다. 구사료 정리와 함께 중국 고대의 사실구명에 공적을 남겼다.

*** '푸른 산 푸른 물은 옛 그대로 변하지 않고 비는 석수상의 이끼를 씻는다'는 뜻으로, 세상이 변했으나
변치 않는 것이 있다는 의미이다.

대 피우고 회관으로 내려왔다. 친구들은 '프로예맹'과의 합동도 끝나고 이번엔 '전국문학자대회' 준비로 바쁘고들 있었다.

—《문학》, 1946. 8.

농토

1

여러 날째 강다지로 춥더니 오늘은 해질 무렵부터 싸락눈이나마 뿌린다.

들여다보는 얼굴까지 뜨겁던 억쇠 어미의 몸도 오늘은 한결 식었다. 숨소리도 편안해졌다. 어쩌면 한고비 넘기었으니 이쯤으로 돌리나 싶어 억쇠 아비는 안경알만 한 유리쪽에 붙어 앉아 밖을 내다볼 경황도 생기었다.

광대뼈가 한편이 더 불거지어 이마까지 그편으로 찡기는 것이 제격인 억쇠 아비는 찡긴 이마를 문에 대고 작은 눈을 치떠 내다보나 함박눈은 되지 않고 그저 싸래기로 그것도 시원치 않게 뿌린다. 함박눈으로만 펑펑 쏟아져준다면 억쇠 어미는 내일 아침쯤 툭툭 털고 일어날 것 같다. 그리고 안에서도 초산이라고 모두 걱정 중인 새아씨가 힘들이지 않고 순산할 것 같다.

역시 남의 집 하인의 자식이던 팔월이와 성례成禮나 째나 귀밑머리만 풀어 올려 데려오던 날이 함박눈이 탐스럽게 쏟아지던 날이었다. 그래 그런지 함박눈이 쏟아지는 것을 보면 늘 기뻤고 무슨 수가 생길 성싶었다. 억쇠 어미도 몸이 불덩이 같던 그제 어제 이틀 동안은 가슴을 쥐어뜯으며 헛소리처럼 눈, 눈 하고 눈을 찾았다. 어느 산꼭대기에라도 눈이 있기만 하다면 억쇠를 시켜 한 함지 담아다 그 물커질 것처럼 골매지 낀 눈에 시원히 보여라도 주고 싶었으나 송악산 위에도 아직 눈은 덮이지 않았다. 냉수나 얼음을 찾지 않고 눈을 찾는 것이 그도 스물열여덟 해 전 그 함박눈 쏟아지던 날을 잊지 않고 속 깊이 품어온 듯하여 어서 일어나고 함박눈이나 쏟아지면 이런 것도 옛이야기처럼 하리라 마음먹었다.

바깥은 어느새 어두워 싸락눈 뿌리는 소리만 들린다.

"아버지?"

어미의 이불자락 밑에 손을 넣었던 억쇠가 눈이 둥그레졌다. 어미는 손만 아니라 이불 속에 있는 발까지 싸늘하게 식어 있었다.

"왜 이렇게 차졌수?"

"차다니?"

아비도 와 만져보고는 다시 이마가 찌푸려진다.

'이건 또 무슨 증센구?'

그동안이 잠깐 새 같았는데 바깥날이 꼴깍 저문 것처럼 병인의 손발도 딴판이 되어 있었다.

"여봐? 정신 좀 차리라구?"

몇 번 흔들어보나 반 넘어 감긴 눈이나 반 넘어 벌어진 입도 아무 대꾸가 없이 숨소리만 도로 가빠지며 있었다. 억쇠더러 나가 방도 달굴 겸 물을 데워 오래서 병인의 발을 더운물에 담가놓고 주물러본다. 발은 뒤축이 보름 지난 설떡 갈라지듯 했다. 겨울에는 이렇게 뒤축이 터지어 절름거리고, 여름이면 발가락 새가 짓물러 절름거리던, 평생을 편안한 걸음이 없던 발이었다.

"애비 게 있니?"

문밖에서 노마님의 목소리가 난다. 억쇠 아비는 후닥닥 일어서기부터 한다. 앉아서 대답이란 평생 해본 적이 없는 버릇이다.

"네."

"문 여지 말구."

그러나 병인의 머리맡에 외풍 풍기는 것쯤 가려 노마님 앞에 방 속에서 말대꾸를 할 수는 없다.

"문 열면 안 된대두. 이 미욱스런 녀석아, 내 그런 꼴 보겠다니?"

하마터면 내어밀 뻔한 문고리를 섬쩍 놓으며 그제야 억쇠 아비는 노마님의 문 열지 말라는 뜻을 알았다. 노마님의 말씀대로 역시 저는 미욱한 놈이었다.

"뭘 좀 입에 퍼넣어 보았니?"

"넣는 대루 토하는걸입쇼."

"몸은 그저 끓구?"

"손발은 써―늘하게 식었사와요."

"써―늘해?"

"네, 그래 물을 덥혀다 발을 좀 씻겨보드랬습죠."

"엥이 배라먹을년 같으니……."

억쇠 아비는 억쇠 어미가 무슨 트집으로나 앓는 것처럼 노마님의 꾸지람이 지당한 듯, 들렸던 고개가 절로 수그러진다.

"딴 무슨 증센 없구?"

"아까 점심때 못 돼선뎁쇼."

하는데 억쇠 녀석이 아비를 꾹 찌른다. 그러나 아비는 주인 앞에 손톱만 한 것이라도 기어서는 못 쓰는 줄 안다.

"아까 뭐란 말이냐?"

"한참 몸이 달었을 땐뎁쇼. 콧구멍으로 회가 한 마리 나왔사와요."

“회충이?”

“네 크진 않사와요.”

“배라먹을년 갖은 부정 다 떠는구나— 엥이…… 그래 그 게구 싸구 했다는 것서껀 어떡했느냐?”

“마냄 말씀대루 그냥 뭉쳐 이 구석에 뒀사와요.”

“내가 내더 빨어두 괜찮다구 헐 때까지 방문 밖에 내놔선 안 된다.”

“네.”

“온 집안이 목욕재계허구 기다려야 헐 경사에 이게 도무지 무슨 부정이란 말이냐!”

“다시 이를 말씀이와요!”

“아무리 병이기루 고렇게 얌체없는 년은…….”

억쇠 아비는 이마를 찡기며 손이 절로 뒤통수로 올라갔다.

“게 억쇠 녀석두 있지?”

“있사와요.”

“밤에 말이다, 밤으루 무슨 일이 있어둥 말이다?”

“네.”

“알어들었니? 무슨 변이 생기드라둥 말이야?”

“네.”

“울음 소리 아예 내선 안 되구.”

“…….”

“안으로 덥석 뛔들지 말구, 부엌 뒤루 와서 애비가 날 넌즈시 찾어라.”

“설마 무슨 열이 있을깝쇼, 횟밴가 본뎁쇼.”

“예끼 미욱헌 녀석…… 엥이 방자스러운 년…….”

노마님은 혀를 몇 번이나 차면서 안으로 들어가는 모양이었다.

억쇠 아비도 횟배 아닌 것쯤은 모르지 않으나 마님들께서나 나릿님께서 걱정하는 것이면 어찌 되었든 덜어드리려는 버릇에서였다.

아비는 다시 병인의 발치가래로 왔으나 억쇠는 일어섰던 자리에 그냥 삐죽 서 있었다. 노마님의 말을 듣고 보니 어미의 손발 식는 것이 심상치 않은 것 같았고 죽더라도 울음 소리 한마디 내어서는 안 된다는 말에 한 대 얻어 박힌 것처럼 콧등이 찌르르해진 것이다.

그까짓 어미 한두 번 아니게 남부끄러운 어미였었다. 이름도 사람 같지 않게 팔월에 낳았다고 '팔월이'. 누가 보는 데서나 안에서 '팔월이' 소리만 나면 그것이 어른이 부르든 아이가 부르든 '네에' 소리를 길게 빼면서 신 뒤축도 밟지 못하고 달려 들어가는 꼴. 같이 놀던 아이들이 저게 너희 엄마냐? 물으면 말문이 막히어 동무들이 찾아오는 것도 겁이 나던 어미. 얼른 죽어 없어지든지 제가 어서 커서 어디로고 달아나 버리기를 얼마나 바라왔던가. 그런 어미 열 번 없어지기로 눈물은커녕 헛소리라도 곡을 하고 상제 노릇을 하랄까 보아 걱정일 것인데 정작 제 어미 제 계집이 죽더라도 울음 한마디 내어서는 안 된다는 분부엔 어린 속에도 다른 때, 열 번 꾸지람이나 열 번 얻어맞던 것보다 더 야속하게 저리었다.

"저 새긴 앉아 에미 손이나 좀 못 주물러준담?"

"손발이나 주물른다구 낫는답디까?"

"어떡허냐 그럼."

아비는 그 흔한 약 한 첩 못 써보는 것에나 계집이 죽더라도 곡성 한마디 내어선 안 된다는 분부에 아무런 불평도 노염도 없는 듯하였다.

택호宅號만은 그전대로 '윤 판서 댁'으로 불리어지는 이들의 주인은 조선이 망한 후 세도는 없어지고 씀씀이만 과해가는 서울 살림에 쪼들리기만 하다가 대감마님 돌아가 삼년상을 치르고는 이 집의 전장田庄이 아직 반은 남아 있는 황해도로 낙향한 지 이미 사오 년 된다. 낙향이라야 황해 도로는 나릿님(돌아간 윤 판서의 아들)만이 소실을 데리고 가서 감농을 하고 있을 뿐 도련님(나릿님의 아들)의 학교 공부를 위해 정작 본살림은 중간 개성에다 차린 것이었다.

이 주인댁 개성 살림 덕에 억쇠는 서울서처럼 잔심부름이 고되거나 아주 농토 옆에 있는 것처럼 거친 일에 부대끼지는 않는다. 도련님의 더운 점심 나르느라고 여러 해 학교 마당에 드나들어 어깨너멋글로 언문과 일본 '가나'는 제법이요, 한문 글자도 웬만한 편지 봉투쯤은 뜯어 보게 눈이 트였고 일이라야 앞뒤 뜰안 쓰레질뿐 잔심부름 한 가지도 없는 날도 있다. 도련님은 종일 학교에 가 있고 저희 아비는 추수 때면 한두 달씩 '가재울'이라는 황해도 시골 댁에 가 있을 뿐 아니라 다른 때도 노상 개성과 가재울 사이에서 있게 된다. 개성 집에는 낮에는 억쇠 하나가 사내일 경우가 많아 주인댁에서는 억쇠를 개나 한 마리 기르는 것처럼 번둥번둥 놀리고 먹이는 것이며 억쇠는 일은 없고 심심해서도 도련님이 보다 버린 것이면 책이든 신문이든 주워다 읽기도 한다. 일 년 삼백육십 일 하루같이 '배라먹을년', '미욱한 녀석' 소리를 듣다가도 단 한 번을 '그래두 내 밥 먹고 자란 저것들을 믿지, 남을 어떻게 믿구 집안에 두군 부려' 한마디가 당상에서 떨어지면 개처럼 꼬리가 없어 흔들지 못하는 것만 한이 될 뿐, 이 주인댁을 위해서는 뼈라도 갈아 바치고 싶어하는, 제 자신의 벌이라고는 한 토막 없이 자랐고 굳어버린 팔월이와 억쇠 아비 천돌이었다.

더욱 저희 자식 억쇠가, 시골 웬만한 도련님 자리보다 더 매낀한 손길로 책장이나 넘기며 자라는 것이 누구에게나 입이 마려워 안 꺼내고는 못 배기는 자랑거리요, 한편으로는 그것이 주인댁에 견딜 수 없이 송구스러웠다.

　병이란 돌림이란 것이니 사노라면 어쩌나 한번 차례에 올 법하고 걸린다고 다 죽는 것도 아니며 또 약을 쓴다 해서 다 사는 것도 아니다. 의원을 부른다, 화제和劑를 낸다, 모두가 있는 사람들 치다꺼리지 무슨 소용인가? 약 쓰는 사람들은 더 잘 앓고 더 잘 죽더라, 다 타고난 명수대로 살다 가는 것을 약 못 쓴다고 탓해 무엇하랴, 다만 억쇠 어미가 하필 방정맞게 주인댁에 산경産慶이 있을 무렵에 눕게 된 것만, 암만해도 저희 내외가 주인댁에 정성이 부족한 표만 같아 얼굴을 들 염치가 없다. 산경이라도 이만저만이 아닐 삼대독자 도련님이 작년 가을에 장가드신 그 새아씨의 첫 산경이었다. 태기 있어 그달부터 태점을 치신다, 절에 수명장수를 빈다, 행여 무슨 동티라도 날까 보아 이 댁 식구들은 초상집에나 제삿집 같은 데는 발그림자도 얼씬하지 않은 지 오래다. 이런 서슬에 오늘일까 내일일까 해서 산파와 의사가 조석으로 드나드는 판인데 억쇠 어미가 누운 것이다.

　"엥이, 방정맞인 거 어느 때 못 앓어서……."

　더운물을 다시 떠다 아무리 담가보고 발바닥을 문대보아도 발은 자꾸만 식어만 간다. 숨도, 인젠 명치끝에서만 발닥거릴 뿐 헤벌룽해진 콧구멍에선 숨기도 제대로 나오지 못한다.

　"이거, 일나지 않었나 이거, 정신 좀 못 채려?"

　병인은 벌써 귀부터 이 세상 것이 아닌 듯했다.

　"제—길헐! 하필 날이나 받었단 말인가!"

　억쇠 아비는 죽는 사람 불쌍한 것이나 저 홀아비 될 걱정보다도 주인댁 귀한 며느님 몸 푸시는데 행여 무슨 부정이나 끼쳐드릴까 보아 그것부터 겁이 난다.

　그러나 사십 평생 약이라고는 피마자 기름 아니면 소금물밖에 먹어보지 못하였고 이번에도 호렴 녹인 물 두어 모금 마셔본 것만으로 병세 도지는 대로 몸을 맡겨버린 팔월이는 다만 '돌림'이거니 할 뿐 무슨 병인지 알아볼 필요 없이, 한 마리의 짐승이나 혹은 생사를 초월한 성인聖人처럼 묵묵히 죽음에 들고 말았다.

울음 소리 내서는 안 된다는 노마님의 말씀이 천만지당한 줄 알면서도 억쇠 아비는 입이 걷잡을 수 없이 뒤틀렸다. 껙껙 두어 마디 치받히는 올각질 같은 것을 억지로 삼키면서,

"이 새끼 잠자꾸 있어 꽤니……."

하고 자식부터 돌려 보았다. 억쇠는 울기는 고사하고 죽은 어미와 이런 꼴의 아비를 발길로 지르기나 할 것처럼 새파랗게 노려보는 눈이었다.

아비는 그저 뒤틀리는 턱주가리까지 눈물이 찔찔 흘렀다. 눈물을 아무리 문대고 들여다보아도 억쇠 어미는 숨이 끊어진 것이 틀리지 않다. 이러고는 앉았을 수는 없다. 감기 든 코처럼 저리고 빽빽한 것을 손바닥으로 으깨 문대기면서 방을 나서는데 대문 밖에서 인력거 오는 소리가 난다. 어제도 안에 다녀간 이 댁 단골 의사 박 의사였다. 억쇠 아비는 걸음을 멈추었다. 억쇠 어미 죽은 것을 안에 알리기 전에 박 의사가 들어서는 것은 박 의사가 억쇠 어미를 살려놓기 위해 나타난 것 같았다. 얼른 박 의사의 앞으로 내달으며 허리를 꾸벅한다. 손만 후들거릴 뿐, 말이 나오지 않는다. 또 입이 뒤틀리며 울음부터 엄살처럼 쏟아진다.

"자네 왜 이러는가?"

"억쇠 어미요니까……."

"참 않는다구 안에서들 걱정하시드니?"

"그게 그만 죽었사와요……."

"그래? 그거 안됐군!"

"좀 살려주세요니까……."

"거 안됐네그려!"

"한 번만 봐주세요니까…… 무슨 짓을 해서라도 그 은혜는 갚죠니까……."

"아니 죽었다면서?"

"그래두 한 번만 봐주세요니까……."

"죽은 것도 살리나? 비키게."

하고 박의사는 억쇠네 방문 앞을 성큼성큼 지나 중문간으로 들어가고 말았다.

억쇠 아비는 우두커니 섰다가 비실비실 안채 부엌 뒤로 오고 말았다. 죽은 계집 초혼이나 부른 듯 끼르륵 소리 나는 목을 늘여,

"노마님?"

"노마님?"

불렀다. 노마님은 세 마디 안에,

"알었다."

대답을 했다.

노마님은 죽은 팔월이를 위해서는 선선히 주머니 끈을 끌렀다.

"얼른 가 권 생원 오시래라. 그리구 그 길루 드퉁전에 가 문을 뚜드려 서라두 베 한 필 끊어갖구 뛰어오너라. 배라먹을년 여태 있다 하필 어느 날 못 뒈져서……."

권 생원이란, 이 댁 땅에 도지 없이 삼포蔘圃를 내고 이 댁 바깥일은 도맡아 보아주는 체하면서 저는 이 댁에서 이 집을 지을 때도 팔구천 원이나 돈을 대고 매년 변리만 팔구백 원씩 또박또박 따 가는 자다. 이 권 생원은 십 분 안에 나타났고 다시 삼십 분 안에 들것 든 상두꾼들을 데리고 왔고 그래서 안에서 새 아기 울음 소리 떨어지기 전에 팔월이 시체를 담

아 내어 이 댁 주인들의 신망을 더 두터이하기에 성공하였다.

수철동 공동묘지는 멀지 않았고 땅도 아직 깊이 얼지는 않았다. 죽어서 드는 집도 살아서 드는 집과 마찬가지였다. 능원陵園은 고사하고 평인의 무덤이라도 제격대로 차리자면 칠일장이니 구일장이니도 바쁘다는 것이지만 손 익은 상두꾼들이 관도 없는 들것 송장 하나쯤 한 짐 장작불이 다 타기 전에 묻어버리는 것이었다. 하늘도 팔월이에게는 박한 듯 그의 마지막 시선 위에는 함박눈은 아끼었고 싸락눈마저 걷히면서 무심한 별들만 내려다보기 시작했다. 갑자기 묘표墓標할 것도 마련하지 못하여 불붙던 장작 한 개비를 박아 표를 하고 들어왔다.

주인댁 솟을대문은 더구나 부정을 꺼리는 때라 굳게 닫혀 있었다. 앞을 섰던 아비는 주춤 물러가고 억쇠가 나서 두어 번 삐걱거려 본다. 아비는 그렇게 하는 것이 잠든 마님들의 어깨나 흔드는 것같이,

"이 새끼야, 가만 못 있어?"

하고 욱박는다. 어미가 살았을 때 같으면 벌써 나와 열어주었을 것이었다. 가만 있으니 발만 더 시리어 억쇠는 견디다 못해 다시 나서 덜컹덜컹 흔들어댔다. 그제야 노마님의 기침 돋우는 소리가 나왔다.

"애비냐?"

"네."

"왜 요란스럽게 굴어, 이 미욱헌 놈아?"

"……."

"이것 받어라."

대문을 여는 것이 아니라 문틈으로 지전 한 장을 내어미는 것이었다.

"들어올 생각 말구 이 길루 가재울로 내려가거라."

"새아씨께서 몸 푸셨사와요?"

"부정한 주둥이 다물구 있지 못해?"

"……."

"내려가서 나릿님께 손주님 보셨다구 순산이라구 여쭤라. 그러구 같은 밤이라두 팔월이 년은 자정 전에 갔으니까 날짜가 다르구 시신두 자정 안으로 내갔으니 안심허시라구. 그리구 너이 부자는 삼칠일 지나두룩 올러오지 말구 게 있거라."

"네."

"냉큼 정거장으로 나가거라."

"네, 그럼 마냄 다녀옵죠."

밤은 길기도 했다. 정거장에 나와서도 차 시간은 멀었는데 춥기만 하다. 속 시원히 울 수가 있기는 날이 밝기나 주인댁에 들어가기보다 차라리 나왔다. 아비가 끽끽거리고 울음을 터트리는 바람에 억쇠도 어미 묻을 때 보던 샛별들을 쳐다보며 시린 손등으로 눈물을 문대기곤 했다.

2

차 안은 훈훈했다. 몸이 풀리기가 바쁘게 억쇠는 모든 것이 꿈인가 싶고 졸림부터 쏟아진다. 그러나 내릴 정거장이 고대*라 한다. 잠을 쫓느라고 두리번거리다가 억쇠는 건너편 자리에 순사가 앉았고 그 옆에는 손목에 맹꽁이 쇠를 차고 팔죽지는 포승줄에 묶인 죄인이 졸고 있는 것을 보았다.

'잡혀가면서도 잠이 오는 걸까?'

---

* 바로 가까운 곳.

처음에는 그런 생각에서 유심히 보았으나 나중에는,

'무슨 죄를 진 사람일까?'

하고 엄마 얼굴과 그 죄인의 얼굴이 한데 뒤섞여 돌아가다가 깜빡 졸아버리곤 하는 머리를 흔들어 다시금 죄인을 살펴본다.

깎은 지가 오래여 수염은 꺼시시하나 이마가 넓고 귓부리가 두툼해 보이는 것이 도련님이 다니는 송도중학의 어느 선생 비슷한 얼굴이요, 양복도 꾸기기는 하였으나 신사복이다. 아무리 보아도 도적질이나 노름꾼 같지는 않다.

'무얼 허다 잡힌 사람일까?'

억쇠는 짐작이 서지 않는다. 어쩌다 안에서 보고 버리는 신문에서 황군皇軍이 태원太原*을 점령했으니 상해서 격전 중이니 하는 작년(1937)부터의 지나사변支那事變**에 관한 기사는 전쟁이라는 흥미에서 유심히 읽어보곤 하였지만, 이삼 년 전부터 흥남興南 노조 적색赤色 사건이니, 명천明川 농민반제투쟁이니 작년까지도 꽤 큰 제목으로 나던 원산철도국 노조 적색 사건과 공산주의자협의회 사건 같은 것은 다른 기사들을 모조리 읽고 난 다음 심심해지면 다시 집어다 읽어보는 때가 있기는 했으나 머리에 남길 만치 내용에 끌리었거나 흥미를 느낄 수는 없었다. 더구나 최근 이삼 년간에 조선서 일어난 소작 쟁의는 거의 만여 건이나 되어, 신문에 한두 제목씩 나지 않는 날이 별로 없기 때문에 '소작 쟁의'라는 것은 천기예보와 마찬가지로 신문에는 으레 나는 것으로 여기었을 뿐, 이것에는 아무 관심이 없어온 것이라, 이런 도적도 노름꾼도 아닌 것 같은 죄인에서 억쇠는

---

* 타이위안.
** 일본에서 중일전쟁을 이르던 말.

그들에게 어울릴 다른 죄목을 연상할 수 없었다. 다만 잡혀가면서도 태평스럽게 졸고 있는 것만 이상스러웠다.

'잠이란 저다지 못 견디는 걸까? 사람은 그렇게 잠자꾸 죽는 걸까?'

억쇠 부자가 이내 토성서 갈아타고 배천 온천서 내리었을 때는 늦은 조반때가 훨씬 지났다. 돈이라고 남은 것은 콩엿 한 반대기를 사니 그만이었다. 이것을 우물거리며 늘어진 이십 리 길을 걷는데 억쇠는 생전 처음인 시골길이 무섭지 않고 재미나기도 했다.

서울서 낳아 열 살까지 동대문 밖 한번 나가보지 못하고 행랑 뒷골목에서만 자란 억쇠는, 개성에 와서 비로소 쌀을 나무에서 대지 않는 것을 알았거니와 여기는 개성보다도 맨 논이요 밭들이다. 그리고 서울서는 산 꿩이란 동물원에 가둔 것이나 보았는데 이 밭머리 저 산기슭에서 임자 없이 날아다니는 것이 신기했다. 그러나 길녘과 바로 사람 사는 집 뒤에도 널려 있는 무덤들이 지난 새벽에 엄마를 묻고 오는 억쇠의 눈에는 시골은 온통 이 공동묘지처럼 역시 무서운 편이어서 정이 들 것 같지 않았다.

'저렇게 많은 논과 밭들이 다 임자가 있을까?'

'왜 사람들은 서울 가서 벌어먹지 이런 쓸쓸한 시굴서 농사나 짓구 사는 걸까?'

억쇠는 정거장에서 멀어지면 멀어질수록 투정이라도 부리고 싶게 산 밑으로만 들어가는 것이 서글퍼졌다.

동네에 다다라 보니 서글픈 생각은 한층 더했다. 맨 오막살이뿐이요, 맨 살이 거칠고 헐벗은 사람뿐이다. 오직 한 채 기와집인 주인댁 뜰 안에 들어서니 마루 끝에 나서는 나릿님이 역시 비단옷이요, 기름이 번지르르한 하이칼라 머리였다. 절로 허리가 굽실 구부러졌으나 나릿님께서는 배고프겠구나 말 한마디는 고사하고 그 살이 올라 가늘어진 실눈 한번 아는 체 던져주지 않는다. 며느리가 아들을 순산하였다는 말에는 고의춤에 꽂았던 손을 뽑으며 입이 히죽이 열리었으나,

"그런데 그만 저것 에미가 엊저녁에 죽었사와요."

소리에는 멍—해서 한참 듣기만 하더니,

"망헌년 그게 무슨 요망스런 죽엄이람— 그래 산고 있기 전에 내다 치웠단 말이지?"

하고 역시 그것부터 캐어물었고 눈초리 새포름한 아씨 자리는 유리쪽으로 말끔히 내다볼 뿐, 억쇠 아비가 두 번씩이나 굽신거려도 거들떠보지도 않았다. 큰댁 며느님의 아들 순산이란 기별도 이 아씨께서는 자기의 어느 멧소(작인에게 빌려주고 해마다 쌀로 세를 받는 소)가 새끼 낳았다는 기별만 못한 것 같았다.

머슴 있는 방, 웃방*이 억쇠 아비가 오면 드는 방이었다. 웃방이라 해도 방은 개성보다 설설 끓었다. 머슴이 조석으로 소여물을 쑤기 때문에 억쇠는 저희 방 군불 걱정은 없었고 그 대신 저녁마다 안에서 켜는 남포에 기름 넣고 등피 닦는 것이 새 일이 되었다.

이 남포 때문에 억쇠는 생전 처음으로 칭찬도 들어보았다. 주인 나릿님의 세 번째 소실인 여기 마님은 젊기도 했으려니와 성미가 꽤 까다로워 머슴꾼이나 부엌데기를 시켜 닦은 등피는 한 번도 마음에 든 적이 없는 듯했다.

"난 여기 와서 처음으로 잘 닦은 등피에 불을 켜본다. 속이 다 시원허구나! 너 개성 가지 말구 여기 있으면서 등피나 닦어라."

---

* 예전의 집 구조에서 부엌 아궁이가 달린 방을 기준으로 그다음에 있는 방. 혹은 난방 구조에서 기본 살림방을 기준으로 그다음에 있는 방.

이 젊은 마님은 차츰 억쇠가 좋아지는 다른 까닭도 있었다. 서울서 자란 하인의 자식이라 말씨가 공손해 시골 아이들보다 부릴 맛이 있는 것이었다. 더구나 억쇠 아비는 '마냄'으로 부르는데 억쇠는 '아씨'로 불러주는 것이 자기의 젊음을 나릿님한테 일깨워 주는 것 같아 속으로 더 탐탁했다. 그리고 나릿님이나 이 아씨나 다 함께 술 생각이 난다든지 고기 생각이 나더라도 인젠 장날 장꾼 편이나 기다리고 있지 않아도 좋았다. 발이 잰 억쇠는 고기나 생선이나 술심부름을 배천읍에 내보내더라도 아침에 보내면 점심참에는 대어 들어왔고, 점심 먹다 생각나 내어보내면 이날 저녁은 틀림없이 먹고 싶은 것을 차려 먹을 수가 있게 되었다.

잔심부름을 시켜 버릇 하니 억쇠는 나릿님이나 아씨방의 남폿불보다 그들의 식성을 돋우는 데 더 요긴한 존재였고 더구나 무시로 달여가고 있는 보약 풍로도 아씨 자신이 지키고 있지 않아도 약을 넘길 걱정이 없어졌다.

이렇게 아씨는 자기에게 달가우니 광목으로 바지저고리 한 벌을 두툼히 해 입히었고 머슴이나 부엌 사람도 저희들의 일이 덜리니 억쇠에게 고맙게 굴었다.

억쇠 자신도 이런 것 말고라도 시골이 차츰 좋아졌다. 처음에는 동네 아이들에게 제가 먼저 쭈뼛거리었으나 차츰 눈치를 채고 보니 여기 아이들은 도리어 저한테 쭈뼛거리는 것이었다. 개울 밑엣집 점둥이도 저희 댁 땅으로 사는 집 아이였고, 동네 초입인 노마란 아이도 질* 터까지 저희 댁 땅이었다. 그들은 옷주제도 저만 못했고 저를 뒷집 하인의 자식으로 깔보려기는스레 도리어 저를 저희들의 지주댁 마름이나처럼 위하려 들어, 장

---

* '길'의 방언.

날 같은 날 읍에서 억쇠가 사는 것이 많으면 그들은 다투어 서로 들어다 주는 것이었다.

아이들만도 아니었다. 어른들도 차츰 억쇠를 요긴하게 알았다. 경답(서울 사람의 땅)이 후하다는 것도 옛말이요, 타작에 북데기 떨이까지 한몫 끼는 것이나, 장리쌀 이자에 사정없기나, 모두가 지금 지주들과 다를 것이 없는 데다가 서울 양반이랍시고 거드름만 부리어, 번쩍하면 말씨를 배먹지 못했느니 인사성이 없느니 하고 꾸지람만 내리는 통에 작인들은 나릿님이나 아씨 앞에 나서면 먼저 주눅부터 들어 할 말도 제대로 못 하는 수가 많다. 그러나 장리쌀 한 말을 먹으려도 지주댁이요, 장날 권 생원을 만날 때까지는 단돈 일 원을 돌릴 데도 이 지주댁밖에 없으니 동리 사람들은 이 나릿님과 아씨의 눈치를 살펴야 할 일이 자연 한두 번 아니다.

나릿님이나 아씨로도 그러했다. 고단하면 점심때까지도 자리 속에 누웠는데 눈치 없이 창 밑까지 기어 들어와 기웃거리며 찾는 데는 질색이다. 작인들이 입에 서투른 서울 말씨를 지어,

"나릿님 계셔와요?"

"마님 계셔와요?"

하더라도 나릿님이나 아씨께서는 그들에게 대꾸하지 않고 먼 소리로 억쇠부터 불러, 억쇠 이외에는 근접을 시키지 않고 억쇠의 전갈을 듣기로 하는 것이다. 이래서 가재울 사람들은 나릿님이나 아씨에게 청 들 일이면 먼저 억쇠, 억쇠 하고 억쇠를 찾게 되었다. 억쇠는 가재울에 온 지 며칠 안 되어 얼마 고갯짓을 해도 괜찮을 지체에 올라섰다. 더구나 상전 앞이라면 뼈대 없이 설설 기기만 하여 저까지 절로 그 본을 뜨게 하는 아비와 떨어지는 것으로도 억쇠는 가재울이 개성보다 더 좋아졌다.

3

봄이 되니 시골 사람들은 서울 사람들 몇 배 바빠하는 것 같았다. 억쇠가 알기로는 서울이나 개성서는 겨울 동안 밀린 빨래 때문에나 바빴고 장이나 담고 조기를 들여다 젓이나 담고 굴비나 말리면 고작인데, 시골서는 그 넓은 땅들을 한번 마당 쓸듯 쓸기만 하려도 큰일인 것을 모조리 갈아 헤쳐야 하는 것이요, 돌을 추려내고 덩어리 흙을 깨야 하는 것이요, 거기다 거름을 져 내고 씨를 뿌리고 물길을 에워 내고 개천 옆으로는 둑막이를 하고 그중에도 못자리 같은 것은 아직 뼈가 저린 물에 들어서서 방바닥 고르듯 공을 들이는 것이다.

들판에서 사내들만 바쁜가 하면 그런 것도 아니다. 젊은 아낙네들은 밭으로 논으로 더운 점심과 곁두리를 지어 날라야 했고, 등 꼬부라진 할머니들까지 씨앗 바가지를 들고 울 밑과 밭 살피*로 다니면서 여러 가지 씨를 묻었다.

버들가지를 틀어 헌다하게 피리를 만들어 부는 처녀들도 분꽃씨니 꽈리씨니 조롱박씨니 하면서 울 밑과 장독대로 골독하게 돌아다녔다. 모두들 흙이기만 하면 한 뼘 땅도 그냥 두지 않았다. 온— 땅에 뿌리고 묻고 하는 씨앗으로 나가는 곡식만 해도 엄청난 것이었다.

'저렇게 아까운 것을 내버리듯 했다가 나지나 않는다면 어떡헐 건가?'

억쇠는 걱정스러워 보였으나 시골 사람들은 사람끼리는 못 믿어도 땅에는 아끼지 않고 묻었다.

억쇠 자신도 이해 봄에는 처음으로 흙에 손을 대어보게 되었다. 서울 창경원에 꽃구경 갔던 주인아씨가 화초 여러 가지를 사 온 것이다. 안뜰

---

* 땅과 땅 사이의 경계. 혹은 그 경계를 간단히 나타낸 표.

안에 둥그렇게 하나, 뒤뜰 안 장독대 곁으로 네모지게 하나, 화단을 묻는 것은 아씨가 총찰하는 대로 억쇠가 사흘이나 걸려 만들었다. 감자처럼 생긴 달리아는 움이 벌써 개구리눈처럼 불거진 것이지만 구근 아닌 다른 꽃씨들은 베개에서 새어 나온 모밀 깍지처럼 아무 무게도 습기도 없는 것들이었다. 이런 것에서 싹이 트고 꽃이 피리라고는 믿어지지 않았다.

그러나 땅은 요술쟁이 같았다. 그런 바람에도 날려버리던 빈 쭉정이 같던 씨앗들을 벌레처럼 움직여놓은 것이었다. 묻은 지 열흘이 안 되어 덮인 흙은 금이 나고 무엇이 갸웃하고 내다보듯 군데군데 떠들렸다. 이 위에 하룻밤 가는비가 뿌리더니 어떤 것은 새 주둥이처럼, 어떤 것은 콩짝처럼 흙을 떨고 올려 솟았다. 꽃을 피울 것이나 열매를 맺을 것이나 싹이란 싹은 밭에서고 논에서고 울 밑에서고 이쁜 주둥이들이 솟아 일제히 소곤거리는 것 같았다. 농군들은 그 투박한 손으로도 이 어린 싹들을 쓰다듬기나 하는 것처럼 아끼고 끔찍이 여겼다. 암탉은 어리 속에서 병아리를 품고 있지만 함부로 나다니며 새싹을 쪼아버리는 수탉 그놈만 단속을 하면 싹트는 시골은 오직 소곤거림과 귀여움뿐 큰소리 한마디 날 리가 없을 것 같았다.

소곤거림과 귀여움은 흙에서 솟는 푸샛것만도 아니었다. 하루 억쇠는 나릿님의 술안주로 물고기 사냥을 나섰다. 점둥이네 반두를 얻어가지고 앞개울서부터 돌을 들추며 칙바위골로 올라왔다.

물에는 송홧가루가 미숫가루 뜨듯 했다. 가만히 반두를 대고 돌을 들추면 버들치와 날메리 아니면 가재 한두 마리라도 나온다. 아씨께서 봄 가재는 지지면 자기 낭자에 꽂힌 산호 뒤꽂이처럼 붉은 것이 곱거니와 국물이 달아 입맛이 난다 했다.

한참 돌만 들추고 물속만 들여다보노라면 아직 발도 시리고 허리도 아

프다. 앉기 좋은 바위에서 허리를 펴고 발을 말리노라니,

'시굴은 참 좋구나!'

생각이 절로 솟는다. 진달래는 한물 이울어 물에도 낙화가 떠내려오는데 양지짝 산기숲*의 나무 끝마다에는 솟는 것이 아니라 하늘에서 뿌리는 것처럼 반짝이는 속잎들은 어찌 보면 잔잔한 물결도 같다. 새끼 친 멧새들이 쫑쫑거리고 그 연둣빛 파도를 잠겼다 떴다 하며 난다.

동네에서 꽤 멀리 올라왔다. 점둥이 누이 을순이 또래들이 보았으면 눈이 빨개 덤빌, 물 잘 오르고 굵은 버들이 낫이 있다면 단으로라도 베게 있다. 억쇠는 한 가지 꺾어 비틀었다. 소리는 나나 여기 아이들처럼 가락을 넣어 불 수는 없다. 물에 던져버리고 건너편 산기숲만 바라보노라니 그 연둣빛 파도 밑으로는 사람도 하나 지나간다. 벌써 누구네인지 점심 고리를 이고 밭으로 가는 아낙네였다.

문득 죽은 엄마 생각이 난다. 엄마며 아버지며 아들이며 흙내 구수한 밭머리에 물러앉아 샘물을 바가지로 떠 나르며 먹는 점심은 천렵처럼 즐거울 것 같았다.

'나도 나대로 살어보았으면! 점둥이네나 장근이네처럼 남의 땅이라도 얻고, 오막살이라도 우리 집에서 내 농사를 짓고 살어보았으면!'

가만히 바위 밑을 내려다보니 배에 자갯빛이 번쩍하는 무당치리 한 마리가 늘름 나왔다 들어간다. 혼자서는 반두를 대고 한 손으로 움직일 수 없이 큰 돌이다. 가슴이 뚝딱거리나 어쩌는 수 없어 쿵, 쿵, 돌을 굴려만 보는데, 자지러지게 가락을 넣어 부는 피리 소리가 물레방아 쪽에서 내려온다. 억쇠는 길로 뛰어 올라왔다. 무당치리보다 더 새까만 눈을 가진 기

---

* 산기슭.

집애다. 을순이보다는 크긴 하지만 벌써 내외를 하려는 것처럼 길을 한옆
으로 빗대며 달아나려 한다.

"얘?"

억쇠는 길을 막았다.

"너 저기 가 반두 한 번만 잡어다우?"

얼굴이 빨개지며 말끔히 쳐다만 본다.

"그게 뭐냐?"

억쇠는 그 애가 이고 가는 다래키* 속에 무엇이 들었나 궁금했다.

"이게 무슨 나물이냐?"

"송화두 모르구!"

붉어진 얼굴과는 딴판이게 야무진 목소리다. 입이 동그랗게 열리며 뺨
에 볼우물도 동그랗게 패는 아이다. 한 손에는 미나리를 줌이 벌게 뜯어
들었고 한 손에는 그리 굵지 못한 피리채를 꺾어 들었다.

"그까짓 거! 저긴 굵은 게 얼마든지 있는데—"

"굵기만 험 되지 소리가 나는 것두—"

억쇠는 할 말이 막혀 길을 비키었으나 소녀는 넌즈시 개울 아래를 내려
다본다.

"반두 한 번만 잡어다우?"

"⋯⋯."

"큰 무당치리 잡어주게."

소녀는 길 아래위를 둘러본다. 다시 동그란 눈으로 억쇠를 쳐다보더니
머리에서 다래키를 내려놓는다. 그리고 개울로 내려와 짚세기를 벗고 물

* 아가리가 좁고 바닥이 넓은 바구니다. '다래끼'의 방언.

에 들어서 준다.

소녀는 반두를 대어주고 억쇠는 끙끙거리고 돌부리에 손을 넣어 한 머리를 번쩍 들었다 놓았다. 벌컥 내밀리는 흙탕물 속에서 들리는 반두 바닥에는 무당치리만 뛰는 것이 아니라 꺽지도 그만한 놈이 하나 뛰었다. 억쇠는 좋아서 반두를 받아 들고 보니 소녀는 물탕이 튄 치맛자락을 쥐어 짜고 있었다.

"많이 젖었니?"

소녀는 대답 대신 얼굴을 저으며 분명히 웃어주었다. 억쇠가 도리어 우둔*이 들려 화끈하는 얼굴을 돌렸다. 그리고 버들가지를 꺾어 그 애 때문에 잡은 고기뿐 아니라 다른 것도 서너 마리 굵은 것으로 골라 끼워가지고 길로 올라서니 소녀는 벌써 다래키를 이고 소고삐 서너 기장은 걸어 나갔다.

"얘?"

소녀는 돌아다본다.

"이거 주께."

소녀는 역시 입엔 웃음을 띠고 다래키를 인 채 동그란 얼굴을 두어 번 저었다.

그래도 억쇠가 달려오니까 소녀도 뛰어버린다. 멧새와 달리 쫓아가기만 하면 단숨에 붙들 것이나 억쇠는 그 애가 이쁘면 이쁠수록 수줍어졌다.

'저 애가 누굴까?'

소녀는 멀찌감치 가 돌각담 모퉁이에서 돌아다본다. 확실히 생글거리는 그리고 뱅글뱅글 돌아가는 것 같은 동그란 얼굴이다. 땅에서 솟는 꽃

---

* 가슴이 자꾸 세차게 뛰다라는 뜻을 지닌 '우둔거리다'의 어근.

순보다도, 멧새나 무당치리보다도 더 마음을 끄는 아이다. 이런 소녀는 이내 돌아서 사라지더니 그 꾀꼬리처럼 자지러지는 가락으로 피리 소리를 보내었다.

봄은 잠깐 새 여름이 되었다. 그 푸샛것들은 꽃이 많이 피고 열매도 많이 맺었다. 그 송화 다래키의 소녀는 그 뒤에 알고 보니 노마 누이 분이었다. 분이서껀 을순이 모두 물방구리 이고 가는 손을 보면 벌써 봉선화 물을 들이어 손톱들이 익은 가재 딱지처럼 새빨갛다. 오이밭에서 풋오이를 따고, 감자밭에 들어 두둑한 북을 헤치고 게사니* 알만큼씩 안은 감자를 캐는 재미란, 억쇠는 비록 그것들이 한물 지날 때까지는 제 밥상에는 오르지 못한다 하더라도 신기하고 탐스럽고 어디엔지 감사해야 할 일 같았다.

더욱 논들은 물만 맞추어 대어주고 많아야 세 벌 김이면 모낸 지 불과 달 반에 한 벌판 그득, 땅은 그만 볏멍석이 되어버리는 것이었다.

'땅— 이래서 땅, 땅 하는 거구나— 이래서 저이는 못 먹어도 씨암탉이며 꿀단지며 들고 와서 행여 땅이 떨어질세라, 지줏님 허는구나— 아, 인제 마당질이 시작되면 촌에는 먹을 게 얼마나 지천으루 벌어질까—'

타작날은 어느 집이나 닭을 잡고 절구에 미리 찧은 햅쌀에 밤밥을 하고 지주를 청한다. 그러나 지주댁 나릿님이나 아씨는 그까짓 것쯤 시뜩하게 여기는지 거드름을 부리느라고 그러는지 여간해 가주지 않는다. 이 바람에, 타작 때는 내려와 있는 억쇠 아비가 곧잘 포식을 하는데 올해는 억쇠도 한밥 끼었다.

---

* '거위'의 방언.

'세상에 농사처럼 좋은 건 없구나!'

그러나 억쇠는 마당질이 끝나 곡식 섬들이 임자를 찾는 자리에 이르러, 전혀 뜻하지 않았던 사실에 놀라지 않을 수 없었다. 이 동네에서 첫 타작, 이 동네에서 제일 바지런하다는 개천 건너 점둥이네 타작마당에서다. 점심을 자시러는 오지 않아도 마당질이 끝날 무렵에는 주인 나릿님도 나타났다. 아흔엿 근씩이라고 달아놓은 볏가마니가 열여덟이나 둥그러졌다. 지주 댁 나릿님은 북데기까지 그 자리에서 까불러 내게 하더니, 작년보다 가마 반이 늘었다고 비료 대금은 떨어졌다고 좋아하나, 점둥이네 식구들은 도무지 좋아하는 기색이 없다. 점둥이 아버지는 잠자코 지게를 들고 나오더니 지주 댁 머슴과 억쇠 아버지와 함께 한 가마니씩 세 번을 날라 아홉 가마니를 지주 댁 뒷광으로 올려 갔다. 남은 아홉 가마니가 점둥이네 차지였다.

그러나 수세水稅와 비료 대금이 지주와 반부담이었다. 논은 낮은 것일수록 남의 물로만 꾸리는 것이라 소출은 적고 수세는 비싼 법이다. 세 마지기에 열여덟 가마니 소출인데 수세는 일 할이 넘는 두 가마니가 나간다. 그러므로 점둥이네가 한 가마니를 당하면 여덟 가마니가 남는 것인데 다시 비료 세 포대 값 반부담으로 십칠 원 각수*가 있고 거기다 호세까지 물자면 두 가마니 벼는 팔아야 한다. 그러고 나면 점둥이네가 먹을 것은 여섯 가마니뿐이다. 밭농사가 반양식은 되는 것이니 여섯 가마니라도 굶지는 않는다. 그런데 언제 왔는지, 그 억쇠 어미 죽은 것 비호처럼 담아 내가던 권 생원이 와 있다가, 가마니 제일 성한 것으로 골라 물을 가지런히 끌어다 놓고 그 위에 다시 한 가마니를 올려놓더니 그것을 난닥 타고

---

* 돈을 '원'이나 '환' 단위로 셀 때, 그 단위 아래에 남는 몇 전이나 몇십 전을 이르는 말.

앉아, 마당질에 지친 허리를 제대로 가누지도 못하면서 그 앞에 와 무슨 사정을 하는 점둥이 아버지에게 대설대로 삿대질을 하고 있다.

권 생원은 그 모지랑 수염이 곤두서고 꼬리 샐룩 처진 눈에 불꽃이 일었다.

"다른 빚두 아니구, 제 부모 상채喪債를 탈상하두룩 안 갚는 게 사람이야? 개가 부끄럽지 않어?"

하고 권 생원은 소리를 질러도 점둥이 아버지는 말이 막혀 쩔쩔매기만 한다. 삼 년 전에 점둥이 할아버지가 돌아갔을 때 장례 비용이 없어 권 생원의 돈 삼백 냥(삼십 원)을 쓰고 이백 냥은 그해로 갚고, 그때 시세로 벼 한 가마니 값이 될락말락한 백 냥 하나 떨어진 이 이자에 이자가 붙어 오늘 회계로 벼 세 가마니를 차지해도 권 생원 계산으로는 후하게 치는 것이라 한다. 관솔불이 시뻘겋게 비치는 점둥이 아버지의 얼굴은 울상을 한다.

"빚진 죄인이라니 무슨 낯짝으로 권 생원 말씀을 노엽다구 하겠사와요? 그저……."

"듣기 싫소. 갖바치 내일 모레 허듯 또 내년?"

"어떡헙니까? 어린 자식들 먹여주시는 셈 치시구 두 가마만이라도 떨궜다 내년 가을에 가마 판으로 해드릴게 받으시기요."

하고 사정하는 광경에, 억쇠는 점둥이와 친하다고가 아니라, 봄내 여름내 땀 흘려 일하는 것을 보았고 그래서 벼 열여덟 가마니를 떨어가지고 권 생원까지 제 욕심대로 세 가마니를 차지해버리면 겨우 먹을 것이라고는 단 세 가마니, 쌀로 한 가마 판밖에 안 되는 딱한 사정에 은근히 동정이 될밖에 없어, 권 생원이 어떻게 끝장을 내가나 씨름 구경이나처럼 마음이 조이는 판인데, 주인댁 부엌데기가 내려와 억쇠를 꾹 질렀다. 아씨가 찾은 것이었다.

"너 점둥이네 마당으로 냉큼 뛔가서 벼 한 가마니 마저 들여오라구 일러라."

"아까 아홉 가마니 들여온 것 말굽쇼?"

"넌 이 녀석 잊어버렸니? 점둥이 에미가 장리쌀 소두 서 말 갖다 처먹은 거 있지 않어?"

"그건 인제 쌀로 쳐서 가져올 것 아닌가요?"

"저런 멍청한 녀석 봐! 권 생원두 벼로 빚을 받으라는데 벼 몇 알 남겠다구 쌀로 쪄다 갚길 바래? 다 먹은 담에 쥐뿔로 받어? 나릿님께서 벼로 치면 이자까지 꼭 한 가마니 폭이 된다시니까 네가 점둥이 에미더러 말허구 한 가마니 냉큼 들여와야 헌다."

"그때 이 녀석 네가 말해준 것 아니냐?"

닭을 잡고 밤밥을 해놓고 청하여도 와 먹지 않는 것이 거드름으로만 아닌 것을 억쇠는 비로소 깨달았다. 억쇠는 어쩔 수 없이 관솔불도 그들그들 꺼져가는 점둥이네 마당으로 내려왔다. 권 생원은 저희 삼포지기 영감을 시켜 기어이 타고 앉았던 세 가마니를 모조리 나르고 있었고 점둥이 어머니는 얼굴이 붉으락푸르락해서 애꿎은 젖먹이만 때려주고 있었다.

진날 마른날 농사 뒤치개를 했고 조석으로 양식 됫박을 드는 아낙네들은 저희 마당 가운데 살찐 도야지처럼 나둥그러지는 곡식 섬들을 볼 때 이날처럼 흐뭇하고 즐거운 날은 없어야 한다. 그러나 천륜 정해지듯 한 지주에게 반을 주는 것도 대범한 사내들 속과는 달라 품속엣것을 헤집어 꺼내는 것처럼 아프거늘 반 남는 아홉 가마니에서 벌써 여섯 가마니가 날아가게 되니 탕개가 풀리고 나중엔 악이 받칠밖에 없다. 억쇠는 살인이라도 낼 것 같은 점둥이 어머니나 점둥이 아버지에게 말을 붙여볼 기운이 나지 않는다. 점둥이를 찾았으나 보이지 않는 것은, 보나 안 보나 홧김에

이 억울한 타작마당에서 피해버린 것이었다.

이렇다고 해서 억쇠는 그냥 섰을 수만은 없다. 쭈볏거리며 점둥이 어머니 앞으로 왔다. 점둥이 어머니는 봉당에 펄석 주저앉아 가슴을 풀어 헤치고 젖먹이 입에 젖을 물리고 있었다. 억쇠는 여기서도 펀뜻 죽은 제 어미 생각이 났다. 부엌에서 비치는 관솔불에 점둥이 어머니는 남의 집 종은 아니었지만 그렇게 가슴이 앙상하고 그렇게 얼굴이 겉늙은 주름살에 생기라고는 조금도 없었다.

가까이 오기는 했으나 차마 말이 나오지 않아 머뭇거리는 순간이었다.

"아—니 그건 어디로 가져가나?"

마당에서 날카로운 점둥이 아버지의 목소리가 난다. 다른 사람이 아니라 억쇠 저희 아버지였다. 지게를 지고 와 새로 한 가마니를 지고 일어서는 것이었다.

"억쇠가 뭐래지 않습디까?"

"억쇠라니?"

"아, 장리쌀 먹은 거 있다면서요? 쌀루 찧을 것 없이 아주 한 가마니 턱이라구 벼로 들여오래십디다. 먹은 거 갚을 생각은 안 했드랬수?"

억쇠 아비는 낮에 점심을 그렇게 잘 얻어먹은 것은 잊은 사람처럼 점둥이 아버지의 대꾸도 들을 것 없이 지고 일어선 채 껍신껍신 가버리는 것이었다. 어느 댁 분부라고 점둥이 아버지나 어머니는 군소리 한마디 입 밖에 내지 못했다. 억쇠는 아까 권 생원이 미웠던 것처럼 주인댁 아씨나 나릿님이 미워졌고 아까 권 생원의 볏가마니를 져 나르던 삼포지기 영감이 밉살머리스러웠듯이 이제 주인아씨의 이자로 소두 한 말 쌀이 덧묻은 곡식 섬을 지고 가는 제 아비의 말조차 인정머리 없이 쏘아 던지고 가는 꼴이 몹시 밉살머리스러웠다.

차츰 알고 보니 이런 타작마당의 딱한 사정은 점둥이네만도 아니었다. 그래도 점둥이네는 아주 빈손은 아니나 손포가 적거나 땅이 토품이 낮은 것을 얻었거나 한 사람은 정말 키짝만 들고 물러설 뿐 아니라 세전부터 장리쌀로 목숨을 이어온 사람들은 빚청장도 못다 하고 물러서는 집이 있다. 더욱 입도차압제立稻差押制라는 것이 생겨 벼가 익기도 전에 채권자가 차압해서 경매해버리니까 볏짚 한 단 구경 못 하는 사람도 있다. 개성장꾼(대금업자)들의 그 그악스러운 돈놀이나 윤 판서 댁 장리쌀에 걸리지 않을 만치 겨우 부지하는 살림이란 사십여 호 이 동리에 안과부네 한 집밖에 없다. 무서운 줄 알면서도 권 생원의 돈 안 쓸 집이 없고 보릿고개 당해 지주 댁 장리쌀을 안 먹고 견디어낼 질긴 창자를 가진 식구들은 어느 집에도 없다. 농구農具와 일먹이때 주초酒草 같은 것을 그저 대어주고 떨어지는 식량을 이자 없이 돌려준다 하여도, 혼상간婚喪間 큰돈 쓸 일은 정해놓고 빚이 될 수밖에 없는데 이들의 주위에는 가을이면 한 번씩 마당 추수가 있는 것을 저희들의 화수분으로 노리고 핑계만 닿으면 더 붙여먹으려는 돈놀이꾼들과 이자가 오푼변 턱도 더 되는 장리쌀 임자만이 둘러싸고 있는 것이다.

'땅이란 농사꾼들이 그렇게 믿고 그렇게 힘들여 가꾸고 그렇게 소중히 아는데, 또 땅도 그런 농사꾼들에게 그들이 힘들이는 만치는 보답이 있는 것인데, 확실히 그런 것인데, 이들이 먹을 것이 그 겨울 안으로 떨어지고 천 한 자 못 끊고 병이 나도 약 한 첩 못 쓰고 권 생원의 변돈만 쓰고 돈변리보다 더 비싼 장리쌀을 또 먹고 그래서 해마다 그 식이 장식인 이건 대체 어찌 된 셈인가?'

억쇠는 땅이란, 땅에다 땀을 흘리는 점둥이네나 장근이네나 노마네에게 좋은 것이 아니라 가만히 앉아서 남이 지어놓은 농사를 절반씩 들어가는, 그것도 한두 집에서가 아니라 수십 수백 집에서 걷어다가 저 혼자만 위장병이 생기도록 먹고 저 혼자만 계집도 몇씩 거느리고 그러고도 기생이니 유곽이니 병이 나도록 향락하고 집도 서울 집이니 시골집이니 정자니 묘막이니 여러 채씩 두고 혼자 호강하는 지금 이 주인 나릿님 같은, 그런 몇만 명이나 몇십만 명 중에 하나나 될지 말지 한 지주를 위해서만 '좋은 땅'인 것을 이내 깨달을 수 있었다.

그러나 억쇠는 점둥이나 점둥이 아버지나 어머니처럼 땅이나 법률이 이렇게 꼼짝 못하게 마련된 것은 사람들이 악하고 사람들이 못난 데서 생긴, 고쳐야 할 탈인 줄은 미처 생각지 못하는 것이요, 또 생각하려 하지도 않는다. 땅과 법률의 이런 마련은 태초 요순 때부터 내려오는 천륜 같은 것이거니, 앞으로 억만 년을 가더라도 변할 것이 아니려니, 오직 복종해야만 살며 복종해야만 사람의 도리려니, 그렇기 때문에 인간엔 자고로 부귀빈천의 등별이 있는 것이며 이승에서 빈천한 자는 어서 죽어서 팔자를 고쳐 타고나는 수밖에 없거니…… 불평이든 의분이든 이들은 고작 이런 데서 어물거리다가 결을 새키고 마는 것이 예사였다.

억쇠도 그 이듬해부터는 장근이네나 점둥이네가 봄내 여름내 피땀을 흘리고 가을 마당질에 와서는 남 좋은 일만 하고 물러나는 꼴에도 그것을 처음 볼 때처럼 마음에 찔리지는 않았다. 찔리지 않을뿐더러 나릿님이나 아씨의 권리를 작인들 앞에 대신 써볼 때는 권리를 주는 주인에게는 아첨이 절로 늘었고 그 권리에 복종해야 하는 작인들에게는 모르는 새 거드름이 늘어 점둥이나 장근이네 마당에 가서는,

"별놈의 소리 다 듣겠네! 며칠 안 됐으니 이자를 덜어라? 누가 장리쌀 먹으래서 먹었어?"

하고 아이 어른 가릴 것 없이 곧잘 허튼소리가 나오게끔 되었다. 전에는

점둥이나 노마가 저를 업수이 여길까 봐 눈치가 갔으나, 지금은 그와 반대가 되었다. 허구한 날 지주 댁 대청 밑에 가서 장리쌀을 주십시오, 멧소를 한 필 사주십시오, 이자를 좀 탕감해주십시오, 한 섬만이라도 내년 가을로 밀어주셔야 살겠습니다, 귀밑에 흰 털 박힌 것이 새파란 아씨 자리한테 죽는 엄살을 써가며 때로는 억쇠의 입까지 빌려 비럭질을 하는, 문서에 오른 종보다 나을 것이 없는 저희들의 신세를 억쇠가 깔보고 너무 휘두를까 보아 점둥이나 노마가 도리어 억쇠의 눈치를 보게 되는 것이며, 남들이 제 눈치를 보는 자리에서 억쇠는 또 저도 모르게 우쭐렁해졌다. 노마 누이동생 분이를 만나도 이젠 부끄럽지만은 않아 물방구리를 인 그와 마주치면 길을 막아 세워놓고 저부터 한 바가지 떠 마실 만큼 속도 제법 시큰둥해졌다.

4

그러나 억쇠의 이 시큰둥은 동네 사람들 눈에 과히 두드러지기 전에 움츠러들지 않을 수 없게 되었다.

절박해가는 시국은 점점 변동이 심했다. 올해도 벌써 고노에 내각이 히라누마 내각으로 그것이 다시 아베 내각으로 일본의 내각은 연거푸 두 번씩 갈리었다. 전쟁이 벌어지면 쌀값이 오른다고 쌀값만 오르면 은행 빚도 권 생원네 빚도 문제가 아니라 생각해온 윤 판서 댁 나릿님의 예산과는 전혀 딴판으로 내각은 자주 갈리더니 쌀에도 공정 가격, 땅에도 공정 가격, 시세에 반도 안 되는 법정 가격이 생겼고 게다가 이쪽에서 사 써야 할 일용품은 '야미' 값이 붙기 시작하는 것이었다. 나릿님의 예산이 틀려나가기는 이번이 처음도 아니다.

개성에다 집을 지을 그전까지는 몇 해째 곡식 시세가 좋았다. 조선 쌀은 있는 대로 일본으로 먹히는 것 같았는데 수리조합*의 번창으로 조선 쌀이 늘기도 했거니와 일본도 해마다 풍년이 들었다. 일본 정부는 조선 쌀을 퉁기기 시작했고 조선총독부는 이미 기공했던 수리조합도 사방에서 중지하게 되었다. 일본은 이 무렵에 조선 쌀을 똥값으로 살 수 있는 경험을 가지어 일본이 웬만한 흉년쯤으로는 다시 조선 쌀값을 올려주지 않았다. 나릿님은 권 생원에게 집 지은 빚의 본전을 꺼나가기는커녕 어떤 해는 이자를 못다 물어 본전에 가산이 되었고 쓰던 솜씨라 그래도 먹을 것은 먹고 입을 것은 입어야 하므로 해마다 돈 천 원씩 빚은 늘기만 했다.

'그래두 어떻게 되겠지?'

전쟁이 나서 다시 산미증산운동이 일어나는 것은 이 윤 판서 댁 나릿님뿐 아니라 경제력의 바탕이 오직 땅뿐이었던 조선의 재산가들은 죄다 칠년대한에 검은 구름을 보는 것 같았다. 그랬는데 쌀에도 땅에도 이내 공정 가격이 생겨버린 것이다.

나릿님은 생각하면 조선 망한 것이 이제 와서 설군하였다. 백성은 누가 다스리며 누구 손에 어떻게 되든 적어도 그때 시세로 저희 생전 놀고 먹을 만치 땅만 가진다면 나라 망하는 아픔이 장차 저희들 창자 속에까지 맺힐 줄은 깨닫지 못했던 것이다. 대문만 닫고 행세만 안 하면 그만일 뿐 내 땅에서 나는 밥이야 어디 가랴 싶었다. 따져보면 누가 난봉을 부리었거나 과용을 한 살림도 아니었다. 팥비누면 그만이던 것이 왜비누를 사써야 했고, 미투리나 갓신이면 그만이던 것이 구두다 양복이다 해서 벼

한 섬이면 되던 일이 벼 열 섬, 스무 섬이라야 되게 되었고, 자기부터도 공부도 제대로 못 하고 나왔지만 동경 가 있는 삼 년 동안 천안 땅 오백석지기가 달아났다. 일본 자본의 시장으로 생활은 갑자기 새것들과 편리한 것들로 문명이 되는 것 같았으나 나릿님의 생산이란 오직 땅에서 나는 것뿐이요, 그것이 모자라면 그 땅을 파는 것뿐이었다. 전차 한번 타는 것쯤 아무것도 아닌 것 같으나 오직 땅을 팔아 쓰는 사람에게는 종로서 남대문 나가는 데도 밭 한 평이 달아나는 것이었고 서울서 인천을 한번 다녀와도 논 두 평이 달아나는 사정이었다. 전에 큰사랑에 죽실거리던 문객들에 대이면 아무것도 아니나 시골서 일가들이 공진회니 '요사구라'*니 하고 올라와 며칠씩 묵는 것도 큰 짐이 되었다. 그렇다고 체면으로 보나 버릇으로 보나 잡혀도 돈이 되고 팔아도 돈이 되는 땅이 있는 날까지는 남한테 궁한 티 보이기는 싫었고 정드는 계집이면 남의 손에 넣기도 싫었다. 나릿님은 이번에도 사실은 권 생원에게 돈을 얻으러 개성으로 왔던 것이다. 작은마누라 친정어미의 환갑이 닥쳐온 것으로 체면에 모른 척할 수가 없었다.

권 생원은 그전처럼 녹녹하지 않았다. 억쇠 아비가 두 번이나 부르러 가도 얼른 일어서지 않았다.

"이 녀석아, 내가 시굴서 올라왔다고 그러지 않구?"

"나릿님께서 오셨다구 첨부터 그랬습죠니까."

나릿님은 말이 막히어 목젖만 오르내리는 꼴을 보고는 억쇠 아비가 민망스러워 다시 권 생원한테로 갔다. 세 번째에야 권 생원은 들고 앉았던 주판을 밀어놓고 따라나섰다.

---

* 밤 벚꽃, 밤 벚꽃놀이.

"거 권 생원 좀 보기 대단 힘드는구려!"

나릿님은 그저 볼이 실룩거리었다.

"언제 오셨나요?"

"좀 올라오슈."

"거 작년에 삼을 캘 것을…… 올엔 삼 시세가 폭락이겠는걸요!"

동문서답으로 주객은 마주 앉았다가 주인 측이 먼저 히죽이 웃는다. 쓴 약을 먹듯 억지로 짓는 웃음이다.

"내 권 생원 만나잔 건 뻔—하지 않소?"

"고맙쉐다. 나 요즘 궁헌데 돈 좀 갚아주시오."

"뭐요? 남 말을 막으러 들어두 분수가 있지! 내가 권 생원 모르게 돈 쓸 일은 생겨도 돈 생길 일이 있을 줄 알우? 남의 사정 다 알면서 그류?" 하고 나릿님은 또 히죽이 웃는 입에 담배를 문다.

"그리게 내 벌써부터 하는 소리 아닌가요?"

권 생원은 조금도 나릿님의 어설픈 웃음을 받지 않는다. 그는 진작부터, 한 군데 빚이 오래 끌면 피차에 재미없으니 땅을 팔아서라도 빚을 갚으라는 것이었다.

"아무튼지 이번에 나두 서울 감 무슨 도리를 채려야겠수. 그러니 노자 한 이천 원만 또 좀 주셔야겠수."

"개성서 서울 노자를 이천 원씩이요?"

"좌우간 이천 원은 있어야겠수."

"돈이 수중에 있어야죠."

"괘—니 그러지 말구……."

"야박헌 말 같어두 난 다 겪어봤으니깐 허는 말이지. 오래 끌면 오래 끌수록 댁에 손해란 걸 내 한두 번만 말했나요?"

"어서 낮차 시간 되는데 긴 말은 우리 이담 헙시다."

"별수 없습네다."

"아 정말 이천 원만 써야겠수."

"없는걸요."

"그러지 말우."

"드릴 돈 없어요. 내 언제 농담헙디까?"

"아 권 생원이 돈 이천 원 없으며 권 생원이 개성 바닥서 그만 것 주선 안 된단 말요?"

권 생원은 아— 하품만 하고 수염을 내려 쓰다듬을 뿐이다.

"못 하겠으면 그만두."

나릿님은 피우던 담배를 재떨이에 빡빡 비벼 끄고 발끈해 일어선다. 그리고 조끼에서 금시계를 떼면서 억쇠 아비를 불렀다. 억쇠 아비는 나릿님의 금시계를 잡히는 심부름을 두어 번 한 일이 있다.

"사람이 돈을 모아도 으리가 있어야 하는 거야!"

나릿님 입에서는 반말이 나왔다.

"내 댁엣일에 으리부동하게 헌 적 없지요."

"뉘 땅을 공정 가격 생긴 틈에 그냥 홀랑 생켜볼려구? 흥 어림없는 수작을……."

"아—니 내가 땅 내랍디까? 돈 내랬지. 이건 자기네 살림 망허는 걸 누구헌테다 화풀이 허러 드는 거야?"

권 생원도 반말이 나온다.

"망해? 그렇게 쉽게? 쥐새끼 같은 놈 어따가 악담을 하는 거야, 이놈아."

노마님이 나타나 더 큰소리는 나지 않고 말았다.

그러나 이날 나릿님의 큰소리와는 딴판으로 나릿님이 가재울서 보이지 않은 지 달포 만에 나릿님네가 망했다는 소문이 났다. 권 생원과 일본 사람과 둘이서 나릿님네 가재울 땅을 맡는다는 소문이 났다. 양반도 이젠 소용없어 빚진 죄인이라니 땅 아니라 신주 토막이라도 팔아 갚을 건 갚아야지 장돌뱅이 권 아무개라고 잡아다 볼기 칠 재주는 지금 세상엔 없다는 이야기도 흥이 나서 주고 받는 사람들도 있었다.

아무튼 아씨는 친정어미 환갑에 다녀오더니 자기 몫으로 멧소 준 것을 팔았고 장리쌀 준 것도 되는 대로 걷어들여 돈을 만들어 쥐더니 소문 더 흉해지기 전에 떠난다고 가죽 가방 서너 개에 제 것 요긴한 것만 챙겨 억쇠를 들려가지고 도망하듯 개성으로 와버리었다.

개성에 와 며칠 안 있어서다. 하루저녁은 노마님께서 억쇠 부자를 불렀다. 뜰아래 선 것을 바로 퇴 위에 올라서라 하고 노마님은 옷고름으로 눈물부터 닦았다.

"내 생전엔 너일 데리구 있잔 노릇이 누가 이렇게 될 줄 알았나!"

노마님이 눈을 섬벅거리는 것을 보기가 바쁘게 억쇠 아비는 대뜸 흐득흐득 느껴 울었다. 억쇠 생각에는 이런 앓던 이 빠지는 노릇은 다시 없을 것 같은데 아비는 어째서 눈물이 쏟아지는지 알 수 없었다.

"이럴 줄 알았드면 땅 넘어가기 전에 단 몇 마지기라도 너의 몫을 남겨 놓았을걸……"

하고 노마님은 목이 메어 다시 말을 멈춘다.

억쇠 아비는 그만 아이처럼 엉—엉 울어버린다. 억쇠는 저만 눈이 말똥한 것을 쳐들기에 겁이 났다.

"권 생원한테 밭이라두 하루갈이 뽑재두 같이 사는 전주가 안 듣는다구 막무가내구나! 이렇게 되구 보니 다 쓸데없드라. 그래 너희 부자 부쳐

먹을 만큼은 다른 작인 해를 떼서라도 농토는 주마 했고 그 가재울 집 바깥마당에 깍지방* 말이다. 그게 사 간이나 되구 재목이 실허니라. 그것두 이 늙은이 말막음으루 준다고 했으니 그걸 뜯어다 어따 세우고 노상 짓구 살두룩 해라…… 그리구 옜다. 풍년거지 더 설다구, 이런 때 한밑천 든든히 못 집어 주는 게 내 맘두 더 아프다. 겨우 이게 사백 환이다. 삼백 환만 주면 시굴 밭 하루갈이 못 사겠니, 제발 하루갈이만 있어두 너이 식구엔 큰 보탬 될라. 그리구 도깨그릇 솥부둥갱이 너이 쓸 만치는 시굴집 걸 갖다 쓰구 돈 백 환 손에 잡고 있으면 올 농사 밑천은 너끈헐라. 가을엔 수소문해 에펜넬 하나 얻으렴……."

"싫사와요, 마냄 곁을 떠나 어떻게 따루 살어와요! 굶어두 마냄 모시다 죽지 어디루 따루 나가와요! 죽어도 싫사와요……."

하고 억쇠 아비는 또 낄낄 울었다.

그러나 결국 억쇠 부자는 어미는 일생이요 아비도 거의 일생이요 자식은 철나도록 세 식구가 종살이를 한 대가로 돈 사백 원과 문짝도 없는 사 간짜리 깍지방 한 채를 얻어가지고 처음 제 살림을 차려보려 가재울로 내려왔다.

억쇠는 이 김에 아비 품에서 돈 백 원이라도 꺼내가지고 저는 저대로 어디로고 뛰고 싶기도 했다. 그러나 '시국'이니 '대동아'니 하고 아직은 도회지일수록 더 들볶는 것 같아 허턱 어디로 나서기가 무서웠거니와 생각하면 남의 땅으로라도 내 것으로 한번 심어보고 내 것으로 한번 따고 거두어보기가 소원이기도 했다. 또 은근히 억쇠는 가재울에 끌리는 구석이 있다. 얼굴 동그란 분이가 얼굴에 볼우물을 파고 발돋움을 해서 늘 부

---

* 깍짓방. 콩깍지를 넣어두는 방.

르기나 하는 것처럼 클클해지는 것이었다.

'분이 노마서껀 장근이서껀 점둥이서껀 모두 맘씨는 착헌 애들이지 만……'

억쇠는 주인댁을 기대고 그들에게 얼마 고갯짓하고 지내온 것이 이제 와 뼈아프게 뉘우쳐진다.

'그때 인심을 사둘걸! 내나 아버지는 첫 농사라 품앗이를 안 해준다면 어떻게 농사를 짓나? 밭 하루갈이! 그것만 제일 가져도 두세 식구는 굶진 않는다는! 우린 그런 밭 하루갈일 살 수가 있기는 하지만!'

억쇠는 밭이나 하루갈이 좋은 것으로 사고 분이와 정혼이나 할 수 있다 면 농사일 아니라 더 험한 노릇이라도 신이 날 것 같았다.

'점둥이네도 노마네도 저이 땅이라곤 송곳 꽂을 것도 없다. 우린 하루 갈일 살 수 있는 거다!'

감자 몇 톨을 눈만 따 묻으면 감자가 섬으로 쏟아지는 땅, 옥수수를 달 기* 먹이만도 못하게 부룩만 박아도 그것을 여름내 다래키로 따 들이는 땅을 터앝**만큼도 아니요, 하루갈이 이천 평이나! 포군포군한 분이의 손 이 자기가 심은 옥수수를 찌면. 그 옥수수 같은 잇속을 방긋이 드러내 웃 는 얼굴이 억쇠는 곧 웅킬 것처럼 급해지기도 한다.

'분이가 나를 어떻게 생각헐까? 나헌테 건달기나 있는 줄 알지 않었을 까? 나는 왜 그렇게 어질어빠진 시굴 사람들에게 처음처럼 착하게만 굴 지 못했을까!'

그러나 정작 시골 사람들은 아무도 억쇠를 못된 녀석이라거나 건방진

---

* '닭'의 방언.
** 집의 울안에 있는 작은 밭.

자식이라고 여기지는 않는다. 워낙 업수 여김과 억울한 일에는 신경이 무디어진 그들인 데다가 대갓집에 공을 기대인 억쇠로는 처음부터 심보가 착한 아이라는 소문은 났어도 요녀석 두고 보자 벼르는 소리는 들어오지 않았다. 분이도 그랬다. 그 송화 따 오던 길에서 저로는 처음 얼굴을 붉혀 보고 가슴을 두근거려본 사내아이다. 저희 오빠나 점둥이보다는 대처에서 자라 그런지 말도 경우 닿게 하고 인물도 눈이 뚱그렇고 턱이 넓적한 것이 사내차게 생겨 모두들 그 아비와는 딴판이라 지껄이는 소리가 듣기 싫지 않았다. 다만 분이 자신이 외할머니에게서 들은 이야기, 아버지의 딱한 사정을 건져드리기 위해 제 몸을 바다에 빠뜨린 심청이 때문에는 가끔 꿈이 있었어도 아직 억쇠를 위해서 꿈까지는 없다. 또 혼인이란 것은 허청이든 절름발이든 부모님들이 알아 시킬 것이지 저희끼리 눈이 맞는다든지 울 너머로 속삭이든지 하는 것은 난당들이나 하는 짓으로 여기는 것뿐이다.

5

억쇠네는 권 생원네 땅이 된 방축머리 채마밭에 텃세 백미 대두 한 말씩을 물기로 하고 집터를 얻었다. 너무 길가요 서향이긴 하나 '이 천지에 내 집, 우리 집이란 것도 지어보는 건가' 하는 감격에 오직 꿈 같을 뿐이었다. 기둥을 세우고 상량이랍시고 들보를 올리던 날, 더욱 부엌에 솥을 걸던 날, 아비는 말할 것도 없거니와 억쇠도 이날처럼 애달프게 어미 생각이 치민 적은 없다.

"복두 그렇게 못 타고난 건!"

새로 솥을 건 부뚜막에서 김이 무럭무럭 솟는 것을 보고 아비가 불쑥

해버리는 말에 딴 사람들은 그게 무슨 소리인지 몰랐으나 억쇠는 이내 제 어미를 가리키고 하는 말임을 알아들었다.

억쇠는 부엌 뒤에 우물을 팠다. 반길도 들어가기 전에 물이 충충 고여 퍼 쓰기 편한 한다한 박우물이 되었다. 그러나 누구 하나 즐거워하는 사람이 없는 데는 쓸쓸했다. 그리고 억쇠는 목수가 가기 전에 문패도 하나 밀어달래서 상량문을 써준 최 초시한테 가 저희 아버지 문패도 써다 봉당 기둥에나마 붙이었다. 천돌이千乭伊, 성이 천가였다. 동네 사람들은 차츰 억쇠 아버지를 '천 서방'으로 부르게 되었다.

장독대도 천 서방은 아무 돌이나 가까운 데서 굴려다 놓으려 했다. 그러나 억쇠는 개울 바닥으로 나가 크고 반듯하고 깨끗한 돌로 져다가 공을 들여 쌓았다. 독개그릇도 나릿님 댁에서 간장 된장이 들어 있는 채 저희 쓸 만치는 물려받았다. 낫과 지게도 그냥 생겨 억쇠는 몸살이 나도록 서투른 나무도 한동안 때일 것을 해다 가리었다. 우선 양식만은 어쩌는 수 없어 권 생원한테서 장리로 입쌀 한 말에 좁쌀 닷 말을 갖다 놓고 팥은 두어 말 샀다. 상전댁에서 먹을 때는 혹시 좁쌀이 많이 섞이면 노염부터 생기곤 하였으나 이제부터는 강조밥을 먹어도 입에 달고 이것이 살로 갈 것 같았다.

촌사람들은 억쇠 생각에 미련해 보이도록 착하였다. 저희 부자가 전날 고갯짓하던 것을 벌써 잊어버렸을 리는 없는데 미워하지 않고 홀아비 살림이라고 고맙게들만 굴었다. 점둥이 어머니는 짠무김치를 한 방구리 갖다 주었다. 노마네는 호박고자리, 장근이네는 수수비와 싸리비도 두 자루씩이나 매다 주었다. 억쇠는 노마네 호박고자리는 분이가 썰어 말렸을 것만 같아 더 맛이 달거니 했다. 묵이나 두부를 해 먹어도 한두 모씩 들고 와서 어떤 아낙네는 무쳐까지 주고 갔다. 이웃 정리라는 것을 처음 맛보

는 천 서방과 억쇠는,

'이래서, 이웃사촌이란 말이 있구나.'

하고 목이 메곤 했다.

'살자! 어서 잘살자! 나쁜 맘만 안 먹음 잘살 수 있을 거다! 어서 우리
두 잘살아서 이런 은혜두 갚자!'

어서 돈이 더 부스러지기 전에 밭을 하루갈이라도 장만해야 할 것과 남
의 논 얻을 것과 살림할 안사람이 들어서야 할 것 들이 남은 문제였다.

밭은 좋은 것 한 자리가 진작부터 물론 중에 있기는 하다. 약간 경사는
졌으나 양지쪽이요, 동네 옆이요, 네 귀가 반듯하고 토품도 좋아 밀과 콩
을 심어도 잘되고 조를 심어도 열 섬은 바라보는 용길네 하루갈이짜리였
다. 땅이 좋기 때문에 처음부터 공정 가격에는 어림도 없고 공정 가격의
배가 넘게, 삼백팔십 원은 받아야 한다 했다. 억쇠네는 삼백사십 원밖에
돈이 없으니, 그 금사에 청해보았다. 줄 듯이 생각해보마 하던 용길 아버
지는 한참 동안이나 대답을 미루어오더니 껑청 뛰어 사백 원에도 살 사람
이 있다는 것이다. 말썽꾸러기 팔근이 녀석이 덤벼든 것이었다.

팔근이는 억쇠도 알기는 한다. 늙은 아비가 죽을힘을 들여 농사지어 놓
으면 겨울 한철은 들어와 파먹으며 동리에 노름판을 펴놓다가 봄이 되어
농군들의 일손이 바빠지는 듯하면 어느 틈에 살짝 없어지곤 하는 건달꾼
인데, 이자가 없어지기 전에 용길네가 용길 어머니의 상채喪債와 용길이
혼채婚債로 늘어온 빚 때문에 밭을 내놓았다는 말이 퍼진 것이다. 힘 안
들이고 돈 생기는 일에는 팔근이처럼 예산이 빠른 사람은 없어 그는 이내
용길 아버지의 입을 막아놓고 황 군수의 아들을 부추긴 것이다.

가재울 윤 판서네 전장을 넘겨 맡은 것이 권 생원과 일본 사람이란 것
은 잘못 전해진 말이었다. 가재울서 십 리는 떨어져 동척東拓에서 여러 만

평 신답풀이*하는 것은 있으나 윤 판서네 땅을 권 생원과 아울러 산 사람은 조선 사람이었다. 낯선 사람에게나 처음 드는 여관에서는 아닌 게 아니라 일본 사람 행세를 하기도 하나 그도 워낙 이 지방 사람으로 재판소 서기로부터 군수까지 올라갔다가 어떤 남의 집 유부녀와 추문이 있어 파면을 당하였고 그전 동료들이 눈감아 주는 것을 기화로 국유림의 불하 토지 브로커 등에 일약 백만장자가 된 황순환이란 이 근경에 새로 두드러진 유력자였다. 그는 해주 도청에 가면 명함도 내지 않고 도지사 방에 드나든다는 소문도 있다. 그의 아들이 절반은 저희 동네가 된 이 가재울에 양지바르고 배수가 잘되어 과수를 심고 집도 한 채 세울 만한 밭이면 하루갈이에 사백 원이라도 좋다고 불러놓은 것이었다.

인젠 남과 같이 어엿한 인간으로 땅임자까지 되어본다는 느긋한 희망과 땅이라도 가재울서는 누구나 다른 데 이틀갈이보다 이 밭 하루갈이를 가져보고 싶어하는 문전이요, 토품 좋은 용길네 밭을 내 땅으로 다루어본다는 욕망에서 억쇠네 부자는 바짝 등이 닳았다. 사백 원에라도 우리가 살 터이니 달라 하였다. 촌 아낙네들이 탐을 내는 부잣집 장독대에 놓였던 크고 길 잘 든 옛날 독개그릇들을 간장과 된장이 든 채 팔아버린다면 사백 원에서 이미 축이 난 돈머리쯤은 채워질 것 같았고 그래서라도 이 밭만 놓치지 않는다면 몇 해를 맨 소금에 조밥만 먹어도 한이 없다고 결심했다.

그러나 팔근이 녀석은 제 돈을 쓰는 것은 아니라 다시 이십 원을 얹어 불렀다. 억쇠는 기가 막혔다.

아비와 아들은 남은 돈을 꺼내놓고 아무리 세어보고 독개그릇을 나가

* 새로 논을 만드는 일.

암만 따져보아야 다시 이백 냥이 불을 데가 없다. 잠이 밤늦게 들었으나 억쇠는 한잠도 제대로 못 들어보고 벌떡 일어나 앉았다.

'좋은 수가 있다!'

아버지까지 깨워 용길네 밭을 사놓고 볼 테니 보라 장담을 하고 밖으로 나왔다.

아직 겨우 동틀 머리였다. 그 용길네 밭으로 뛰어왔다. 양지쪽이라 어느 밭보다도 눈이 먼저 녹고 눈이 안 덮이는 해라도 이 밭엣보리는 얼어 죽는 법이 없다. 산 밑으로 높은 데는 자갈이 더러 밟히기는 하나 이 밭이 제 손으로 들어만 오는 날은 돌이라고는 콩쪽만 한 것 하나 그냥 두지 않으리라 그것부터 별렀다. 신 바닥에 흙 닿는 맛이 시루떡 같은 것도 처음 느껴보는 땅에의 애정이다. 억쇠는 흙을 한 줌 집어 부실러보고 입에 갖다 대어도 보았다.

'토지 감정허는 기사들은 흙맛두 본다는데 어떤 맛이라야 좋은 건지……'

억쇠는 용길네 굴뚝에서 아침 연기가 솟는 것을 보고는 단걸음에 뛰어왔다. 용길이 아버지는 일어나기도 전이었다.

"이거 그만 일어나기두 전에 왔네요."

"어서 들어오게. 일어날 때두 된걸."

"밭은 암만 생각해두 우리가 꼭 가져야겠어서 왔어요."

"뭐 돈 가지면 땅 없겠나?"

"그렇기야 협죠만 어디 밑천이 넉넉한가요? 돈 두구 안 쓰는 장사 있어요? 더 축나기 전에 꼭 붙들어야 되겠어요."

"그래두 시세보다 벌써 이삼백 냥이나 솟은 걸 없는 사람이 비싼 땅 흥정을 해 어쩌나?"

"용길 아버지?"

하고 억쇠는 억지로 웃음을 지으며 아무 표정의 대꾸도 없는 늙은 용길 아버지를 쳐다보았다.

"독개그릇까지 판대두 사백 원 될지 말지 헌데요. 남 사백이십 원 낸다는 걸 깎기야 허겠어요. 이십 원만 떨궜다가 가을에 이자두 쳐드릴 테니 곡식으루 받으시구 우리 살림 도와주시는 일체루 그 밭은 꼭 저일 주세요."

"독개그릇이라니?"

"장독이야 이담엔 못 사나요. 땅부터 사구 봐야죠. 땅이 바루 우리 집 옆이구 제일에 맘이 들어 그래요. 이 땅 놓치면 우린 이 동네루 온 게 허사야요. 또 달리 아시다시피 똑 떨어진 하루갈이 만나기가 쉽나요 어디? 돈은 자꾸 부실러질 거구요. 어서 말씀을 끊어주세야겠어요. 그 은혜 저이가 생전 잊겠어요!"

"거 딱허이그래! 값은 사백 원이라두 잘 받는 금사구 이십 원 떨궜다 가을에 받어두 어련하겠나만 생각해보게, 우리들이 집터부터두 다 새 지주네 땅 아닌가? 그 사람네가 사려는 줄 몰랐으면이어니와 알구두 다른 데 팔었다간……."

"그 사람네야 밭 하루갈이 못 사 낭패되겠어요? 군수까지 당긴 점잖은 어른네가 우리 같은 사람 살 게 되는 걸 대견해허시지 무슨 혐의들이 있겠어요? 먼저 저이에게 끊어 말씀허셨다면 그만입죠, 안 그래요? 그리구 저인 땅 산다는 게 이게 처음이구 마지막일 거 아니야요? 무슨 수로 땅을 또 사길 바래요!"

억쇠는 남을 설복시켜보려 이렇게 애타본 적이 없다. 그러나 용길 아버지는 조금도 감동해주는 얼굴이 아니다.

"아니지, 이 사람 세상일 지금 돼가는 걸 보게나. 자식 기르는 사람이 유력자들헌테 어떻게 눈밖에 나구 사나? 우리만 걱정되는 게 아니라 자네도 그예 그 밭 임자 노릇을 허단 재미없으리. 군수 다니던 사람이야, 큰 지주야, 이 근경선 유력자 아닌가? 그 사람네가 산다는 게니 자네부터두 고이 물러서게, 신상에 해로우리……."

하고 오히려 파의하기를 권할 뿐 아니라 마침 팔근이가 무슨 냄새를 맡았는지 눈이 울퉁해 들어서는 것이었다. 그리고 억쇠가 했다는 이야기를 듣고는 더 눈과 입이 뾰족해지며 입에 권연을 문 채 사뭇 욕을 하듯 지껄였다.

"뭣이? 가을루 가 곡식으루? 그 시들방귀 같은 수작 그만두래라! 과수원 헐려구 얼마에든지 살려는 사람과 쥐뿔도 없는 자식이 무슨 배짱으루 맞서는 거야? 황 군수네허구 네가 맞서가지구 이 동네서 견뎌 배겨볼 테냐? 흥 서울 양반? 그 땅 팔아먹구 거덜나 올라간 윤 판서네 세를 믿구? 지금두 양반 세상인 줄 아니? 얼빠진 자식……."

억쇠는 무안만 보고 숫제 단념하는 것이 옳았다.

아무리 수소문을 해보아야 밭 하루갈이 자리는 나는 것이 없었다. 하루갈이 자리 밭이 날 때까지 돈을 남을 주어 늘리고도 싶었으나 돈놀이에 이골이 난 권 생원이 육장 옆에 와 있는 때여서 돈 못 얻어 애쓰는 사람도 보이지 않았다. 윤 판서네 집자리는 권 생원이 차지하고 내려온 것이다.

이 가재울엔 논보다 밭이 얻어 부치는 데도 더 힘들었다. 권 생원은 멀기는 하나 벌촌 사람이 부치던 것을 논은 여섯 마지기를 떼어주나 밭은 도무지 벼를 수가 없노라 한다. 억쇠네 부자도 밭은 남의 것을 소작하기보다 내 것으로 사기가 소원이었으므로 논만 주는 것도 달게 여기었고 논이 단지 여섯 마지기인 것도 저희 밭 하루갈이를 살 예산으로 적다는 말도 하지 않았다.

무엇보다도 조석으로 밥 끓여 먹는 것이 큰일이다. 아비더러 어서 과부라도 얻어 와야 한다고 걱정들은 해주면서도 이런 일은 돌아서면 그만인지나가는 말뿐이요 살림이랍시고 첫날부터 남의 장리쌀인 구차한 홀아비한테 달게 나설 과부짜리란 쉬울 리도 없었고 아들을 장가들이려면 그것은 과부나 데려오는 것과도 달라 정혼을 한댔자 빈손으로는 싸 올 도리가없는 것이다. 아비와 아들이 저희 손으로 조석을 지어 먹고 오 리가 넘는먼 농틀 농사에 더구나 부엌일, 논일 두 가지가 다 서투른 솜씨라 이웃 사람들 보기에 눈물겨운 바가 한두 가지 아니었다. 그러나 이들은 이를 악물었다.

'이게 살림이다! 이게 남헌테 매인 게 아니라 살림이란 거다! 기를 쓰고 일만 하면 살게 되겠지!'

이해에는 서양서도 전쟁이 일어나 불란서가 망했느니, 조선서는 조선사람들도 병정으로 끌어내 갈 시초로 '특별지원병' 제도가 생기었느니 하고 떠들썩했으나 농사 연사*는 면흉은 되는 해였다. 억쇠네는 엿 마지기에서 벼 서른네 가마니를 떨었다. 그 논짜리로는 면흉이 아니라 평년작이실하다고들 했다. 억쇠네는 반타작으로 열일곱 가마니를 차지했다. 첫 농사에 그만하면 대견할 게라고들 했다. 그러나 천 서방이나 억쇠는 역시타작마당의 비애를 아니 느낄 도리가 없었다. 대강 주먹구구로도 이런 어림이 나서기 때문이다. 수세水稅가 평당 사 전으로 칠십 원의 반(반은 지주부담) 삼십육 원과 비료 매포대 사 원으로 삼십 포대 값 일백이십 원의 반육십 원과 '소견 품삯'이라는 것, 논갈이부터 벼 실어 들이는 것까지 남의

---

* 농사가 잘되고 못된 형편. 또는 농사가 되어가는 형편.

손을 쓰고 한 마지기 농사에 사람 품 둘씩으로 갚는 것인데 권 생원네는
농사를 짓지 않으니까 품으로 갚지 않고 돈으로 갚는다. 엿 마지기에 열
두 품 값 십이 원과 호세 십 원, 동회비 십오 원, 모두 최소로 '일백삼십삼
원'은 나가야 하는데 벼 한 가마니가 십사 원이 채 못 된다. 열 가마니는
나가야 겨우 청장이 될지 말지 한데 그래도 장리쌀 먹은 것과 텃도지가
또 있다. 이것저것 다 제하면 단 다섯 가마니가 제대로 못 떨어지는 것이
다. 그런데 밭 사려던 돈은 우장* 한 벌 변변히 차리지 못하고 약수건이나
하는 굵은 베로 고이적삼 한 벌씩 해 입은 것밖엔 생각나는 것이 없는데
백 원 돈이 넘어 부스러졌다. 광목 한 자에 벌써 십오 원이 넘는다. 쌀도
야미값이 생겼다고는 하나 권 생원처럼 개성으로, 사리원으로 길이 닿는
사람 말이지 쌀고장 배천읍쯤에선 아직 야미쌀 사려는 사람은 없다.

　무엇보다 밭 사지 못한 것이 불안스럽다. 용길네 밭 쪽으로는 머리도
두고 싶지 않다. 송곳턱에 옴팍눈에 어디 복이 붙었는지 모를 황 군수의
아들이란 자가 '당꼬 즈봉'**을 입고 자전차로 드나들면서 집을 세운다,
과수를 심는다, 펌프 우물을 박는다 하고 누구네와보다도 가까운 이웃에
서 돈을 물 쓰듯 하고 일본말만 하고 정말 팔근이 말마따나 그전 양반들
찜쪄먹게 서슬이 푸르러 덤비는 데는 공연히 고개가 돌려 억쇠는 집터를
여기다 잡은 것이 후회되었다.

　전장 때부터는 권 생원네도 벌써 지주 노릇을 톡톡히 하려 들었다. 억
쇠네는 권 생원네가 무 뽑는 날 억쇠만이 가서 거들어주었지만 안사람 있
는 작인들은 그 집 김장이 끝나도록 사흘씩이나 가서 매달렸다. 삼십 리

* 비를 맞지 않기 위해 차려 입음. 또는 그런 복장. 우산, 도롱이, 갈삿갓 따위를 이른다.
** 당꼬 바지. 위는 펄렁하고 밑은 단추 등으로 여며 딱 붙게 한 바지.

출포는 으레 작인들이 하는 법이라 해서 권 생원네 벼는 어디로 나르는 것이든지 저희들 소작료 분량만치는 삼십 리 길은 갖다 놓으라는 대로 져 나르든 실어 나르든 해야 했다. 권 생원은 지주인 것뿐 아니라 채권자이기도 하기 때문에 전날 지주 윤 판서 댁 나릿님에다 전날 돈놀이 권 생원 자신을 합친 세도를 쓰는 것이었다. 그러면서도 박하기는 더했다. 겨울에 눈이 오면 그 옆에 작인들이 이 집 바깥마당과 사랑 뒷간 길은 으레 쓰는 것이지만 눈이 많이 퍼부어 담아 내야 할 때는 안뜰 안 눈만도 수십 들것이 되는 때가 있다. 그전 세상엔 이런 날 아침이나 저녁은 시래깃국에라도 밥 한 끼씩과 엽초 몇 춤씩은 타는 것이요, 정초엔 북어쾌나 하고 담배 쌈지 하나씩이라도 돌리는 법이다. 시국 핑계로 저 차려야 할 체모는 모른 척하고 이쪽만 부리려 들며 열 가지에 한 가지라도 마치 시행이 더디면 저를 근본이 장돌뱅이라고 얕잡나 해서 더 기승을 부린다.

한번은 권 생원네 부엌데기가 내려와 억쇠를 찾았다. 해가 다 진 저녁녘이어서 억쇠는 부엌으로 나무를 끌어들이는데 배천읍으로 편지를 가지고 가라는 것이었다.

"해가 다 졌는데 내왕 사십 리 길을 언제 갔다 오란 말이오?"

"내가 아나베— 편지 가지구 가, 그렇게 일르래니게 나야 왔지!"

"저녁 헐 사람 없을 줄두 뻔—히 알면서…… 나 없드라구 가서 그류."

하고 억쇠는 배천읍에서 비료며 농구 장사를 크게 하는 일본 사람 이시쓰까에게 갈 것이라는 편지를 집어 내던졌다. 권 생원네 부엌데기는 멀숙해 편지를 도로 집어 들고 나가다가 짚을 축여 가지고 들어오는 억쇠 아버지와 마주쳤다. 억쇠 아버지는 역시 권력 있는 사람은 모시어야 할 것으로 안다.

"이리 주기요. 내라두 갔다 오리다. 그리구 요새 젊은 애들 함부루 지껄이는 거 가서 그대루 옮기지 말아요."

이래서 억쇠는 할 수 없이 밤으로 다녀오기는 했으나 다녀와 저녁을 먹고 나니 늦기도 해서 그냥 자버리고 말았다. 이른 아침에 권 생원네 앞에 사는 장근이가 내려와 권 생원이 억쇠를 찾는다 했다. 또 밥솥에 불을 지피다 말고 일어섰다. 권 생원은 대청 끝에 뒷짐을 지고 입이 뾰족해 있었다.

"억쇠 너 심부름 좀 시키기 대단 힘드는구나!"

억쇠는 침을 꿀꺽 삼키었다. 못 보는 데서는 욕이라도 하겠는데 목전에선 꼼짝 못하겠다.

"어제 다녀왔에요."

"다녀왔는지 안 다녀왔는지두 또 사람을 시켜 전갈을 해야 하니? 그런 놈의 심부름이 어디 있단 말이냐? 그래 너이 부자가 심부름 첨 해보니? 내가 네 녀석 심부름 좀 못 시킬 사람이냐?"

하고 권 생원은 가래침을 억쇠 섰는 앞에 내려 뱉는다. 억쇠는 그 침이 제 얼굴에 튀는 것 같아 잠자코 한 걸음 물러선다.

"남 타적 때면 웃짐(엿이나 소갈비 같은 선사) 신구 와서 굽신거릴 땅을 잠자쿠 떼서 주니까 권 아모개 땅은 땅 같지가 않단 말이냐?"

"어젠 밤중에나 오지 않았어요? 아침엔 내가 밥해 먹자니 이따나……."

역시 억쇠는 말끝이 움츠러든다.

"예끼 녀석! 공을 모르구!"

억쇠는 눈이 뿌옇게 몰리고 내려와 늦은 조반도 맛이 없었다.

'힘은 힘대로 들고 탐탁히 먹을 것도 떨어지지 않는 농사, 그나마 지주는 공치사를 하며 사람을 종 부리듯 하려 드니 이렇게 사는 것도 남의 신세란 말인가?'

이 겨울엔 땅 이작移作이 많이 생기었다. 권 생원도 황 군수도 좀더 저희한테 달가울 사람들로 작인을 갈았고 작인들도 농터가 멀기는 하나 이런 개인 지주들보다 후하다는 바람에 동양척식의 신담풀이들을 맞게 되었다. 수세, 비료대금 전부 회사에서 부담하고 소출을 사륙분四六分하여, 육 할을 회사에서 차지한다는 것이다.

개인 지주와는 반타작인 것이나 수세와 비료값을 반부담하고 나면 소작인은 실상 삼 할도 제대로 먹지 못하기 때문에 회사 땅은 육 할을 주더라도 작인들이 일 할은 더 이익일 것이다. 점둥이네도 노마네도 회사 땅으로 돌라붙었다.

억쇠도 어정쩡해 눈만 껌벅이는 아버지를 졸라 회사 땅 이천사백 평을 얻기로 하고 새로 상전 노릇을 하려 덤비는 권 생원네 땅은 억쇠가 올라가서 손에 들고 와 던지듯,

"댁엣땅 그만두겠어요."

한마디로 내놓고 내려왔다.

'이렇게 속이 시원헐 수 있나— 그러나 회사는 또 어떤 놈인가?'

돈도 이제는 메꿀 수 없이 축이 났거니와 밭도 하루갈이짜리는 그저 나지 않았다. 밭을 사지 않을 바에는 남은 돈으로 아비든 아들이든 안식구나 한 사람 맞아야겠다는 생각도 났으나 과부짜리는 그저 걸리지 않았고 아들이 남의 집 딸과 어엿하게 통혼을 하자면 돈 백여 원쯤 이제 와서는 광목 반 통 값도 못 되는 것이 되고 말았다.

'올에 연사나 좋으면……'

벌써 이들 부자도 번연히 속는 줄 알면서도 유일한 희망이 '가을'이 되고 말았다. 노마 누이 분이가 어깨가 둥글어가고 허릿도리가 펑퍼짐해가는 것이 억쇠는 차라리 불안스러웠다.

6

동척 땅은 신답풀이여서 누구나 한몫 끼기가 쉬웠다. 아들이 졸라대었고 점둥이네와 노마네가 한데 휩쓸리는 바람에 한물에 대어지기는 했으나, 농틀이 십 리나 되게 멀었고 소작 계약에 도장을 찍는 데도 여러 군데였다. 농장 관리인 '가토'가 그 면도 자리 새파랗고 테 없는 안경알 속에서 곧 쪼으려는 암탉의 눈으로 서류를 이장 저장 넘기면서 처음 써보는 천 서방의 도장을 암팡스럽게 찍어나가는 것을 볼때 천 서방은 공연히 빈 손이 떨리었고 노랑 수염 권 생원쯤은 이 가토에다 대면 숭늉일 것같이도 생각되었다.

"그래두 아는 지주네 땅을 눌러 부칠 걸 그랬나 부다."

"별— 아는 도끼에 발등 찍히기지 그 깍쟁이 같은 녀석한테 또 종노릇을 해요?"

"회사 땅은 나을 줄 아니? 일본 녀석들이 그래 권 생원보다 푼푼헐 상싶으냐? 권 생원한테 쌀 떨어진 장리나 미리 먹지, 사정을 해두 열 번에 한 번은 들어주지, 일인들과야 사정이나 봐달랄 수 있다든? 난 모르겠다……."

아닌 게 아니라 억쇠도 속으로는 어리둥절한 판인데 일본은 도조 내각이 되면서 양력 십이월 팔일 미국과 전쟁을 걸었다는 소문이 났다.

'큰일 났군.'

상전댁에 일거리가 벌어지면 언제든지 저희들 신상부터 고달프던 경험에서도 천 서방이나 억쇠는 누구보다도 먼저 벌어지기만 하는 전쟁에 막연한 불안을 느끼었다. 이들에게 있어 전쟁이란 먼저 윗사람이 자꾸 느는 일이었다. 땅만 내어놓으면 그들의 종노릇을 면할까 하였더니, 권 생원은 총력연맹의 이 동네 이사장이 되었고, 미영美英과 싸움을 걸어 일약 일본

제국의 영웅이 된 도조 수상의 성을 따라 도조로 솔선 창씨를 한 황 군수
는 이곳 거물 면장으로 다시 관계에 등용되어 면민들을 다스리기 시작했
다. 채권을 사라, 애국저금을 해라, 가마니를 짜 바쳐라, 국어(일본어)를
배워라, 묵도默禱를 해라, '고고쿠 신민노 치카이'*를 외워라, 신사 터를 닦
으니 부역을 나오너라, 집집마다 가미다나〔神棚〕**를 모시어라, 이루 정신
차릴 수 없게 들볶았고 권 생원도 돌아앉아서는 불평이면서도 누구에게
나 우선 명령할 수 있는 것만, 채권자나 지주로만 보다 한층더 으쓱했다.

순사가 그전보다도 더 뻔질나게 들어왔다. 그전에는 투전꾼 팔근이한
테 자주 가던 것이 이번에는 최 초시의 아들 성필이에게 자주 들르는 것
같았다. 송도중학을 고학으로 애써 마치고도 사상이 나쁘다 해서 남처럼
취직을 못 하고 집에서 아버지의 농사일을 돕고 있는 성필이는 팔근이와
는 반대로 팔근이가 나타날 농한기에는 성필이는 곧잘 어디 나가 한두 달
씩 있다 오곤 하였다. 그러면 주재소에서 으레 불러 갔고 어떤 때는 읍에
본서로도 끌려가서 한번은 반년 동안이나 갇혀 있다 나오기도 했다.

이해 농사는 천 서방이나 억쇠가 보기에는 작년보다 나아 보였다. 그러
나 경험 많은 노마 아버지나 점둥이 아버지는,

"웬걸— 일본이 전쟁은 자꾸 이긴대지만 하는 일은 자꾸 틀리는걸!"
하고 낯을 찡기곤 한다. 천 서방이나 억쇠는 신답풀이로 이만하면 잘된
곡식인 것을 가지고 공연히 타박만 하는 것 같고 또 저희들이 봄내 여름
내 땀 흘린 결과를 얕잡는 소리만 같아 차라리 듣기 싫었다.

회사에서는 타작하는 방법도 간단하고 공평한 것 같았다. 논 현장에 나

---

* 황국 신문의 맹세.
** 집 안에 신위를 모셔두고 제사 지내는 선반.

와서 벼가 잘된 배미에서 한 평과, 덜된 배미에서 한 평을 작인들이 보는데서 떨었다. 그 두 평에서 떨어진 벼를 사륙분을 해서 그것을 표준으로 전 평수를 따져 작인들의 육 할 소작료 수량을 정해버리는 것이었다. 소작료를 육 할로 정한 이상, 이 쓰보가리(평예법)라는 것은 서로 간편하고 틀릴 것 없는 방법이라 하였다. 그런데 이것은 이상한 일이었다.

억쇠네는 이천사백 평에 소작료가 아흔엿 근斤짜리 벼 스물네 가마니가 결정되었다. 이 스물네 가마니가 전체의 육 할이라면 그만치 소작료를 주고도 전체의 사 할인 열여섯 가마니가 억쇠네 것으로 떨어져야 할 것인데 마당질을 해놓고 보니 딴판이다. 소작료를 제하고 떨어지는 것은 단 아홉 가마니밖에 안 되는 것이다. 회사에서 쓰보가리 표준으로 감정한 것은 전체 소출이 마흔 가마니인 것이나 정작 실지로 나온 곡식은 서른다섯 가마니밖에 안 되는 것이니 다섯 가마니가 축이 나는 것이다. 이 다섯 가마니나 부족이 나는 것을 잠자코 소작료를 물라는 대로 문다면 소작료는 육 할이 아니라 칠 할도 넘는 셈이 된다.

"봐라 내 말이 틀리나? 일본 놈이 조선 지주보다 뭣 때문에 우리헌테 후할 줄 아니?"

아버지는 당장 오금을 박아, 억쇠는 마당에 벼 가마니를 늘어놓은 채 회사로 달려왔다. 사택 마당에 등의자를 내다 놓고 신문을 보던 가토는 개가 짖어대는 바람에 작인이 찾아온 것을 기웃해 내다본다.

"오늘 우리가 마당질을 했는데요."

"나니?"

억쇠는 서투른 일본말을 섞어가며 정성껏 설명해보았다. 조선 나온 지 이십 년이 넘는다는 가토는 억쇠가 조선말로만 하여도 못 알아들을 리 없었다.

"거짓말이 마라."

다 듣고 나서 가토의 말이었다.

"거짓말이 뭡니까? 지금 마당에 그대루 있구 동네 사람들이 다 보았습니다."

"동네 사람야? 요보 백 명이나 말이 해도 우리 신용이 안 해."

"한두 가마니두 아니고 다섯 가마니나 틀리니 어떻게 회사서 정헌 대루야 바칠 수 있습니까?"

"이놈아? 쓰보가리 우리 사람이 혼자 했나? 네 누깔이 한가지 보지 않었니? 너이도 좋다고 말이 하지 않었나? 약속이나 하고 다른 말이 하는 것이 사람이까? 너이가 먼저 가리 해다 먹었으니까 모자라는 것이지. 빠가야로!"

"먼저 먹다니요. 먹었다면 무슨 불평이겠습니까?"

"잔말이 마라 먼저 먹지 않었으면 절대로 부족이 될 일이가 없다! 다 사람이나 가격이 있는데 너만 무슨 말이 했소까? 가해레."

하고는 집 안으로 들어가 버리니 개는 점점 기승을 부려 짖고 덤비었다.

그런데 모자라는 것은 억쇠네만도 아니었다. 마당질을 해보는 작인마다 도깨비에 홀린 것처럼 멍청해 물러섰다가 벼 가마니를 다시 세어보곤 하였다. 아무리 세어들 보고 따져보아야 이상할 만치 억쇠네가 모자란 그 비례로, 육칠십 명 작인에 한 집도 예외 없이 똑같이 모자라는 것이었다.

작인들은 절로 한 덩어리가 되어 회사에 진정해보았으나, 회사 측은, 회사 자의로만 한 것이 아니라 양쪽의 합의로 가장 정당한 방법으로 협의 결정한 소작료니까 계약을 무효로 돌릴 수는 없다고 내대었다.

벌촌과 가재울에는 이 쓰보가리식 소작료 이야기로 자자했다.

"떨어가지구 그 마당에서 갈르는 게 상책이지 새 법식을 내는 것부터 알 증조거든!"

"아무리 새 법식이기로 이쪽에선 눈들 감구 있었나? 한 평을 가지구 했든지 두 평을 가지구 했든지 그걸 표준으루 평수 풀이만 제대루 한다면야 갈데없이 맞어떨어질 거지 주느니 느느니 할 나위가 어디 있느냐 말이야?"

"동척이 뭔지들 아슈?"

노마네가 마당질을 한 날 저녁이었다. 이 집도 줄었는가 늘었는가 궁금해서 모였던 사람들이 감정한 것보다 이 집도 네 가마니나 주는 것을 보고 이러니저러니 주고받는 이야기에 여태 듣고만 섰던 최 초시의 아들 성필이가 말참례를 한 것이다.

"내가 또 입빠른 소릴 허우만, 쓰보가리라는 게 공정헌 것 같어두 작인들만 곯겠습디다. 축이 나면 축이 났지 늘 린 절대루 없겠습디다."

"어째?"

"논에선 벼가 마르기 전 아니오? 벼알마다 부피가 컸을 건데 그걸루 돼보구 정한 것 아니오? 요즘 바짝 말른 건 벼알이 부피가 우선 적어졌으니 말수가 줄 것이고 또 젖었을 땐 벼알 구실을 헌 반실짜리두 마당질에 와선 풍구질에 날려가 버리지 않소? 어디 부피만 그러우? 무게두 벌써 얼마나 차이가 생길 거요?"

성필이는 이것만 일러주지 않았다. 작인들이 단단히 짜고, 실지 소출된 것을 표준으로 한 육 할만을 소작료로 내게 된 것도 성필이가 뒤에서 훈수한 보람이었다.

그러나 가토란 자는 이상할 만치 순순하더니 겨울을 살짝 지내놓고 땅이 작도 때가 지나버린 뒤 벌써 논바닥에 재거름들을 내인 때에야 문제를 세우는 것이었다.

"논바닥에서 서로 제 눈으로 보고 공평하게 작정한 소작료를 제대로 안 바치는 작인은 위약이다. 못다 내인 소작료를 곡식으로든지 돈으로든지 바쳐라. 안 바치는 자는 땅을 뗀다."

지금 와서 땅이 떨어지는 날은 금년 농사는 실농이 된다. 며칠 동안 작인들은 울근불근해보았으나 별수 없었다. 가을에 가선 어찌하든 올 농사까지는 이 땅을 물고 느는 수밖에 없었다.

억쇠네도 꼼짝 못하고 벼 세 가마니 값 사십여 원을 이제는 주머니를 털고도 모자라서 차마 말이 나가지 않는 권 생원한테 가 빚을 얻어다 회사에 바치었다.

'땅 없는 놈 설구나!'

소작을 평생 해먹느니 진작 죽어버리는 게 마땅할 거다!

억쇠는 제 자신이 당하고 보니, 전날 단순히 동정만으로 점둥이 아버지나 점둥이 어머니를 딱해하던 것쯤으로는 아무것도 아닌, 소작인의 억울함과 희망 없는 일생을 비로소 제 혓바닥으로 쓴 물을 삼켜볼 수 있었다.

'도대체 땅이란 어째 임자가 따로 있는 거냐? 사람이 누가 바위멍덜을 절구질하듯 해 밭과 논을 만들었단 말이냐? 이놈들아 하늘은 왜 금을 긋구 세를 못 받어 처먹니?'

억쇠는 저녁마다 이런 울분과, 울분 끝에는 그래도 한줄기 공상을 해보곤 한다.

'이천팔백 원만 있으면.'

이것은 밭 하루갈이에 사백 원, 논 상답으로 평당 일 원 이십 전씩 쳐 이천 평에 이천사백 원 그래서 이천팔백 원인 것이었다.

'이천팔백 원, 이것 없이는 진작 죽는 게 낫다! 이천팔백 원을 버는 수는 없나?'

이 이천팔백 원의 꿈은 억쇠 하나만의 꿈도 아니었다. 억쇠 아버지나 노마 아버지나 점둥이 아버지 들은 그저 지주님들의 후덕한 처분이나 바라든지, 죽어서 다시 태어난다면 그때나 한번 제 땅 농사를 지어보는 팔자이기를 바라는 데 그치는 것이나, 젊은 노마나 점둥이는 하나같이 이 '이천팔백 원'의 꿈이 간곡한 것이었다. 색시 얻는 것이 아무리 깨가 쏟아진들 용길네처럼 장가들기 때문에 그 알뜰한 땅을 팔게 되어서야 좋을 것이 없었다.

'땅! 밭 이천 평, 논! 이천 평. 사내자식이 그걸 장만할 재주가 없담!'

억쇠는 남의 땅 농사에 절로 마음이 들떴다. 분이는 올봄에는 얼굴이 함박꽃같이 피었다고들 했다.

"이 자식 점둥아?"

"왜?"

하루는 점둥이네 웃방에서다. 화로에 감자를 묻고 그 옆에서 짚세기들을 삼으면서였다.

"우리 돈벌이 한번 나가볼까?"

"벌이? 어디루?"

그 말에는 억쇠도 대답이 막힌다.

"그 경칠 거 돈벌이 나감 자식 버린다구 늙은이들이 엄살만 않는다믄."

"자식을 버리다니?"

"너 모를라. 요 위 살던 광선이라구 더두 말구 조밭 하루갈이 살 것만 벌어갖구 온다구 공사판으루 쫓아다니더니 가막소루 가 콩밥만 이틀 먹었단다."

"콩밥은 어쩌다가?"

"돈이 그까짓 공사판으루나 대녀가지구 벌 게 뭐냐? 돈 보니 욕심은 나구 이 녀석이 노름을 했거던. 노름은 누가 그냥 져주나? 나중엔 노름채두 달리니까 밥장수 주머닐 털었다든가."

"돈을 벌랴면 먼저 궁릴 잘— 해가지구 나서야지, 등에 지게를 지구 나가는 게 불찰이지."

"넌 돈을 잘 버는 개성서 살어봤으니 좀 좋은 궁릴 해내려무나."

"가만있거라, 그렇지 않어두 경칠 놈의 돈, 더두 말구 내 이천팔백 원만 벌 궁릴 연구 중이시다!"

"이천팔백 원!"

"그래, 더두 싫다, 이천팔백 원!"

"그거믄 자농헐 건 되지!"

"밭 하루갈이, 논 이천 평, 내 삼 년 안으루 사놀 테니 봐라!"

"뭘루?"

"이천팔백 원으루지!"

마침 화로에서 감자가 피— 소리를 내며 재를 뿜었다.

"이 자식아 감자가 다 웃는다!"

하고 이들은 껄껄대었다.

억쇠나 노마가 돈 이천팔백 원 모을 궁리가 아직 나서기 전에 세상은 점점 소란해갔다. 개성이나 사리원 한번 가는 것도 여행 증명이 있어야 했고 명색이 지원병이나 강제로 지원병 추리는 것이 점점 심해갔다. 억쇠나 노마나 점둥이는 소학교도 다니지 못한 것이 이런 때는 다행으로 수굿하고 풀 속에나 머리를 박는 것이 수였다.

7

　동척에서는 저희가 예산한 대로 작인들이 한 명도 뻗대지 못하고 나머지 소작료를 빚을 얻어서라도 갖다 바치는 바람에 다시 한 가지 우리 땅 농사를 지으려거든 여기 도장을 찍어라, 하는 종이쪽을 내어밀었다. 그것은 다른 것이 아니라, 해마다 새로 소작료를 정하기는 서로 귀찮으니 일정한 도지로 정해버리자는 것이요, 그 도지의 표준 수량은, 작년 가을에 그 칠 할이 넘는 억울한 수량 그대로인 것이다. 회사 측으로 가토는 이런 비싼 소작료를 이렇게 설복시키려 들었다.

　"지금은 신답이니까 구답보다 벼가 적게 난다고 할 수 있다. 그렇지만 삼 년만 비료를 넣어봐라. 그담부터 이 소작료는 오 할도 안 되게 소출이 많어질 것이다. 그것은 우리 거짓말이 아니다. 비료도 나라에서 우리 회사에는 특별히 많이 준다. 장래를 보아서는 너이헌테 얼마나 이익이냐. 사람은 장래를 볼 줄 알어야 하는 것이다."

　그리고도 한 가지 명령이 또 있었다.

　"이제부터는 반도인도 다 같이 황국 신민이다. 내지인과 한가지 창씨創氏할 수 있게 법률로 허락했다. 이번에 소작 계약은 내지인식으로 창씨하고 이름까지 내지인식으로 고친 도장이라야 할 수 있다."

　작인들은 갈팡질팡하게 되었다. 한두 사람 아니고 육칠십 명이 갑자기 조선 지주들의 땅으로 돌아 붙을 재주는 없다.

　아무리 거름을 실하게 넣는다 하더라도 이삼 년 동안에 구답 소출이 날 리 없는 것이요 생일날 잘 먹자고 미리 굶는 셈으로 장래는 육할 소작질 정도가 되리라 해서 당장 몇 해 동안을 칠 할 오 부나 되는 소작료에 도장을 찍을 용기는 나지 않는다. 더구나 그까짓 계약을 창씨를 해야만 해준다니 더 아니꼽다.

창씨 때문에 시달리는 것은 벌써 몇 달째 된다. 성을 갈라는 것은 아비를 갈라는 욕이나 마찬가지란 말을 했다가 최 초시는 주재소에 불려가 이틀 만에 나왔다. 벌써 팔근이는 '가네오카'라, 달운이란 팔근이 짝패는 '미쓰이'라 창씨를 해서 주재소에서 모범 청년이란 말을 듣는다.

억쇠는 이 창씨 문제에 처음에는 누구보다도 귀가 솔깃했었다. 죽은 어미가 '팔월이'였던 것, 아비 이름은 '돌이'인 것, 제 이름은 '억쇠'인 것. 누가 보나 이름부터 남의 집 종문서에나 박힐 천티 있는 이름이다. 상전이 망하는 바람에 종살이에서 풀려난 이상, 성부터 이름까지 이 김에 깨끗이 갈아버리고도 싶었다. 그래 처음에는 누구보다도 먼저 들먹거리었으나 팔근이나 달운이 따위가 앞을 질러 가네오카니 미쓰이니 하고 고갯짓을 하는 것이 아니꼬울 뿐 아니라 최 초시가 붙들려 가 욕을 당하고 나오는 것을 보고는 더 반감이 생기었다.

'우린 이래두 조선 놈이요 저래두 조선 놈이다! 창씨하는 놈들 하나같이 간사한 놈이드라 봄 차라리 미욱한 놈 소리 듣다 조선 놈째루 죽자.'

억쇠는 저희 아버지더러,

"그래두 최 초시나 성필이한테 의논하기 전엔 허란다구 덥석 허지 맙시다."

일러두었다. 그러나 그렇지 않아도 면에서 적극적으로 창씨 실시 운동을 나오려던 판에 동척 작인들이 창씨 안 할 수 없는 막다른 골목에 몰킨 것을 알고 면소에서는 순사를 데리고 나와 권한다기보다 강제로 시키게 되었다. 윤가는 서울서 윤 아무개가 '이토'로 하였으니 이토요, 이가는 서울서 이 아무개가 '가야마'로 했으니 가야마로, 심가는 본관이 청송靑松이라 해서 '아오마스'로 이런 투로 성을 노느매기하듯 하는 판에,

"이전 성두 배급이군."

한마디를 했다가 억쇠는 면서기한테 따귀를 한 대 벌었다. 아들이 따귀 맞는 것을 보고는 천 서방은 이내,

"아무걸루라두 나리님네 생각대루 져주세요니까."

해서 성은 '야마다', 이름은 아비와 아들이 형제간처럼 '후미오'와 '다케오'가 되어버렸다.

"우린 친척들이 고향에 있으니 뭐라구들 짓는지 알어봐야겠어요."

"우린 여태 호주가 아버지시니까 아버지가 고치기 전엔 내 맘대루 할 수 없어요."

옆에 서너 사람은 핑계가 있었다. 자기가 호주요 의논해볼 친척도 없어 다만 입맛만 다시다가 집에 와 골을 싸매고 누운 사람은 노마 아버지뿐이었다.

'성을 갈어야 땅을 줄 테라구? 그 푸진 년의 땅을! 내 대에 와선 농산 져먹어두 내 조상님엔 사신 다니던 분두 계셔! 누구루 알구 허는 수작이야.'

노마 아버지는 이날 저녁 권 생원을 조용히 찾아갔다. 권 생원은 노마 아버지가 온 눈치를 이내 알아차렸다.

"어서 덕근이 김 서방두 창씨를 허지요. 별수 있는 줄 아우?"

"나 전에 부치던 땅만 못헌 거라두 한 자리 주시고?"

"흥, 창씨허기 싫여 동척 땅 놓는 사람두 그저 두지 않겠지만, 그런 사람 땅 주는 지주도 좋지 못헐 거라구 면장님이 다짐을 받다시피 헙디다. 어서 창씨허구 가미다나두 말썽들 부리지 말구 하나씩 사다 시렁에 얹어 두지요. 별수 없습니다."

정말 별수 없었다. 동척 땅 이외에는 얻을 도리가 없었고 동척 땅 소작을 눌러 하자면 창씨는 물론, 소작료도 저희 정하는 대로 복종하는 수밖

에 없었다. 명령에 복종할 뿐이요, 이쪽 의견은 용납될 곳이 없었다. 날이 갈수록 명령할 줄만 아는 윗사람만 늘어갔다.

용길네 밭 자리에 우선 안채만 세우고 들어온 도조 면장의 아들 '도조 도쿠지'는 읍에 있는 경방단警防團의 부단장, 그의 *끄나풀*인 가네오카 팔근이는 경방단원이 되어가지고 그전보다 고갯짓이 늘어가며 이틀이 멀다 하고 읍 출입이 잦았다. 일본말은 억쇠만큼도 못 알아듣는 미쓰이 달운이까지 저희 동생이 지원병 훈련소에 뽑혀진 것을 자세로 도쿠 지패에 얼려 다니며 촌사람들 몰아세우기가 일쑤가 되었다.

하루는 이 미쓰이 달운이가 도쿠지의 자전차를 얻어 배우는 모양으로, 도쿠지네 마당에서 올라앉으면 억쇠네 마당까지 후들거리고 내려와서는 자전차를 가누지 못하고 쓰러지곤 한다. 그 바람에 억쇠가 마당 둘레에 모종해놓은 댑싸리가 함부로 짓밟히고 부러지고 한다.

"그런데 달운인 눈이 없나?"

억쇠는 보다 못해 한마디 걸었다.

"느네 댑싸리 좀 밟았구나. 나라에서 댑싸리 심으라든?"

"넌 나라에서 허래는 것만 꼭 허니?"

"그렇다 왜, 우리나 도쿠지상네 마당에 누깔이 있거던 가봐라. 뭘 심었나 건방진 새끼, 다리 뭉두리가 근지러우냐?"

이것은 마당에 나라에서 전쟁 때문에 장려하는 피마자를 심지 않았다는 트집이었다. 억쇠는 꿀꺽 참고 물러났다. 나중에 물으니 그는 방공감시초원防共監視哨員이 된 것이다. 억쇠는 '그까짓 댑싸리 몇 대쯤 모른 체할걸!' 하고 후회하였다. 조선에도 기어이 징병 제도가 생겨, 벌써 이 동네서도 장근이와 용길이 동생이 징병 검사로 끌려간 것이다. 이런 무시무시한 판인데 방공감시초원이란 어떤 것인지는 몰라도 달운이가 요즘 안하

무인으로 꺼떡대는 것을 보아 슬그머니 겁이 나기도 한다.

세상일뿐 아니라 하늘 일도 해마다 이상했다.

비가 제법 기다리기 전에 내려주어 품앗이 급하지 않게 모를 내어놓고 나니 그쳐야만 할 비가 지나치게 퍼부어 가지고 흙탕 침수를 대엿새 겪었다. 그런 데다가 벼농사로는 제일 아기자기한 이삭 솟을 무렵에 이르러 비가 시작이다. 이틀, 사흘, 밤에 잠들기 전에 나가보아도 하늘은 별이 나지 않았고 새벽에 눈을 뜨기 전에 베개에서 귀를 드나 빗소리는 매양 그대로다. 어떤 때는 비가 안 와서 걱정, 어떤 때는 이렇게 지나치게 퍼부어 걱정, 어떤 때는 바람으로, 어떤 때는 냉해로, 충해로, 농사일은 당하고 보니 육신의 노력만이 아니라 반 이상이 마음고생으로 되는 것이었다. 비는 기어이 장마로 채려 무엇보다 꺼리는 '배동바지수침'*이 되고 말았다. 벼 이삭이 순째 썩어버리는 것이다. 반농사는커녕 삼분지 일 소출도 거두지 못하게 되었다. 지주 측과 또 말썽이 벌어지게 되었다. 가토 녀석이 제 눈깔로 가끔 나와 벼 된 꼴을 보고도 일단 도지를 정한 이상, 정해진 대로 소작료를 내라는 것이었다. 마당질한 것을 죄다 바쳐도 소작료도 못다 되는 것은 억쇠나 노마네뿐 아니라 거의 전부다. 어떤 사람은 벼를 베다 마당질할 맛이 없어 그냥 논바닥에 내버려 두었다가 면에서 호령하는 바람에 마지못해 베어 들였다.

아무튼 집을 팔아 베이기 전에는 소작료대로 복종할 길은 없다.

이번에는 소작료를 못 내겠으면 땅을 내놓아라 그러는 것도 아니었다. 회사로서 나라에 바칠 군량인데 이를 거절하는 자들은 우선 '비국민'이라는 낙인을 찍었다. 그렇지 않아도 만 명 작인들의 경관이 아니라 한두 명

---

* 벼, 보리 따위의 알이 들 무렵인 '배동바지'에 침수가 됨을 가리킴.

지주들의 병정이던 칼자루들이 비국민으로 몰리는 작인들에게 모른 체할 리가 없어, 주재소에서는 작인들에게 주재소로 모이란 명령이 내렸다.

가을 햇볕이 아직 따가운 신작로 마당에 젊은이 늙은이 육칠십 명이 주재소 문간을 쳐다보고 둘러섰다. 밤낮 웃통을 벗어 던지고 지내던 양돼지 같은 소장이 정복을 차리고 나와 먼저 '고고쿠 신민노 치카이'를 시키더니, 술자리에서 지껄이던 것보다는 똑똑한 조선말을 꺼내었다. 관청에서 조선말은 금하는 것이나 저희가 급할 때는 별수 없었다.

"이제는 반도 사람이도 내지 사람이나 한가지 대일본 제국 군인이 되었다. 일시동인一視同仁*하시는 천황 폐하께옵서의 은덕에 보답할 수 있게 되었다. 얼마나 기쁜 일이냐? 귀축** 미영은 무엄하게도 황군이 점령한 가다루가나루에 상륙했다 한다! 우리 황군은 물론 일격에 물리칠 것이다. 이러한 국가 다난한 때에 있어, 또 그것과 다르다, 인젠 완전한 황국 신민으로 저 하나만 자리 먹겠다고 생각하면 그것은 대일본 제국 신민이 아니다! 나라가 없어보아라. 너희가 모두 어떻게 될 것인가?"

하고 소장은 발을 굴렀다. 억쇠 생각에는 알아들을 수 없는 소리였다. 이런 나라 때문에, 잘되기는커녕 못되기만 하는 저희들이기 때문이었다. 얼굴이 간지러운 염치없는 수작을 용케도 해가 기울도록 떠들어대더니 나중에는,

"이렇게 알아듣도록 말이 해도 듣지 않는 자는 만주로 이민을 시킬 생각도 하고 있고 또 끝까지 반대하기로 선동하는 자는 용서 없이 체포한

---

* 멀고 가까운 사람을 친함에 관계없이 똑같이 대한다는 뜻으로, 성인이 누구나 평등하게 똑같이 사랑함을 이르는 말. 한유의 『원인原人』에 나오는 말이다.
** 야만적이고 잔인한 짓을 하는 사람을 비유적으로 이르는 말.

다.”

을러대었다. 그리고 억쇠로서는, 아니 누구나가 다 전혀 생각지 못하였고 생각해보아도 모를 일이 일어났다. 그것은 벌촌에서 사는 억쇠네와도 한두 번 품앗이가 있은 ‘기무라 충신’이라는 작인이었다. 얼굴이 지지벌게서 소장이 섰던 주재소 문턱으로 올라서더니,

“여러분?”

하고 그도 제법 연설을 꺼내는 것이었다. 지금은 ‘비상시국’이니, ‘같은 국민으로 남은 전지에 나가 목숨을 바치는데’니, 결국 ‘나는 오늘 여기서 소장님 말씀에 감동해서 소작료를 전부 바치고 보겠다, 여러분도 황국 신민으로서 나라에 대한 충성으로 다시 한 번 생각하기를 바란다’는 것이었다. 그 말이 끝나기가 바쁘게 뒤에서 누가,

“옳소.”

하고 소리를 친다. 돌아다본즉, 회사 땅과는 아무 상관도 없을 뿐 아니라, 제 아비 농사에도 호미 한번 잡는 일이 없는 가네오카 팔근이 녀석인 것이 우스웠고, 기무라 충신이도 바로 사흘 전에 억쇠만도 아니요 여럿이 듣는 데서, 저희도 소작료만 두 가마 판이 모자란다고 말했고 그것이 서로 아는 한바닥 농사에 엄살만도 아니었을 것인데 무얼로 소작료 전부를 낸다는 것인지 이상하였다.

작인들은 덤덤히 입맛만 다시다가 돌아설 수밖에 없는데 신작로를 삼 마장도 못 나와서다. 정 순사가 자전차로 따라오더니 ‘김덕근’이를 찾았다. 노마 아버지였다.

“제올시다.”

정 순사는 자전차를 돌려세우고,

“나잇살이나 처먹은 게……”

하더니 흘긴 눈으로,

"빨리 주재소로 와."

하면서, 무슨 일이냐 물어볼 새도 없게 날름 달아나 버린다. 모두 눈이 둥그레졌으나 맨 벌촌 사람들뿐이요, 가재울 사람은 이 노마 아버지와 점둥이 아버지와 억쇠뿐이었다.

"무슨 일일까요?"

"모르겠는데…… 오래니 가볼밖에."

노마 아버지는 말로는 태연한 체하나 손은 후들후들 떨었다.

"우리 따라가 봅시다."

억쇠가 점둥이 아버지더러 그랬으나 그는 어둡기 전에 가다가 산에 매어논 소를 끌러야 하고 꼴도 두어 단 베어야 했다. 억쇠만이 노마 아버지를 따라섰다.

"그런데 왜 오랄까요?"

"내 옆에 팔근이 녀석이 섰드라니……."

"그 자식이 섰었기루 괜한 사람을 뭐랬을까요?"

"내란 사람이 안 해두 좋을 소릴 가끔 헌단 말야!"

"무슨 말씀을 하셨게요?"

"아 그년에 고답지두 않은 나라 나라 하기에 글쎄 백성이 살구 나서 나랄 거 아니냐구 하두 비위가 틀리게 혼잣소리처럼 했는데 나중에 그 옳소 허는 소리에 돌려 보니 바로 내 뒤에 팔근이 녀석이 섰지 않어! 필시 그걸 그 녀석이 찔른 게로군! 다른 거야 뭬 있을 게 있나……."

"그걸 고자질했음 그누므 새낄 죽여 없애죠."

"경칠 거 그만 말 한마디에 사람 어쩔라구!"

"조선 눔끼리 서루 잡는담!"

"그러게 망했지!"

주재소는 노마 아버지가 들어서기 전에 이미 살기등등해 있는 판이었다. 웃통을 벗어제친 소장은 웬 '츠메에리' 양복의 청년 하나를 그의 하이칼라 머리를 한 손으로 끄들어 쥐고 절레절레 흔들더니,

"오늘 이 같은 시국에 머리 길러 무슨 일이 있나? 나마이키야로……."
하고 뺨을 철썩 갈긴다. 그리고 노마 아버지가 문간에서 어릿거리니까 정순사더러 저것이냐 물었고 그렇다니까 냉큼 들어오라고 소리를 질러 노마 아버지는 진작 들어서니만 못한 것 같았다. 소장은 다시 하이칼라 머리 청년에게 '고고쿠 신민노 치카이'를 읽으라 했다. 청년은 머리를 끄들려 눈물이 글썽해가지고 입술을 축여 떨리는 발음을 낸다.

"고고쿠 신민노 치카이, 이치, 와타쿠시도모와 다이니혼데이고쿠노 신민데 아리마스. 니, 와타쿠시도모와 고코로오 아와세데 덴노헤이카니 츄기오 쓰쿠시마스. 산, 와타쿠시도모와 닝쿠단렌시데 릿파나 쓰요이 고쿠민토 나리마스."*

이렇게 끝까지 틀리지 않고 외운 덕으로 청년은 더 맞지는 않고 머리만 가위로 앞이마를 두어 군데 잘리고 놓여나왔다. 노마 아버지는 주름살에 땀이 흥건하던 얼굴이 새파랗게 졸아들어 가지고 그 청년이 섰던 자리로 끌려 나섰다.

소장은 말을 눈깔로 뱉는 것처럼 눈을 부릅뜬다.

"오마에모 데이코구노 신밍카?"**

노마 아버지는 자기더러도 '고고쿠 신민노 치카이'를 읽으라는 줄로 알

---

* "황국 신민의 맹세, 일, 우리는 대일본 제국의 신민입니다. 이, 우리는 마음을 합하여 천황 폐하에게 충성을 다하겠습니다. 삼, 우리는 인고 단련하여 훌륭하고 강한 국민이 되겠습니다."
** "당신도 제국의 신민인가."

았다. 이것을 외우지 못하면 담배 배급도 고무신 배급도 못 탄다 하여 또 무슨 모임에서나 으레 부르는 것이어서 한두 번만 명심한 것이 아니나 도무지 아리송한 데다가 우둔이 들리었다. 그러나 외우는 시늉만이라도 아니할 수 없다.

"이치…… 와타쿠시도모와 다이일본노 데이쿠노……."

"난다 고노야로."*

하더니 철걱 소리가 났고 잡은참 세 번에 노마 아버지는 '아이쿠!' 하고 코피를 쏟으며 주저앉았다. 주저앉은 것을 일어서라고 구둣발로 내지른다. 대뜸 급소를 차인 듯 밖에서 듣기에도 소름이 끼치는 외마디소리가 난다.

"무엇이라고? 나라는 망해도 종 거시다? 내가 먹어야겠다고?"

"아이구 그랬을 리가 있습니까요……."

"거짓말이 마라. 들은 사람이가 있다. 이 나—쁜 놈이 자식아."

또 철걱 소리가 난다.

"아이구……."

"이놈아? 너 같은 비국민은 죽여 종 것이다!"

하더니 경방단원들 연습시키는 목총을 집어 온다. 딱 소리가 나는데 분명히 어느 뼈대에서 튀는 소리다. 소장 녀석은 시끈거리며 일어선다.

"아이구! 나릿님? 나릿님? 살려주시기요!"

"무엇이?"

"다신 다신…… 죽을죄라 한 번만 용서해주시기요…… 으흐 으흐……."

이 처량하게 떨리는 소리에 억쇠는 가슴이 선뜩했다.

'별수 없구나— 우리헌텐 비는 것밖에……'

억쇠는 가까이 엿듣고 있는 것조차 무서워졌다. 성큼성큼 두어 집 건너로 물러서고 말았다.

주재소 안에 남폿불이 켜졌을 때에야 노마 아버지는 비척거리며 그 속에서 나왔다. 나가라는 소리에 다시 살라는 소리 같아 허겁지겁 나오기는 했으나 주재소가 아닌 데서는 한 걸음을 제대로 옮겨 딛지 못하였고 맞을 때보다 더 섧게 가슴을 치며 울었다. 얼굴이 뒤웅박이 되고 옆구리는 쓰지 못하거니와 한쪽 정강이뼈가 으스러졌다. 억쇠는 아무 집으로나 뛰어 들어가 우선 솜을 얻어 태워다가 노마 아버지의 정강이를 싸매고 시오 리 길을 업고 들어오는 수밖에 없었다.

노마는 이내 옥도정기를 얻으러 나서고 노마 어머니는 물을 떠다 영감의 코피를 닦아주기에 정신이 없었다. 억쇠는 부엌을 지나 슬그머니 나오려는데 분이가 물사발을 들고 가로막았다. 아닌 게 아니라 땀만은 매 맞은 사람보다 더 쏟은 억쇠는 목이 조이던 김에 사양 않고 덥석 받았다. 꿀물이었다. 단숨에 들이켜고 나니 아버지께도 한 그릇 들여다 놓고 나오는 분이가 이번에는 억쇠가 내어미는 그릇을 받았다. 그리고도 길을 비키지 않더니,

"저기 도랑에 가 땀 좀 씻구 가요."

한다. 분이네 부엌 뒤로는 맑은 도랑물이 흘렀다.

"괜찮어."

"어서요."

하고 어둠 속에서 박꽃 같은 분이가 얼굴을 돌이키지 않는다. 그 얼굴에 무슨 말을 하고 싶은데 답답하기만 해서 억쇠는 잠자코 분이가 시키는 대

로 부엌 뒤로 나왔다. 땀난 등허리보다 가슴이 더 뜨겁다. 적삼을 벗어 팽개치고 도랑에 들어섰다. 분이가 쪽박을 들고 따라 나왔다. 물을 떠 가려나 보다 했는데,

"더 숙여요."

하더니 쪽박으로 푼 물을 제 잔등에다 부어준다.

저녁이면 밭에서 들어온 저희 오빠를 씻어주던 솜씨인지는 몰라도 분이는 조금도 서투르지 않다. 물을 두어 번 끼얹었더니 그 매끄러운 손바닥으로 뽀득뽀득 밀어준다. 여름내 탄 등허리는 꺼풀이 자꾸 밀리었다. 억쇠는 분이가 그것을 때인 줄 알까 보아 그것만 걱정되었다.

분이가 내다 주는 낯 수건으로 얼굴까지 닦고 적삼을 입으려고 찾으니 적삼이 간데없다. 분이가 쪼르르 다시 나타났다.

"이걸 입구 가요. 등에 피두 막 묻은걸요."

"빨믄 되지 뭐."

"그리게 두구 가요."

"나는 못 빠나."

"빨래를 다 해요 뭐."

"밥두 허는데."

"아이 망칙해!"

"그럼 헐 사람이 없는 걸 어떡헌담!"

"그리게 내가 빨아드린대두."

"괜찮대두."

"고집 너머 씀 나뻐!"

하면서 분이는 들고 나온 저희 오빠의 빨아 다린 적삼을 댑싸리 위에 놓고 달아난다.

억쇠는 품은 좀 좁은 듯한 동무의 적삼을 입고 혼자 집으로 돌아올 때 시오 리 길이나 무거운 걸음을 한 다리가 조금도 아프지 않았다. 컴컴한 집 속으로 들어가고 싶지 않아 그냥 큰길로 나와 오래도록 별들을 쳐다보았다. 어머니 묻던 날 밤과는 딴 하늘처럼 억쇠의 눈에 별들도 처음 고와 보였다.

8

억쇠의 눈에도 저녁마다 밤하늘의 별은 고와졌으나 추수한 것 전부를 바치어도 모자라는 소작료 때문에는 눈알이 솟았다.

'봄내 여름내 땀국을 물 먹듯 허구 일헌 게 누군데, 먹진 못해두 소작료는 내라는 거냐? 미리 주재소를 끼는 건 죽어두 쨍소리 말란 말이지! 찢어발길 놈의 새끼들…….'

억쇠는 같은 농군이긴 하나 공부도 많이 했고 가끔 억울한 사람들을 위해 입바른 소리도 해주던 성필이를 넌지시 찾아갔다. 성필이는 자기 일처럼 반가워했을 뿐 아니라 진작부터 동척 작인의 하나로 벌촌서는 말마디나 하고 기운꼴도 쓴다는 택길이와 내통이 있는 것도 알았다.

"인제 택길이가 무슨 말이 있을 테니, 모두들 택길이가 허자는 대루만 해요들."

아닌 게 아니라 며칠 안 있어 이른 아침인데 벌촌에서 택길이네 이웃에 사는 작인 하나가 헐떡거리고 찾아왔다. 억쇠더러 노마와 점둥이를 불러오라 하더니 벌촌으로 같이 나가자 했다. 가서 보니 벌촌까지는 아니요 권 생원네 삼포 있는 뒷등성이인데 길에서는 사람이라고 그림자 하나 보이지 않았으나 올라와 보니 젊은 축들로만 사십여 명 작인이 모여 있었다. 이 속에 성필이가 와 있었고 성필이 옆에는 밀짚모자는 썼으나 농사꾼 같지 않은 낯선 사람도 하나 앉아 있었다. 벌촌 쪽에서도 서너 사람 더 나타난 뒤에 택길이가 일어서니,

"인전 얼른 이리들 모이슈."

했다. 모두 성필이와 그 낯선 사람을 중심으로 둘러앉았다. 아무도 낯선 사람을 인사는 시키지 않는데, 그는 얼굴도 희고 손길도 곱상하나 어딘지 억척빼기 택길이만 못하지 않게 묵직해 보이는 얼굴이다. 그는 넓적한 입으로 담배만 빨았고 성필이가 좌우를 둘러보더니 먼저 말을 꺼내었다.

"나는 동척 작인은 아니우만 역시 남의 땅으루 농사짓는 녀석으루 밤낮 억울헌 꼴 당하고 살기는 마찬가지요. 자, 올가을 일을 여러분 어떻게들 허실려우."

잠깐 서로 두리번거리기만 하다가 택길이가,

"어떡허긴 어떡해요? 모두 꿀 먹은 벙어리지만 속두 그런 줄 아슈? 어느 경칠 눔이 농사 죽드룩 져서 회사 좋은 일만 헌단 말이오?"

하고 대뜸 눈방울이 두리두리해진다.

"안 그렇구!"

"무슨 요정을 내야 해 이건!"

"상에 붙들려 가기밖에 더허겠수!"

"그런데 충신이 자식은 저이두 소작료만두 모자란다구 끓던 자식이 뭘루 낸다는 거야 대체?"

"흥! 그럭험 누군 못 내!"

평소에 말이 적던 춘삼이 김 서방이 곰방대를 뽑고 침을 찍 뱉으며 하는 소리였다.

"그럭험 누군 못 내다니?"

"아, 면장님이 모자라는 건 당해줬답디다."

"뭐?"

모두 눈이 둥그레진다.

"면장이 당해주다니요?"

여럿이 모인 데서는 처음 말참견을 해보는 억쇠의 목소리였다.

"충신이 색시가 면장님이 저이핸 당해주기루 했다구 자랑삼아 우리 집 사람더러 지껄이드라는데 그래."

"면장님은 무슨 님? 죽일 놈들!"

택길이가 주먹을 불끈 내밀었다.

"죽일 놈들인 게 보란 말이야! 이를테면 저인 엄살루 죽는 체허구 우리더런 따라서 진짜루 죽으란 속이지?"

아직껏 듣기만 하고 있던 낯선 사람이 피우던 담배를 꺼버리고 좌중을 둘러보았다. 그나 날카로운 눈매다. 앉은 채 별로 서두르지도 않고 여태 하던 이야기나 계속하듯 말을 시작했다.

"여러분이 소작료로 억울한 일 당해본 건 이번이 처음 아니리다. 이게 앞으로도 한두 번 있구 말 거라면 여러분도 기를 써 싸워 뭘 허겠소? 그렇지만 지주가 따로 있구 작인이 따로 있는 이런 제도가 남어 있는 날까지는 이런 견디랴 견딜 수 없는 이해상반되는 충돌이 자꾸 계속될 거니까, 이걸 고치자는 거구 더구나 이번에 여러분들처럼 지주 편에서 허라는 대로만 하다가는 별수 없이 굶게 되니까 헐 수 없이 무슨 도리를 채리자는 것 아니오?"

"그러믄요!"

택길이의 대답이었다.

"원형이정으루 생각해보슈? 아무리 남의 땅을 부쳐서라두 십 년을 근고* 닦는 일이라면 그래두 북정 밭 한 뙈기라도 늘게 돼야 헐 게 아니오? 세상에 무슨 일 쳐놓구 십 년을 해서 늘진 못허구 고대로만 있는 일이 어디 있단 말이오?"

"어디 고대로만 있으면 좋게."

성필이가 그와 친구 간처럼 반말로 받는 대꾸였다.

"허긴 고대로가 아니라 빚만 늘어가는 거 아니오? 작인들은 빚이 늘었는데 지주들은 그 십 년간에 무에 늘었소? 호강으로 살고도 땅이 늘지 않었소? 종처럼 부리는 작인이 늘지 않었소?"

말뜻은 야무지나 말투가 소탈해서 옆에서 누구나 얼른 말대꾸가 나와진다.

"참 너무두 공평치 못해요니까!"

"아무튼지 여러분들의 금년 추수는 죄다 바쳐두 소작료도 못 된다는 것 아니오?"

"밭농사꺼지 팔어 대면 되죠니까."

"그럼 점둥이넨 밭농사꺼지 팔어 벼루 해다 바치겠단 말이야?"

"그렇단 말이지 어느 경칠 놈이……."

"쉬—"

"문제는 간단헌 거요."

이번엔 성필이가 말을 이었다.

"문젠 간단헌 게, 앉어 뺏기구 죽느냐 일어나 싸워서 안 뺏기구 사느냐 양단간에 하나뿐인데 여러분 어느 편을 취할 테요?"

"싸우면 안 뺏기구 무사헐까요?"

---

* 마음과 몸을 다하며 애씀. 또는 그런 일.

"비러먹을 소리 마라. 땅 짚구 헴치는 노릇만 할 테냐? 중간에 일 잡치지 말구 겁이 나건 그런 물신선*은 미리 빠져요."

벌촌에서 온 경순이란 젊은 작인이다.

"누가 겁이 난대?"

"뭐야 그럼?"

"쉬―"

다시 조용해지기를 기다려 이번엔 낯선 사람이 다시 말을 시작했다.

"권력을 쓰는 놈들과 시비곡직을 가리자면 별수 없이 쌈이 되는 거요. 권력과 싸우는 데는 이쪽에선 단결밖에는 수가 없는 거요. 여러분이 한데 뭉쳐 결정헌 대루 끝까지 뻗대구 나가기만 헌다면 결국 수효 많은 편이 이기는 거요. 또 옳고 그른 것이 싸우는데 끝까지 싸우기만 하면 옳은 게 꼭 이기고 마는 법이오. 어느 누가 듣든지 죽도록 농사진 사람 굶어 죽지 않겠다구 나서는 노릇을 글다군 안 할 거요. 이런 떳떳한 일일 바엔 여러분 맘먹게 달린 것 아니오? 지주 편에서 다신 얕잡어 보지 못하게, 지주들의 병정인 관리 놈들이 허턱 지주 편만 들구 나서지 못하게, 작인들도 미물이 아니라 사람이란 것, 똑같은 사람이란 걸 한번 본뵈기를 보입시다. 여러분을 짓밟는 발은 여러분의 손으로 분질러놔야지 하늘만 처다본다구 되는 게 아니오. 이놈들이 신문에도 내지 못하게 하니까 그렇게 작인들이 들구 일어나 지주들의 악착한 착취를 거절하구 싸워서 이기는 일이 조선에두 자꾸 늘어가며 있는 거요. 소련을 보시오. 여러분은 모르고 있으리다만 거기서는 땅은 모두 농사짓는 사람만 갖게 된 거요. 땅을 차지허구 농군들이 지어논 농사를 들어다가 저이만 호의호식하던 불한당

지주 떼들은 거기선 다 없어진 거요. 절로 그렇게 된 줄 아시오? 농군들이 들구 일어난 거요. 거것 농군들이라구 별사람이 아니라 모두 여러분이나 다름없는 농군들이었지만 견디다 못해 단결해가지구 일어났던 거요. 그게 옳은 일이기 때문에 세계 각국에서 농민들이 일어나며 있구, 그래서 세계 각국에서 농민들의 옳고 떳떳한 요구가 자꾸 실현되고 있는 거요. 생각들 해보슈. 농군은 일은 혼자 허구 굶주리구, 농군은 일은 혼자 허구 헐벗구, 농군은 일은 혼자 허구 병이 나두 못 고치구, 농군은 일은 혼자 허구 자식을 낳두 가르쳐 못 보구, 그게 그래 그대로 나가야 할 세상이란 말이오?”

낯선 사람의 입에서는 단김이 확확 끼치었다. 입술을 축여가지고 그는 더 조리 있게 더 가슴을 푹푹 찔러주는 이야기를 계속하였다. 이 세상이 처음부터 한두 사람 때문에 여러 만 명이 억울하게 살아야 하는 마련은 아니었다는 것, 하늘과 바다가 임자 없이 있듯 땅도 임자가 따로 있을 것이 아니라는 것, 땀 흘려 다루는 사람이 임자일 것이지, 어느 한 사람이 차지하고 여러 사람의 힘을 착취하는 죄악의 도구로 이용되고 있는 것은 잘못이란 것, 인간의 역사에 임금과 양반이 생기게 된 원인이며 또 임금과 양반의 지위나 신분으로도 소용이 없게 돈이 제일인 시대에 이르게 된 것, 다시 이 앞으로는 돈이나 땅 임자의 세상으로 굳어버릴 수도 없이 그 자체가 병이 되어 역사는 어쩔 수 없이 변해나간다는 것, 그것이 인류가 개인으로나 사회적으로나 좋아지는 당연한 발전이라는 것, 그러나 이런 발전이 절로 되기를 바라는 것보다 인간의 다대수요 이런 악제도 때문에 가장 피해자들인 노동자와 농민이 단결해 일어나야 그 발전이 빨리 된다는 것, 그리고 기무라 충신이처럼 밸 빠진 짓 하지 말고 악하고 내 행복을 짓밟는 놈은 털끝만치도 아첨은커녕 도리어 털끝만치도 용서 없이 정정

당당하게 미워하고 총과 칼에라도 대항하고 싸워야 우선 그게 사람이요 그게 사람의 사는 거며 이런 사람다운 산 사람이 자꾸 늘어나가야 악한 놈들이 잡은 권력이나 제도가 빨리 무너져나갈 것이라 했다.

모두가 엄숙해졌다. 누구나 허턱 살고 싶어하는 '삶'이란 이렇듯 비장한 결심에서 맨주먹으로 총칼을 향해 나가야 누릴 수 있는 건가! 이것을 비로소 깨닫기 때문에 또 주재소 소장 녀석이 용서 없이 체포하겠다던 말이 생각나서 어떤 사람은 얼굴이 해쓱해지고 눈도 어웅해진다. 또 어떤 사람은 자기한테도 세상을 볼 줄 아는 눈이 이제 비로소 트이는 것 같아 그 순박한 눈에 얼음쪽 같은 총기도 솟는다.

억쇠도 마음속에 큰 파동을 일으켰다.

'세상엔 우리 편을 들어 소귀에 경을 읽어주는 사람도 있구나.'

억쇠는 낯선 사람은 물론 성필이도 그전 몇 배 더 우러러보였다.

"여러분들?"

하고 낯선 사람은 다시 목을 다듬었다.

"여러분이 맹세하고 단결해 행동만 한다면 여러분은 땅도 안 떨어지고 소작료도 아무리 시국이니 무에니 해도 금년 같은 핸 안 내고도 배기게 되리다. 그건 여러분의 곁에 이 성필 씨 같은 좋은 동무가 있으니까……."

어디선가 버썩 소리가 나는 바람에 말이 끊기었다. 무엇을 보았는지 벌촌 사람 하나가 후닥닥 일어났다. 그가 뛸 때에야 솔포기 밑에서 일어서는, 모자 끈을 턱에 건 정 순사를 모두들 발견하였다.

"꿈쩍들 말아!"

그러나 꽁무니에서 포승을 뽑으며 올라서는 정 순사의 눈초리가 성필이나 낯선 사람만을 노리는 틈을 타 농군들은 쫙 흩어졌다. 성필이도 획 돌아섰다. 그러나 성필이나 낯선 사람의 등뒤에는 어느 틈에 눈깔이 툭 불거진 주재소 소장 녀석이 권총을 대고 떡 막고 서 있었다. 어디서 우지끈 소리가 났다. 택길이가 팔따지* 같은 참나무를 분질렀으나 꺾어 들기 전에,

"고노야로―"

소리와 함께 소장의 총부리는 택길이를 겨누었다. 정 순사는 택길이부터 팔죽지를 꺾어 묶는 바람에 억쇠는 저도 꺾으려고 잡았던 물푸레나무를 놓고 성필이가 눈짓하는 대로 돌아서 뛰고 말았다. 얼마 안 뛰어 노마와 점둥이와 만났다.

"총소린 나지 않았지?"

"못 들었어."

셋이는 숨이 모자랄 때까지 공동묘지 뒷산으로 올라와서야 돌아다보았다. 권 생원네 삼포 앞길이 빤―히 내려다보이는 데다. 낯선 사람과 성필이와 택길이 이외에도 서너 사람이나 붙들려 가고 있다. 억쇠는 눈물이 왈칵 솟았다. 엉엉 울어버리었다.

"우린 뛰길 잘했지!"

겁이 많은 점둥이의 말에 억쇠는 울다 말고 점둥이의 따귀를 갈기었다.

잡혀가는 사람들의 그림자가 길 위에서 사라진 뒤에야 이들은 칡바윗골로 내려왔다.

"그런데 어떻게 알았을까?"

"어느 놈이 찔렀지!"

"그리게 아무 일도 못 해!"

"그런데 억쇠야, 그게 누구냐?"

"주의자지 뭐."

---

* 팔때기. '팔'의 낮은 말.

"주의자—공산당 말이지?"

하고 억쇠에게 한 대 맞고 시무룩했던 점둥이도 말참례를 하였다.

"그럼!"

"그럼, 저렇게 용헌 사람들을 왜 나쁘다는 거야?"

"이 자식아, 넌 지주면 좋아허겠니?"

"허긴 그놈들은 미워헐 테지."

"성필이가 또 몇 달 징역살일 해야 나오겠구나!"

"우리 성필이네 일 그냥 해주자!"

"그래!"

"징역!"

억쇠는 가슴에 푹 찔린다. 그리고 펀뜻 생각나는 것이 있다. 개성서 어머니를 묻고 처음 가재울로 내려오던 날 새벽, 차 안에서 본, 그 노름꾼도 도적도 아닌 성싶던 죄수와, 개성서 신문에서 허구한 날 보던 소작 쟁의와 가끔 큰 글자로 찍혀 나오던 무슨 노조의 적색 사건이니 어디 농민들의 반제 투쟁이니 하는 제목들이다. 억쇠는 경찰이 잡는 것이 도적이나 노름꾼만 아니란 것과 이 겉으로는 평온해 보이는 세상에도 속으로는 목을 내건 사람들의 피투성이 싸움이 계속되고 있다는 것을 오늘 비로소 알아차리게 되었다.

"저런 사람들은 누가 돈을 쥐서 댕기노?"

"이 자식이 또 한 대 맞구 싶은가?"

"이 자식아, 모르니까 묻지 않어?"

억쇠는 기가 막힌 듯 허허 웃어버리는데, 노마가,

"이 자식아, 넌 돈만 아니?"

하고 점둥이의 안악을 걸었다. 하마터면 넘어질 뻔한 점둥이도 노마의 기운쯤은 무섭지 않다.

"덤벼라, 이 자식아!"

주재소에서 능지가 되게 맞고 나온 아버지 생각에 젊은 놈 모가지 하나쯤 아무것도 아니란 결심으로 진작부터 핏줄이 핑핑해 오금이 근지럽던 노마라 이들은 좁은 산길에서 호랑이 날뛰듯 씨름이 한판 벌어졌다.

9

벌촌과 가재울은 이날 밤에 개들이 자지러지게 짖었다. 주모자 이외에는 불문에 부친다고 현장에서 끌려간 작인들도 택길이만 내어놓고는 날이 어둡기 전에 놓아주었으나, 이것은 도리어 한 사람도 놓치지 않고 잡으려는 계책으로였다. 모두 마음 놓고 제 집에서 자게 하여놓고 본서로부터 고등계 주임 이하 십여 명의 경관과 수십 명의 경방단원을 풀어, 밤이 새기 전에 권 생원네 삼포 뒤등*에 모였던 작인들은 한 사람 빼지 않고 묶어갔다.

그러나 성필이와 그 낯선 사람과 택길이 세 사람 이외에는 취조받을 때 따귀깨나 얻어맞고 이삼일 뒤부터 놓여나온 사람이 많았다. 가재울서도 점둥이와 노마는 이내 나왔으나 억쇠만은 투쟁 의식이 있다 하여 이십구 일 구류를 살았다.

이럭저럭 달포가 훨씬 지나 나와보니 '시국'이라고 불리는 세상은 그새 엄청나게 달라져 있었다. 소작 쟁의를 생각만이라도 하던 때는 딴천지였구나 싶도록, 논밭에서 난 곡식은 그만두고 내 몸에 달린 모가지도 내 것

---

* 뒤에 있는 산둥성이.

이랄 수 없이 백성들의 권리란 극도로 박탈되어 있었다. 소작료건 내 몫 엣거건 곡식이란 곡식은 지주와의 문제가 아니라 나라와의 문제로서, 벼만이 아니라 밀이든 좁쌀이든 무슨 잡곡이든 일단 면소에서 칼자루들을 앞세우고 나와 제 해처럼 거둬 가는 것이었다. 우선 감자나 고구마를 먹게 하더니 논바닥에 거름이나 하는 콩깻묵을 먹으라고 배급이 나왔다. 짚은 비가 새는 이엉도 못 해 잇는다. 가마니만 짜서 바쳐라, 관솔을 해다 바치어라, 머루 덩굴을 걷어다 바치어라, 피마자를, 살구씨를, 참나무 껍질을, 놋그릇을, 소를 개를 잡아 껍질을, 그리고 머리를 '마루가리'*를 해라, 각반을 쳐라, '몸뻬'를 입어라, 잠꼬대까지 국어로 안 하면 비국민이다, 너는 지원병이다, 너는 학병이다, 너는 징용이다, 너는 보국대다, 너는 경방단이다, 너는 반공감시초원이다, 이 바람에 안손이 없는 억쇠네는 농사는커녕 나오라는 무슨 회니 무슨 연습이니에 나갈손 손포가 없거니와 몇 가지 세금, 몇 가지 저금, 몇 가지 채권 이것을 감당할 도리가 없고 이것이 밀리면 동네 이사장이나 면장의 미움을 사고 그들의 미움을 사면 보국대니 징용이니 하고 북해도나 남양으로 남보다 먼저 끌려 나간다.

하루는 권 생원에게 불려 가 채권값 안 낸다고 눈이 뿌옇게 몰리고 온 저녁이다.

경방단원이 된 후로는 노름 대신에 사람 치는 것이 일이 된 가네오카 팔근이가 읍에서 나오는 길인 듯 경방단 옷을 입은 채 억쇠네 마당으로 들어섰다.

"오토상 오루카?"**

---

* 짧게 깎기.
** "아버지 있소."

이 자는 몇 마디 못 되는 것 가지고 일본말만 쓴다.

"뭐요?"

억쇠는 못 알아듣는 체한다.

"기사마 고쿠고모 스코시 와카랑카?"*

그것도 못 알아듣는 체하니까,

"쇼—가나이나."**

하더니 조선말을 하는데 그것도 일본식으로 지껄이는 것이었다.

"아버지 없소까?"

이래가지고 억쇠 부자를 앞에 세우고 저는 문지방에 턱 걸터앉아서 하는 수작이 왜 채권값과 세금을 제때 안 내서 우리 동네 성적을 떨구느냐고 한참 꾸짖었고 무슨 비밀이나 이야기하는 것처럼 좌우를 둘러보더니,

"거짓말이나 허면 죽인다 아라쏘까? 억쇠가 나이 몇 살인지 바로 말이 해."

하고 억쇠 부자를 번갈아 뚫어지게 쏘아본다. 아비도 아들도 아무 대답을 못 한다. 억쇠는 징병에 걸릴 나이였다. 그러나 미천한 아비를 가져 삼사 년 뒤에야 출생 신고가 되었기 때문에 민적 나이로 모면하는 것을 어떻게인지 이자들이 눈치를 챈 모양이었다.

"우리 사람이 그런 것이 몰라한다. 그렇지만 도쿠지상이나 도쿠지상 아버지가 그런 거시 몰라헐 줄 아나? 나—뿐 자식이!"

하고 억쇠의 배를 발끝으로 쿡 내지른다.

"민적이 자리 못 된 것은 참말이 나이대로 말이 하라고 면소에서 말이

---

* "자네 국어도 좀 아는가."
** "별수없군."

하지 않았나? 왜 가만히 있었나? 이런 것은 덴노—헤이카를 속인 것이
한가지니까 알아 있소까? 겜베이다이 잡혀가서 눈이나 묶어놓고 땅 하는
것이……."

하고 이자는 유쾌한 듯이 깔깔거리고 혼자 웃다가 담배를 꺼내 물었으나,
억쇠 부자는 등골에 땀이 후질근했다.

"어떡해서든 한동네서 무사허두룩만 해주시기요."

천 서방은 허리를 두어 번 굽신거리었다.

"아들이 목숨이 아깝나 이까짓 집이 아깝나?"

"집이라닙쇼?"

이자는 담배를 꺼버리고 목소리를 낮추었다.

"내 말 들을 테야? 그럼 억쇠는 무사허지."

"어떻겝쇼?"

"도쿠지상이 저기 밭에다 안채는 짓구 바깥챈 못 짓지 않았어?"

"그렇습죠."

"그 댁에서 돈이나 권리가 없어 못 짓는 건 아니지만 이편 정성이
지……."

"네?"

"이 집을 헐어다 바깥채를 마저 세우라구 못 그래? 그러구 억쇠는 징병
만 아니라 징용꺼지 면하도록 주선해달라면 도쿠지상 아버지가 누구신데
그래?"

아비와 아들은 말문이 막혀 서로 잠자코 눈만 주고받았다.

"집이 아깝나?"

"……."

"아들보다 집이 아까우면 그만두구 보라구! 억쇠는 소작 쟁의로도 전

과자나 다름없는 것이었다!”

“정말 그렇게만 험 무사헐깝쇼?”

“그건 내 장담허지.”

“살림이라야 안사람도 없이 물라는 것만 많구 더 살래야 살 수도 없쉬다. 그렇지만 집이라군 생전에 이게…….”

하고 천 서방은 이내 목소리와 함께 눈이 흐려진다.

“글쎄 생각해 허라구. 내가 억쇠 신상이 좋지 못한 줄 아니까 이웃간에 귀띔을 해주는 거지 내 생기는 게 있어 이러는 줄 알어?”

“아 그러믄요. 저것 하나만 신상에 별일 없다면 오늘 저녁부터 한뎃잠 잘가요니까!”

일어나려던 팔근이는 다시 돌아섰다.

“그리구 말야.”

“네?”

“독개그릇은 팔려거든 내게다 팔라구.”

억쇠 부자는 밤새도록 생각해보았다. 별수 없었다. 남의 집 종살이에서 풀려 밭이나 하루갈이 사고 마누라를 얻든지 며느리를 얻든지 해가지고 이젠 남부럽지 않게 한번 살아보려고 남은 깍지방으로 지었던 것이라 대궐 맞잡이로 알고 이 집을 세울 때 밤엔 며칠을 잠을 못 자고 기쁘던 노릇이, 생각하면 문패를 ‘야마다 후미오’라 갈아 불러본 것뿐 머릿속에 남는 것이라고는 아무것도 없이 이제 헐어다 바치어야 하는 것이었다.

억쇠네 부자는 묻는 사람에게마다 팔았노라 대답하며 사흘이 걸려 저희 손으로 집을 뜯었다. 아비도 아들도 눈이 헛갈리어 손발이 제대로 놀지 않았다. 몇 번이나 못을 밟고 몇 번이나 떨어지는 서까래에 잔등을 치었다. 지주 댁에 가는 타작 섬이나처럼 저희 등으로 꾸벅꾸벅 져다가 도쿠지네 마당에 갖다 주었고 솥 두 개와 독개그릇 대여섯 가지는 가네오카 네 집으로 져 올렸다.

가네오카는 말로는 산다고 했으나 값을 묻는 일은 없었고 도쿠지는 억 쇠네가 빚진 것과 채권값 따위 모두 오십오 원 각수를 받아주고 억쇠를 징용을 면한다는 농업 요원이란 이름으로 저희 집 머슴에 써주는 것으로 도리어 생색을 내었다. 그리고 억쇠 아버지는 몸담을 곳도 없거니와 이내 보국대라는 강제 노동에 걸려 경원선 복선 공사장으로 끌려갔다.

10

농업 요원이란 논과 밭을 을러서 최소한도 구천 평의 농사를 지으라는 것이었다. 억쇠는 그만해도 몸에 익은 농사일이나 밭일 논일 집안 허드렛 일, 미처 손이 돌아가지 않았다.

농사를 처음 시켜보는 주인 도쿠지는 모범 면장 저희 아버지가 책상 위 에서 증산이니 모범작이니 모범 부락이니 하고 서두르는 그대로 들어와 서 억쇠한테 왜 손이 둘밖에 없느냐는 듯이 서둘렀다.

억쇠는 사실 있는 손 둘도 제대로 놀리고 싶지 않은 일이다.

'남처럼 내 집을 쓰고 남처럼 내 농사를 짓고 분이를 다려다가⋯⋯'

이 클클하게 떼쓰고 싶도록 그립던 욕망도 이젠 여지없이 부서지고 만 것이다.

황국 신민 된 의무다, 나라일이다, 천황 폐하의 일이다 하고 남들에게 는 볶아치고 욕질하고 매질을 하면서도 도쿠지나 그런 국민복 입은 면소 패, 군청 패 들은 그다지 바쁜 일은 없는 듯 사흘이 멀다 하고 그들은 해 지기를 기다려 자전차 꽁무니에 갈보와 술병을 달고 들어들 와 밤을 패고

놀았다.

　이자들이 들어오는 날은 가재울은 불한당패 든 것 같았다. 아무 집에나 가 방문을 벌컥 열어젖힌다.

　"웃방으루 뛔 올라간 게 누구야?"

　"우리 메눌애깁죠."

　"뒷문으로 나간 건?"

　"나가긴 누가 나가요니까?"

　"가마닌 안 치구 초저녁부터 무슨 잠이야?"

　"아무런들 벌써 자기야 허겠어요."

　"그럼 불은 왜 안 켜놓는 거야?"

　"기름이 없다 보니 아무것두 못 허구 앉었습죠니까."

　"핑계 그만둬. 부엌을 뒤져볼까, 무슨 기름이구 없나?"

　"웬 기름이 있어요니까?"

　"호주 이름이 누구야? 사내들은 어디 갔어?"

하고 엄포를 해놓고 슬쩍 물러나면 따라왔던 도쿠지나 가네오카는 어느 틈에 이 집 닭장 문을 열고 그중 묵직한 암탉으로 한두 마리 골라 들고 주인 앞으로 오는 것이다.

　"면에서들 나와 나라일루 여태 저녁두 못 먹구 다니는 걸 그냥 가게 헐 수 있소?"

　"저런 얼마나 시장들 허실까요!"

　"우리가 저녁은 허지만 한두 번 아니구 찬을 당헐 수가 있소! 이거 얼마 내리까?"

　"원 별말씀을! 동넷손님인걸요."

　닭 한 마리쯤 채키는 것 남편이나 아들에 비겨 아무것도 아니었다. 이

자들은 보국대나 징용 인원이 모자란다든지 내일처럼 보내야겠는데 한두 명이 도망을 했다든가 하면 아무 동네에나 '도라쿠'를 갖다 대고 닭이나 개 한 마리 채 가듯 이들의 남편이나 아들도 손에 잡히는 대로 채 가기 때문에 닭 한두 마리 계란 한두 꾸러미쯤은 아무것도 아닐 뿐 아니라 불을 켤 기름이 있다 하더라도 사내 사람 남아 있는 집에서는 미리 불 없이 앉았다가 이런 손님이 달려들면 뒷문으로 튀는 것이 상책이었다. 이들이 산다는 것은 어떻게 하면 피할까 그것이 전부였다.

도쿠지나 가네오카는 동네에서 먹을 것이 닭이나 계란만도 아니었다. 먹으려 들면 못 먹을 것이 없었다. 동네 어느 집에 제사나 혼사가 있어 부득이 고기나 술을 써야 할 듯하면 가네오카는 앞질러 찾아다니며 축축이었다. 내 담당할 터이니 밀주를 담그라 하고 으레 한 말은 차지했고 내 담당할 터이니 도야지를 잡으라 하고 으레 한두 쟁기는 가져갈 줄 알았다. 이런 공고기 맛에 뱃심이 자란 가네오카와 도쿠지는 나중에는 소까지 몰래 잡게 하고 한두 다리 들곤 하였다. 먹는 것만도 아니다.

"면화는 나라에 죄다 바치라는 건데 이게 누구넨데 솜을 틀어."
한마디면 솜반이 들어왔고,

"짜란 가마닌 안 짜구 이게 어느 때라구?"
한마디면 명주와 무명필도 들어왔다. 가네오카네와 도쿠지네는 귀한 것 없고 못 먹는 것이 없었다.

11

보국대도 제 것 있는 사람은 좁쌀 말이라도 가지고 와서 '함바'에 붙이든지 그렇지 않으면 저녁 한 끼만이라도 한데 냄비를 걸고 배부른 저녁을

먹어보는 것이나, 천 서방처럼 아무것도 없이 온 사람은 무엇보다 배가
고파 견딜 수가 없었다. 산을 허물어다 복선 철롯길을 돋우는 일인데 같
은 흙일이나 농사일보다 생흙 다루는 일은 힘이 갑절 들었고, 그런 데다
먹는 것이 부실해서 한 평 흙을 뜨기 전에 눈에서 별이 돋곤 했다. 촌집에
서 야미떡을 해 파는 것이 있으나 하루 품삯이라는 것이 떡 한 개 값이 모
자랐다. 그것도 남처럼 담배를 피지 않는 덕에 사흘에 한 번씩 야미떡 두
어 개 사 먹는 맛이 오직 사는가 싶은 순간이다가 석 달 기한이 차서 일터
에서 물러나는 날 천 서방은 갈 데가 막연하였다. 농사는 뒷날 세월 좋아
지면 다시 짓기로 하더라도 집이, 그 집이 비록 안손은 있든 없든 내 집이
었던 그 집 한 채만이 저희 부자의 유일한 밑천이요 근거일 것을 그 꿈처
럼 날려 보낸 허전함이란 천 서방은 머리 둘 곳이 없는 이날 그것이 죽은
계집 생각보다도 더 서러웠다.

아무튼 집은 없더라도 아들이 있는 곳이니 천 서방은 터덕터덕 가재울
로 와보는 수밖에 없었다. 동네에 들어서는 길로 아들보다는 먼저 저희
집 섰던 자리부터 찾았다. 구들바닥까지 파헤쳐진 것을 보면 도쿠지네가
바깥채를 짓느라고 구들장까지 뜯어 간 모양이었다. 아들이 그렇게 공들
여 파놓은 박우물에는 나뭇잎만 그뜩 잠겨 있고 장독대에도 쓸모 있는 돌
은 죄다 걷어 가고 없었다.

"주릿대 맞을 놈들 너이들만 얼마나 잘사나 보자!"

몇 달 안 보다 만나는 억쇠는 제 아들 같지 않게 틀이 잡힌 실농군이었
다. 가슴이 함지박 같고 손매듭이 밤톨만큼씩 여물었다. 이런 범장 다리
같은 아들을 앞세우고 제 농사 제 살림을 못 해보는 생각을 하니 또 한 번
뼈가 저리다.

일꾼의 밥그릇엔 수수와 콩만 몰아 뜨나 도쿠지네는 그래도 아직 죽은

먹지 않았다. 천 서방은 된밥 몇 끼를 먹어보니 한결 속이 트지근하다. 저희 집 헐어다 바친 것으로 세운 바깥채라 밤에 누우면 잠이 편히 들지 않았으나 아들과 하루라도 더 같이 지내보고 싶고 된밥도 한 끼라도 더 속에 넣어두고 싶었다. 멈짓멈짓 닷새가 되던 날이다. 도쿠지는 천 서방더러 어쩔 셈이냐 물었다. 묻기라기보다 이쪽에서 대답할 사이도 없이,

"이런 비상시국에 우리 집에 노는 사람이 있다구 해보? 내 얼굴에 똥칠을 허는 거구 천 서방 자신도 이번엔 보국대가 뭐요? 징용으로 이 년 기한으로 남양 아니면 북해도로 가는 판이니 미리 알어채리란 말이오."
하였다. 신선처럼 이슬과 바람이나 먹기 전에는 천 서방은 사람 사는 동네를 떠나 피할 곳은 없었다. 아들의 지게를 하나 얻어 지고 이날로 백천 온천으로 나오고 만 것이다.

온천 손님도 끊어진 지 오래여서 지게벌이도 있을 리 없거니와 보국대와 징용군 뽑기에 열이 나 개도 사람으로 뵈는 면소나 군청 노무계 패들 눈에 빈 지게로 어슬렁대는 천 서방이 걸리지 않을 리 없었다.

억쇠가 저희 아버지가 백천 정거장에서 보이지 않는다는 말을 들은 지 한참 뒤 보국대에 갔다 온 벌촌 사람에게서 저희 아버지가 해주 비행장 닦는 데서 일을 하더란 말을 들었다. 다시 달포나 되어서다. 일본 구주九州*무슨 제철소엔가 '비이십구'가 폭격했다는 소문이 나고 징병 검사에 을종 들인 장근이와 용길이 아우가 서울로 입영하러 떠난 뒤이다. 억쇠에게 저희 아버지의 세 번째 소식은 면소로부터 주인 도쿠지가 가지고 왔다. 죽었다는 것이었다. 일을 하다 죽었으면 나라를 위해 명예요 유족에게 위로금도 나올 것인데 변변치 못하게 무슨 병을 앓았고 병은 나아가 다 썩은 콩

---

* '규슈'를 우리 한자음으로 읽은 이름.

볶은 것을 먹고 죽었기 때문에 '센징와 쇼—가나이네' 소리만 듣게 되었다고 도쿠지는 못마땅해하였다.

"언제래요?"

억쇠는 웬일인지 아버지가 죽었다기보다 누구와 싸움을 하다 졌다는 말에처럼 성부터 버럭 났다.

"벌써 수십 일 됐다니까 누가 알어."

농사일 바쁜 때 그건 가보면 무얼 하느냐고 도쿠지는 짜증을 내었으나 억쇠는 이날로 떠나 해주 비행장을 찾아왔다. 열 군데도 더 물어 저희 아버지 밥 먹던 함바를 찾았고, 거기서 더듬어 야마다 후미오가 전염병을 앓았고 병은 나아 비척거리고 두어 번 함바로 와서 밥 누룽갱이를 얻어 들고 가는 것을 보았는데 어디서인지 썩은 콩 볶아 파는 것을 사 먹고 죽었다는 것이다.

"어디다 묻었나요?"

"묻긴? 태워버렸지."

"태우다뇨?"

"전염병이라구 석유 치구 태웠다는데."

억쇠는 이틀을 여기서 묵으며 더 파보아 야마다 후미오의 시체가 그의 것은 신던 '지까다비' 한 짝 남김 없이 한데 태워버린 것을 알았고 그 태운 자리까지 찾아보고는 그만 걸음을 돌리고 말았다.

억쇠는 신작로에 나와 펄썩 주저앉았다. 하늘은 농군들이 기다리는 지 오랜 비도 좀처럼 내릴 것 같지 않다.

'실컨 가물어라? 망해라 어서! 우리 집을 그냥 먹은 건 그만두고라도 내가 고까도 없는 제 집 종살이가 아닌가? 아버지가 일 년을 묵기루 놀구 먹을 사람인가? 닷새를 못 가서 내어쫓아? 네놈들이 잃구 나 먹을 게 없어 봐라. 개똥은 안 줘 먹을 테냐? 센징와 쇼—가나이? 고런 놈들 주둥이에 거미줄 안 쓰는 걸 봄 저눔의 하늘이란 것두 멀쩡한 거구!'

억쇠는 오래간만에 그 권 생원네 삼포 뒷등에서 잡혀간 성필이와 낯선 사회주의자 생각이 났다. 택길이는 석 달 뒤에 놓여나왔지만 성필이는 그저 소식이 없다. 그들이 감옥 속에서 고생할 생각을 해보니 그래도 저는 아직 일월을 마음대로 보고 살기가 미안하기도 하다.

'어서 왜놈이 망해라? 왜놈이 망해야 도쿠지 따위는 쥐구멍을 찾구 그 사회주의자나 성필이 같은 사람들이 맘대로 활동을 헐 거구 그래야 한번 세상이 뒤집히는 보람이 있을 거다? 왜놈이 망키루 도조 면장이나 권 생원이 그냥 꺼떡댄다면? 그럴 린 없을 거다? 그럴 리 죽어도 없을 거다!'

억쇠는 야속할 것을 더듬자면 도쿠지만이 아니다. 그의 계집년에게도 한두 가지가 아니다. 정말 사형장에서 목이나 매달렸던 것을 풀어 놓아준 것처럼 말끝마다,

"우리 애아버지 아니면 오늘 어떻게 됐을지나 알어?"
소리였고 겨울에 큰 솥에 물이 설설 끓어도,

"무슨 끔직헌 손발이라고 더운 물을 쓰려 들어?"
하고 억쇠 제 손으로 길어다 붓고 제 손으로 해다 때주는 나무에도 더운 물 쓰는 것을 앙탈하였다.

"막 자란 것들은 헐 수 없대두! 주는 대루 처먹지 장독대를 늙은 개 부뚜막으루 아나 어디라고 올라가?"
하고 찬이 모자라도 고추장이나 된장 한 숟갈 못 떠다 먹게 했다.

'이를 갈자! 미워하자! 그때 그이는 나쁜 놈은 용서 없이 미워하라! 했다! 아— 그런 사람들이 세상을 맘대로 꾸미게 된다면? 그렇게 된다면 어떻게 될까?'

억쇠는 손에 잡히는 대로 풀을 한 움큼 잡아 뜯었다.

'우리 같은 사람두 잘살게 만들 거다! 그인 그때 그랬다. 십 년 근고를 해서 북정 밭 한 뙈기 못 장만하는 건 원형이정이 아니라구. 이런 지금 세상은 마련이 잘못된 거라. 마련 잘못된 이놈의 세상은 어서 뒤집혀야 헌다!'

억쇠는 벌떡 일어나 다시 걸었다. 허턱 주먹질을 해본다.

'악한 놈, 내 행복을 짓밟는 놈은 사정없이 미워해야 헌다. 도쿠지란 놈은 악한 놈이다! 내 행복이면 따라다니며 짓밟으려는 놈이다!'

억쇠는 도쿠지를 미워 안 하고 견딜 수 없는 또 한 가지 중요한 이유가 있는 것이다. 닭이나 계란은 제 손모가지로 들고 가는 것이라 말로는 돈을 낸다는 것이나 도쿠지나 가네오카한테서 닭값이나 계란값을 받아본 집은 별로 없다. 그런데 다만 노마네 한 집만은 닭값도 계란값도 낙자없이 받을 뿐 아니라 금새도 읍에 시세로 쳐서 사흘을 넘기지 않고 보내는 것을 억쇠도 두어 번 심부름을 했다. 그리고 한 달이나 두 달에 한 번쯤 고무신 배급표가 고작 한 반에 한두 장 폭으로 나와 신 한 켤레에 십여 집이 매달려 제비를 뽑는 것이나 이 도쿠지의 주머니에는 고무신표뿐 아니라 비누표 석유표 설탕표 광목표 따위가 언제든지 득실거리었다. 노마네는 제비도 못 뽑았는데 분이도 분이 어머니도 고무신이 떨어지지 않았다. 동네에 세력 못 쓰는 젊은이치고는 농업 요원도 아니면서 절름발이 홍 서방을 내어놓고는, 그저 보국대에도 징용에도 뽑혀 가지 않고 견디는 것도 분이 오빠 노마뿐이다. 이것도 도쿠지란 놈이 뒷배를 보아주는 것이 틀리지 않았다.

'도쿠지란 놈이 분이헌테 꿍심이 있는 게 틀리지 않다! 내 모를 줄 아니?'

억쇠는 속에서 불이 나올 것 같은 입을 악물고 걸었다.

12

'사람두 이 땅 같을 게다! 같은 흙인데 다들 맛부터 좋구 힘 적게 들구 곡식은 쏟아지구!'

그 용길네 밭자리 하루갈이는 제 손으로 다루어보니 억쇠는 도쿠지한 테 채킨 것이 다시금 분해진다. 사과나무를 심어 곡식을 간작을 했고 집 터가 백여 평은 차지하여 제대로 심지는 못하였으나 조 이삭 하나가 개꼬 리만큼씩 숙었다. 억쇠는 이 밭을 밟을 때마다 분이 생각이 따라 솟기도 한다. 같은 사람, 같은 여자에도 분이는 보기도 이쁘거니와 살림도 잘하 고 아이내도 잘할 것 같았다.

'못된 것이 임자라도 좋은 땅은 큰 이삭을 맺는다! 못된 것이 꼬이드라 도 착하기만 헌 분이는 고분고분 넘어가구 말 거다!'

억쇠는 이런 생각을 하면 가슴속에 불덩이가 불쑥 치밀어 목구멍을 막 는 것 같다.

'하늘이 무심헌 것처럼 땅두 사람두 무심헌 거란 말인가?'

아직 마당질두 끝나기 전인데 도쿠지는 어디서 그 귀한 과수에 주는 비 료를 구해놓았다. 읍에서부터 억쇠가 져 들여왔다. 열매가 아직 달리지 않은 과수는 무슨 과수든 식량 증산으로 모조리 뽑으라는 것인데 그것도 면장인 저희 아비 이름으로 남의 것들은 모조리 뽑아 던지면서 저희 것은 간작만으로 그냥 둔다. 아직 어린 나무에 거름이 당치 않았다고들 하나 무엇이든 한번 마음이 내키면 멈출 줄 모르는 성미라 도쿠지는 기어이 억 쇠를 시켜 과목들의 둘레를 파게 하고 거름 주는 것을 총찰하던 날이다.

점심 먹고 나와 쉬는 참인데 도쿠지는 억쇠더러 노마를 불러오라 했다.

노마도 노마 아버지도 없고 분이만이 웃방에서 찢어진 제 고무신 깁던 것을 든 채 문을 열었다. 몸뻬를 입어 분이는 몸이 부푼 것이 두드러진다.

"노마 좀 오래는데."

"도쿠지상이 그래요?"

억쇠는 멍청해 대답을 못 했다. 어떻게 도쿠지가 부르는지 듣기도 전에 아는 것이 이상했다. 생글거리는 분이가 이런 때는 이쁘기만 하지 않다.

"누가 오빨 오래요?"

"도쿠지상인 줄 알면서 뭘 그래?"

"내 나가 찾아 보낼게요."

하고 분이는 붉어지는 얼굴을 돌아서 버렸다. 분이 어머니는 장독대에서 무엇을 하다가 아들을 도쿠지가 찾는다는 바람에 눈이 휘둥그레 나왔다.

"이 사람? 그 어른이 우리 애를 어째 부르실까?"

"몰르죠."

"이거 아들 하나 가진 게 무슨 죽을죄나 짓구 사는 거 같으니 어떡헌담! 무슨 일이든 자네 말 좀 잘 허게 응?"

"저야 뭘 아나요."

"자식이라군 그거 하난 걸 그걸 내보내군 난 죽지 못 살아요! 못 살아……."

벌써 말끝이 떨리면서 분이 같은 것은 자식으로 치지도 않는 것이었다. 그것이 자식으로 치는 노마를 위해선 분이쯤 아무렇게 굴려도 좋다는 심속 같았다.

어느 명령이라고 지체할 리가 없었다. 분이와 분이 어머니는 집을 비워 던지고 나서 노마를 찾아 보내었다. 도쿠지는 벌써 경방단 부단장의 정복

저고리를 입고 나와 있었다. 이자가 위신을 보여야 할 자리에선 먼저 이 대단스러운 금줄이 붙은 저고리부터 겉드리고 나서는 것이다.

"노마 너 어딜 자꾸 나돌아 다니는 거냐?"

"구장네 숫돌루 낫 좀 갈러 갔드랬어요."

"농업 요원두 아니구 이 동네 남어 있는 청년이 너 하나 아니냐? 모두들 넌 왜 안 내보내느냔 소리에 난 귀가 아플 지경이다. 외아들이야 너만 외아들인 줄 아니? 그렇지만 너이 어머니 사정에 여태 내가 생각을 많이 해왔는데 시국이 점점 긴박해진단 말이다."

노마는 손만 비비고 섰다.

"넌 몸에 병이 있다구 해서 내가 여태 아버지헌테 그렇게 말을 해 밀어 왔는데…… 아모튼지 너무 남의 눈에 띄게 나다니진 말어라. 내 말이면 면이나 군에서 저이 맘대룬 못 허는 게니……."

"네, 그저 도쿠지상께서 염려해주세야죠."
하고 노마는 두어 번 꾸벅거리고 물러갔다.

그 후 며칠 안 있어서다. 도쿠지네는 떡을 했다. 도쿠지 장인의 대상大祥이었다. 도쿠지는 바쁜 일이 있어 못 가겠다 했고, 아내와 아이만 배천 온천에 가서 차를 타고 가는 연안 처가로 보내는 것이었다. 억쇠더러는 정거장까지 떡 그릇을 들어다 주고 저물 터이니 배천읍에서 자고 들어오라 했다.

아닌 게 아니라 정거장에 와 막차에 떠나는 것을 보고 돌아서니, 밤이 꽤 늦는다.

'나더러 늦을 테니 자고 들어오라고? 흥!'

억쇠는 콧방귀가 나갔다.

'내 속을 너는 모르나 보다. 그렇다구 나두 네놈 속을 모를 줄 아니?'

자기는커녕 억쇠는 속이 닳아 저녁 요기를 할 여유도 없다. 불이나 끄러 오는 사람처럼 억쇠는 숨이 턱에 닿아 가재울을 향해 뛰었다. 눈을 감고라도 다니던 이 이십 리 길이 발부리에 채는 것도 많고 이처럼 아득해 보이기도 처음이다.

'벌써 자정은 됐을 거다!'

길도 악한 놈의 편이 되어 자꾸 늘어나는 것 같다.

그러나 결국 길은 끝이 있었다. 아직 울타리도 못 한 집이라, 어디로든지 안뜰에 들어서는 것은 문제가 아니었다.

안방은 불이 꺼져 있다.

'설마?'

억쇠는 숨이 가라앉기를 기다리면서 모든 것이 자기의 지레짐작이기를 바랐다.

'설마?'

억쇠는 더듬더듬 안방 가까이 왔다. 무슨 소리가 난다. 주춤 멈추었다. 울음 소리 같다. 억쇠는 귀가 놋대야처럼 왕왕거리어 제 가슴 뛰는 소리가 그런지도 모르겠다. 넙적 업디어 마루 밑을 더듬었다. 억쇠는 이내 배암이나 움키었던 것처럼 진저리를 쳤다. 도쿠지의 지까다비보다도 먼저 볼이 줌 안에 드는 여자의 고무신부터 잡혀진 것이요, 그것은 분이가 제 손으로 깁고 있던 실눈이 도톨거리는 분이의 신발이 틀리지 않았다.

"노…… 노래두요!"

틀림없는 분이의 목소리까지 울려 나온다. 반항하는 소리다. 울음으로 반항하다 못해 떠다밀고 뿌리치고 하는 듯, 옷자락 따지는 소리도 난다. 억쇠는 어떻게 쓴 힘인지 힘은 썼는데 말도 안 나가고 바윗덩이가 된 것처럼 제몸을 꼼짝 못 하겠다. 다리만 후들후들 떨린다.

“너 끝내 요렇게…… 노마가 이뻐서 두 번씩 나온 징용장을 내가 응?”

입에 침이 마른 도쿠지 녀석의 목소리다. 그 헐떡거림이 한 번만 갈기어도 나가떨어질 것 같은 데서 억쇠는 후들거리기만 하던 발을 떼었다. 마루에 신발째 덥석 올라섰다. 분이의 그만 지쳐버리고 만 숨소리는 울음도 그치고 모든 것을 운명에 맡겨버리는 것 같다. 억쇠는 입을 악물고 손으로 문고리를 잡았으나 힘도 쓰기 전에 안으로 걸린 문짝은 꺽 맞섰고,

“다래카?”*

하는 일본말이 도쿠지가 아니라 주재소장의 목소리처럼 무섭게 쏘아 나온다. 억쇠는 문고리만 놓친 것이 아니라, 문이 열리는 바람에 허겁지겁 물러나 마루 아래로 내려섰다. 내려서고 생각하니 비겁했다. 자전차 전짓불이 총알처럼 내어쏜다.

“저 새끼 봐라! 왜 오늘 밤으루 들어와 가지구…….”

도쿠지는 단걸음에 뛰어 내려와 철썩 갈긴다. 전짓불 때문에 맞았다. 한 대 맞고 나니까 바늘에 꽂혔던 것처럼 뺏뺏하기만 하던 사지가 제대로 풀리는 것 같다. 억쇠는 전짓불부터 후려갈겼다.

“네깟 놈의 신세로 살구픈 나 아니다!”

“나마이기나…….”**

“너 같은 개새끼 하나 맘껏 죄기구 병정 나감 그만이다!”

억쇠의 돌 뭉치 같은 주먹은 도쿠지의 볼때기로 가슴패기로 달려드는 대로 내질렀다.

“우리가 살려는 밭을 가로챘지 요눔?”

---

* “누구냐.”
** “건방지긴.”

하고 갈겼다.

"우리 집을 그냥 먹었지 요눔?"

하고 내질렀다.

"날 샀전두 안 주구 부렸지 요눔?"

하고 짓밟았다. 히끗 분이가 부엌 뒤로 해 뛰는 것이 보인다.

"밤낮 허는 계집질에 동넷집 처녀꺼지 건드려 요눔?"

하고 발길을 안겼다. 도쿠지는 땅바닥에서 썰썰 기다가 다시 일어서는 체
하더니 그도 부엌 뒤로 뛰고 말았다.

억쇠는 컴컴한 마당에서 욱신거리는 주먹을 털고 바깥방으로 나왔다.
도쿠지란 놈을 달아날 기운이 남도록 설때린 것이 분하다.

'병정으루 나감 그만이다! 나가 죽음 그만이다! 이깟 놈의 목숨 살어서
뭣하는 거냐!'

억쇠는 허리띠를 졸랐다. 죽으면 그만일 바엔 무서울 게 없다. 이왕 손
찌검을 한 김에 요놈을 찾아 단단히 버릇을 가르치리라 작정을 하고 다시
일어서는데 바로 옆에서,

"야마다상?"

소리가 난다. 분이었다. 억쇠는 죽으러 나갈 판에는 분이도 밉기만 했다.
분이 상판에 침을 배알으려 했으나 입에 침이 없다.

"앓었으면 어떻게 해요?"

"어떻게 허다니? 웬 걱정이여……."

"도쿠지가 저 가네오카한테루 가나 봐요. 피해요. 어서요, 네?"

분이는 떨었다. 억쇠는 버럭 소리를 질렀다.

"더럽다! 웬 챙견이냐?"

"……."

"그놈의 방에 들어간 게 어떤 년의 발모가지냐?"

"……."

"더럽다! 퉤, 퉤, 퉤…… 나 같은 거, 도쿠지네 마당에서 개 새끼처럼
물매에 죽는 꼴 네 누깔에 씨원헐 게다!"

"……."

"몇 눔이구 오너라!"

억쇠는 병정을 나가서커녕 분이가 보는 이 마당에서 사내자식답게 기
운껏, 원한껏 싸우다 죽고 싶었다. 마당으로 뛰어나왔다. 그때다. 분이의
그림자가 나무토막처럼 쿵 나가 떨어진다.

"……?"

억쇠는 어느 틈에 딴사람처럼 날아와 분이를 일으켰다. 입에 숨기가 없다.

"분이?"

뺨을 대어본다. 식은 눈물이 처끈거리고* 이쪽 뺨을 적신다. 억쇠는 그
만 제 눈물주머니도 칼에 쿡 찔리는 것 같다. 눈을 껌벅이어 눈물을 떨구
며 허둥허둥 분이를 안은 채 길로 나왔다.

아닌 게 아니라 맞은편 가네오카네 집 쪽에서 관솔불이 올려 솟으며 몇
녀석의 두런거리는 소리가 난다. 억쇠는 그만 돌아서 큰길 쪽으로 나왔
다. 방축 둑으로 들어서 버드나무 밑으로 왔다.

"어떡허나! 분이? 분이?"

분이는 억쇠의 뜨거운 가슴에 안기어 한참이나 사지가 움직여진 때문
일까 이내 울음부터 느끼고는 정신을 차리었다.

"놔요."

---

* 척근하다. 물기가 있어 척척하다.

정신이 들기 바쁘게 분이는 억쇠를 떠다밀었다. 떠다밀수록 억쇠는 힘주어 안았다. 그리고 아이들처럼 소리만 내지 않았을 뿐 둘이는 자꾸 울었다.

"우린 누구두 죄가 없는 거다! 분이 맘을 내가 몰르지 않어! 분이가 아버지나 오빠를 구헐 길이 그 길밖에 없었다면 그걸 맘에 둘 내가 아니야! 나두 사내자식이야!"

억쇠는 도쿠지네 마당 쪽을 돌아다보았다. 도쿠지란 놈은 쩔름거리며 관솔불을 들었고, 팔근이 놈과 달운이 놈은 말장*을 뽑아 들고 어슬렁거리며 저를 찾고 있다.

억쇠는 이를 갈더니 얼른 분이를 내려놓는다. 분이는 그쪽으로 달리려는 억쇠의 다리 하나를 붙들고 늘어진다.

밤이 훨씬 깊어서 이들은 분이네 집으로 들어왔다. 그리고 날이 새기 전에 억쇠는 분이 어머니가 싸주는 좁쌀 서너 되를 꽁무니에 차고 가재울을 떠났다.

13

'팔·일오'는 바로 이듬해 여름이었다.

곡산谷山 땅 깊은 산골 어느 광산에 가 버럭** 짐을 지고 있던 억쇠는 해방된 것을 이틀 뒤에야 알았고 팔월 이십일에야 그럽던 '내 고향'이기보다 '분이의 고향' 가재울로 들어섰다.

---

* 말목. 가늘게 다듬어 깎아서 무슨 표가 되도록 박는 나무 말뚝.
** 버력. 광석이나 석탄을 캘 때 나오는, 광물 성분이 섞이지 않은 잡돌.

‘요 도쿠지 따위 독사 새끼들이 어느 구멍에 대가릴 박았을까?’

억쇠는 주먹에 다시금 신바람이 난다. 농사도 어느 해보다 잘돼 보였다. 논마다 벼 춤이 줌이 벌 것 같고 밭곡식도 안사람들이 초벌감이나 매었을 것으로 검어툭툭한 속잎들이 제법 실하게 자랐다. 어느 집보다도 분이네 집부터 바라보였다. 태극기가 올려 솟은 지붕에는 박 덩굴이 무성하게 덮여 있다. ‘분이?’ 하고 소리부터 지르고 싶다. 그러나 억쇠는 아버지 생각에 흐려지는 눈으로 풀만 우거진 저희 집터에서 몇 걸음 어정거리다가는 바로 도쿠지네 집으로 뛰어들었다.

짐작이 틀리지 않았다. 도쿠지를 미워할 줄 안 것은 자기만이 아니어서 이미 안방 부엌 광 문짝이란 문짝은 모조리 나자빠져 있었고 경대, 양복장 따위가 깨강정이 된 것도 방으로 마루로 너저분히 널려 있었다. 도쿠지란 놈 신세도 저 경대나 양복장처럼 산산조각이 났는지 어서 누구를 만나야 알겠다.

이 집을 나서 첫 번 만난 것이 징병으로 만주로 끌려가 관동군에 입영해 있다 온 장근이었다― 서로 손부터 꽉 붙들었다.

“살았구나!”

“너두 잘 있었구나!”

“언제 왔니?”

“어제 왔다! 노마두 어제 왔다!”

“노마두라니?”

“노마두 징용에 걸린 것 몰랐니?”

억쇠는 가슴이 후끈해 올랐다. 그러리라고는 생각했지만, 노마도 기어이 징용에 걸린 것은 분이가 그 뒤에는 도쿠지의 어떤 위협에도 굴치 않았다는 표였다.

“또 그러군?”

“점둥이가 죽었다는구나!”

“뭐?”

“점둥인 해방되기 둬—달 전에 일본 복강*서 죽었단 기별이 왔다드라!”

“저런 망헐 자식!”

억쇠는 잠깐 점둥이네 집 쪽을 바라보고 입을 비죽거리었다.

“하필 그 자식이!”

장근이도 눈이 젖었다.

“망헐 자식! 해방된 것두 못 보구!”

“그래 넌 인전 어떡헐 테냐?”

“인제야 뭘 해먹든 굶기야 허겠니?”

“그럼!”

“헌데 이 도쿠지란 놈 어떻게 됐다든?”

“글쎄 그 자식을 놓쳤다는구나!”

“엥이, 빌어먹을…….”

억쇠는 주먹을 떨었다.

“가네오카란 놈은 경을 치구 뛰구.”

“달운인?”

“그 새낀 멀쩡히 다니든데! 집집마다 다니면서 빌었다드라.”

“엥이! 도쿠지 놈을 놓치다니!”

“그때 동네에 어디 젊은 녀석들이 있었어야지!”

---

* 후쿠오카.

"참 성필인?"

"왔단다."

"야! 갇혔던 사람들은 더 기쁘겠구나!"

그러나 속으로는 저도 분이를 만날 기쁨이 누구의 기쁨만 못하지 않았다.

"아, 그만 점둥이가!"

하고 동무와 또 한 번 손을 굳게 잡았다 놓고 억쇠는 분이네 집으로 달려왔다.

분이는 남달리 마음에 쓰이고 있어 누구보다 재빠르게 억쇠가 저희 집에 들어서는 것을 알았다. 그리고 분이는 이젠 오—랜 인습에서까지도 해방이 된 듯, 부모님들 보는 데서 달려나와 억쇠를 어엿하게 맞았고, 어제 저희 오빠가 왔을 때는 울지는 않았는데 오늘은 눈물까지 솟는 것을 감추지 않았다.

"너 내가 살어 온 거보다 억쇠 살어 온 게 더 좋은 게구나?"

하고 노마가 억쇠와 손목을 놓고서 누이를 놀리었다.

분이 아버지도 어머니도 억쇠를 스스럼없이 내 집 사람으로 맞았고 노마 아버지는 한숨을 쉬며 억쇠 아버지를 생각하는 말씀도 했다.

분이는 은근히 사람 기다린 피곤이 눈 가장자리에 남았으나 그것이 생글거리기만 해서 철없이 보이던 때보다 더 믿음직하고 어른티답기도 했다.

모두들 기뻤다. 점둥이네와 아직 나간 사람들 생사를 모르는 집들 외에는 모두들 지치도록 기뻤다.

"인전 우리도 살었다! 인전 조선 사람도 살었다!"

모두 한두 끼 굶어도 시장하지 않았다. 억쇠는 이날 저녁으로 점둥이네 집에 와 인사를 하고 그 길로 성필이를 찾아왔다.

성필이는 딴사람 같았다. 머리를 빡빡 깎아 그전 모습이 없는 데다, 오랜 동안 굶주렸을 것과는 딴판이게 허—얘진 살이 푸둥푸둥했다. 마루에 거적을 깔고 누웠다가 얼른 내려와 그전보다 친하게 악수를 해주는 데는 감격되었지만, 성필이의 살이 가까이 보니 부은 것임을 알 때 억쇠는 눈물이 핑 돌았다.

"그 속에서 얼마나 고생했어요?"

"동무들 걱정해준 덕으루 잘 있다 나와 이런 기쁨을 보! 그리구 나 없는 새는 동무들이 우리 집 일루 많이들 애썼습디다그려!"

성필이는 '동무'라 부르며 마루 위로 이끌었다.

"그때 그 어른두 나오셨겠죠?"

"그럼! 그 동무는 다른 사건에두 걸려 원산으로 이송되였드랬는데 으레 이번 통에 나왔을 거요."

"우리 따위가 이렇게 좋을 때 그런 분들은 얼마나 기쁘실까요?"

"암! 그런데 동무넨 그간 아버지가 돌아가셨드군! 그리구 그 애를 써지었던 집이 헐렸습디다그려?"

"말해 뭘 헙니까!"

"내 대강 얘긴 들었소."

억쇠는 가슴이 울컥 치밀어 멍—하니 눈만 껌벅이었다.

"아무튼 동무가 잘 나타났소. 도쿠지네 집과 논밭을 맡어 나갈 사람이 문제라구들 허더니."

"내가 상관해 괜찮을까요?"

"여부 있나! 도쿠지네헌테 피해 안 본 사람이 누가 있겠소만, 동무네처럼 억울헌 꼴 많이 당헌 사람은 없으니까! 집을 빼앗겨, 이태씩 농사를 지어줘, 농사두 삯전두 없었다며?"

"징용 면허게 해준다구 용돈이나 한푼 줬나요 어디?"

"그놈의 집 떳떳이 차지허우. 누가 반대허겠소? 그리구 그 집 농사두 땅은 인제 나라에서 결정허겠지만 부치는 거야 떨어질 리 없을 게니 부즈런히 거두구 인전 성가를 해 살 채빌 허슈."

"지금부터라두 그 집 농살 거두기만 험 내가 추수해 먹을 수 있을까요?"

"먹지 않구? 동무가 그렇게 자신 없이 굴면 안 되우. 집을 멀쩡허게 뺏기구, 이태씩 종살이를 허구, 어째 그런 놈의 새낄 철저허게 미워 못 허는 거요? 해방된 오늘두 그자들헌테 쭈뼛거림 안 되우. 인전 우리들 자신이 싸워 이기며 살아야 허는 거요. 우리 헐 일이 인제 많소!"

억쇠는 말은 나오지 않았다. 그러나 도쿠지를 미워할 것이 집 빼앗긴 때문이나 삯전 없이 머슴살이를 한 것이나 아버지를 내어쫓은 것이나 그런 것만도 아니다. 부모나 형제를 구하기 위해서는 제 몸 하나쯤 바치어도 좋다는 분이의 천진한 순정을 낚아 제 야욕을 채우려던, 야수 같은 그놈의 심보를 생각하면 그깟 놈의 집간이나 농사쯤 차지하는 것으로 풀려 버릴 제 속이 아니다.

억쇠가 도쿠지네 집에서 떠나버린 뒤, 징용을 면한다는 바람에 도쿠지네 머슴살이 자리를 노소가 다투어 모여들었으나 도쿠지의 계집은 이런 특권 있는 자리에 저희 친정 조카 한 녀석을 데려다 두었고, 그 녀석이 또 수긋하고 일이나 하는 것이 아니라, 도쿠지만 못하지 않게 촌사람들을 휘두르다가 도쿠지가 맞을 매까지 몰아 맞고 뛰어버린 것이다. 억쇠는 도쿠지네 농사를 거두는 한편, 도쿠지네 집도 무너진 부뚜막과 부서진 문짝들을 노마와 노마 아버지의 손을 빌려 대충 고치고 들게 되었다.

14

이 가재울 구석에도 아침저녁으로 새 소문이 연달아 들어왔다. 임시정부가 어느 날 들어온다더라, 서울서 벌써 건국이 되었다더라, 나라 이름이 '대한'이라더라, 아니 '조선인민공화국'이라더라, 대통령에 누구, 육군대신에 누구…… 어른 아이 저마다 지껄이었다. 그러나 지껄일 때뿐이었다. 이젠 공출로 빼앗기지 않을 추수라, 농군들은 밭과 논에 예전 공출 없을 때와 같은, 애착이 끓어올랐다. 올해는 밥이라도 한번 실컷 해 먹어보자! 올해는 추수가 일 년 계량만 되면 남의 자식(며느리)도 하나 데려오자! 나라 이름이 무엇으로 정해지든 대통령이 누구로 되든, 그런 것이 앞으로 저이들 살림에 미칠 영향을 생각할 줄 모르는 이들은 '나라'라는 것에는 이내 무관심할 수 있었다. 못 불러보던 '독립 만세'를 목이 터지게 불러보는 것도 시원은 하나 역시 집에 돌아오면 권 생원네와는 달리 배고픈 것이 급하였다. 누구는 주재소장을 두드려주었다, 누구는 정 순사 놈을 밟아 주었다, 누구는 가토란 녀석에게 '조선 독립 만만세'를 불리웠다, 이렇게 평생 처음으로 우쭐해서들 덤비는 것이, 이제는 정말 숨을 쉬고 사나 보다 싶기도 했다.

평양에는 소련 군대가 들어왔다는 소문이 났다. 며칠 안 있어 서울에는 미국 군대가 들어왔다는 소문도 났다. 그리고 삼십팔도선이 무엇인지 바로 벌촌 앞들이 경계로서 조선의 남북이 금이 그어진다는 소문도 났다.

그러나 농군들은 날만 밝으면 논과 밭에 끌리었고 논과 밭에 들어서면 역시 저이를 살리고 죽이고 할 것은 이 논이요 밭일 것 같았다.

"이 왜놈의 땅과 달아난 친일파 놈의 땅은 대체 어찌 될 건구?"

그런 논밭은 그것 부치던 작인들의 차지라는 말이 돌았다.

"아—니 그것도 공평치 못허지! 그럼 달아나지 않을 지주의 땅을 부치던 우리넨?"

"거야 복불복이지 헐 수 있나! 멀쩡한 조선 지주의 땅이야 종전대루 지주네 땅이지 별수 있어!"

"복불복이라!"

"흥 어떤 놈은 공으루 제 땅이 되구, 어떤 놈은 그대루 남의 땅 소작이야?"

새 생활욕과 새 소유욕들은 음험한 공기까지 떠도는 무렵, 하루는 가재울 앞 행길에서 납작한 자동차에 빨간 기를 단 소련 군인 몇 사람이 나타났다. 밭에서 논에서 마당에서 사람들은 길이 메게 모여들었다. 먼저 성필이가 나서며 소련 군인들에게 손을 내어밀었다. 그들은 두툼한 손으로 벙글벙글 웃으며 성필의 손을 마주 잡고 흔들었다. 둥그런 통이 달린 이상한 총을 맸으나 그들은 사귐성 있는 몸짓으로 큰 키를 구부려 둘러선 아이들에게까지 악수를 했다. 계집애들은 부끄러워 달아나는 아이들도 있었다. 논에서 뛰어나와 손에 흙이 묻은 채 억쇠도 그들의 악수를 받았다. 어깨에 금줄이 번쩍이는 장교들이나 이들의 평민적인 태도에 억쇠뿐 아니라 모두가 감격되어서 성필이의 선창으로 진정에 넘치는 '소련 군대 만세!'를 불렀다.

"이분들은 잠깐 조선 농촌 구경을 한다고 읍에서 나왔습니다."

통역이 성필이에게 말했다. 성필이는 이들을 동네 안으로 인도했다. 이들은 농군들의 가정 다섯 집과 권 생원네 가정을 보았고 농구 일습과 농민들이 일하는 것도 보았다. 성필이네 바깥 툇마루에서 동네에서 모여든 꿀물이며 풋밤이며 대추를 먹으면서 지주네 가정에 비기어 소작인들의 생활이 너무나 비참하도록 차이가 있다 하였고, 농사를 짓는 소작인의 실수익이란 사 할이 못 된다는 말을 듣고는 더욱 놀랐다. 그들의 열정적인

이야기를 통역은 이렇게 옮겨주었다.

"그러나 여러분 기뻐들 하시랍니다. 자본주의 국가의 식민지에서 해방이 된 여러분은 이 앞으로는 그런 억울한 착취를 당하지 않고 사실 거라합니다. 노동자든 농민이든 자본가나 지주를 위해 살 것이 아니라 자기자신들의 행복을 위해 살 수 있는 조선이 될 것이라고 합니다."

누구보다도 성필이는 열광해서 소련 군인들의 묵직한 손을 다시금 잡으며 감사했다.

이날 저녁 성필이네 마당에는 억쇠를 선두로 여러 청년들과 농군들이모여들었다.

"아―니 낮에 왔던 소련 군인들이 뭐랬다구요?"

"지주가 소용없어진다구 했다면서?"

"그래 달아난 지주나 일인의 땅을 작인들이 제 해루 차지허구 부쳐 먹으리까?"

"지주가 소용없어진다면 조선 지주두 그렇다든가?"

이들의 자기 표준의 구구한 질문에 성필이는 아직 정확하게 분별해나가며 대답해줄 자신은 없었다.

"인제 두구 봅시다. 아무튼지 제 손으루 일허는 사람이 가난하구 놀구앉었는 사람이 잘사는 세상으루 도로 되지는 않으리다!"

"그걸 자네가 어떻게 장담허나? 일본이 졌으면 일본이 쫓겨 갔을 뿐이지 땅 임자들이 모주리 조선서 떠나가든 않겠지?"

용길이 아버지가 벌에서 늦게 들어오던 길인데 한몫 끼었다.

"그건 성필 씨를 두구 생각해두 그렇진 않지요."

하고 불쑥 성필이의 대답을 앞질러 억쇠가 나섰다.

"성필 씨가 전에 만날 잡혀 다닌 게 일본 사람허구만 아니라 지주들과

쌈허느라구 아니드랬나요? 그러니까 일본 경찰이 없어졌으니 인제 농군들 허구 지주허구 쌈해봐요? 그래 백이나 천 명이 지주 하나 못 해낼라구요?"

"그건 울력다짐을 헐 푼수먼야 늙은 나 같은 거 하나기루 지주 하나 못 감당허겠나? 그렇지만 이치에 다야 말이지."

"왜 이치에 안 다요? 일 않구 더 잘살구, 일허구 더 못살구 그게 무슨 옳은 이친가요?"

"아, 일 않구 편히 먹는 사람은 그리게 땅 임자 아닌가?"

"땅 임자라뇨? 제 아비 하래비 악헌 짓 한 것, 물려 가진 멀쩡한 물신선들 그렇지 않음 가진 악헌 짓을 해 남의 피땀을 긁어모은 돈으로 산 거지 착헌 재물이 세상에 어디 있어요?"

"누군 글쎄 무슨 짓을 해서든 돈과 땅 사지 말랬나?"

"아 누가 돈 모구 싶지 않어서 못 몬 사람 있답디까? 착헌 사람치구 백에 하나나 돈을 몰 수가 있었나요 어디? 옛날 세상엔 백성들 잡어다 볼길치구 뺏들은 재물이랍디다. 요마적엔 모두 관청 놈들 끼구 도조 면장 녀석처럼 협잡을 부렸거나 평생을 구리귀신으루 고리대금을 해서 남 누깔이 뭬지게 구차한 사람들 등을 쳐먹은 그런 악착한 돈들 아니구 뭔가요? 그래두 관청이니 법률이니 한 가지나 우리네 편 들어준 게 있었나요? 그러니까 지주나 재산가는 죄다 우리네 구차허구 용해빠진 사람들관 갈데없는 원수넨다!"

"그렇기두 해?"

"거 억쇠 쾌짜배기*구나!"

하고 동무들도 농담으로보다는 더 속으로 감탄했다. 이날 성필이는 이들

---

* 꽤 괜찮은 사람이나 물건.

에게 이런 이야기를 했다.

"그전에두 세계 전쟁이 있었지만 그때는 이긴 나라들두 죄다 남의 나라를 먹길 위주루 허는 나라뿐이었거던. 그래 진 나라가 먹구 있던 약소민족이나 나라들을 이긴 놈들이 도루 노나 먹구 말었지만, 그때두 말루는 미국의 윌슨 대통령이 민족자결이라구 떠들어 그 바람에 조선에두 독립운동이 일어나구 독립운동자들이 파리강화회의에 조선 독립을 시켜달라구 대표가 가서 진정두 했지만 그때 어디 조선이 독립이 됐소? 그랬지만 이번엔 약한 인종이나 약한 민족이나 약한 나라를 먹기 위주가 아니라 해방시키구 도와주는 게 위주인 사회주의 국가가 이긴 나라 중에 하나란 말이오. 그 나라가 끼기 때문에 이번엔 진 놈이 먹구 있던 걸 이겼다구 저이가 다시 노나 먹는 게 아니라, 이번엔 우리 조선처럼 모두 해방을 시켜주는 거란 말이오. 그런 약소민족을 위해, 다시는 종노릇을 안 허두룩 뒷수습을 해, 다시 말험 사회주의 국가가, 세계에 다시는 먹는 나라와 먹히는 나라가 없이, 서로 평등허게 발전하면서 살두룩 주장하니까 이 앞으로 조선 독립두 그냥 내버려 둘 게 아니라 세계에 먹구 먹히는 나라가 없어지듯이, 한 나라 속에서도 먹고 먹히는 백성이 없두룩 그런 평화스런 나라가 되도록 보살펴 줄 거구 또 기왕부터 그런 조선이 되게 헐 양으루 우리 조선 사람 중에서도 목을 내걸구 싸워온 사람이 얼마든지 있었단 말이오. 여러분두 알지 않소? 전에 동척과 문제 있을 때 저기 권 생원네 삼포 뒤 등에서 우리헌테 얘기해주다가 나서껀 잡혀간 이 있지 않었소? 해방만 됐다구 다 된 게 아니오. 모르긴 해두 조선 독립을 좋아는 하면서도 역시 조선 안에선 같은 동포끼린 그전에 저만 잘살던 버릇으루 또 한두 녀석이 여러 백천 동포를 부리면서 살어볼려구 덤빌 거요. 소련 같은 만민 평등으루 사는 나라는 조선이 그런 불평등한 나라로 떨어지길 바라지 않을 거구, 또 우리들부터가 다신 한두 녀석에게 종살이가 아니라 누구나 똑같은 권리루 사는, 정말 사람마다가 제 권리와 제 자유로 발전하면서 사는 그런 조선을 세우두룩 힘써야 할 거요. 조선이니 동포니 하지만 우리 삼천만 동포에 어떤 사람이 주인인지 아시오? 우리 같은 구차한 사람이 이천구백만이 넘는단 말이오! 삼천만의 주인은 이천팔구백만이라야 할 것 아니오? 여태까진 거꾸로 백만두 될지 말지 헌 자들이 이천팔구백만을 움켜쥐구 왔단 말이우. 명사니 지사니 하는 자들도 허턱 나라니 동포니 떠들었지만, 동포 속에 십분지 팔구가 되는 노동자와 농민을 염두에 두구 떠든 자는 적었단 말이오. 농민이나 노동자들을 위해 싸워온 사람들, 즉 삼천만의 거이 전부 동포나 나라의 거이 전부를 위해 싸워온 사람들은 신문 잡지엔 이름은 그닥 나지 못했어도 유치장이나 감옥엔 밤낮 이름이 적히던, 아까두 얘기했지만 권 생원네 삼포 뒤등에 왔던 그런 사람들이었단 말이오! 모르긴 해두, 아니 보나마나요! 인제 조선에 누구누구 하던 두목들은 허턱 그전 식으루 독립이니 동포니 떠들다가두 정작 이해타산에 들어가선 몇 놈 안 되는 재산가나 지주 편을 들구 나설 게 틀리지 않을 거요! 그자들 허자는 대로 맡겨나가다간 이천팔구백만의 조선 독립이 아니라 단 백만두 못 되는 몇 놈의 조선 독립밖에 안 되구 말 거요! 해방은 됐지만 정말 조선 전체의 독립, 우리 대중들의 독립이 되두룩은 우리 대중 자신들이 나서야 할 거요! 우리들을 원조허는 선진국이 있구, 우리들을 지도하는 선각자들이 있으니까, 우리는 누가 정말 우리 편인가를 가려낼 줄 알어야 허고, 우리 자신들이 헐 일을 알어채려서 지금부터 맘 준비를 단단히 허지 않으면 안 될 거요!"

성필이의 말소리는 나중에는 연설처럼 높아져서 사람도 자꾸 모였고 다른 집 마당에서는 개들도 짖었다.

별이 퍼부은 듯 반짝이는 밤이었다. 억쇠는 분이가 목마를 시켜주던 날 저녁처럼 별빛 고운 하늘을 즐길 수가 있었다. 억쇠는 제 눈이 자꾸 밝아지는 것 같았다. 권 생원네 삼포 뒤등에서 그 사회주의자의 이야기에 비로소 세상을 볼 줄 아는 눈이 트이는 듯한 감격이었듯이, 오늘 성필의 이야기에서 비로소 이 해방과 이 앞으로의 조선을 보아나갈 눈이 트이는 것 같은 감격이었다. 이런 이야기를 어서 분이와 함께 지껄이고 싶었다.

며칠 안 지나서다. 가재울에 '삼칠 타작'이란 말이 들어왔다.

"삼칠이라니?"

농군들은 귀가 얼얼해 무슨 말인지 가려들을 수가 없었다. 농사 나라 조선 천지에 북조선에서 처음 떨어진 수수께끼 같은 말이다.

"삼칠제라니? 누가 칠분을 먹는단 말이야?"

억쇠는 누구보다도 몸이 달아 성필이에게로 달려왔다. 성필이는 얼굴 빛도 이제 제 색이 돌아 읍 출입이 잦을 때였다. 성필이는 억쇠에게 도리어 물었다.

"동무는 그 칠 할을 누가 먹는 게 옳겠소?"

"욕심대루야 작인들이 칠 할을 먹어야 옳지요."

"왜 지주보다 작인이 더 먹어야 옳소?"

너무나 쉬운 질문이어서 억쇠는 씩 웃고 말았다.

"욕심대루라니? 옳은 일인데 그게 왜 욕심이오?"

하고 성필이도 웃었다.

"다대수인 우리가 조선의 주인들이구, 농사를 짓는 우리가 조선 땅의 주인들인 거요. 우리가 생활이 수가 있구 우리 생활이 여유가 있어 자식들을 가르치게 돼야 조선은 문명국이 되는 거요. 가재울서 권 생원 한 집만이 자식을 가르쳐가지군 가재울에 아무 영향두 주지 못허는 거요. 가재울 사십 호가 다 자식을 교육시킬 힘과 병나면 고칠 여유가 생겨야, 또 한 놈은 착취하고 여러 놈은 착취를 당허구 허는 노릇이 없어져야 가재울두 그담부터 미신과 죄악과 인간 모멸의 구렁에서 벗어나게 될 거요. 농민의 이익을 자꾸 주장헙시다. 우리가 남을 착취허는 게 아니라 우리가 남에게 착취 안 당허구 살겠다는 게 도덕으로 봐서 당연헌 거구 생활에 있어 우리헌테 여간만 절실헌 문제요? 우리 이익을 주장헙시다! 이건 우리 이익인 동시에 조선의 이익인 거니까!"

억쇠는 가만히 고개를 숙이고 있었다. 이 김에 달아난 녀석의 땅이니 땅이나 생길까 하는 저 하나뿐의 욕심으로만 흥분이 되어오곤 한 저 자신이, 언제든지 농민 전체와 조선 전체의 이익에 열중해 있는 성필이의 말을 들을 때마다 눈이 한 겹씩 더 무지의 안개가 걷히는 기쁨도 기쁨이려니와 한편으로 자기의 무지와 개인 본위의 욕심이 슬며시 부끄럽기도 했다.

"이러구 보니 공부 못 헌 게 참말 한이 돼요!"

"물론 배워야 허우. 그러나 지금 동무 그대루두 얼마든지 훌륭헌 일을 할 순 있단 자신을 가지시오. 세상일이 알기 어려운 게 결코 아니오. 남을 골리고 저만 잘살려는 협잡질에는 복잡한 지식이 필요헌 거요. 그렇지만 떳떳이 옳게만 사는 덴 많은 지식만이 필요헌 것두 아니오. 그렇다구 과학 지식을 무시허는 건 물론 아니오만, 옳게 살 수 있단 자신만은 가지시오. 그리구 우리 틈 있는 대루 학습에 충실헙시다."

"노마서껀 장근이서껀 성인 학교를 하나 지어볼까 공론을 허는 중이야요."

"그거 좋은 일이오! 내 선생은 얼마든지 끌어대리다."

억쇠는 새로 생긴 농민조합에도 누구보다도 열성을 내려 했다. 그러나 어떻게 된 셈인지 분회장에 하필 달운이 녀석이 나선 것은 불쾌하였다. 장근이도 노마도 못마땅해 울군거리었으나 아무도 차마 말은 내지 못하였다.

아무튼 타작은 삼칠제가 틀리지 않았다. 남조선에서는 마지못해 삼일제라고 하나 북조선의 삼칠제는 조금이라도 작인에게 더 유리했다.

"조선이 해방이 아니라 조선 놈이 모두 미치나 보다!"

권 생원의 말이었다. 해방 직후엔 조선 독립이라고 떡을 한 섬이나 치고 동네잔치를 열던 권 생원이 삼칠 타작이란 말에는 눈이 뒤집혔다. 삼칠 타작을 주장하는 사람들이 죄다 미치지 않는다면 권 생원이 미치고야 말 것처럼 덤비었다.

"미친놈들 소리 아닌가. 들어보게. 독립이 됐으면 법두 없나? 독립이 됐으면 태황제 때 법도대루 다스려야 할 것 아닌가? 천지개벽 후 삼칠제 타작이란 어느 임금 때 있었나 말이다? 이 보두청*으루 갈 놈들아! 남 개미 금탑 모듯 헌 재물을 그냥 먹으려 들어? 아 한 푼변두 안 되는 땅을 어느 시러베아들 놈이 살 거냐 말이다? 농민조합? 흥 그년의 것 메칠이나 가나 보자! 경찰서가 없어졌다구 영영 없어진 줄 아니?"
하고 작인 집 마당마다 가 앉아서 으르대었다. 어떤 늙은 작인들은 역시 뛰어나와 권 생원의 비위를 맞추었다.

"다시 이를 말씀이와요! 돈 뫄 땅 사자는 건 타작 받어들이자는 거구 타작은 소불하 금리는 나와야 헐 게지 금리 안 되는 땅을 정말 미쳤다구 사겠어요? 말이 그렇지 지주 삼 할만 주겠단 작인 어디 있을라구요?"

그러나 작인은 죄다 이런 사람만은 아니었다. 곡식이나 가축의 공출은

---

* '포도청'의 변한말.

커녕 내 몸과 내 자식의 목숨까지 개처럼 끌려다니던 이 몇 해 동안 농민도 '나'라는 것이나 '내 것'이란 것에 상당히 날카롭게 신경을 써왔다. 만세일계萬世一系니 천장지구天長地久니 하고 억만 년을 저희 세상으로 누릴 것 같던 일본 제국의 위신도 일조에 거꾸러지는 것을 내 눈들로 보았다. 군신의 의義니 주종의 은恩이니 하는 것도 권력을 잡은 한편만의 제 욕심 채우는 속임수였던 것도 어렴풋이는 깨닫는 사람이 늘어갔다. 그런데다 한편에서 인민위원회와 농민조합과 그 밖에도 가재울에선 성필이 같은 사람이 이들의 귀를 마음대로 두드리게 되었다. 여러 해 묵은 한 덩이 귀지처럼 이들의 고막을 굳게 막았던 봉건 관념은 그 언저리가 떨어져 바스락거리기 시작한 것이다. 권 생원의 비위를 맞추던 몇 사람의 늙은 작인들까지도 남도 다 정말로 삼 할밖에 내지 않는 마당에 이르러는, 저만 오할 이상의 소작료를 내놓고 싶지는 않았다. 권 생원이 마당전에 와 떠들지 않아 악을 쓴대야 말대꾸를 하러 나서는 작인은 차츰 그림자를 감추고 말았다.

농촌은 오래간만에 풍성한 가을을 맞았다. 참말 오래간만이었다. 삼십육 년 만에 아니 그보다 더 오래간만이었다. 지어놓은 농사는 지주가 들고 가고, 장리쌀 임자가 들고 가고, 빚쟁이가 들고 가고, 벼슬아치가 들고 가고, 남는 것은 정이월 양식도 못 된다는 타작마당의 전설은 벌써 이들의 몇 대 조상 때부터 콩쥐팥쥐 이야기와 함께 있어왔으므로 이들은 언제부터인지 알 수조차 없을 만치 오래간만에 풍성한 가을다운 가을을 맞았다. '팔·일오' 그날보다 농사를 지어 생전 처음으로 소출의 칠 할을 차지해보는 이날 비로소 농군들은 해방의 기쁨을 할아버지 할머니 아버지 어머니 아들 딸 온통이 한자리에서 맛보는 것이었다.

15

이들의 예상대로 달아난 지주나 일인의 땅에서 추수하는 농민들은 더 실속이 많았다. 같은 삼 할을 인민위원회에 내기는 하나 지주가 옆에서 간섭하는 것처럼 박하지는 않았다.

억쇠도 그전에 동척 땅에서 당한 억울을 한몫 분풀이한 듯 흐뭇한 추수를 해 쌓았다

쌀만 있으면 부엌세간도 옷감도 문제가 아니었다. 집도 도쿠지란 놈이 하지 못했던 울타리까지 아늑하게 둘러쳤다. 가재울만 해도 이 가을에 시집 장가 가는 젊은이들이 많았다. 여러 동네가 서로 사위를 맞고 며느리를 맞고 했다. 이 집 저 집서 끼니 아닌 때도 굴뚝에서들 소담스러운 연기가 올라 솟았다.

억쇠네 굴뚝에서도 한날 끼니때 아닌 연기가 무럭무럭 올라 솟았다. 다만 이들의 혼인하는 예식만이 다른 집들과 달랐다.

그동안 억쇠는 성필이와 정말 동무 간처럼 또는 오래전부터의 사제 간처럼 가까워졌다. 이번 억쇠의 혼인에도 성필이는 자기의 이상적 혼인식을 억쇠에게 실현시키는 것이었다.

"내가 만일 혼인을 허지 않았다면, 꼭 이 식으로 나부터 해보는 것인데!"

성필이는 재래 구식 혼인에는 물론이요, 요즘 사회식이니, 교회식이니 하는 혼인식에도 마땅치가 않아 자기대로 한 가지 혼인식을 생각해두었던 것이 있다. 그것은 도시에서보다 농촌에서 더 적합한 의식이어서 억쇠에게 권하였고 억쇠도 이야기를 듣고 보니 그럴듯하여 분이의 동의를 얻고 즐거이 성필이의 새로운 혼례식을 따르기로 한 것이다.

장소는 동네 사람들이 단오 때면 씨름도 하고 복날이면 천렵도 하는 칙

바윗골에 있는 정자 같은 반송들이 둘러선* 잔디밭에서였다. 시간은 오후 네 시, 동무들과 어른들이 둘러앉고 주례 성필이가 깨끗한 조선옷을 입고 상보 덮은 테이블 뒤에 섰다. 테이블에는 다른 것은 없고 산과 들에서 꺾어 모은 들국화를 중심으로 이슬기 있는 청초한 꽃묶음이 하나 놓여 있다.

이윽고 신랑의 들러리인 장근이가 개울에서 올라와 준비가 된 것을 알리었다. 주례는 내빈들에게 곧 신랑이 나타날 터이니 신랑이나 신부가 개울에서 올라서거든 테이블 앞에 이를 때까지 일어들 서라고 이른다.

신랑은 개울에서 이 닦고 머리 감고 세수하여 머리에는 그저 물기가 있어 올라선다. 옥색 두루마기를 입었으나 발이 맨발이다. 뒤에 따르는 두 들러리들도 발목에 대님은 묶었으나, 모두 맨발로 잔디를 파헤치고 만든 보드라운 생흙길을 밟으며 들어섰다. 숫눈처럼 푸군푸군 발에 묻는 흙은 보기만 하는 사람들에게도 싱그러운 흙의 향기를 풍기었다.

테이블 앞에도 한 간 둘레로 잔디가 걷히고 검붉은 생흙바닥이었다. 신랑이 바른편에 서자, 신부가 나타난다.

신부도 새로 머리를 감고 세수를 했다. 얼굴 그대로 분도 연지도 없고 머리는 그전에 함경도나 평안도에서들 얹듯 치렁치렁 많은 머리를 댕기째 올려 둘레머리로 얹었다. 얄밉도록 부자연한 낭자머리보다 이 둘레머리는 자연스럽고 사슴이 뿔을 이듯 자랑스럽게 머리를 인 신부는 한편에 떨군 붉은 댕기와 함께 멋들어진 맵시였다.

두 들러리들도 마찬가지 머리에 마찬가지 맨발들이다. 신부는 분홍 옷, 들러리들은 어느 쪽도 다 흰옷들이다.

"여러분들 앉으십시오."

---

* 원문에는 '물러선'임.

처음 보는 광경이라 어른들도 조용하지 못하였다. 주례는 근엄한 표정으로 조용해지기를 기다렸다.

"이제부터 천억쇠 군과 김분이 양의 혼례식을 지내겠습니다. 이 두 분은 서로 사랑한 지 오래고 자기들의 사랑이 진실한 것을 믿기 때문에 오늘 여러분 앞에서 부부의 길을 시작하는 것입니다. 여러분이 보시는 바와 같이 신랑과 신부는 지금 발에 짚 한 오리 걸치지 않고 맨발 맨살로 새로 파헤친 생흙을 밟고 섰습니다. 이분들은 지금 어떤 자리에서보다 순박하고 진실하고 경건한 마음으로 차 있을 것입니다. 이들이 서로 사랑을 변치 않을 것과 이들이 부부로의 결합을 영원히 지켜나갈 것을 여기서 이 순진한 마음으로 여러분 앞에 맹서하는 것입니다. 여러분도 진정으로 이들의 결혼을 축복하시며 이 앞으로 이들의 새 가정을 돌봐주시기 바랍니다. 지금 신랑으로부터 신부께 꽃을 드리겠습니다."

주례는 테이블에 놓았던 꽃묶음을 들어 신랑에게 준다. 신랑은 두 손으로 받아 한 걸음 나서며 신부에게 바친다. 신부는 소굿이 꽃을 받아 왼편에 안는다.

"신랑과 신부는 신성한 입맞춤으로 이제부터 완전히 부부되었음을 표시하겠습니다."

신랑은 신부를 안고 가벼이 입을 맞추었다.

노인들과 아이들은 웃었다. 그러나 눈에 서투를 뿐 너무나 경건한 분위기에 웃음소리들이 크지는 못하였다. 주례의 인도로 내빈 전체가 일어서서 신랑 신부의 만세를 부르는 것으로 결혼식은 끝이 났다.

신랑 신부가 다시 개울로 내려가 신발들을 신고 신부는 화장도 하고 올라와서 술과 국수와 떡으로 해가 저물도록 음식 잔치가 벌어졌다. 면 인민위원회 위원장과 벌촌 택길이의 축사도 있고 동무들의 노래와 춤도 있다가 신랑 집 지붕 위에도 별이 돋았을 때는 횃불을 쌍으로 잡히고 농악이 앞을 서고 신부는 소를 타고 신랑은 말을 타고 동리로 내려왔다.

신랑 집 마당에는 밤늦도록 농악이 그치지 않았다.

동리마다 혼인처럼 풍성하고 평화스러운 풍경은 없다. 집집마다 신혼한 내외처럼 다정스럽고 희망에 찬 생활은 없다. 억쇠와 분이도 행복스러웠다. 옆에 듣는 사람이 없건만 둘이는 늘 소곤거려 이야기한다. 크게 지껄이면 누가 와 빼앗아 갈 행복이기나 한 것처럼 조심한다. 암만해도 꿈 같았다.

'우리도 이렇게 살 수 있는 건가? 도쿠지란 놈이 다시 나타나 우릴 이 집에서 내어쫓고 동척이 다시 들어서 육 할 이상이나 되는 소작료를 받고 다시 우리는 권 생원한테 가 장리쌀을 줍쇼, 빚을 줍쇼, 그러는 일은 정말 다시는 없을 건가?'

"이거 봐요."

분이로서는 꽤 큰 목소리로 밖에서 들어온다.

"웬 닭이오?"

분이는 뿌―연 암탉 한 마리를 안고 들어왔다.

"알믄 용―치?"

"샀수?"

"당신은 사는 것밖에 몰루?"

"그럼?"

"요거 지난봄에 내가 안긴 첫배*라우. 엄마가 우리 씨닭 허라구 주셨어."

"주시면 뭘 해?"

"왜?"

"이웃인데 가지 않구 있나?"

"가두는 것두!"

"가두면 알 안 낳는 것두?"

"그럼 어떡해?"

"할 수 없지 뭐!"

"어쩌믄 그렇게 태평이우?"

"닭쯤 도루 갔기루."

"그럼 당신은 뭐쯤이라야 아깝겠수?"

"김분이쯤은 좀 아깝지!"

"좀만?"

하고 분이는 눈을 흘기며 광으로 들어갔다.

아내는 모이를 가지고 나왔고 신랑은 노끈을 가지고 나왔다. 동여놓은 닭이 모이 주워 먹는 것을 한참 들여다보다가 분이는 다시 남편의 어깨 뒤로 와 소곤거리었다.

"그런데……."

"뭐?"

"저어 권 생원 댁이 장근 어머닐 나와서 막 야단을 쳤다는구랴!"

"왜?"

"밤낮 저이 세상으루만 아는지 저이 김장허기 전에 먼저 김장해 넣었다구."

"그래 뭐랬답디까?"

"뭐래긴 부—옇게 몰리기만 했지 뭐! 장근이서껀두 못 듣는 데선 우쭐렁거려두 정작 권 생원이나 권 생원 댁 앞에선 여태두 썰썰 기지 뭐야? 난 사내믄 안 그래!"

"여잔 그리랬나?"

서로 웃었다.

"그까짓 고추 오늘 저녁으루 내 빠놀 테니 당신은 밤새서라두 마늘서 껀 까구 우리두 권 생원네보다 하루라도 앞서 낼루 해 넙시다."

"정말?"

"정말 아니구! 내 멀드라두 권 생원네 개울보다 더 위루 날러다 줄 테니 배추두 기중 상탕 상상탕에서 씻어요."

"나두 좋아!"

이들 젊은 내외는 오랫동안 눌리고 짓밟히기만 하여 제대로 뻗을 줄 모르는 저 자신들을 북돋우고 버티고 끌어올리기에 가재울서는 누구보다도 열렬했다.

그러나 억쇠는 가끔 불안이 떠오르곤 한다. 요즘은 더구나 성필이가 없어 속 시원히 물어볼 데도 없다. 성필이는 해주海州 도인민위원회로 가더니 거기서 다시 해주보다도 더 멀리 평양 북조선인민위원회에 가 일을 보는 것이다.

'이 집이 정말 우리 집이 될 건가? 이 땅이 정말 삼칠제로 우리가 눌러 부칠 수 있을 건가?'

가재울서는 십 리만 나가면 벌촌 앞뜰이 바로 삼팔선 경계다. 도쿠지의 아범 황가 녀석이 이젠 서울서 쥐구멍에서 나와가지고 '팔·일오' 전에 황해도 일본말 신문에다 '동조'라는 이름으로 공출에 충실해라, 학병에 솔선해라, 일본이 이겨야만 조선 민족도 산다, 떠들어대던 본으로 해방 이후 오늘에도 지주들과 재산가들만 모인 정당에 한몫 끼어서 토지 정책은 어떠해야 하느니 공산당은 매국노들이니 하는 따위 뻔뻔스럽게 정견 발표를 한다는 것이다.

'도루 그자들 세상이 되구 마는 건가? 그럴 수도 있는 건가?'

더구나 삼팔 이남인 개성이 가깝고 그곳다 한끝을 둔 권 생원은 뻔쩍하면 개성과 서울을 다녀와서 남조선은 살기 좋더라 했다. 그러면 남조선으로 갈 것이지 왜 여기 있느냐 물으면 여기도 며칠 안 있어 남조선처럼 되고 말 거라 했다. 조선의 수도는 서울이다. 조선의 유명한 정치가들은 서울에 모였다. 암만 여기서 북조선대로 이러쿵저러쿵해야 나중엔 개 지붕 쳐다보기일 테니 두고 보아라 했다.

이런 말을 들을 때마다 성필이가 하던 '누가 우리 편인가를 알아야 허고, 우리 자신들이 헐 일을 맘속에 준비해야 할 때'란 말이 생각나기는 했으나 이미 행복을 얻어놓은 저로는 우선 그것만이 물거품이 될까 보아 겁부터 나는 것이다.

억쇠는 불안한 내색을 분이에게 보이고 싶지도 않거니와 이런 불안이 떠오르면 밭이나 논을 다시 한 번 둘러보고 싶어서도 밖으로 나온다. 터 앞으로 붙은 밭, 손이 가까워 무엇을 심든지 재미날 것이다. 오이와 고추를 심으면 분이가 밥상을 갖다 놓고도 뛰어나와 오이와 풋고추를 따 올 것이요, 옥수수를 심어 잇속이 옥수수 같은 분이가 옥수수를 찧고 섰는 모양은 꼭 한 번 보고 싶다.

논도 밭축 밑에 첫 배미부터다. 동네 구지렁물은 다 흘러 들어가는 밭축이라 이 밭축 물은 제물 거름물이다.

'여기도 서울처럼 돼서 도쿠지 놈 부자가 뻐젓이 나타나 일제 때 권도 그대로 누깔을 부릅뜨고 집을 내놔라 논밭을 내놔라 한다면?'

억쇠는 눈앞이 캄캄해진다. 그러나 이런 때마다,

'내놓고 물러서야지 별수 있나!'

보다는,

'싸우자! 목을 걸구 싸우자! 우리 뒤엔 얼마든지 큰 힘이 있다! 우리 농군이나 노동자두 잘살 수 있는 조선이 되도록 도와주는 나라두 있다! 성필 씨 같은 사람두 하나만 아니다! 김일성 장군 이하 북조선인민위원회가 모두 우리 편이다! 아니, 남조선에도 온통 우리 농민들이다. 또 거기 지도자들 중에도 우리 편은 한둘이 아닐 것이다! 싸우자 목을 걸고!'

이렇게 마음먹는 편이 많기는 하나 이미 행복에 겨워버린 자는 강할 수 있기보다 약할 수 있기가 쉬웠다. 더욱 권 생원이 땅을 팔기 시작하는 것이다. 한 마지기도 좋다, 하루갈이도 좋다, 사려는 사람 마음이다, 돈 자라는 대로 뜯어 파는 것이다. 추수가 풍성했고 곡식값이 자꾸 올라 밭 하루갈이나 논 오륙백 평쯤은 우습게들 사는 눈치다. 농민조합에서는 사지 말라고 선전하였다. 땅을 사도 등기가 나지 않는다, 땅을 사지 않아도 농군이면 땅 없이 농사 못 짓게 되지는 않는다, 아무리 외치어도 평생을 땅에 주려온 농민들은 나중엔 이해 상관이 어찌 되든지 우선 한 평의 땅이라도 '내 땅'이란 것에 소원 풀이들을 하는 것이었다. 농군들의 농토에 대한 애정은 치정痴情에 가까운 것이었다.

"이담 날 땅을 그냥 얻는다 하드라도 좋고 나쁜 땅에 내 차례에 꼭 좋은 게 올 줄 뭘루 믿느냐? 그까짓 땅값 공연히 주는 셈치드라도 내 맘에 드는 걸 골라 갖는 것만도 어디냐? 땅값이 아니라 고르는 값으로 쳐도 그만이다."

하고 다시 덤비는 사람들도 자꾸 생기는 판인데 하루는 농민조합 분회장인 달운이가 억쇠를 오라 했다.

"내 자네헌테 조용히 귀띔해줄 일이 있어 오랬지."

"고맙네. 무슨 일인가?"

"나두 동민들에겐 땅 사선 안 된다군 허네만 요즘 돈 애껴선 뭣에 쓰며 또 등기가 안 난다기루 어느 놈이 돈 땅값이라구 영수증 써주군 땅 도루 내라겠나?"

결국 도쿠지네 집과 논밭을 부칠 만치는 살 수 있거든 사라는 수작이다.

"도쿠지가 어디 있는데?"

그것은 가르쳐주지 않았다. 산다고만 하면 자기가 연락은 해줄 수 있다 하였고 도쿠지쯤 그의 아버지와는 달라 거물 친일파도 아닌데 도쿠지의 소유물이 몰수될 리도 없는 거며 그렇다면 도쿠지가 다른 사람한테 판다든지 소작권을 준다든지 해서 내일이라도 맡은 사람이 달려들면 무슨 꼴이냐 미리 알아차리라는 것이었다.

그렇지 않아도 불안스럽게 지내던 억쇠는 달운이 말에도 일리가 있는 것 같기도 했다. 그러나 혼인하느라고 겨우 먹을 양식만 남기고 곡식을 최대한도로 팔아 써버린 억쇠는 밭 하루갈이와 논 이삼천 평 값을 만들 길이 없는 것이다. 억쇠는 눈이 붉어지지 않을 수 없다. 좌우간 며칠 여유를 달라 하고 달운이와 헤어졌다.

"왜 누구허고 말다툼했수?"

분이는 그만해도 억쇠의 맘속을 엿보는 데 누구보다 빨라졌다.

"아—니."

억쇠는 억지로 웃음을 지었다. 행여나 귀여운 아내가 자기들의 행복이 이렇듯 위태로움을 눈치챌까 보아 겁이 나는 것이다.

그러나 분이라고 남들이 땅 사고파는 것을 모를 리 없었고 또 저희들의 행복을 튼튼히 하기 위해 마음을 쓰지 않고 있었을 리 없었다. 서로 기쁘게 하기 위해서는 못 하는 말이 없어도 걱정거리가 될 만한 말은 아직 서로 제 속에만 두는 신정 무렵이었을 뿐이다.

하룻밤은 저만 깨어 있는 줄 알았는데 신랑도 숨소리가 잠든 것 같지 않았다.

"왜 안 자우?"

"당신은?"

"무얼 생각하우?"

"땅이 말이야……."

"땅?"

"응."

"어쩌믄 나두 그 생각 하드랬는데! 어떻게 될까 정말?"

"땅을 사는 게 옳기만 허다면 나도 살 순 있어."

"어떻게?"

"달운이가 나섬 연락이 된다니까."

"그래두 곡식 우리 혼인 땜에 다 쓰군?"

"야미 장사두 못 해? 있는 쌀 우선 팔어 땅 약조금 쥐놓고 개성으루 열 번만 드나들면서 갈 땐 곡식을 지구 가구 올 땐 병정 구두나 실 광목 같은 걸 가지구 옴 열 행보 안에 그만 꺼 맨들 순 있는 거야."

"그런데?"

"그런데 난 달운이 따위나 권 생원의 말보다는 농민조합이나 인민위원회를 믿구 싶어!"

"그게 무슨 말이우?"

억쇠는 그전 동척과 소작료 문제 때 본 사회주의자 이야기를 꺼내었다. 일제 시대 그렇게 경찰이 그악하던 때에도 목숨을 돌보지 않고 농민들을 위해 일하던 사람들이 있었다는 것, 지금은 농민조합만 아니라 인민위원회가 그런 사람들로 조직이 된 것이니 그네들이 농민들에게 해로운 소리를 할 리가 없다는 것, 그러니까 땅을 사지 말라는 것을 사는 것은 의리로 보더라도 잘못이라는 것, 그리고 악하고 제 행복을 짓밟는 자에게는 털끝만치도 아첨은커녕 정정당당하게 미워하고 대항할 줄 아는 것이 우선 사람이란 것, 여기까지 말이 미치어서는 억쇠는 제 이야기에 저 자신부터 감동이 되었다. 벌떡 일어나 앉았다.

"우리는 오륙*이 성허다! 팔 걷고 나서면 못살 리 없는 거구 일을 해두 못살게 되는 날은 해방 아니야. 우해방이기루 그런 놈의 세상은 뚜드려 엎어야 한다! 내가 야미꾼 노릇꺼지 해서 도쿠지란 놈한테 땅값 받읍쇼 허구 갖다 바처? 내 누깔에 흙이 들어가 봐라!"

"그럼!"

"달운이란 놈부터 나쁜 놈이다! 애초부터 나쁘던 놈이다! 명색이 농민 조합 분회장이면서 조합에서 금허는 땅 매매를 허라구? 이만 껀 나로두 판단할 수 있는 거다! 달운인 역시 나쁜 놈이다! 우리 편이 아니다!"

"그래두 여보?"

하고 분이도 일어나 어둠 속에 마주 앉는다.

"그래두 그따위 달운이 같은 것들 괘니 덧내진 말어요."

"왜?"

"난 그때 우리 아버지 매 맞구 오신 거 잊혀지지 않습디다! 지금 와선 분회장이구 뭐구 또 꺼떡대는 거 건드렸다 괘니 오너라 가너라 험 난 싫여! 그까짓 땅 뉘 해 되든 삼칠제만 그냥 나감 살지 뭐!"

"그까짓 땅이라니? 난 당신 담에는 땅이우!"

---

* 오장과 육부라는 뜻으로, '온몸'을 이르는 말.

"그건 나두! 당신 어떻게 될까 봐 그게 애가 씨니까 그까짓 땅이란 말이지 뭐!"

이래서 이들은 서로 아끼고 서로 의지하는 마음은 굳어가면서도 역시 땅 때문에는 불안이 가시지 않던 무렵에 '토지개혁법령'이 떨어진 것이다.

16

토지개혁을 실행하기 위해 면 인민위원회로부터 실행위원들이 나와 가재울에도 농민대회를 열기는 법령이 발표된 지 아흐레 만인 삼월 십사일이었다. 이 아흐레 동안 가재울도 벌촌이나 다른 농촌들과 똑같이 기쁨과 원망과 희망과 저주의 별별 억측이 한데 휩쓸려 떠돌았다.

"경자유기전耕者有其田이라구 밭갈이하는 사람이 그 밭을 가질 것은 성현두 말하신 바다! 농민이 땅을 짓는 것은 또 농민만 아니라 조선 전체가 잘되는 노릇이다. 농민은 조선 사람의 팔 할이나 되니까 조선의 팔 할이 잘되는 일에 누가 감히 반대하랴? 땅도 제 땅만큼 제 살 다루듯 할 것이니 조선 전답은 모조리 옥토루 변할 것이다. 소출도 얼마나 늘 것이냐? 조선, 즉 우리나라가 잘되는 노릇이다!"

토지개혁 실행위원들의 해설을 듣기 전에 성필이 아버지 최 초시 같은 이는 벌써 이만치 토지개혁의 옳은 것을 역설하였고,

"과거 친일파나 악덕 지주의 땅이야 빼앗는 걸 누가 무어나? 악덕은커녕 송덕비가 선 지주의 것까지 일률로 몰수라니 이건 알 수 없는 법령인 걸? 이런 건 아무래두 기껀 좋은 일을 하면서 일 전체를 그르칠 장본인걸."
하고 토지개혁을 다만 친일파와 악덕 지주에게의 보복 수단으로만 아는 데 그치는 사람도 많았다. 억쇠네처럼 끝까지 땅을 사지 않은 사람들은

기뻐할 것밖에 없으나 무리에 무리를 해 땅값을 치른 사람들은 뒤통수를 긁을 뿐 아니라 땅을 사지 않고도 땅을 차지할 사람들을 시기하는 마음에서 지주나 다름없이 토지개혁을 빈정거리는 자들도 있었다. 이 동네 저 동네서 벌써 남조선으로 떠나버린 지주도 한두 집이 아니다.* 이런 지주들은 마치 '팔·일오' 당시에 어떤 왜놈들이,

"오 년 뒤에 다시 보자!"

"십 년 뒤에 다시 보자!"

하며 떠난다듯이,

"땅 빼앗긴다고 설어 말고 땅 얻는다고 좋아 말어라!"

하면서 권토중래나 있을 듯이 희떱게 떠나는 지주도 있었다. 권 생원은 머리를 싸매고 누웠다는 소문이 돌았는데 바로 동민대회가 열리는 날 아침에는 식전부터 나와 돌아다니다가 억쇠네 집에도 석유 한 병을 들고 찾아왔다.

"글쎄 지주는 조선 사람 아닌가? 자네 알다시피 내 친일파 노릇 헌 게 뭔가? 은행에 예금 있는 것 죄다 알구 비행길 헌납해라 기관총을 헌납해라 못살게 들볶으니 마지못해 돈 만 원씩 빼앗겼지 내가 어디 한 번이나 지원했나? 나처럼 돈 애끼는 놈이 어디 있나? 안 그런가?"

역시 억쇠는 이런 사람이 자기 집에 찾아와 준 것이 어쩐지 한편 황송하고 아무래도 맞닥뜨리면 머리가 제대로 들리지 않아 듣기 좋게,

"그걸 누가 모를라구요?"

해주었다.

"땅이야 내놔라 어쩌라 한다구 어느 구둥이가 금세 부스러지는 건 아

---

* 원문에는 '한지주도 두아집니다'이다.

니니까 나중 끝날 배야 알 일이지만 집이란 한번 남의 손에 들믄 당장 결딴나는 거구 지금 세월에 적은 살림두 아닌 걸 어떻게 끌구 다니겠나?”

“그렇습죠.”

“자네도 인전 성갈 했으니 자식 낳구 살자면 이런 험한 시절일수룩 인심을 얻어둬야 허는 걸세. 어디 조선이 지금 정부나 선 걸 가지구 이런다든가? 동척이나 도조 면장의 땅을 몰수허는 건 누가 끓다나? 이 권 아무개 내 생전 내 힘으로 개미 금탑 모듯 한 재물을 무슨 명색으로 먹자는 거야? 생도적 놈들 같으니! 못 구차한 사람들을 먹여 살려? 아 가난 구제는 나라두 못 한단 옛말두 못 얻어들었어? 시러베아들 놈들! 내 자네허구 속엣말이 그냥 튀어나오네만 한옆에서 몽둥이를 깎구 있는 줄 왜 모르는 거야 흥!”

이런 권 생원의 말이 억쇠 내외는 여간 찜찜하지 않았다. 사정이 아니라 은근히 위협이기도 했고 더욱 분이는 물론 억쇠 자신도 오늘 실행위원들에게서 법령 해설을 자세히 듣고 실지로 결정되는 것을 보면 알려니와 아직까지 들리는 말만으로는 토지개혁이 아닌 게 아니라 토지를 받는 사람들로도 안심이 안 될 만치 지나친 데가 있는 것 같아,

“땅 빼앗긴다고 설어 말고 땅 얻는다고 좋아 말어라.”

소리가 그대로 맞을 날이 없지나 않을까 하는 불안을 누를 자신이 없는 것이다.

“이런 때 성필이가 있었으면—”

“그러게 말유!”

억쇠는 옳은 일을 하기 위해서는 반드시 많은 지식이 필요치 않다던 성필의 말이 생각나기는 했으나 아무리 머릿속을 더듬어도 악덕 지주가 아닌 사람을 땅만 아니고 집까지 몰수한다는 것은 알 수가 없었다. 오히려

착한 지주를 위해서는 의분이 일어난다.

"권 생원 말이 옳지 뭐유?"

권 생원이 사라지기가 바쁘게 분이는 토지개혁이란 것에 적이 실망하는 듯 무안 본 얼굴처럼 볼이 발그레해서 동민대회로 나가려는 남편을 막았다.

"그럴 리 없어!"

"근세 법대로 헌다면 안과부네 몇 알 안 되는 논두 몰수라니 과부가 기름 장살 해 늘그막에 겨우 먹을 만치 장만한 걸 어째 뺏는다는 거유? 그런 건 잘못이니까 토지개혁이란 게 뒤집힐 것만 같어!"

"나두 그런 게 좀 분명치가 않긴 해……."

"길을 막구 물어도 안과부 같은 집 땅을 뺏는 건 잘못이지 뭐야."

"안과부네 땅까지 법에 걸리는 그 까닭만 알면 토지개혁을 안심허겠수?"

"아니."

"또 무엇?"

"토지개혁이라면서 집들은 왜 뺏는 거야?"

"그러게 말이야……."

"당신도 잘 알아보구 나서요 괜히!"

"지주들 집 뺏는 것꺼정 까닭을 알면 맘을 놓겠수?"

"응."

"나두 지금 그 두 가지 때문에 어정쩡헌 거유. 그렇지만 난 인제 이런 생각두 나."

"무슨?"

"권 생원이 이러이런 거 잘못이다 틀렸다 큰소릴 허는데 나나 당신은 말이 막히지만 그래 권 생원 말쯤에 인민위원회나 농민조합에서 대답헐 말이 없겠수."

"허긴!"

"우리나 권 생원이 잘못된 거라구 밝혀야 하리만치 그렇게 위에서들 몰랐다거나 알구두 무슨 우격다짐처럼 막 나갈 린 없는 거요!"

"그렇게 생각험 그렇긴 해두……."

"그러니까 무슨 곡절이 있는 일이야. 내 그걸 알어다 바칠 테니 내 속두 시원허고 당신 속두 묵은 체가 내려가게 해줄 테니 병아리나 괜히 독수리헌테 채키지 말구 집 잘 봐요."

"남을 어린애루 알아!"

억쇠는 아내는 약간 아까워하나 권 생원이 놓고 간 석유병을 집어 들었다.

"어떡할려구 그류?"

"더러운 자식— 석유 한 병으로 남을 꾀볼려구?"

"도루 갖다 주게?"

"그럼! 그 자식들을 미워해야 할 텐데 만나면 꼼짝 못허겠으니 제— 길헐…… 권 생원 자식 개자식! 권 생원 자식 개새끼 말 새끼 돼지 새끼……."

하고 억쇠는 소리를 지르며 뛰어나왔고 분이는 대문을 지치며 깔깔거리고 웃었다.

권 생원은 집에 없었다. 안마당까지 들어서니까 눈에 모가 선 권 생원 마누라가 내다보았다.

"이거 아까 권 생원이 놓구 잊어버리고 오셨나 봐요."

"아 그거 자네네 켜라고 안 그러시던가?"

"우릴 왜요."

억쇠는 더 대꾸를 하기 싫어 석유병을 마당 가운데 놓고 뛰어나오고 말았다.

농민대회는 장근네 마당에서였다. 억쇠는 그까짓 병아리쯤 내버려 두고 색시도 같이 올라올 걸 싶었다. 남들은 아이 어른 할 것 없이 안팎이 떨어나와 있었다.

멍석을 깔고 가운데는 앉았고 가으로는 울타리처럼 물러서기도 했다. 작년 '팔·일오' 때보다도 더 많이 모였다고들 했다. 주인을 따라 모여든 개들도 꼬리를 치고 설치었고 그 바람에 닭들도 놀라 지붕 위로 풍산을 한다. 권 생원도 여기 와 있었다. 달운이가 면에서 나온 실행위원 세 사람 축에 끼어 여보란 듯이 담배를 피고 있다. 절름발이 홍 서방도 쩔룩거리며 들어섰다.

"홍 서방이 오늘두 징용장을 받었나, 신이 났으니?"
하고 놀리는 사람도 있다.

"참깨 들깨 노는 판에 아주까린 못 섞인다든가?"
해서 모두들 웃었다. 일제 시대 남은 다 무서워하는 징용장을 절름발이 홍 서방만은 자동찰 가져왔느냐, 비행길 가져왔느냐, 날 뭘로 모서 갈 테냐? 하고 큰소리를 쳤던 것이다.

최 초시도 내려온다. 최 초시한테는 실행위원들도 성필이 아버지인 것을 아는지 일어나서 인사를 한다. 억쇠도 앞으로 나가 인사를 했다.

"왔는가? 내 그렇지 않어두 좀 만났으면 했드러니."

"저 말씀이세요?"

"아직 아마 더 올 사람들이 많으니 그새 나 좀 보세나."

최 초시는 억쇠를 데리고 도로 자기네 사랑 툇마루로 올라왔다.

"자네들 학교 질 공론들이 있었나?"

"추수들이나 끝내군 성인 학교를 짓는대다가 그런 선생님 노릇 해주실 성필 씨가 떠난 담에 맥들이 풀리구 요즘은 땅들에 눈이 뒤집혀 저부터두 어디 거기 정신을 씁니까!"

"재목을 치목해뒀던 것두 아니구 새로 세울 생각들은 말게."

"왜요니까?"

"인제 권 생원네 집 뭘 허나? 그런 거 학교루 쓰게그려."

"아니, 참 이번 토지개혁에 집이 어찌 걸려듭니까? 그렇지 않어두 성필 씨 있을 때 같음 벌—써 뛔 올라와 알아봤을 건데 여간 궁금허지 않습니다."

"나두 첨엔 그게 어정쩡한 일인데, 그런데 내가 요전에 평산 좀 다녀오지 않었나? 거기서 실지루 보기두 했거니와 일전에 성필이게서 편지가 왔네……."

"뭐라구요?"

"지주들의 집을 뺏는 것이 아니라 지주는 살던 동네를 떠나야 한다는 걸세. 그러니까 집이 절루 비는 거지."

"왜 동네꺼지 떠나야 합니까?"

"떠나야만 토지개혁을 허는 보람이 있겠네. 들어보게. 내 다녀왔다는 평산 친구가 큰 지준 아니나 지준 지주지. 그 사람은 법령 나기두 전일세, 아주 자진해 땅을 작인들헌테 노나 주어요. 그래 첨에는 그게 잘허는 일이구 토지개혁두 그런 식으루 나가는 게 옳은 줄 아는 사람두 있었지만 그런 일은 원측이 틀리는 거라구 지금은 문제가 된다네마는 원측에 틀릴 법두 헌 게 지주가 옆에 그저 살구 있으면 땅으로 해 생겼던 폐단이 여간해 안 없어지겠데. 땅을 그저 줬다구 해서 작인들이 참기름이니 찹쌀 되니 뻔질나게 들구 오구 인전 돈두 군색헐 게라구 일거리가 있기 바쁘게 저이 점심들을 싸가지구 와서 그저 해주구 간다네그려.”

“그게 인정 아닙니까? 그게 그런 훌륭헌 사람헌테 마땅히 할 일 아닙니까?”

“아닐세! 그런 생각으룬 미풍양속이지, 그러나 그건 작인들이 그런 지주를 오늘 와선 지주 이상 신분으로 섬기려 드는걸그래? 그게 폐단이란 걸세.”

남의 집 하인의 자식으로 있어 본 억쇠는 ‘신분’ 소리에 선뜩 찔리는 데가 있다.

“주종 관계를 끊자구 한 노릇이 그게 더 심해지니 되겠나? 그런 걸 미풍양속이라 쳐주던 건 인전 다 지나가 버린 군신도덕일세그려— 무엇보다 인전 작인들이 아니라 남인데 남들의 폐만 끼치게 되니 땅을 내놓는 근본정신에 틀리는 거구 토지개혁은 무슨 시주施主가 있어가지구 자선 사업으루 허는 게 아닐세. 이 점이 중요허단 걸세. 알겠나? 누구는 떡 앉어서 은혜를 베풀구 누구는 굽신거리구 모여들어 그 은혜나 받구 그러는 게 아니라 첫째, 사람으로 똑같은 평등 지위가 되는 걸세! 그러니까 지주로 보드라도 단지 지주란 걸로 세력 부리던 낡은 환경에서 썩 물러나 그 자신도 새 인간으로 해방이 돼야 헐 거구 그러자니 딴 데루 가야지! 그래서 주종 관계가 전혀 없어진 자유평등 천지에서 어서 새 미풍양속이 서야 헐 걸세.”

억쇠는 걸터앉은 무릎 위에 깍지를 끼고 있었으나 속으로 크게 무릎을 쳤다.

“알겠습니다!”

“그러게 토지개혁은 지주가 인심을 써 전에 자선 사업허듯 헐 게 아니라 지주는 땅을 매끼구 꺼떡대던 그전 환경에선 쪽 빠져나가야 되겠네. 그래야 즉 잔뜩 노려보는 웃사람이 없어져야 농군들이 그전 소작인으루 가진 비루하던 성질이 없어지구 기를 펴구 정말루 자유스런 인생들루 살게 되겠네!"

"그래서 지주들을 살던 데서 떠나게 허는 걸 암만 생각해두 아는 재간이 있어야지요!"

"성필이가 늘 원측 하더니 평산 그 친구 얘기 듣구 생각해보니 일이란 딴은 잔사정에 끌릴 게 아니라 원측대로만 나가야 헐 거데! 잔사정에 끌린다는 건 그게 벌써 맘보가 협잡을 부릴 수 있게 틈이 벌어진 증걸세그려! 좀 몰인정헌 것 같애두 일이란 원측대로만 나가야 헐 거데!"

"알겠습니다. 참 속 시원한 말씀 들었습니다!"

농민대회 회장에서 박수 소리가 울려 왔다. 이들이 다시 회장에 내려왔을 때는 달운이의 인사말이 끝날 때였다. 이내 실행위원 한 사람이 나서 토지개혁의 취지를 이야기하였다. 억쇠는 최 초시의 말에서 토지개혁의 가장 골자를 터득했기 때문에 쉽게 알아들을 수가 있었으나 '역사적 사명'이니 '봉건 악습'이니 '민주 사업'이니 '경각성'이니 문자만 들려 나오는 말에서 다른 농군들은 약간 어리둥절해졌다. 그러나 하나같이 알려는 열성인 데다가 나중에 북조선인민 임시위원회 위원장 김일성 장군의 담화를 해설해주는 데서는 토지개혁의 정신이 분명히 인식되는 듯 머리들을 끄덕이었고 억쇠도 몇 대목은 머릿속에 외어 넣을 수가 있었다.

"조선이 조선 사람 모두가 잘사는 나라가 되자면 동포끼리 제일 큰 착취 제도요 노예 제도인, 지주 있고 소작인 있는 제도부터 없애야 된다는 것, 민족끼리 누구나 동등한 권리를 갖고 평등하게 발전하는 나라를 세우자는 데 반대하는 민족 반역자나 친일파들의 근거가 되는 지주 계급을 없애버리자는 것, 민족의 팔 할이 넘는 농민의 생활을 높여서 그들도 자식을 가르치게 하고 그들도 암흑 생활에서 벗어나 문명한 생활을 할 수 있도록 하기 위해서라는 것……."

억쇠뿐 아니라 모두들 고개가 절로 끄덕여졌다. 나중엔 박수가 쏟아졌다. 그리고 다른 실행위원이 나와서는 지주들에게 하는 이야기라고 하는데 작인들이 들어도 토지개혁의 정신을 이해하기에 필요하였다.

"지주 되는 분도 오늘 목전엔 섭섭할는지 몰라도 이 토지개혁의 정신이 어떤 사람만 미워서가 아니라 조선 전체를 잘되게 하기 위해서 하는 국가의 발전 사업임을 알고 자진 협력해야 옳은 것입니다. 일제 시대엔 돈을 가지고도 해볼 만한 사업은 왜놈들이 독점했기 때문에 조선 사람들은 땅이나 사놓고 들여다볼 수밖에 없었지만 해방된 오늘은 그런 궁상을 떨 필요가 없습니다. 돈을 모을 만한 유능한 사람들을 위해서는 땅만 지키고 앉었지 않아도 좋게 모―든 사업장이 텅― 비인 채 기다리고 있는 겁니다. 오히려 지주들로 그 죄악의 문서, 소작인 명부나 붙들고 앉었는 골방 속에서 해방이 되어 세계를 내다보며 국가적 생산의 사업주로서 활동해 건국에 공헌할 수 있는 훌륭한 기회가 되는 겁니다."

이런 말에는 억쇠도 다시금 감격되었다.

'그럴 게다. 지주라 해서, 앞으로는 바르게 살려는 사람도 못살게 헐려는 나라는 아닐 거다!'

법령과 세칙과 임시 조치법에 관한 해설까지 끝난 다음, 누구나 어정쩡한 것을 자유로 물어보라는 순서에 이르렀다. 회장은 더 생기를 띠는 것 같다. 그러나 누가 먼저 무엇을 묻나 서로 두리번거리기만 하는데,

"내 한 가지 묻겠시다."

하고 일어서는 사람은 칠순이나 된 안과부의 시어머니였다.

"내 아들이 손이라군 딸 하나 낳구 죽었시다. 그것 에미가 효부라서 여름엔 농사짓고 겨울이면 백천읍으루 기름병을 이구 다녀 땅날갈이나 사늘그막에 들어앉어 삼 모녀가 겨우 입에 풀칠이나 허죠니까 그 땅이 원 어떻게 되리까요?"

"동네 여러분? 저 노인의 말씀이 옳습니까?"

"옳습니다."

여러 사람의 한목 대답이었다.

"법령대로 하면 땅을 남을 주어 시켰으니 물론 몰수입니다."

"그럼 이 늙은것 고부끼리 어떻게 살라나요? 원, 기맥힌 일두 있지. 제 머리루 기름병 이구 다녀 푼푼 저축으로 장만헌 많기나 헌 땅인가 작인이라구 모두 한 명 그 사람 여기 왔소다, 들어보세두 알지만 십 년이 하루지 말다툼 한번 없었쇠다. 지주 구슬 헐 사람이 따루 있습죠!"

모두들 날카로운 시선으로 실행위원을 쏘아본다. 그러나 실행위원보다 군중 속에서도 말이 나왔다.

"지가 바루 저 댁 작인올시다요. 이제 노인께서 말씀두 계셨습지만 여직 한집안처럼 지냈습죠. 더 내라거나 덜 내겠다거나 한 번두 싸운 적 없쇠다요. 다른 땅이면 몰라두 저 댁 땅을 뺏어 날더러 가지램 난 싫쇠다. 그런 남 속 아픈 땅 차지허구 내가 잘될 게 뭐의까?"

"바른말이요—"

"옳소—"

여러 마디가 나왔다. 실행위원은 굽실굽실한 머리를 쓸어넘기며 히죽이 웃는 것이 쓸 수만 있으면 인심을 쓰고 싶은 얼굴이다.

"이게 그렇습니다. 조선 사람 전체가 다 잘살자는 정신에서 되는 일에 죄 없이 못살게 되는 사람이 있어서야 되겠어요? 저 노인 댁 토지를 그럼 어떻게 하는 게 좋겠습니까? 여러분의 의견을 들어봅시다.”

안과부의 시어머니는 벌써 눈물이 몇 방울 떨어진 눈으로 사방을 둘러보는 것이, 말하는 입보다 더 애원이었다. 이 애원의 눈에는 억쇠도 부딪쳤다.

'잔사정에 끌려선 안 된다! 그건 벌써 협잡과 통허는 거다— 목이 부러져두 원측.'

억쇠는 가슴이 찌르르했다. 최 초시에게서 이 말을 듣지 않았다면 억쇠는 이런 때 누구보다도 먼저 일어서 안과부네 사정을 옹호했을 것이다. 우— 하고 모두 한편으로 얼굴을 돌리는 바람에 억쇠도 그쪽을 쳐다보았다. 장근이가 일어선 것이었다.

“저 할머니네 땅은 나부터두 그저라두 품을 도와드릴 게니 자작 짓는 걸로 해서 땅도 안 떼우구 집도 그대루 지니고 우리 동네서 그대루 살게 해주십시오.”

“올시다!”

“그래야 쓰지요!”

이런 찬사가 무더기로 일어났다. 억쇠는 다시 얼마 어정쩡해진다. 최 초시를 바라보았으나 역시 가타부타 얼굴에도 나타내지 않고 보기만 한다. 실행위원도 머리를 긁적거리더니 멍하니 섰다. 원칙과는 틀려도 잔사정에 끌리어 제 맘대로 정하려는 속인지도 모르겠다.

'나두 남의 사정 딱헌 거 누구만침 동정할 줄 모르진 않는다! 안과부네가 저이 손으루 농살 짓는다면 이 자리에서 도와준다고 장담하는 사람들만 못지않게 거들어줄 자신도 있다! 그러나 이게 전 조선의 전 조선 사람들의 딱한 사정을 고치자는 일이니 큰일을 생각 않구 작은 사정에 끌려 원측을 떠나는 건 잘못되기 쉬운 거다!'

억쇠는 성필이가 멀—리 평양에서 저희 아버지와 자기를 쏘아보며 왜 멍청하니 앉았느냐고 소리를 지르는 것 같다. 최 초시는 그저 움직이지 않는다. 억쇠는 일어났다.

"저도 한동네서라구만 아니라 타동 사람으로라도 저 할먼네 댁 같은 사정이라면 붙들어 드리구 싶구 저 할먼네가 땅을 그저 가지구 힘에 부친 농사를 지신다면 나두 남만 결코 못하지 않게 도와드리겠습니다. 그러나 아까 다른 실행위원께서 일러주신 이 토지개혁 정신과 이런 개인 사정 보는 것이 상위가 나지 않는지 그걸 알구 싶습니다. 만일 상위가 난다면……."

하는데 누가,

"원만히 돼 넘어가는 걸 자꾸 꼬집어내 뭘 허나?"

하고 사뭇 말을 막는다. 권 생원이었다.

"아니올시다."

억쇠는 앉지 않는다.

"우리가 이 일을 우리 동네 일루만 알어선 안 됩니다."

"그러이 — 원만히 되려면 아직 더 의논해야 허네."

하고 그제야 최 초시도 알은체한다. 최 초시가 거드는 바람에야 모두들 억쇠가 하는 말이 중요한 것인 줄 알고 정신들을 차린다.

"저 할먼네를 우리가 동정헌다 칩시다. 이담 날 법률이 간섭하드라도 끄떡이 없을 만한 근거를 가지구 동정해야지, 이 자리에선 기껀 생색만 내구 이담 법정에서 인정 안 허는 날은 어떡헐려우? 그때는 도리어 저 댁에 낭패를 만들어드리는 것 아닐까요?"

"그렇습니다."

이것은 실행위원 중 한 사람의 대꾸였다.

"그뿐 아닙니다. 이 토지개혁이 우리 조선서 전에두 없었구 이 앞으로 두 또 있을 수 없는 굉장한 일입니다. 또 시시비비가 많을 일입니다. 인민 위원회에서 훌륭헌 분들이 연구허구 연구해서 결정한 법령입니다. 저 댁 할머니 같은 사정이, 아니 더 딱한 사정두 전 조선에 얼마든지 있을 걸 그 분들이 몰랐을 것 같습니까? 죄다 짐작하구 연구해서 결정한 법령인 걸 우린 믿어야 합니다. 그렇다면, 나는 아직 이런 사정 보는 것에 가부를 말 하진 않습니다만 다만 법령대론가 아닌가를 밝히구 결정해야 법령 위반 두 아니구 우리가 일으킨 동정심두 동정심대루 산다는 겁니다."

이번에는 '옳소' 소리는 없었다. 그러나 장내가 엄숙해졌고, 최 초시가 혼자소리처럼,

"사실이지!"

하면서 테이블에 나선 실행위원을 쏘아보았다. 이번에는 머리를 쓸어 넘 기는 실행위원의 얼굴도 얼마 자신을 갖는다.

"물론 이게 결정이 아닙니다. 동네 여러분 의견을 고루 들어두는 데 불 과합니다. 결정은 이제 여러분이 뽑을 다섯 사람 농촌위원들이 법령에 의 지해서 할 일입니다. 법령에 위반이냐 아니냐도 그분들이 더 연구해 결정 할 것입니다. 물론 법령대로 나갈 것이 원측입니다."

동민들은 잠잠했다. 이 틈을 타 권 생원이 일어섰다.

"이 사람두 여쭈오리다. 내 이 근경에선 지주 측에 안 든다군 헐 수 없 쇠다. 나 지주외다. 땅은 법령이라니 헐 수 없죠니까! 되는 대루 두구 봅 죠니까. 그렇드라두 소위 토지개혁이라면 가옥 몰수란 하관사何關事지 암 만해두 알 수 없쇠다그려? 것두 내가 일인이라든지, 안 헐 말루 발 벗구 나섰던 친일파라면 반역자루 몰릴 거지요. 반역자라면 아, 땅뿐이겠소? 이 목이라두 바치리다요! 길을 막구 물어보구려. 이 권 아모개가 친일파

랄 사람은 성겨나지두 않었을 게니. 설사 법령에 집꺼지 든다 하드라두 생각해보십시오? 날 어쨌다구 길루 나앉으라는 거요? 내 땅이 이번에 약간만 분배가 될 거요? 집은 건드리지 못헙넨다!"

하고 동정을 구하기보다 살기등등한 눈으로 어느 놈이 감히 반대만 해보아라 하는 듯이 좌우를 둘러보는 것이다. 이번에는, 아까 억쇠가 말할 때 '그렇습니다' 대꾸하던 그 실행위원이 일어선다.

"이제 말씀허신 분은 아까 이 법령의 정신과 규약 해설을 자세 안 들으신 듯합니다. 토지개혁은 일인이나 친일파의 토지를 몰수할 뿐만 아니라 일반 지주들의 것도 몰수하는 건, 지주와 작인이란 그 관계를 없애자는 거구 그걸 없애자는 건, 소작료를 주고받는 물질적 관계뿐만 아니라 인격적으로 주종 관계, 극단으로는 상전과 노예 관계, 그걸 없애자는 것입니다. 지주는 오랫동안 상전이나 다름없는 명령만을 해왔고 작인들은 노예에 가까운 복종만 해온 것이 사실입니다. 소작료는 안 바친다 해도 그런 상전이 옆에 있으면, 좋게 말하면 인정상, 나쁘게 말하면 뿌리 깊이 박힌 노예근성 때문에 씻은 듯이 잊어버리고 마음 가볍게 저대로 살기 어려운 거구 또 주인 자신으로 보드라도 차라리 그 옆을 떠나 새 환경으로 나가는 게 새 생활 건설에 적극적일 수가 있고 마음도 편할 것입니다. 그러니까 다른 군으로 가도록 알선하는 거구 자기 농사를 짓겠다면 농토와 집두 준다는 것입니다. 아시겠습니까?"

이 실행위원의 설명이 권 생원의 귀에는 들어갔을 리 없으나 억쇠나 다른 사람들의 귀에는 다시 한 번 들은 보람 있게, 토지개혁의 근본정신이 점점 분명해진다.

권 생원은 다시 일어섰다.

"나 유식하지 못해 그런 소리 무슨 소린지 모르겠쇠다! 공연히 딴 데다 없는 집 주선해주려 애쓰지 말구 내 집 나 살게 두면 그만 아니오? 아무튼지 아까 저 노인의 말씀을 동중 의견에 물어주셨으니 이 사람 집 문제두 동중 의견에 한번 물어주시기요."

실행위원은 냉정한 얼굴이다.

"동중에 물을 테니 그럼 당자는 잠깐 이 자리를 나가주십시오."

권 생원은 다시 일어섰으나 나가지 않고 반문한다.

"아까 저 노인두 이 자리에서 내보냈던가요? 이 사람만 어째 나가라나요?"

"저 노인과 당신은 닳습니다."

"닳다니요? 같은 지주두 같구 닳구가 있나요?"

"저 노인은 작인이란 단 한 사람이오. 그러나 당신의 작인이나 채무자나 당신에게 눌려 지내던 사람은 이 마당에 거의 전부요. 당신 목전에서 당신헌테 대한 의견을 마음대로 말헐 자유의사를 못 나타내는 거요. 지주와 작인 관계란 이렇듯 한 사람을 위해 여러 사람이 제 속엣말도 제대로 못 하고 사는 거요. 보슈, 그러니까 토지개혁을 허는 거구 그러니까 토지개혁은 땅만의 문제가 아니라, 농민들의 눌려만 살아온 의기에부터 자유를 주는 인격 개혁인 거요. 당신이 이 자리에서 나가지 않고 있다면 동네사람들의 자유스러운 의사 표시를 볼 수 없을 거니까 우리는 못 물어보겠소."

"아―니, 어떻게 그다지 남들 속꺼지 잘 들여다보슈? 대관절 난 한 번두 작인들 허구퍼 하는 말 막아본 적은 없쇠다. 그것부터 동중에 물어보슈. 내가 한 번이나 작인들 할 말 못 허게 금한 적이 있는가?"

"그따위 물어볼 필요 없소."

이것은 실행위원의 대답이 아니라 억쇠의 결기 있는 목소리였다. 이 바람에 용길이도 한마디 보태었다.

"그따위를 묻는다 쳐두 당자가 있어선 안 됩니다."

"옳소!"

권 생원은 그만 입속에서 이를 갈듯 한편 볼이 수염과 함께 쌜룩 주름이 잡히더니 자리를 일어섰다. 그리고도 달운이를 비롯해 몇몇 자기에게 만만한 사람들을 두리번거리어 눈을 맞추고야 저이 집으로 올라갔다.

권 생원이 사라지자 실행위원은 입을 열었다.

"여러분이 이 앞으로 맘놓고 자유스럽게 살기 위해선 이제 그 권 씨가 이 동네에 그저 있는 게 좋겠습니까? 없어지는 게 좋겠습니까?"

"잠깐 여러분⋯⋯."

하고 여러 사람의 입을 막듯이 가로채고 일어서는 자가 있다. 달운이었다. 이 동네 소위 농민조합 분회장이라, 실행위원들도 무시하지 못하는 눈치다.

"나두 이 동네 사람이구, 나두 저 권 생원네 땅 부치던 사람이구, 나두 우리 동네 잘되길 바라니까 하는 말이니 여러분이 참고적으루 들어두시구 가부를 말씀들 허슈. 사실 권 생원넨 이 토지 사가지구 와서 몇 해 되지두 않았거니와 또 한 번두 지주 재세를 한 적도 없구 또 권 생원은 아직 개성에 현금이 많습니다. 우리 동네다 학교두 하나 지어줄 의견입니다. 그러니⋯⋯."

하는데 억쇠가 더 견디지 못해 불쑥 일어섰다.

"듣기 싫소. 달운이는 농민조합의 분회장이오, 지주조합의 분회장이오?"

모두 낄낄 웃고 손벽까지 쳤다. 억쇠는 말을 계속했다.

"권 생원이 어째 이 동네에 몇 해가 안 되는 사람이오? 떠꺼머리 총각 때부터 이 동네서 서 푼변 오 푼변의 이자를 따 갔다는 사람이오!"

"옳소!"

"또 권 생원네가 어째 지주 재세가 한 번두 없었단 말이오? 지난가을에 두 저이보다 김장을 먼저 했다구 눈이 뿌옇게 몰린 사람이 저기 앉었소. 지난겨울까지도 권 생원네 뒷간길이나 나뭇가리길부터 쓸기 전에 제 집 마당부터 눈을 친 사람이 몇이나 되오?"

"옳소!"

"우리는 학교를 못 지면 마당에서라두 뱁시다. 해방이 된 오늘에두 그 뱃속에 욕심과 똥만 들어찬 녀석들이 교주니, 설립자니 허구 돈 자랑 비석이나 세우는 그따위 더러운 학교엔 다니구 싶지 않소!"

"옳소!"

"또 이 앞으룬 집이 없어 학교 못 힐 리도 절대로 없는 거요."

"그렇지 않구!"

"그따위 구두쇠는 동네서 아주 하직을 시킵시다."

"옳소. 그따위 그저 있게 허구 시집살이 허구픈 사람은 개성으로 따라 감 되지 않소?"

장내가 조용해지기를 기다려 실행위원은 다시 나섰다.

"여러분네 의견 잘 알었습니다. 그러나 아까 다른 분두 말씀허셨지만, 안노인 댁 땅을 자작 농지로 보존시키구 안 시키는 것이나, 이제 권 지주 네 떠나는 문제나 다 이 자리에서 이대로 결정짓는 건 아닙니다. 여러분 의 의견이 잘 드러났으니까 이것을 존중해서 이제 이 마당에서 뽑히는 다 섯 사람, 이 동네 농촌위원들이 법령에 좇아 결정할 것입니다. 우리 실행 위원들도 여러분의 의견을 알었고 여러분 자신들도 이 동민 전체의 의향 을 아셨으니 이제는 농촌위원들이 법령을 지켜 결정할 것입니다. 그러나

이 일만 아니니까 무엇이나 여러분의 의견을 잘 대표해서 처리할 만한 위원 다섯 사람을 뽑읍시다. 그런데 여러분의 대표구 위원이구 허다니까 그전 일제 때처럼 허턱 유력한 사람을 뽑아선 안 됩니다. 소위 유력자는 서로 안면 관계도 있고 저만 이롭자는 엉뚱한 생각을 남모르게 잘하는 버릇이 있으니까, 첫째 맘보가 공정한 사람이라야 합니다. 남의 집 머슴 살던 사람도 좋습니다. 그런 사람이 누구보다 농간 부릴 줄 모릅니다. 낫 놓고 기역자도 모르는 무식한 사람이라도 말만 바르게 할 사람이라야 됩니다. 사무적으로 일하는 것은 우리가 죄다 해드리니까요. 그런 줄 알구 겉은 어떻게 됐는지, 공평허구 바른말할 사람을 뽑으십시오."

권 생원은 거의 두세 집에서 한 사람 폭으로 널리 정했고 여기서 뽑아놓은 다섯 명 가재울 농촌위원 중에는 달운이는 빠지었어도 억쇠가 들어 있었다.

17

이날 하룻동안 억쇠는 십 년을 산 것 같았다. 그렇게 하루 사이에 엄청나게 자랐고, 하루 사이에 모든 것을 알아낸 것 같았다. 최 초시한테와 동회에서 터득한 것, 나중에 면 인민위원회까지 갔던 시위 행렬에서 받은 군중이 가진 무한한 힘에의 자신과 감격, 동민들이 뽑아준 농촌위원으로서 처음 품어보는 책임 의식, 저녁에는 벌촌에 들러 그곳 농촌위원들과 합석하여 실행위원들로부터 다시 한 번 들은 토지개혁의 정신과 법령의 해설, 이제는 누구 앞에서나 토지개혁에 관한 문제이면 무슨 대답이든지 막히지 않을 자신이 생기었다. 이 자신은 새 세상 새 조선을 올바로 보아 나갈 자신이기도 했다.

‘어서 분이부터 알려주자! 어서 뛰어가 분이부터 안심을 시키자!’

억쇠는 아침에 나와 아직 집에 들어가지 못한 것이다. 벌촌 택길이가 저이 집에서 밤참으로 국수를 눌러 돌아오는 길이 더욱 늦었다.

보름 지난 봄 저녁달은 무리를 쓰고 은그릇처럼 부드러운 것이 걸려 있었다. 논이나 밭들도, 저이를 움켜쥐고 착취하는 죄악의 도구로 삼던 지주들로부터 풀려나와, 제 손으로 갈아주고 제 손으로 씨 뿌려주고 제 손으로 어루만져 주는 정말 임자 농민들에게 돌아오는 것을 즐거워 소곤소곤하는 것 같았다.

억쇠는 방축 머리에 이르러 걸음을 멈추었다. 방축에도 봄물 부풀어 오른 대로 달빛이 넘실거리었다.

“아!”

억쇠는 가슴이 홧홧 다는 것이 못 먹는 술 몇 잔 들어간 때문만은 아니다. 달빛 넘치는 이 방축 머리, 저 실실이 늘어진 버드나무 아래는 분이를 처음 붙안고 같이 울던 자리요, 같이 고락을 맹서하던 자리다.

억쇠는 벅찬 가슴속에서 숨을 몰아내고 저이 집 마당을 둘러보았다. 도쿠지란 놈은 관솔불을 들고 팔근이와 달운이란 놈은 몽둥이를 이끌고 저를 찾아 헤매던 광경이 생각난다.

‘아직도 너이 놈들이 조선 어느 구석에 박혀 있단 말이지? 달운이란 놈은 뻐젓이 이 동네 농민 조합 분회장이고! 어림두 없다! 그냥 둘 줄 아니? 만날 이럴 줄 아니? 이놈들아? 몇 대를 내려 너이 놈들만 독차지했던 특권두 이제 끝장이 난 줄 알아라!’

억쇠는 집으로 달음질쳐 왔다. 대문은 걸리지 않았으나 안방 문은 걸려 있다.

“문 열어.”

“……..”

“문 열어. 어린애처럼 벌써 잔담?”

“가만……”

“얼른.”

“되운.”

억쇠는 뺨이 따끈하게 잠에 취한 분이가 귀찮은 듯이 일어나는 귀여운 모양을 눈앞에 그리며 장난삼아 문을 흔들어댄다.

“되우두 그류!”

“쾌두 꿈지럭거리네!”

“문고리가 왜 이렇게 안 벗겨질까.”

“히히……”

“어쩌면 잔뜩 잡어다니면서?”

억쇠가 잡아다니던 문고리를 슬그머니 늦추어 주어 겨우 문이 열리었다.

“그새 자구 있담!”

“……..”

분이는 들창으로 은은히 우러 드는 달빛 속에서 말뚱히 억쇠의 얼굴을 쳐다본다.

“왜?”

“……..”

“오늘 술 한잔 먹었지!”

분이는 그저 대꾸가 없이 자리로 가더니 감감하다.

“저렇게 졸렵담? 아침에 뭐랬드랬지? 집 문제구 땅 문제구 뭐든지 척 척 물어봐 인전……”

그래도 감감하다. 가까이 와보니 베개에 얼굴을 파묻고 누웠다. 억지로 안아 일으키니 달빛에 눈물이 반짝한다.

"왜?"

"……."

"어디 아퍼? 아프기루 어린앤?"

분이는 그저 대답이 없이 뿌리치더니 다시 이불을 돌돌 말고 발버둥만 친다.

"저건 뭐야?"

억쇠는 등잔에 불을 켰다. 분이는 눈물에 젖은 얼굴을 들어 훅― 하고 불을 꺼버린다.

"이건 또 뭐구?"

분이는 그저 말은 없이 무슨 안타까운 일이 있는 것처럼 발버둥을 친다.

"저리게 어린애라지! 참 병아리나 잃어버리지 않았수?"

"나뻐!"

"무에 나뻐?"

"당신."

하면서 그제야 분이는 얼굴을 닦고 한숨을 호― 쉬며 남편을 쳐다본다. 어스름한 달빛에 떠오르는 분이 얼굴은 언젠가 분이네 집 부엌에서 꿀물 마시던 날 저녁에 보던 그 박꽃 같던 얼굴이다.

"호!"

"나뻐!"

"무에?"

"문을 왜 그렇게 흔들어대?"

"걸은 걸, 안 흔들어?"

"남 가슴 아프라구!"

"누가 문 흔들었지, 사람 흔들었나?"

"바보!"

"누가 바보람?"

"나 서러!"

"설다니?"

"그날 밤 저놈의 문 걸렸던 생각 험!"

억쇠는 그제야 선뜩했다. 분이가 도쿠지에게 힐난받던 날 밤 걸려 있던 바로 그 문이요 그 문밖에 섰던 바로 그 저 자신이었다. 걸린 문 흔드는 소리에 분이는 거의 본능처럼, 덜컹 그 생각이 났고, 그날 밤 자기의 그 비참했던 꼴이 다시금 분했다. 팔근이 계집년의 꼬임으로 오빠에게 나온 징용장을 도쿠지에게 제 손으로 갖고 가서 좋도록 해달라고 한마디 부탁만 하면 그만이라기에 복장을 치고 우시는 어머니와 얼굴이 백지장이 되어 저녁도 못 먹고 물러나는 오빠를 어떻게 해서든 구해보고 싶은 안타까움에서만 그 길이 그런 모멸과 굴욕의 길인 줄은 미처 뜻하지 못하고 나섰던 것이다.

"당신이 그날 밤 나더러 그랬지? 그놈의 방에 들어선 게 어떤 년의 발모가지냐구?"

"……."

"나 귀에 못이 박혔어!"

"어린애처럼 노염은!"

"누가 노엽대? 내가 그 말 열 번 들어 싸게 헌걸—"

하고 분이는 또 또루루 이불을 말고 발버둥을 쳤다. 도쿠지 같은 것에게 치마주름만이라도 따트렸던 것이 그게 제 발로 걸어갔던 것이기 때문에 분이는 정조나 잃은 것처럼 남편에게 얼굴이 들리지 않는 무안이었다.

"이거 바?"

"……."

"지금 우리가 그런 따분헌 생각으루 눈물이나 흘리구 앉었을 땐 줄 알우?"

"……."

"여보?"

벌써 방축으로 나가는 도랑이 얼음이 풀리어 졸졸졸 물 흐르는 소리가 들려온다. 억쇠는 슬쩍 말문을 돌린다.

"며칠 안 있으면 개구리두 입이 떨어지겠구나—"

"바보—"

"왜, 또 바보야?"

"난 벌써 개구리 소리 들은걸—"

"어린애들이 그런 건 먼저 듣는 법이지—"

"참 저녁 어떡했수?"

"난 먹었수만 당신은?"

"혼자 먹기 싫길래……."

"그래 여태 안 먹었수?"

"집에 가 엄마허구……."

분이는 아직도 친정집을 집이라 했다.

"이게 인전 우리 집이래두!"

하고 억쇠는 분이의 한편 귀를 잡아 일으킨다.

"우리 마당에 나가봅시다. 달이 여간 환—하지 않어!"

“달?”

“또 내 모두 얘기두 해줄게.”

“당신이 우리 동네 위원이지?”

“어떻게 알었수?”

“엄마헌테.”

분이도 약간 헝큰 머리를 흔들어버리며 날쌔게 일어섰다. 억쇠가 자기의 묵직한 겨울 외투를 둘러주는데도 아랫자락을 흡싸며 바깥마당까지 따라 나왔다.

달빛은 안개처럼 포근한 것이 끝없는 대지를 고요히, 마치 어미 닭이 품듯 하고 있었다.

억쇠는 마당과 밭머리를 널다리나처럼 쿵 쿵 굴러보며 걷는다.

“끄덕없는 인전 우리 땅이다.”

“정말?”

“뭐든지 물으래두. 내 척—척 대답허지 않으리!”

억쇠는 분이를 바싹 곁으로 이끌었다.

“집두?”

“암!”

“땅은 얼마나?”

“이 터앞밭부터 우리가 지을 수 있는 만치는.”

“아이 좋아!”

“내가 이 밭을 못 사 얼마나 속이 닳었는지 알우?”

“나두 다 들었다누!”

“또 당신 때문엔?”

분이는 고개를 깨웃해 억쇠 팔에 기대인다. 억쇠는 꽉 분이의 어깨를 안는다.

"참!"

"뭐?"

"안과부네 땅은 어떻게 되우?"

"뺏어야지!"

"뭐요?"

"법령대루 해야 허는 거야!"

"아니 안과부네가 무슨 죄가 있는데?"

"들어볼 테요?"

"그래 안과부네두 집두 내놓구 떠나야 해요?"

"암, 인제 말이요, 이를테면 여기서 배천 나가는 길을 일자로 곧은 길로 고친다 칩시다. 곧게 나가다가 아까운 논이 한두 평 짤려 나간다구 그래 길을 거기서 구브려트려야 옳소? 그것과 마찬가진 거요! 또 안과부네 자신도 하루이틀 아니구 동네 사람들 신세만 지구 거지처럼 동정이나 받구 가련허게 살 게 뭐요? 만일 자기네 힘만으로 살 길이 정말 없다면 떳떳이 나라에서 보조를 받아야 헐 거요. 나라는 인제 국민들헌테 그런 책임을 져야 헐 거요."

"언제나?"

"언제나라니? 농군들은 신산헌 생활을 몇천 년을 참어왔는데 지주들은 나라가 설고선 못 참어?"

"그래두 안과부넨 가엾지 뭐유! 글쎄 무슨 죄가 있단 말유?"

"그렇게 따지러 들면 정말 죄가 조금도 없는 줄 알우?"

"무슨 죄?"

"아무리 제 힘으루만 몬 돈이라 칩시다. 그걸 그냥 먹든지 그걸 밑천으루 무슨 일이든 제 손을 놀리는 일을 해먹을 것이지 왜 남의 땀만 빨어먹을려구 땅을 샀느냐 말이야? 농사를 제 손으로 짓기 전에 땅을 산다는 건 그게 벌써 어진 맘보는 아닌 거요!"

"……."

"땅 없어 애쓰는 농군의 약점을 노리구 그 사람의 노력을 가만히 앉어서 한몫 먹자는 얄미운 계획이 아니구 무엇이었냐 말이야."

"거야 그때는 세상이 다 그랬으니까……."

"물론 남 다 허니까 무심히 했겠지 그걸 몰르는 건 아니야, 그렇지만 지금 와 그 집 하나만 어떡허느냐 말이야. 그래 큰길을 억만 년 나갈 큰길을 째나가는 판에 그런 잔사정 하나루 길을 구부러트리란 말이야? 더구나 따지구 봄 역시 남을 착취허구 살던 사람인걸!"

"……."

분이는 그만 무참히 부스러지는 제 조그만 의분심을 더 두둔할 여지가 없어 솔직히 웃어버리고 만다.

"여보?"

"응?"

"당신이 맘이 착헌 건 알어! 그렇지만 착허기만 헌 건 당신만일 줄 알우? 나비 같은 것두 붕어 같은 것두 착허지 뭐야? 그렇지만 우린 사람 아니냐 말요? 미물 아닌 굳센 의지와 판단력이 있어야 옳게 살어나가는 거요 의지허구 판단력허구!"

억쇠는 분이의 어깨를 놓고 그의 손을 꼭 잡는다.

"분이?"

분이는 이슬기 있는 눈을 쳐든다.

"아까 울었지?"

“…….”

“다신 울지 않기루?”

분이는 치어든 얼굴을 끄덕인다.

“울 게 아니라 다시는 한 사람도 모욕받지 않구 사는 세상이 되두룩 이를 악물구 팔을 걷구 나서야 헐 때야!”

“…….”

“우린 인전 농군만이 아닌 거요!”

“그럼?”

“이 토지개혁은 알구 보면 이 세상을 새로 만드는 거요!”

“세상을 어떻게?”

“왜놈들만 물러갔으면 뭘 하는 거유? 세상이 공평허게 돼야지. 조선 놈끼리 또 압제나 허구 또 착취나 허는 세상이면 우리 같은 건 밤낮 마찬가지지 뭐요? 토지개혁은 누구나 먼저 사람으루 똑같은 사람이 되구 누구나 다 잘살 수 있는 그런 세상을 만드는 터 닦는 거요 이게!”

“그래두 저희만 잘살던 녀석들이 왜 가만있겠다나?”

“그리게 우린 농군만이 아니란 거야! 전 조선 인구에 댄다면 한 줌도 못 찰 녀석들이지만 여태꺼지 세력 부려온 근거가 있지 않어? 만만히 수그러질 린 없지 않어? 누가 싸울 거냐 말야? 토지 문제에서 생기는 쌈을 우리가 안 나서구 누가 앞줄에 나설 거냐 말야? 소련 군대와 김일성 장군 덕에 먼저 된 여기 토지개혁은 우리가 철벽처럼 지켜야 헐 거구 아직 안 되구 있는 남조선을 위해선 여기처럼 되도록 우리가 밀구 나가야 허는 거요! 저만 잘사는 지주 노릇을 그예 해보려는 녀석들 최후의 한 놈까지 발붙일 한 뙈기 땅이 남어 있지 못헐 때까지…….”

“조선 인구에서 백 명이면 여든 명꺼지가 농군이라며?”

"그럼! 또 조선만 그런 줄 알우? 전 인류의 대부분은 농군인 거요! 전 세계에서 농군들이 문명이 되지 않군 문명 세계란 허튼소릴 거요! 조선서두 이 가재울과 서울이 문명에 들어 똑같이 차별이 없두룩 돼야 그게 진짜 문명국일 거요! 그러니까 어디서나 제일 뒤떨어진 우리 농민들이 어서 깨닫구 어서 배우구 잘 싸우구 잘 건설하구 하지 않으면 안 되는 거요!"

분이는 선뜻 남편의 손을 놓고 한 걸음 물러선다. 억쇠가 좋기만 할 뿐 아니라 이렇듯 든든하고 우뚝 솟아 보여서 바라보기 흐뭇하기는 처음이다.

"아, 어서 조선이 좋은 나라가 됐으면!"

"되구말구! 되구말구!"

달은 가지 않고 섰는 듯 고요한데 어느 동네에서인지는 자지들도 않고 해방된 농군들의 호적 소리며 징 소리며 풍년을 부르는 듯한 농악 소리가 은은히 울려 왔다.

―『농토』, 삼성문화사, 1948.

단편작가로서의 이태준

최재서*

단편작가로서의 이태준은 벌써 일가를 이루었다는 것이 움직이지 않는 세평世評이다. 사실상 최근의 「복덕방」 같은 것은 그 류類의 작품으로서 완성된 것이었다. 이씨가 자기 자신의 완성을 어느 정도까지 승인하는지는 알 수 없으되 그가 이미 자기 주위에 쌓여진 세계를 의식하고 또 그 세계로부터 좀 나가보려고 노력하고 있는 것은 숨길 수 없는 사실이다. 그러면 그가 오늘까지에 쌓아놓은 세계는 무엇이며 또 그가 나가려고 하는 방향은 어디인가? 그의 제2단편집 『가마귀』에서 내가 주로 흥미를 갖고 본 바는 이러한 점이다.

이태준의 단편을 한번 읽은 사람이면 그 작품의 인물들을 잊지 못한다. 인물 자체로 보면 하잘것없는 존재들이지만 읽고 난 뒤에 언제까지나 인상에서 사라지지 않는 야릇한 매력을 가진 것이 이씨의 작품 인물들이다. 낙백落魄**한 유자儒者***, 누항陋巷에 침면沈湎하는 퇴기退妓, 불우한 소학교

---

* 최재서崔載瑞(1908~1964). 문학 평론가 · 영문학자. 주지주의적인 비평을 시도하였고, 셰익스피어 연구에 공이 크다. 저서에 『문학 원론』, 『셰익스피어 예술론』 등이 있다.
** 넋을 잃음.
*** 유생. 유학을 공부하는 선비.

원이나 혹은 유랑하는 농민, 어리석은 신문배달부, 생에 희망을 잃은 노인 등 말하자면 인생의 그늘 속에서 움직이는 희미한 존재들이 이태준의 예술 세계 안에선 선명한 인간상으로서 나타나 있다.

인간상을 묘출描出하는 데 이태준만큼 명확한 수완을 가진 작가도 드물께다. 그는 인물을 그리되 수다스럽지 않고 또 구태여 그 인물의 내면생활로 들어가 무슨 비밀을 끌어내려고도 하지 않는다. 스케치적 필치로 그 인물의 말이나 행동을 점점히 터치하야가는 동안에 어언간 선명한 인간상이 나타난다. 만일 이씨의 인물 묘사의 비밀이 있다면 그것은 그들에 대한 부절不絶한 흥미와 동정 그것뿐일 것이다.

이씨의 작품 인물은 다만 선명할 뿐만은 아니다. 보드랍고 따뜻한 것이 또 그 매력의 일면이다. 그것은 그들에 유머와 페이소스가 있기 때문이다. 하잘것없는 인물들의 평평범범平平凡凡한 생활 가운데 흐르고 있는 유머와 페이소스, 그것을 포착하여놓는 작자의 명확한 수법—이것이 이태준의 단편의 매력이었다.

제2작품집에 와서 이런 작가적 기량은 일단의 원숙을 보인다. 「색시」는 눈물겨운 역사를 가진 하녀의 유머러스하고도 서글픈 에피소드에 있어서, 「손거부」는 우직하면서도 미소로운 부성애에 있어서, 「복덕방」은 몰락하여가는 구旧 조선의 쓸쓸한 뒷모양과 그 애수에 있어서, 앞서의 작풍을 계승하면서도 만숙滿熟한 과실果實과 같은 향기香氣를 발산하는 작품들이다. 그러나 발전은 테크닉에만 있었던 것이 아니라 그 창작 정신에도 나타나 있다. 현실 세계로부터 미끄러져 나가 시대에 뒤떨어진 사람의 고독과 애수를 동정과 유머로써 보고 그리려는 그의 창작 정신은 여전히 견지하면서도 그러한 주제를 좀 더 의식적으로 인생과 사회에 관련시켜보려는 의도가 명백하다.

　이런 의도는 죽음에 대한 사색과 인생에 대한 아이러니컬한 관찰로서 나타났다. 「우암노인愚菴老人」과 「가마귀」는 전자를 대표하는 작품이고 「삼월」과 「복덕방」은 후자를 대표하는 작품이다.

　70이 가까운 우암노인은 소실 몸에서 뜻밖에 아들을 얻어 말년에 인간락을 새로 한번 느낀다. 그렇지 않으면 담담한 맘으로 죽음을 기다릴 이 노인이 자기 자신의 말마따나 실수로 아들을 얻어 인생에 애착을 갖게 되므로 죽음이 무서워진다. 이 작품은 사死의 공포를 분석하는 동시에 인생에 대한 아이러니컬한 관찰을 포함하였다.

　「가마귀」는 죽어가는 사람의 고독한 심리를 그린 작품이다. 자기의 문명文名을 사모하여 찾아온 여자가 폐병 제3기에 들어 죽어가는 자의 고독을 느끼고 있다는 사실을 알자 이 청년 소설가는 더는 못해도 그의 애인이 되여줌으로써 여자의 쓸쓸한 최후를 위로하여주려고 결심하였다. 이 동정이 단순한 동정인지 혹은 연애의 배태胚胎인지 그것은 가릴 바가 아니다. 하여튼 산 사람으로 죽어가는 사람에 바칠 수 있는 지순 지고한 성심인 것만은 사실이다. 그러나 이러한 성심도 인생의 아이러니컬한 리얼리티에 부딪치게 된다. 여자에게는 애인이 있을 뿐 아니라 그 애인은 사랑의 표시로 여자가 토해놓은 피를 반이나 마셨다. 그럼에도 불구하고 여자는 "내 피까지 먹구 나허구 그렇게 가깝게 해두 그는 저대로 건강하구 저대로 살아가야 할 준비를 하니까요. 머리가 조흐면 이발소에 가고, 신이 해지면 새 구둘 맞추구, 날마다 대학 도서관에 다니면서 학위 받을 연구만 하구 있어요. 그러니 얼마나 저허군 길이 달러요? 전 머릿속에 상여, 무덤 그런 생각뿐인데……." 하고 항의한다. 죽어가는 사람의 고독을 무엇으로써 위로해줄 수 있을까? 이 작품은 생명의 신비고독을 또다시 한번 우리 앞에 던져준다.

「가마귀」는 포의 「대아大鴉」에 힌트를 받은 형적이 역력하다. 그러나 사
死와 고독에 대한 사색은 작자 독자의 것이다. 사의 공포라는 것도 결국
현실 생활에서 미끄러져가는 사람의 고독의 유령이다. 그래서 고독의 유
령을 이곳 죽음의 신비로운 세계까지 추구한 작자는 또다시 눈을 돌려 그
유령을 백일하의 세계에서 본다. 그것은 즉 「복덕방」이다. 「복덕방」은 몰
락하여가는 구 조선의 쓸쓸한 뒷모양과 그 애수를 한사람의 가쾌를 통하
여 그린 작품이나 거기에는 또 한 가지 생과 사에 대한 암시가 있다.

만일에 안 초시가 몰락하여가는 안 초시대로만 있었더라면 그는 자살
은 아니하였을 것이다. 협잡군이 던져준 생의 유혹이 없었더라면 그는 가
늘고 어두우나마 그의 생명의 길을 좀 더 밟아갔을 것이다. 그에게 희망
의 싹으로 보였던 것은 실상은 사의 길잡이였다. 우암 노인이 말년 득남
으로 말미암아 도리어 사의 공포를 느낀다는 것과 일맥상통되는 데가 있
다. 인생의 아이러니에 대한 해명이다.

「삼월」은 이 작자엔 희귀한 사회 문제를 취급한 작품이다. 명춘明春 졸
업기까지에 필요한 200원 돈을 마련하러 시골집에 내려온 대학생 창서는
아버지가 자기의 공부를 위하여 빚을 얻어 쓴 안협집 영감과 싸우는 광경
을 보았고 또 집안사람들이 얼마나 큰 자랑과 희망을 가지고 그의 졸업을
기대하는지를 새삼스럽게 느꼈다. 심지어 아버지는 빚 재촉하는 안 영감
에게 대하여, "제 자식은 공부함네—하고 중학교 하나 밴밴이 못 마치고
돈만 쓰구 다니잖나. 내 자식 대학교 마치는 게 그눔이 역심이 나 그러는
게야 그놈이……." 하고 폭언까지 토한다.

희랍극希臘劇에서 관중은 뻔히 알고 있는 운명을 무대 위의 인물만이 모
르고 무진 애를 쓰는 시추에이션을 아이러니라고 하였다고 한다. 그렇다
면 이 부자간의 시추에이션같이 아이러니컬한 장면도 없을 것이다. 그날

밤 창서는 마누라와 함께 누워 기막힌 이야기를 다 들은 후에 다음과 같이 맘속에 중얼거린다.

"차라레 차라레……삼월이 오기 전에 아버지와 어머니는 희망을 안으신 채……." 이것은 철저한 시니시즘이다. 시니시즘이란 헉슬리의 정의에 의하면 '인내할 수 없는 정세를 변혁하려는 적극적 의사는 내지 않고 다만 정세가 이 이상 악화할 수 있으랴는 조소적 인식만을 가지고 정세를 있는 그대로 받아들이는 태도'라고 하였다. 전지田地를 팔아 아들을 공부시켜도 졸업한 후에 취직을 못 한다는 고약한 정세를 작가 이태준은 조소하는 태도로써 인식하였을 뿐이고 그 정세를 변혁하여보겠다는 의사는 조금도 보이지 않았다. 시니시즘이다.

이태준의 단편을 읽은 독자는 언제까지나 입안에서 도는 감미를 잊지 않으면서도 밥술이 나쁜 듯한 불만을 가진다. 생각하여보면 그 작품들 가운데엔 현대인이 즐겨하는 사상적 고민이 없고 생활적 의욕이 없고 사회적 관심이 없고 그 외에도 없는 것은 많다. 이런 시대적 거리를 작자 자신도 느꼈음인지 이씨는 근래에 문제와 사색을 가진 작품을 쓰려고 한다. 이것은 아까도 지적한 바이지만 일단의 발전으로 볼 수 있다. 그러나 그것이 금방 독자의 불만에 응할 것 같지는 않다. 죽음에 대한 그의 사색은 결국 신비에 부딪치고 말고 인생에 대한 관찰은 아이러니에 그치고 사회에 대한 관심은 시니시즘으로 인도할 뿐이다.

여기서 작자에 대하여 그 세계를 깨트려보라는 권고는 누구나 할 수 있는 일이다. 그러나 '작가 기질론氣質論'을 말하는 이 작가로서 그런 혁명적 곡예가 가능하리라고 믿지 않는다. 아이러니와 시니시즘의 길도 역시 한 길이다. 나는 무엇보다도 이 작가의 실수 없는 수법을 믿고 또 그의 창작 정신이 인생과 사회에 대한 아이러니와 시니시즘의 길로 발전하여 나가기를 바란다.

—『문학과 지성』, 인문사, 1938.

이상을 어語하는 이태준 씨

일기자一記者

작가와 생활

장편작가 방문이 두 번째 계속됩니다. 제2회로 이번엔 우리의 친애를 받는 작가 이태준 씨를 찾기로 했습니다. 씨氏가 문장사文章社를 새로 꾸미고 출판 준비에 분망하시다는 소문을 들은 나는 씨가 한껏 한가할 듯한 때를 살펴서 오후 6시 가까이 씨의 사무실을 찾았습니다마는 씨는 전혀 한가롭지 못하고—조용한 자세를 갖추어야 격을 이루는 씨임에도 불구하고—의자에 오래 안정할 수 없이 전화에 접객에 몹시 바빠하셨습니다. 그러하나 찾은 뜻을 버려둘 수는 없지 않습니까.

"바쁘신데 미안하지만 이 시간은 저를 위해서 말씀해주십시오."

"그렇게 하십시요. 늘 바쁘니까요."

"조용한 틈을 타느라고 이렇게 늦게 왔는데 그저 바쁘시군요."

"대개 문장사 일은 요때에 보게 되서 그래요. 학교에서 돌아오는 길에 들리게 되니까요. 오늘은 학교에 안 나가는 날이 돼서 아침부터 좀 써보려고 했는데 하루 종일 원고질 펴놓기만 했지 석 줄밖에 못 썼군요."

"소설입니까?"

"네. 단편 하나를 벌써 시작은 해놓고 날마다 가방에 넣어만 가지고 다

니면서 아직 못 썼습니다. 누구 할 것 없이 죄다 이런 형편이니 문필업文筆
業을 한다 할 수 있습니까. 어서들 다른 직업을 집어치우고 글만 써야 할
텐데."

"글만 써서 먹고살 수 있어야지요?"

"그러기에 말입니다. 원고료가 푹푹 나와서 글만 쓰고도 생활할 수 있
다면 다른 직업을 가질 게 없죠. 문학을 위해서 출자하는 좋은 친구들이
많이 나오기 전에야 그저 늘 이 모양으로 글다운 글도 못 쓰구 분주하기
만 할 걸 생각하면 한심합니다."

"최소한도로 얼마가량이면 생활해나갈 수 있을까요."

"200자 원고지 1매에 1원씩만 주더라도 굳이 다른 직업을 가지려고들
들지 않겠더군요. 그리고 잡지사 같은 데서나 출판사에서 매월 정해놓고
단 2, 30원씩의 지정 고료라도 있게 된다면 그럭저럭 살아갈 것 같아요."

"그래도 선생님 같으신 분은 고료로 생활할 수 있을 것 같은데요."

"웬걸요. 신문 소설을 쓰면 괜찮은 편이나 그거 어디 늘 쓸 수 있는 겁
니까. 어쩌다가 한번 차례가 돌아와서 쓰게 되니까요."

장편과 단편

"그래도 선생님은 장편을 많이 쓰신 편이 아녜요?"

"한 7, 8편가량 되나 봅니다. 『영원의 여상女像』, 『법法은 그렇지만』,
『코스모스 피는 정원』, 『제2의 운명』, 『불멸의 함성』, 『성모』, 『황진이』,
『화관』인데, 그중에 『코스모스 피는 정원』은 잡지에 연재했던 것으로 장
편이라고 할 것까지 못 되나 그저 그대로 장편으로 해두지요."

"그중에서 가장 자신 있는 작품이 어느 것입니까?"

"글쎄요. 아직 대가가 아니어서 자신 있는 작품이 없기도 하려니와 그

말씀은 집의 아이들 중에 어느 아이가 제일 나으냐고 묻는 거나 마찬가지로 대답하기가 곤란합니다."

"그러니까 다 좋다는 말씀이군요?"

"아닙니다, 우리가 지금까지 장편을 써 온 것은 신문 연재 소설인데 이건 날마다 한 회식 써서 신문사에 보내게 되기 때문에, 좋은 소설을 쓰자는 마음보다 바쁘게 되면 어떻게 그날 하루치를 이럭저럭 얽어서 보내는 일이 많습니다. 그래서 자신 없는 대목이 수두룩하구 보니 어디 이게 잘되고 저게 못됐다고 대답할 수 있습니까. 못돼도 우연 잘돼도 우연 그저 되어지는 대로 쓰게 되니까요."

"그럼 단편 중엔 자신을 가진 것이 많으시겠군요?"

"네. 자신이랄 것까진 없구요. 장편과는 달라서 잘됐든 못됐든 써놓고 나면 뭘 하나 만들었다는, 다시 말하면 창조의 기쁨을 가지게 되죠."

"그렇다면 장편이란 건 도무지 쓰지 말아야 할 것이 아니겠습니까?"

"왜요, 그렇지도 않지요. 장편도 마음대로 쓰자면 다 써서 신문에나 잡지에 실리면 마찬가지겠지요, 오히려 대사大事를 성취한 기쁨이 한층 더할 수 있을 것이 아니겠습니까. 어쨌든 한 작품을 다 끝내지 않고 매일 한 회식 써주는 건 그건 완전한 창작 태도가 아니죠. 말하자면 그건 문필 노동인 셈이니까요. 그렇기에 작중 인물도 처음 3, 40회 량까지는 작가 마음대로 요리를 하지만 그다음부터는 작중 인물을 작가 자신이 따라가게 되니까요."

"앞으로 장편을 쓰시겠습니까. 단편을 쓰시겠습니까?"

"별로 이렇다 할 계획이 없읍니다마는 시간의 여유만 있으면 좀 큼직한 것을 하나 만들어보려는 생각입니다."

어떤 것을 취재할 것인가

"어떤 소설을 쓰고 싶으십니까?"

"지금 소설 쓰기가 참 거북합니다. 탐정 소설이거나 역사 소설이 아니면 쓸 수가 없어요. 우리 생활이 너무 평면적이거든요. 가와바타 야스나리〔川端康成〕 같은 이는 일본 내지의 생활도 소설 구성하기에 너무 비입체적非立體的이라고 했는데 우린 그들보다 더구나 행동적인 인물을 찾을 수 없으니…… 그렇다고 우리가 이상理想하지도 않는 인물, 금광을 한다든지 주식을 한다든지 또 그 밖에 무슨 투기업하는 사람을 등장시킬 수는 없잖아요. 그러니까 결국 역사 소설이나 쓸밖에요……."

소설 황진이에 관하여

"그래서 『황진이』를 쓰셨습니다."

"그건 그래서 쓴 건 아닙니다. 《중앙일보》에 있다가 객원으로 나앉아질 때 주필 이관구李寬求 씨가 황진이를 퍽 좋아해서 저더러 《중앙》지에 황진이를 쓰라고 하기 때문에 썼습니다."

"전부터 쓰시려고 벼르던 겁니까?"

"그렇지도 않아요. 객원으로 나앉아 곧 쓰라는 부탁이었으므로 미리 준비도 없었지요. 쓰면서 여기저기 다니며 조사했는데 황진이의 역사는 도무지 똑똑히 적혀 있지 않아서 퍽 곤란했습니다."

"대개 어떤 데서 참고를 하셨나요."

"이왕직李王職 신윤복申潤福의 풍속화에서도 몇 가지 참고하고 또 오세창吳世昌 씨한데서도 들었습니다. 그리고 개성 내려가서 서화담徐花潭의 서사정逝斯亭을 구경하긴 했지만, 그래도 『황진이』는 끝에 가서 무리가 많았어요. 3분지 1은 신문에 싣고 그 나머지는 신문이 나오지 못하게 되어서 쓰지 않고 있다가 서점에서 출판한다기에 끝을 막느라고 무리가 많았지요."

"무리라니요? 역사와 아주 동떨어진 사실로 꾸몄다는 말씀입니까?"

"그것과는 달라요? 오히려 난 역사 소설이라고 해서 그 문헌에 붙잡히는 건 좋지 못하다고 생각하니까요. 일본 내지 어느 역사가도 말하기를 역사가는 기록을 떠나서 못 살지만 창작한다는 예술가들은 왜 그 문헌에만 사로잡히는지 알 수 없다구…… 이런 말을 보더라도 역사 소설이라고 꼭 역사에 따라 쓸 건 아니라구 봅니다. 역사 그대로 쓴다면 그건 전기지 소설은 아니니까요. 가령 이순신을 쓰는데 이순신의 역사와 아주 틀리게 쓴다고 그걸 비평가들이 들고 일어선다면 그건 문학을 모르는 비평가랄 밖에 없어요. 혹 들라면 소위 지식 계급에 있는 분자들 중에 역사 소설인데 역사와는 아주 딴판이라고 말하는 이들이 있는 모양이나 그건 아주 잘못된 생각이라고 봅니다. 가령 황진이면 황진이 역사야 어떻게 됐건 작가가 어느 각도에서 봤다는 것만 정확히 표현됐으면 그만 아닙니까. 혹 역사 소설 그대로 쓰는 작가가 있다고 치더라도 그것이 절대로 역사 그대로가 아닙니다. 지금 홍벽초洪碧初의 『임꺽정』이 옛날 풍속 옛날 말을 그대로 쓴다곤 하지만 그것이 50년 전의 풍속과 말, 즉 벽초가 보아온 풍속과 말이지 그보다 더 올라가서의 것은 아닙니다. 100년이나 1,000년 전 것은 문헌이 있더라도 그걸 보고 알 수 없어요. 말과 풍속을 도저히 알아낼 수가 있어야지요. 발성 영화라면 몰라도 그렇지 않고서야 『임꺽정』만 해도 400년 전 것인데 어떻게 그 시대의 것을 그대로 그리겠어요. 그러므로 나는 역사 소설을 쓰더라도 내가 본 각도에서 인물을 살리고 사건을 취급할 뿐이지 괜히 화장化粧시키려고 하지 않겠어요."

최대의 이상理想

"선생님의 이상을 말씀해주십시오."

"이상이요? 그저 분주하지 않고 좋은 서재에 들어 엎드려서 글이나 썼으면 하는 것입니다."

"그 밖에 다른 생각은 없으십니까?"

"없을 리야 있겠습니까. 뭣도 하고 하고 싶은 것이 수두룩하지만 그중에서 가장 하고 싶은 것이라면 지금 말씀한 것 같은 것입니다."

"그다음에 원하시는 건요?"

"뭘 들으시려구 그러십니까. 연애하고 싶다는 말이라도 들으시려고 그러십니까? 하하."

"아녜요. 또 다른 이상이 많으실 것 같아요."

"실상 연애 말이 났으니 말입니다마는 우리가 연애란 걸 너무 저속하게 생각들 해왔어요. 그저 신문 삼면기사*에서 보는 치정 관계를 연애로 알아오는 사람들이 많아요. 지금 내가 이렇게 연애 문제를 이야기한다고 욕할 사람들이 있을지도 몰라요. 그러나 정말은 연애처럼 세상에 아름다운 것이 없다고 난 생각합니다. 연애하는 마음이란 그건 하느님의 가까운 마음입니다. 연애하는 사람에겐 하느님이 필요치 않아요. 그만큼, 그들은 연애로 말미암아 높아지고 깊어지고 아름다워지는 겁니다. 이렇게 높아지고 깊어지고 아름다워질 수 있는 연애를 하는 사람이라면 그는 나라를 위해서나 인류를 위해서 능히 몸을 바칠 수 있습니다. 완전한 인간이 아니면 연애를 바로 못 하는 것입니다. 이렇게 세상에서 무엇보다도 아름답고 귀한 것을 우리가 천대해서야 되겠습니까. 사랑을 하는 까닭에 사업에

---

* 신문의 발행 면수가 4면이었을 때 신문의 3면에 게재된 기사라는 뜻으로, 도막 기사, 사회 기사를 이르던 말.

나 예술에 그 정열을 바친다면 그 사업이 그 예술이 얼마나 훌륭한 성과를 나타낼 것입니까. 서양 작가들은 작품을 쓸 때 누구 한 사람을 생각하고 쓴 것이 많습니다. 내 생각엔 그들의 작품은 그래서 더 위대하다고 생각합니다. 우리도 누구에게 바치겠다는 마음을 가지고 글을 쓸 정도가 됐으면 싶습니다."

"선생은 결혼과 연애를 분리를 시킬 것이라고 생각하십니까?"

"그렇게 생각지 않습니다. 사랑하면 결혼하는 것입니다."

"그러면 결혼은 연애의 무덤이라는 격언을 문질러 놓으십니다그려."

"결혼이 연애의 무덤이라는 것도 일리가 있는 말이죠, 발달되지 않은 감정과 감정의 결합이면 그럴 수가 있거든요. 다시 말하면 맹목적으로 사랑하다가 결혼하면 결혼 후에 온갖 허물이 피차에 보여서 권태를 일으키게 되는 거죠마는, 다 성숙된 감정과 감정이라면 도저히 그럴 리가 없습니다. 발달되지 않은 감정의 결합으로 파탄되는 거야 어쩌는 수가 있습니까. 억지로라도 얽어매어 놓아야 별수 없지요. 내 생각엔 서로 맞지 않는, 다시 말씀하면 성숙된 감정이 아닌 감정의 결합을 법률로 도덕으로 얽어매 놓고 싶진 않아요. 그건 위정자에게 있어서나 매우 긴요한 윤리일지 모르지만."

"알겠습니다. 이제 선생님의 인생관을 말씀해주십시오."

"인생관이요? 대단히 막연합니다."

"우선 죽고 싶으십니까, 살고 싶으십니까."

"난 낙관주의라 죽고 싶진 않아요. 잘 살아보고 싶습니다. 인생관이란 것도 사람이 성장함에 따라 자꾸 발육될 것이니까 지금 내 인생관을 말한대야 그건 온전한 인생관이 못 될 것이고 내 인생관을 아시려거든 이 앞으로 쓰는 소설 전부를 다 보십시오."

사숙私淑하는 작가

"누구의 소설을 가장 좋아하십니까?"

"체홉을 좋아하구요. 또 도스토예프스키도 좋아하지요."

"체홉과 도스토예프스키는 아주 다른 경향을 가진 작가가 아닙니까."

"그렇죠. 그렇지만 그 두 작가가 다 좋습니다. 체홉은 묘사를 잘하고 도스토예프스키는 줄거리가 있는 이야기를 보여주고요."

독서

"요새 어떤 책을 읽으십니까."

"바빠서 별로 못 읽습니다마는 가와바타 야스나리 『설국』이란 것을 읽는 중인데 퍽 재미가 있습니다."

오락과 취미

"영화 구경을 많이 하십니까?"

"잘 갑니다. 공부가 되니까요. 다른 사람들은 사진을 오락으로 생각하지만 난 문학과 영화를 늘 연결시켜서 보게 됩니다."

"오락은 무엇입니까?"

"오락이 별로 없습니다. 장기나 바둑을 안 두고 마작을 못하고, 책 읽는 것이나 오락이 될는지요? 그래도 인생을 찬란하게 살아가고 싶은 마음은 있어요."

"선생님은 골동품을 좋아하신다고요?"

"네 매우 좋아합니다. 좋은 골동품 서화가 있다는 덴 다 찾어가 보고 싶습니다."

"전엔 그런 것들을 가지고 동경 가서서 전람회도 여셨다면서요?"

"전엔 그랬습니다만 지금은 그만뒀습니다."

신진 작가에 대해서

"선생님 이야긴 많이 들려주셨으니 이제 신진 작가에 대해서 말씀해주십시오. 선생님은 신진 작가 중에서 누구를 촉망하십니까."

"현덕玄德 씨라는 분이 퍽 재주 있다고 생각합니다. 「남생이」나 그 이후로 나온 작품들이 모두 몹시 애쓴 흔적이 있더군요. 처음 나온 작가지만 그 문장을 보아서 전부터 많이 준비했다는 걸 알 수 있습니다."

"그다음엔 없습니까?"

"김동리 씨 이분도 유망하다고 봅니다. 지금 어느 절간에 가 있다는 말을 들었는데 공부도 할 뿐 아니라 역량이 있습니다. 정비석 씨 같은 분은 처음 작품 「성황당」은 좋았으나 그 뒤의 것을 보아서 그렇게 재주 있는 분이라곤 생각지 않습니다."

1904년　강원도 철원군 묘장면 산명리에서 출생. 본명은 규태奎泰, 호는 상허당주인尙虛堂主人·
　　　　상허尙虛.

1909년　러시아 블라디보스토크로 이주. 8월에 귀국하여 함북 배기미에 정착.

1915년　철원 봉명소학교 입학.

1918년　철원 봉명소학교 졸업. 원산 등지에서 2년간 객줏집 사환 등의 일을 함.

1921년　휘문고등보통학교 입학.

1924년　6월 동맹 휴교 주모자로 퇴학당하고 일본 유학길에 오름.

1925년　단편 소설 「오몽녀」를 《조선문단》에 발표하면서 등단.

1926년　도쿄 조치 대학 예과 입학. 나도향 등과 교유.

1929년　개벽사 입사. 「어린 수문장」, 「불쌍한 소년미술가」 등의 소년물 발표.

1930년　이화여전 음악과를 졸업한 이순옥과 결혼.

1931년　《중외일보》 기자로 근무. 이후 《조선중앙일보》 학예부 기자로 옮김.

1933년　박태원, 이효석 등과 함께 ‘구인회’ 조직. 단편집 『달밤』 간행.

1937년　단편집 『가마귀』(한성도서), 『구원의 여상』(영창서관), 『제2의 운명』(한성도서) 출간.

1938년　만주 지방 여행. 『황진이』 간행.

1939년　《문장》지 편집자 겸 고선위원. 『이태준 단편선』(박문출판사), 『딸 삼형제』(문장사) 출간.
　　　　황군위문작가단으로 활동.

1941년　제2회 조선예술상 수상.

1943년　강원도 향리로 낙향. 단편집 『돌다리』(박문서관) 출간.

1945년　문화건설중앙협의회, 문학가동맹 등 조직에 참여, 문학가동맹 부위원장, 민전 문화부장,
　　　　《현대일보》 주간 등 역임.

1946년　「해방 전후」 발표. 6월에 월북하여 10월 방소 문화사절단으로 소련 여행.

1947년　『복덕방』(을유문화사), 『해방 전후』(조선문학사), 『소련기행』(백양당) 출간.

1948년　8·15 북조선최고인민회의 표창장 받음. 북조선문학예술총동맹 부위원장, 국가학위수여
　　　　위원회 문학분과 심사위원. 『농토』(삼성문화사), 『영원의 여상』(영창서관), 『제2의 운명』
　　　　(한성도서) 출간.

1955년　‘구인회’ 활동의 반동성과 사상성의 불철저를 이유로 숙청됨.

1957년　함흥 노동신문사 교정원으로 일함.

1958년　함흥 콘크리트 블록 공장의 파고철 수집 노동자로 배치됨.

1964년　중앙당 문화부 창작 제1실 전속 작가로 복귀.

1969년　강원도 장동 탄광 노동자 지구에서 거주. 이후 소식은 알려지지 않음.

한국현대문학전집 3 - 이태준 작품선

해방 전후

지은이 | 이태준
엮은이 | 김경수
펴낸이 | 김영정

초판 1쇄 펴낸 날 | 2010년 11월 1일
초판 2쇄 펴낸 날 | 2020년 6월 10일

펴낸곳 | ㈜현대문학
등록번호 | 제1-452호
주소 | 06532 서울시 서초구 신반포로 321(잠원동, 미래엔)
전화 | 516-3770
팩스 | 516-5433
홈페이지 www.hdmh.co.kr

ⓒ 2010, 현대문학

ISBN 978-89-7275-473-2 04810
ISBN 978-89-7275-470-1 (세트)